Hohle Räume

NORA SCHRAMM

Hohle Räume

Roman

Matthes & Seitz Berlin

Die Eltern holen mich ab, beide, aber nicht gemeinsam, sie stehen so weit auseinander, dass man einfach durch ihre Mitte gehen könnte. An diesem Abstand erkenne ich sie von Weitem. Ich bleibe stehen, die Leute schieben sich an mir vorbei, und durch ihre Körper und Koffer und Gepäckwagen beobachte ich die Eltern als kleine Figuren. Der Vater bindet sich erst den einen Schnürsenkel, dann den anderen, wahrscheinlich hat er sie vorher gelöst, dass er sie jetzt binden kann. Er muss sich immer beschäftigen, Beschäftigtsein ist seine Art. Die Mutter kneift die Augen zusammen und starrt auf die Anzeigetafel.

Wie immer überfällt mich das schlechte Gewissen, weil ich die Eltern nie besuche und sie irgendwann unauffindbar sein werden. Die Eltern werden nicht sterben, sie werden einfach immer weiter schrumpfen, bis es sie nicht mehr gibt. Ich erinnere mich, dass ich müde werde, wenn ich bei den Eltern bin, wie unter einem leichten Stoff. Noch bin ich wach, spüre die Haarspange etwas zu fest am Kopf, die Stiefel an den Füßen etwas zu schwer, und ich sehe die beiden wie durch einen Tunnel oder eher ein Mikroskop, klar und fokussiert und hell beleuchtet. Die kleine Mutterfigur winkt plötzlich von der Petrischale und zupft an der Schulter der Vaterfigur, sie wippt auf ihren Füßchen vor und zurück, als wäre ich es, die sie nicht erkannt hat. Der Vater richtet sich von seinen Schnürsenkeln auf und tritt einen Schritt zurück, um ihre Hand nicht ins Gesicht zu bekommen. Ich winke zurück, ziehe fest an meinem Koffer und ich werde wieder zielstrebig, es wird schon werden, *es ist okay, alles auf dem Weg*, und die Herbert-Grönemeyer-Songs rollen mir durch den Kopf, wie immer, wenn ich die Eltern sehe, das ist einfach so, *und der Mensch heißt Mensch*.

Sie stehen hinter der Absperrung aus schwarzem Band, das man einfach aus den Metallständern herausheben könnte, und beobachten mich aus schnellen aufgeregten Augen und würden niemals irgendein Band aus irgendeinem Ständer heben. Sie sprechen zueinander. Ich als Überbleibsel gebe ihnen eine Sicherheit, über den Abstand hinweg raunen sie sich zu, ob ich blass geworden bin oder dick oder dünn oder glücklich, sie stellen Ferndiagnosen über mich an, um in der Nähe nicht den Überblick zu verlieren. Die Mutter hat bereits die getönten Gläser meiner Brille bemerkt, sie fragt sich bereits, warum immer dieses riesige schwarze Ding mitten im Gesicht, sie sorgt sich bereits um die Gesundheit meiner Augen. Ich gehe weiter auf sie zu, als Versicherung, als Beweis für *was mal war*, und keiner ist sich so ganz sicher, *was mal war*, vor allem nicht, wie es eigentlich wirklich und ehrlicherweise mal war, aber ich, die ich blass geworden bin und zielstrebig meinen Koffer über den polierten Boden des Stuttgarter Flughafens ziehe, bin offensichtlich real, bin offensichtlich ein Produkt, und zwar von dem, was mal war, und das tut gut zu wissen.

Die Mutter legt mir die Arme um den Hals und zieht meinen Kopf zu sich herunter, Wirbel für Wirbel legt sie mich an sich wie eine Perlenkette, und ich sehe, wie der Vater hinter uns steht und in den Jackentaschen kramt und alte Kassenzettel auseinanderfaltet. Dann umarme ich ihn, er klopft mein Schulterblatt, wie man ein Pferd klopft, als käme Staub aus mir heraus. Er nimmt mir den Griff des Koffers aus der Hand, und die Mutter sagt, das schafft sie ja wohl allein, den ganzen Weg hat sie geschafft, und zwinkert mir zu, als wäre es ein Necken gewesen und kein Gekeife.

Sie haben sich beide gemerkt, wo das Auto steht. Der Vater verlässt sich in solchen Gedankendingen eigentlich auf die Mutter, aber jetzt weiß er ganz genau, auf welchem Deck und welche Parkplatznummer, er geht voraus mit meinem Koffer hinter sich, als würde er sich auf das Alleinsein vorbereiten. Ich denke an Männerseminare im Wald, wo sie in Gruppen das Überleben und die Unabhängigkeit generell trainieren und dafür frisch erschlagenen Kaninchen das Fell abziehen und ihnen einen Stock in den After einführen, um sie ins Feuer zu halten und die Haut zu beobachten beim Blasenschlagen und in das eigene Überleben hineinzuspüren. Das ist dann der Ort, an dem das Selbstbewusstsein gefunden wird und kultiviert. Ich stelle mir den Vater an einem Lagerfeuer sitzend vor, so, wie er immer sitzt, zweifach geknickt, in der Brustwirbelsäule und im Nacken, und ein Jochen würde versuchen, ihm Haltung beizubringen. Der Vater bleibt nie allein über Nacht weg, der Vater würde nie auf so ein Wochenende, auch wenn er gern auf den Feldwegen und im Stadtwald ist, joggen, der Vater wird weiterhin nie allein über Nacht wegbleiben, er bleibt ab jetzt immer allein, aber nicht weg. Der Vater bleibt da.

Wir stehen vor dem Passat. Der Vater kramt in seinen Jackentaschen, Jeanstaschen, und die Mutter zieht die Augenbrauen hoch. Er wendet sich nicht der Mutter zu, ob sie nicht den Schlüssel habe, ob er ganz sicher nicht vorhin ihr den Schlüssel gegeben habe, der Vater sucht und schweigt. Er weiß, dass er der Mutter nichts mehr aus reiner Gewohnheit herüberreicht, damit sie es einsteckt, sondern dass es jetzt darum geht, die Güter voneinander zu trennen, die Gegenstände zu zählen, eine Art Inventur der letzten vierzig Jahre durchzuführen, und die Jahre selbst sind Gegenstände geworden und müssen ausgemessen werden.

Der Vater weiß, dass er sich an jede Transaktion mit der Mutter erinnert, und wenn er sich nicht erinnert, hat es keine Transaktion gegeben, er muss den Schlüssel also noch irgendwo haben. Er findet ihn schließlich ganz unten in der Tasche der Funktionsjacke, den Schlüssel mit dem länglichen Filzanhänger, auf dem *Weltenbummler* steht. Der Vater wird das Auto behalten und die Mutter wird der Fairness halber etwas Gleichwertiges bekommen. Die Eltern sind und bleiben fair, das ist ihnen wichtig, Gerechtigkeit, zumindest in privaten Angelegenheiten. Der Vater fährt seit Jahren, weil die Mutter Angst vor den Fahrrädern in der Stadt hat, ruckzuck hast du einen umgefahren, da wirst du deines Lebens nicht mehr froh. Ich frage mich, wie es für sie gewesen wäre, hätte der Vater einen umgefahren. Wir fahren an den Fabriken vorbei, die Wolken aus Rasierschaum in den Himmel spritzen und nie damit aufhören, die Betontürme haben völlig sinnlose Rasierschaumvorräte angelegt. Sonst ist alles flach und die Farben sind wie eingestaubt, als stünde die ganze Landschaft schon viel zu lange hier herum. Die Dunkelheit deutet sich an und sie kommt als Erleichterung, dass das Licht endlich aufhören kann, so angestrengt durch die graue Decke zu bohren. Jetzt kann sich das Licht einfach oben auf dem Abend ablegen und seine Ruhe haben.

Ob ich gut geflogen bin, fragt die Mutter und dreht sich zu mir um, legt ihre Hand auf mein Knie und ich sehe ihre Adern, die sich als Gebirgszüge auf dem Handrücken verzweigen, und die Ringe. Einen am Daumen und einen am Ringfinger, aber der schlichte Ring, der keine Verzierung braucht, der fehlt. Ich kann mich nicht erinnern, ob sie ihren Ehering früher getragen hat. Ich weiß nicht, ob sie ihn vor Kurzem ausgezogen hat, als symbolischen Akt, und dabei irgendwas verbrannt, *Die unerträgliche Leichtigkeit des Seins*, wobei die Mutter natürlich weiß, dass man Bücher nicht verbrennt, vielleicht also einen Brief des Vaters, falls es so etwas gegeben haben sollte, vielleicht wenigstens eine Postkarte, aber der Vater bleibt ja nie über Nacht weg, der Vater geht samstags auf den Markt und sonntags auf den Trimm-dich-Pfad, vielleicht einen Einkaufszettel. Wahrscheinlicher ist, dass sie den Ring schon seit Jahren nicht mehr trägt. Wegen des Spülwassers oder den dicker werdenden Gelenken.

Ob ich schon wisse, wie lange ich bleibe, fragt die Mutter, ich sage, ich habe eine Bahn für nächsten Samstag. Nächsten Samstag, ruft die Mutter und meint damit, dass zehn Tage viel zu kurz ist, während ich meine, dass zehn Tage zu lang ist, zehn Tage scheinen also ein gelungener Kompromiss. Immer, wenn ich zu den Eltern fahre, habe ich die Rückfahrt bereits gebucht, es ist ein heimliches Gesetz. Direkt nach Hause, fragt der Vater, und die Mutter sagt, wohin denn sonst. Vielleicht können wir kurz am Kiosk halten, sage ich, um der Mutter zu widersprechen. Sie dreht sich wieder um und legt ihre zweite Hand auch noch auf mein Knie, hier gar kein Ring, was brauchst du denn, Maus, wir haben alles da. Sonst können wir auch was bestellen. Die Mutter hat noch nie was bestellt, die Mutter hat immer etwas vorgekocht, sie hat etwas eingefroren, was besser ist als aus der Dose, vom Vitamingehalt her, sie kennt Gerichte, die sie in zehn Minuten zubereiten kann, aber wie man Essen bestellt, das weiß sie nicht und das ist ihr auch nicht geheuer, weil sie den Leuten, die für Geld kochen, alles zutraut, beziehungsweise nichts. Ich sage, Zigaretten, die Mutter sagt, aber du rauchst doch gar nicht. Na und, sage ich. Die Mutter lacht hell aus ihrem Glockenkörper, der Vater versteht nicht, was das für ein Gespräch ist, hält den Blick auf der Straße, vor den Scheinwerfern quillt der Nebel. Ich spüre die Hände der Mutter auf meinem Knie und bilde mir ein, sie wären feucht, aber auf eine zähe, schleimige Art, aufdringlich wie eine aufgeschnittene Aloe-Vera-Pflanze, und ihre Feuchtigkeit drückte sich durch die Jeans an meine Haut heran, die gar nicht verbrannt ist oder aus sonst einem Grund Aloe Vera bräuchte, und der Schleim zieht in mich ein, ohne dass ich etwas dagegen tun könnte, und ich denke, das ist jetzt also die neue feuchte Mutter.

Es sieht alles aus wie immer, nur die Straße ist frisch geteert, sie ist jetzt wie aus einem Guss und ohne Löcher, wie der Himmel, aber heißt immer noch Sandberg. In den Vorgärten stecken kleine Fähnchen für den Glasfaserausbau. Findelheim wird der Vorort genannt, was ein seltsamer Name ist für einen Ort, an dem nur Leute wohnen, die nie herumgefindelt sind, die schon immer und für immer daheim bleiben. Findelheim war mal ein Dorf, ein eigenständiges, richtiges Dorf, und den alten Leuten sieht man noch das Erstaunen an, dass sie plötzlich einer Stadt angehören. Sie haben die Augenbrauen gehoben, die Augen weit, die Münder leicht geöffnet, als wären sie immer noch überrascht darüber, dass die Städter kommen und nicht mehr gehen, weil sich die Stadt durch die umliegenden Äcker gefressen hat, bis sie bei ihnen vor den Häusern stand, und in Findelheim macht man auf, wenn es klopft, weil auch Josef und Maria damals geklopft haben.

Die Eltern waren unter den Ersten, die sich ein Haus kauften, als *Zugezogene*, wie man die Fremden hier nennt, und sie fühlen sich noch immer als Pioniere deshalb, als Trüffelschweine, sie sagen, zwei, drei Jahre später und wir hätten es vergessen können, bei der Preisentwicklung, und dann grunzen sie zufrieden. Der Vater hat sich über die Jahre beliebt gemacht, weil er Arzt ist. Damals gingen die Leute in Findelheim nicht gern zum Arzt, aus Angst, er könnte etwas an ihnen finden, er könnte in sie vordringen. Aber sie brachten dem Vater die kranken Tiere vorbei, die ihnen leidtaten, für deren Behandlung sie aber kein Geld ausgeben wollten, und deshalb hat der Vater Hühner und Kühe und Schafe behandelt, so gut er halt konnte.

Jetzt gibt es keine Tiere mehr, außer Katzen, denen die Leute Glöckchen umbinden, wegen der Vögel, denen sie im Sommer eine Tränke und im Winter Knödel anbieten. Aber die Vögel kommen nicht. Jetzt gibt es genug Leute, die gern zum Arzt gehen und sich durchsuchen lassen und hoffen, dass mal einer was an ihnen findet, und sie falten die rosa Zettelchen gewissenhaft auf Kante. Jetzt praktiziert der Vater nicht mehr als Arzt, sondern berät ein Pharma-Unternehmen als Arzt. Der Vater war auf Wunsch seines Vaters Arzt geworden und hat lange nicht gemerkt, dass die Körper fremder Leute gar nicht seins sind, wie er sagt. Der Vater sagt, das ist einfach nicht meins, und dem Vater gehört wenig in der Welt. Der Vater geht jetzt samstags auf den Markt und sonntags in den Wald, zum Trimm-dich-Pfad, wo er an Stationen Sportübungen aus den Neunzigern macht, die auf Schildern erklärt sind, mit Fotos von einem Mann und einer Frau im hellblauen Partnerlook.

Wie die Tiere verschwinden nach und nach die alten Leute, die die Tiere geklopft haben und ihnen Namen gegeben, als wären es Erwachsene, Monika, Katharina, Jürgen. Ihre Höfe sind schon abgerissen und die Grundstücke verkauft, an Familien, die lieber selber bauen, als zu renovieren, die gerne selber bestimmen wollen, wie die Raumaufteilung ist, und alle dieselbe Raumaufteilung wählen. Gegenüber vom Haus der Eltern stehen fünf aneinanderhängende Wohneinheiten still und stramm nebeneinander, sie sind weiß und haben neben den Haustüren je ein graues, sehr genau gemaltes Rechteck. Die Parteien heben sich durch den Türschmuck und die Gestaltung des kleinen Beetes neben der Eingangstreppe voneinander ab.

Die Mutter findet Reihenhäuser furchtbar, eine einzige Gleichmacherei. Die Mülltonnen benutzen die Leute gemeinsam, wie die Mutter erzählt und sich erregt, weil es gar keine Tonnen sind, sondern Container, die einen eigens eingezäunten Platz brauchen, auf den die Mutter jetzt vom Küchenfenster aus blicken muss, riesig, weil die Leute so viel aus dem Internet herbestellen, dass sie mehr Papiercontainer brauchen, und dafür musste der Walnussbaum weg, den scheinbar keiner brauchte, obwohl seine Nüsse groß waren und sich leicht schälen ließen. Absurd, sagt die Mutter, dass die Leute jetzt sogar zu faul sind, um in die Läden zu gehen, nur noch zum Mülleimer gehen sie, beängstigend, sagt die Mutter und kriegt rote Wangen. Erst als sie fertig gesprochen hat, steigt sie aus. Auf der Straße würde sie so nicht reden, die Mutter schweigt, lächelt, hebt eine Hand zum Gruß in Richtung eines fremden Küchenfensters.

Das Haus der Eltern steht da wie immer. Es ist eine Vorstellung von mir, dass es lebt und seine Wurzeln unter der Stadt ausbreitet, von ihrem Abwasser trinkt mit den Drogen darin, den Hormonen, und mit seinen kleinen feinen Wurzelenden pikt das Haus da unten die Ratten. Zu einer Seite schließt es direkt an das Nachbarhaus an, zur anderen an den Hof der Renate, beziehungsweise an die riesige Linde. Die Linde steht genau zwischen den beiden Grundstücken, die Renate hat ihren kniehohen Schnörkelzaun von beiden Seiten an die Linde herangezogen, sodass es aussieht, als ginge er durch ihre Mitte hindurch. Im Frühjahr spuckt die Linde einen klebrigen Saft, deshalb haben die Eltern schnell einen Carport gebaut, sie wollen sich das Auto nicht bespucken lassen. Das Elternhaus hat sich das Ziegeldach ins Gesicht gezogen und die hellblauen Fensterläden zu den Seiten geöffnet. Die Mutter hat Rollläden einbauen lassen, die Fensterläden sind nur zu Dekorationszwecken erhalten und müssen alle paar Jahre gestrichen werden. Ein Zwanzigerjahre-Bau, so habe ich es schon hundertfach von der Mutter gehört, beiläufig, die Mutter hat keine Ahnung von Architektur, aber den Kaufvertrag studiert, und die Zwanzigerjahre versprühen etwas, das man nicht in einer Vorstadt vermutet.

Verkauft ihr das Haus, frage ich, als der Vater den Schlüssel umdreht, leicht an ihm zieht, gleichzeitig mit dem Fuß unten gegen die Tür drückt. Ich kenne die Eltern nur in diesem Haus. Sie haben nie woanders gewohnt, seit sie die Eltern sind. Ach, das ganze Organisatorische, sagt die Mutter, das wollen wir erst mal hintenanstellen. Wir sind ja nicht zerstritten. Erst mal das Emotionale.

Der Vater steigt schnell aus seinen Schuhen, ganz neue Converse, hält mit der einen Fußspitze den anderen Schuh fest und hebelt den Fuß heraus, ohne die Schnürsenkel zu lösen, legt die Schlüssel auf das Schränkchen in der Garderobe. Er hält dabei sein Gesicht von uns weg, neigt es zum Boden, als hätte er sich heimlich ein Piercing stechen lassen. Ich frage mich, wie oft er diesen Satz schon gehört hat in den letzten Wochen, erst mal das Emotionale, und ob er versteht, dass es ein

Angriff auf ihn ist, er, den ich nur zweimal habe tränen sehen, als das letzte Familienauto verschrottet wurde, in einer sehr großen Presse, und als die Inschrift auf dem Grabstein seiner Mutter falsch war. Sie hatten sie ein Jahr früher sterben lassen, sie war zum Jahreswechsel gestorben und die neue Zahl war dem Steinmetz noch nicht geläufig gewesen, aber der gute Stein, hatte der gesagt, den jetzt wegmachen, wär doch schade drum, wo man die Toten eh nicht mehr lebendig macht. Der Vater hat Verständnis für solche Verfahrensfehler und will nie Scherereien machen, vor allem nicht dem Steinmetz, der kein Akademiker ist, und weinen will er auch nie, aber das hat er dann doch gemusst. Er hat nur aus den Augen geweint, also geträntt, und den Rest des Körpers ganz still gehalten; er saß ausnahmsweise mal mit geradem Rücken. Ich habe ihm einen Filterkaffee gekocht und er hat den Kaffee von vorne bis hinten gelobt, die Dosierung, die Temperatur, die Menge an Milch, die Menge an Zucker, und dann hat er zu tränen aufgehört, weil ja offensichtlich alles in Ordnung war.

Die Mutter hat die Lichter im Wohnzimmer angeschaltet und gedimmt, sie hat sich schräg in ihren Ohrensessel gesetzt, sodass die überschlagenen Beine über der Lehne hängen. Sie hat sich Rotwein in ein Glas gegossen, das sie noch kleiner wirken lässt, so enorm groß und rund ist es, man meint, sie könnte es kaum halten mit ihren Fingerchen, sie könnte es glatt als Swimmingpool benutzen, die Mutter, ein wenig zusammenschrumpfen noch und dann als Fee einen Köpper in den Rotwein unternehmen und sich keck über den Glasrand lehnen, die Arme vor sich verschränkt, die Haare nass vom Wein, die Beine langsam paddelnd. Sie würde ihren muskulösen Körper aus dem Glas heben und auf dem Rand balancieren, und es würde einen Ton machen, einen beruhigenden, wie wenn man mit angefeuchtetem Zeigefinger darüberfährt. Hingesetzt hat sie sich, in den Ohrensessel, wie zum Fotografiertwerden. Ich sehe, wie sie ihr Spiegelbild in der Scheibe prüft. Willst du auch, Maus, fragt sie und hebt das Glas, ich sage, nein, danke, und denke, dass ich in dieses Glas auch gar nicht hineinpasse.

Der Gummibaum im Wohnzimmer ist größer geworden, hat jedes seiner Plastikblätter der Fensterfront zum Garten zugewendet. Die Mutter dreht ab und an den Topf, damit die Blätter wieder in den Raum zeigen, was sie schöner findet, aber nach ein paar Tagen hat sich der Gummibaum wieder zum Licht ausgerichtet. So geht es zwischen der Mutter und dem Gummibaum, ein jahrzehntealtes Ritual. Die Terrassentür nimmt fast die ganze Wand ein, sie lässt den Friedhof ins Wohnzimmer, über dem jetzt die Sonne untergeht, ohne dass man die Sonne sieht, man sieht nur, wie das Grau dunkler wird und die Laternen anspringen. Die Eltern haben eine kleine Terrasse mit einer kleinen Treppe, die hinunter in den kleinen Garten führt, den man kaum bemerkt, obwohl sich die Mutter immer solche Mühe gegeben hat. Hinter dem Garten erstreckt sich der Friedhof den Hügel hinauf und zieht die Blicke an sich. Der Friedhof hat einen alten Metallzaun, durch dessen Stäbe ich mich als Kind mühelos hindurchgeschoben habe.

Die Mutter hat auf der Elternseite eine Kirschlorbeerhecke als Sichtschutz installiert, damit keiner von den Toten zu ihr in den Garten linst oder damit sie nicht immer die Toten vor sich hat, sobald sie in den Garten tritt, wo es ja um das Leben geht, das Wachsen, was für die Mutter ein und dasselbe ist. Aber man sieht den Friedhof auch von der Terrasse der Eltern und durch die große Glastür im Wohnzimmer und aus dem großen Fenster im Elternschlafzimmer im ersten Stock. Von Westen dringt durch alle Fenster der Friedhof ins Elternhaus. Die unterteilten Parzellen und die alten Bäume und die alten Laternen und die alten Leute an den Gräbern, der Kitsch, der sich auf den Gräbern sammelt, wenn ein Kind gestorben ist, manchmal bis die Kuscheltiere verrotten.

Ich habe früher die Leute beobachtet, die immer dasselbe machen und die immer gleich aussehen, klein und krumm und in Graubraungrün gekleidet, außer wenn ein Kind gestorben ist. Alle sind gleich, wenn sie ein Grab pflegen, harken mit einer kleinen Harke, dass sie auf die Knie müssen, runter, Unkraut zupfen, den Rosenbusch zurechtschneiden, einpflanzen, auspflanzen, neue Erde, Wasser holen, gießen, Wasser holen, die Kerze im roten Plastik, außer wenn ein Kind gestorben ist, dann sind die Gesetze außer Kraft, dann rennt jemand über den Kiesweg, obwohl das Rennen auf dem Friedhof untersagt ist, dann hat jemand ein buntes Kleid an, dann kommt jemand bei Nacht über den Zaun geklettert, dann liegen leere Spirituosenflaschen herum, dann wühlt ein Hund in der frisch aufgeschütteten Erde und keiner ist da, um ihn zurückzupfeifen, aber ein Kind hat nicht zu sterben. Man könnte die Gräber auch als Hochbeete anlegen, um die Rücken der Lebenden zu schonen, aber ein Lebender hat sich zu bücken vor den Toten. Die Toten haben fünfzehn Jahre Ruhezeit, dann kommt der Bagger oder eine Vertragsverlängerung.

Was denkst du, fragt die Mutter, und es ist eine typisch unangemessene Frage, was denkst du, das fragt eine Geliebte und selbst dann lügt man, wenn man überhaupt antwortet. Was denkst du. Ich sage, über die Gräber. Hast du das Gefühl, es wird jetzt was begraben? Es ist was gestorben? Wegen der Scheidung, will die Mutter geübt wissen. Aus den Köpfen der anderen wissen ist eines der Dinge, die sie am meisten will. Nein, Mama, ich hab nur aus dem Fenster geschaut, sage ich. Aber was macht es mit dir, aus dem Fenster zu schauen? Mama, ich wohne hier nicht mehr. Ist schon okay. *Es tut gleichmäßig weh, es ist Sonnenzeit, unbeschwert und leicht, und der Mensch heißt Mensch.* Papa behält das Haus bestimmt, der kann doch nix wegwerfen, sagt sie, als könnte man ein Haus wegwerfen, und lächelt dabei, als könnte man ein Lächeln wegwerfen. Und du, frage ich und sie nippt an ihrem Wein und strahlt mich hohl über den Rand des Glases an. Ich gehe nach Berlin. Ich sage, nein.

Doch, sagt die Mutter und strahlt, ich frage nicht nach, ich will es nicht hören und nicht sehen, die Aufregung, den Teint, überhaupt die Energie, wie sogar die Haare elektrisch aufgeladen sind und vom Kopf abstehen, wegen des albernen Wollpullis, der an dem albernen Ohrensessel reibt, wie sie noch nicht mal normal in einem Ohrensessel sitzen kann, sondern mit ihm kokettiert, mit ihren festen Oberschenkeln, wie ich genau sehen kann, dass sie kein Unterhemd trägt, obwohl der Mutter immer kalt ist wie einem Windhund, aber es schimmert der BH durch die feine Wolle.

Ich kenne diesen pastellgrünen Pulli nicht, den BH sowieso nicht, weil die Mutter früher anders mit ihrer Unterwäsche umgegangen ist, früher hat sie den Wäscheständer versteckt, wenn Besuch kam, weshalb ich sie auf keinen Fall fragen kann, warum jetzt Berlin, und es verschwimmt mir alles ein bisschen, es verliert alles ein bisschen Farbe, und plötzlich bin ich mir nicht mehr sicher, ob es nicht schon immer so verschwommen war und die Farben nur so angedeutet. Ich sage also doch, was willst du denn in Berlin, Mama. Die Mutter sagt, na, was Neues! Für die Mutter ist *neu* ein ganz und gar positives Wort, es rechtfertigt alles, die Mutter sagt, ein bisschen mehr von dir mitbekommen, und dazu lächelt sie, sie reicht mir das Lächeln zu diesem unvollständigen Satz mit einer Selbstverständlichkeit, als säßen wir beim Essen, als hätte ich nach der Butter gefragt.

Natürlich fragt die Mutter nicht, wie ich es finde, dass sie in meine Stadt ziehen will, sie denkt gar nicht, dass ich das irgendwie anders finden könnte als neu, also gut. Ich hole mir ein Glas, kein bauchiges, sondern ein ganz normales, in dem früher Senf war, eines dieser Gläser, die die Mutter immer aussortiert und die der Vater nach jedem aufgebrauchten Senf wieder in die Spülmaschine stellt. Er schätzt das Geschenk, das ihm die Senffirma da gemacht hat. Ich gieße mir jetzt von dem Wein ein, der neben dem Ohrensessel steht, ich gieße das Senfglas so voll, dass ich mich auf den Bauch legen muss, um abzutrinken, ich hebe es an und proste der Mutter zu, deren Lippen schon ganz blau sind und die Zähne mitten in ihrem Teenager-Lächeln grau.

Wo ist Papa, frage ich. Der geht bestimmt mit dem Tobias, sagt sie und merkt nicht, dass ich nicht weiß, wer Tobias ist, weil die Mutter ihr eigenes Leben für völlig normal hält, für selbsterklärend. Wer ist Tobias, frage ich, als sie gedankenverloren nicht aus dem Fenster, sondern auf das Fenster schaut, in dem sie sich immer klarer spiegelt, je dunkler es wird. Der Hund von der Renate, die hat ein schlimmes Knie, die kann nicht mit ihrem Hund raus. Die sieht man gar nicht mehr, höchstens am Rollator, sagt die Mutter und schüttelt andächtig den Kopf und dann schiebt sie hinterher, kannst du mich nicht mal malen? Ich erzähle immer, die ist unterwegs, die ist ja Künstlerin. Ich sage, aber die Renate, die ist doch noch gar nicht so alt, die ist doch so alt wie ihr und die kann jetzt nicht mehr laufen? Ich höre mir selber zu und höre die Gemeinheit, wie sie in Zeitraffer aus mir herauswächst, vor meinem Mund aufgeht wie eine Blüte in einer Wüstendoku, und will etwas hinterherschieben, da sagt die Mutter schon, ja, die wiegt halt auch arg viel, die Renate. Ich sage, ich male nicht mehr, ich mache Räume. Meine Tochter macht Räume, sagt die Mutter und lächelt.

Ich stelle mir den Vater vor, wie er jeden Tag mehrmals dieselben Wege geht, unsere Straße hinunter, wo früher die Gemüsegärten waren und jetzt die Einfamilienhäuser stehen, über die Straße, die früher die große Straße war und jetzt, wo sie in der Stadt liegt, einfach eine ganz normale Straße ist, einfach eine mit einem Rewe und einem dm und einem Roßmann und einer Ampelkreuzung. Er geht zum Spielplatz, der früher eine Wiese war mit Holzstapeln und ein paar Pferden, und ermahnt den Tobias, nicht an die Rutsche zu pinkeln und auch nicht in den Sand. Der Vater folgt der Straße abwärts bis zur Fellbach, die Leute sagen *die Fellbach*, als wäre der Bach ein Fluss und alles, was fließt, weiblich. Um diese Jahreszeit führt sie viel Wasser, reißt dunkelbraune, haarige Wasserpflanzen mit sich, wie Felle von toten Mardern. Sie windet sich in ihrem Bett, als hätte sie Fieber, wälzt sich wie unter Schmerzen und trägt die toten Marder spazieren. Sie will noch mal allen präsentieren, was sie gerissen hat, in ihrem Fieberwahn, dabei sind es ja nur Pflanzen, die freiwillig auf ihr wachsen, und vielleicht will sie auch das präsentieren, dass etwas freiwillig auf ihr wächst.

Der Vater geht weiter aus der Stadt raus, an den Schrebergärten entlang, die mich an die Parzellen auf dem Friedhof erinnern, nur ein bisschen großzügiger bemessen, er lässt den Hund von der Leine, diesen Tobias, der in meiner Vorstellung massiv und dunkelbraun ist und sich auch ohne Leine nicht entfernt, mit seinem gedrungenen Gesicht, den herunterhängenden Lefzen und Sabberfäden. Ich sehe es vor mir, wie der Vater neben dem Tobias auf der einzigen Bank über der Fellbach sitzt und den Arm um seinen Pelzrücken gelegt hat wie um einen Bären, und wie sie ewig so sitzen könnten und über die falschen Dinge traurig sein, wo es doch genug richtige gäbe, und das nennt der Vater in Gedanken dann *seine Melancholie*.

Die Mutter hat sich die Lesebrille aufgesetzt, bedient ihr Smartphone mit dem Zeigefinger und spricht dabei. Vietnamesisch? Oder Thai? Oder sollen wir mal den Afrikaner probieren, sagt sie und schaut so verschwörerisch, und ich denke, ich will aus diesem Club austreten, und finde nichts in mir, keinen Hunger, schon gar nicht so etwas wie Appetit, nur ein gewisses Unbehagen bei den Worten *den Afrikaner probieren*, und denke, die Mutter würde bestimmt gern *den Afrikaner probieren*. Mag Papa so was, frage ich und sie sagt, ich habe jetzt dich gefragt, Maus, nicht Papa. Vietnamesisch, sage ich. Echt? Schade, sagt die Mutter. Mir ist es total egal, ehrlich gesagt, Mama, sage ich. Maus, egal gibt's nicht. Ich sage, entscheid du einfach. Die Mutter sagt, ich hab mich so auf dich gefreut. Ich nippe am Wein und schlucke unverhältnismäßig laut, ich trinke nur, um nichts sagen zu müssen, was gar nicht nötig ist, die Mutter sagt, ich hab mich so gefreut, mal wieder jemanden im Haus zu haben, dem nicht alles egal ist, der nicht sagt, *entscheid du einfach*. Ich sage, och Mama, du hast doch eh schon alles entschieden, wenn du fragst. Die Mutter sagt, ich verstehe, dass du traurig bist, Maus, aber wir bleiben deine Eltern. Ich sage, da hast du recht. Die Mutter sagt, weißt du, deshalb war es mir so wichtig, dass du kommst, ich sage, weshalb, die Mutter sagt, na weil ich mir schon gedacht habe, dass du sauer auf mich bist. Die Mutter hat sich alles immer schon gedacht, es gibt wenig Neues für sie auf der Welt, wenig, was sie nicht spätestens aus dem Nachhinein heraus schon geahnt hätte. Ich sage, ich bin nicht sauer auf dich. Die Mutter sagt, es ist okay, sauer zu sein, ich will nur, dass wir darüber im Gespräch sind.

Die Mutter hat mich herbestellt, um die Scheidung mit einem Guss aus Reflexion zu überziehen, der unweigerlich süß ist, der uns irgendwie zusammenpappen soll und so die Trennung der Eltern überhaupt erst ermöglichen. Ich sage, denkt Papa auch, dass ich sauer auf ihn bin? Ach, woher denn, sagt die Mutter und lacht und das Lachen liegt ihr bitter im Mund, sie spuckt es aus, wegen des unerträglichen Geschmacks. Die Mutter sagt, es wär gut, wenn du mir die Woche hilfst, die ganzen Sachen durchzugucken. Tommy ist ja alles egal, wenn ich ihn frage. Ob er es will, ob es wegsoll, ob ich es nehme, da sagt er, entscheid du einfach. Es wär gut, wenn du mir da hilfst, Maus, mit dem ganzen Krempel.

Ich hab schon einiges vorsortiert, aber hier ist so viel Zeug, das kann sich kein Mensch vorstellen. Ich sage, ja. Unglaublich, was sich in so einem Haus ansammelt, sagt die Mutter. Sie hat also vor, dem Vater ein Paket zu schnüren, an Dingen, die er behalten soll, die er brauchen wird, wenn er erst allein im Haus ist, die Mutter behandelt den Vater noch immer wie ein Schulkind, das seinen Turnbeutel vergisst, ein letztes Mal, denn dieses Mal wird die Mutter auch sich selber einen Beutel füllen und damit um die nächstbeste Ecke biegen.

Tommy hat ja auch gar keine Zeit, sagt die Mutter, für eine Scheidung. Wir Mädels halten die Stellung, sagt die Mutter und lächelt mich an und sucht mit ihrer Hand nach meiner. Ich lächle an ihr vorbei in die Scheibe hinein, trinke meinen Wein aus und sage, ich muss mal aufs Klo. Als ich aufstehe, klingelt mein Handy in der Handtasche im Flur. Ich nehme ab, sage, Kolja, na. Kolja sagt, gute Neuigkeiten. Ich sehe durch die Scheibe der Tür zum Wohnzimmer, die unbewegte Mutter, die ganz genau zuhört und denkt, dass ich doch eigentlich aufs Klo muss, und sich fragt, wer mich jetzt am Abend noch anruft. Kolja sagt, die Schiffers kaufen. Ich lache und sage, siehst du. Kolja sagt, ja, der Hammer. Die haben ja diesen Bunker in München gekauft und umgebaut. Die wollen allerdings, er niest und ich denke an seinen Bart, der rot ist und in dem jetzt eventuell die Tröpfchen hängen wie Kugeln an einem Weihnachtsbaum, ich sage, Gesundheit, er sagt, also sie hätten gern, dass du persönlich aufbaust.

Ich lache und sage, als ob. Die Mutter horcht auf, ich kann genau sehen, wie sich ihre Öhrchen dort auf dem Sessel leicht aufstellen, ich sage, das kann genauso gut Katja machen. Kolja sagt, es ist nicht selbstverständlich, dass Leute wie die Schiffers deine Sachen kaufen, Helene, du musst schon einsehen, dass du solche Leute brauchst. Die riskieren was für dich. Ich sage, ich lasse sie ja auch kaufen, aber ich geh da nicht hin. Die kaufen die Installation, nicht mich, das müssen solche Leute auch mal einsehen. Kolja sagt, du gehst da einfach als Geschäftsfrau hin. Rein professionell. Nein, sage ich. Er sagt, okay, du überlegst es dir und dann ruf ich die Tage noch mal an. Ich sage, ich muss aufs Klo. Kolja lacht in den Hörer, er sagt, bis bald, meine Liebe.

Ich mache einen Spaziergang durch das Haus und bleibe vor allen möglichen Dingen stehen und frage mich, wer von beiden sie nehmen wird, oder ob sie auf den Sperrmüll kommen. Ich gehe zuerst in den Keller mit dem roten Teppichboden, in den der flüssige Teil meiner Kotze eingezogen ist, wenn die Mutter als lockere Mutter Alkohol für meine Partys gekauft hat. Es war immer Molly, die versuchte, meine Kotze mit dem Kehrblech aufzusammeln, die Mutter sollte nichts mitbekommen. Mich hat es nicht gestört, die Mutter hatte den Alkohol ja selbst gekauft. Ich habe eine gewisse Genugtuung empfunden, möglicherweise. Die Mutter wollte mein soziales Selbst einerseits stabilisieren, indem sie mich zur Gastgeberin der Party ernannte, und es andererseits durch den Alkohol auflockern, damit die Leute beim nächsten Mal auch meinetwegen kämen. Aber die Kotze troff mir vom Kinn aufs Shirt und die Leute kamen beim nächsten Mal wieder wegen Molly, die zuverlässig nach Sprühdeo von bebe roch, und vielleicht auch wegen des Alkohols, den man als Jugendlicher ja nicht überall bekommt.

Ich starre auf den Billardtisch, auf dem die Kugeln verstreut liegen, als hätte eben noch jemand einen Stoß ausgeführt. Eine Stehlampe mit großem, rundem Kopf beugt sich über den Tisch und beleuchtet ihn. Ich stelle mir die Mutter vor, wie sie sich in ihrem Satin-Morgenmantel auf dem Tisch rekelt, so klein, dass sie sich rücklings über eine Billardkugel legen kann, oder sich danebenstellen, eine Hand auf der Kugel wie auf einer Kühlerhaube, und wie ihre Beine mit jeder Bewegung jedes Mal, wenn sie die Pose wechselt, von Wellen übergossen werden. Obwohl sie auf eine so sportliche Art schlank ist, sitzt ihr die Haut locker auf dem Körper, als würden sich die beiden einfach nicht einig, als würde die Haut die Winzigkeit des Mutterkörpers nicht akzeptieren.

Ich stehe vor den Gesellschaftsspielen, eine ganze Regalwand voll mit bunten Kartons mit Aufschriften, alphabetisch sortiert, und die einzigen Spiele, die es dauerhaft ins Wohnzimmer geschafft haben, sind *Die Siedler von Catan* und *Rummikub*. Die Mutter wird versuchen, mir die Spiele anzudrehen. Sie wird sagen, die haben wir doch für euch gekauft. Sie wird korrigieren, die haben wir doch für dich gekauft, um Molly aus den

Spielen zu entfernen. Molly scheint in jedem einzelnen Karton zu sitzen, als stumme Plastikfigur. Molly spielte nicht gern, sie wollte nicht auch noch in ihrer Freizeit gewinnen müssen. Sie hatte schon als Jugendliche diese koketten, politisch angehauchten Meinungen, die sie benutzte und verwarf, wie es ihr gefiel. Ich werde der Mutter sagen, dass ich die ganzen Kartons wohl schlecht in der Bahn mitnehmen kann und in meiner Wohnung eh kein Platz ist, und die Mutter wird stumm nicken und denken, dass in der Wohnung sehr wohl Platz ist, aber eben kein Mensch, mit dem ich spielen könnte. Molly würde die Spiele vielleicht nehmen, wäre sie nicht verschwunden, würde sie die Mutter sicherlich nicht enttäuschen wollen. Ich denke, dass Molly wahrhaftig traurig wäre, über das Ehe-Aus der Eltern. Sie könnte trotzdem über das Wort lachen, Ehe-Aus, wie auf einem Titelblatt am Kiosk.

Ich gehe in den Wäscheraum, wo ein Trockner, eine Waschmaschine, ineinandergestapelte bunte Wäschekörbe stehen, vier graue Wäschesäcke, auf denen jeweils in Weiß *Laundry* steht, in die die Mutter hineinsortiert. Hellbunt, dunkelbunt, weiß, dreißig Grad, vierzig Grad, sechzig Grad, Handtücher, Jeans, Seide, Wolle. Die Mutter ist die einzige Person, die alle Funktionen, die sich der Waschmaschinenhersteller ausgedacht hat, auch benutzt. An der Wand lehnen drei robuste Wäscheständer, zusammengeklappt. Daneben ein Bügelbrett, zusammengeklappt. Daneben, aufgehängt an einem Nagel, der Bodenwischer, bei dem man wenigstens den unteren Teil zusammenklappen kann. Es ist wichtig, dass Haushaltsgegenstände klappbar sind, sodass sie gut verstaut werden können, zwar jeden Tag fix hervorgeholt, aber sogleich wieder in die Unsichtbarkeit hinein verschwinden. Die Mutter hat vor Kurzem Rückenschmerzen erwähnt. Es ist mir am Telefon nicht weiter aufgefallen, aber jetzt, im Wäschekeller, erinnere ich mich, dass sie so etwas gesagt hat wie, ich kann mir das überhaupt nicht erklären, woher jetzt plötzlich. Die Mutter gesteht sich sonst nie Schmerzen zu. Ich sehe die Mutter vor mir, wie sie sich freut, wenn sich ein Gegenstand ganz einfach zusammenklappen lässt, und natürlich ist sie der Meinung, dass man von anderen nur verlangen kann, was man auch von sich selbst verlangt.

Die Mutter würde nie die Wäsche im Keller trocknen lassen, aus Angst, sie könnte müffeln. Sie hängt die nasse Wäsche hier unten auf den Wäscheständer und trägt diesen dann die Treppen hinauf ins Wohnzimmer. Wenn Besuch kommt, trägt sie ihn wieder hinunter und denkt die ganze Dauer des Besuchs an die Wäsche, die mit jeder Minute ein bisschen mehr Kellergeruch annimmt. Früher hat sie manchmal zu mir gesagt, flüsternd, selbst wenn wir allein waren, immer flüsternd, Maus, du müffelst, und obwohl das Wort so nett klingt, war klar, dass müffeln ein nicht hinnehmbarer Seinszustand ist, der sofort angegangen werden muss. Müffeln ist so ein Mutterwort, das ich nicht mehr loswerde, mit dem ich mich immer wieder in Gedanken erwische, in der U-Bahn unauffällig die Nase Richtung Achsel senkend, müffelst du jetzt.

Ich gehe in den Heizraum und lehne mich an den warmen, vibrierenden Boiler. Daneben sind Stühle gestapelt und die Platten, mit denen man den Wohnzimmertisch vergrößern kann, wenn Besuch kommt, wenn Anlässe sind. Es gibt ein Regal, in dem die Mutter Bastelsachen aufbewahrt, Tonpapier, Acrylfarben, Leinwände, Stoffe, Wolle, Nähsets, Geschenkpapiere und -bänder. Oben auf dem Regal stehen bis unter die Decke gestapelt unbeschriftete Bananenkartons. Die Mutter könnte sicher auswendig aufsagen, was sich jeweils darin befindet. Tischdecken, Fotoalben, solarbetriebene Mini-Lichterketten in Gläsern von ihrem sechzigsten Geburtstag, das Raclette, das Fondue.

Am Regal lehnen drei Paar Skier und zwei Snowboards. Der Vater hat die Snowboards für Molly und mich gekauft, als wir sechzehn waren, und einen Lehrer engagiert, während er mit der Mutter, deren Freundin Christiane und deren Mann Harry ganz normal Ski fuhr. Es muss eine Idee der Mutter gewesen sein, die wusste, dass Molly nicht Ski fahren konnte, und deshalb dachte, es wäre gerechter, wenn wir beide Snowboard führen, was wir beide nicht konnten, aber Molly ließ sich immer fallen und vom Snowboardlehrer aufheben, auf eine Art, die ich einfach nicht ertrug, die den beiden direkt unter die Skianzüge griff, in die nackten Achselhöhlen hinein, hinten an die Nacken, wo die unsichtbaren Haare wachsen, ihr und dem Snowboardlehrer, und ich zog mir die

Gesichtshaut von den kalten Wangenknochen, um mir zu beweisen, dass es mich noch gab, und fuhr doch wieder Ski mit den Eltern und ihren Bekannten. Molly lernte auch nicht Snowboardfahren, aber ging jeden Tag bis weit über die Unterrichtszeit hinaus in den Schnee mit dem Lehrer, der weiterhin vom Vater bezahlt wurde. Der Lehrer hieß Jens. Manche Dinge merkt man sich einfach.

Molly hörte auf, Thermounterwäsche zu tragen, sie trug nur ihre Spitzenunterwäsche unter dem Skioverall, der sich vorne mit einem langen Reißverschluss öffnen ließ. Sie trug auch keine dicken Socken mehr, sondern die ganz normalen schwarzen mit dem gewellten Rand von H&M. Wenn sie abends ins Ferienhaus kam, waren ihre Zehen ganz hart, man hätte sie einen nach dem anderen einfach abbrechen können. Der Vater sagte zu mir im Lift, man kann nicht immer alles schon können. Man muss auch mal was dazulernen. Der Vater sagte, ich sollte mir ein Beispiel an Molly nehmen, die offen wäre, für was Neues. Die einen Erfindergeist hätte und eine Hartnäckigkeit. Von beidem ist der Vater ein großer Fan, weil er den eigenen Mangel spürt, aber Deutscher ist.

Ich überspringe das Erdgeschoss, wo die Mutter in der Küche die Spülmaschine ausräumt, die Musik laut aufgedreht, *bad guy* von Billie Eilish, und ich hoffe, dass es zufällig im Radio läuft, dass die Mutter keinen Spotify-Account hat und absichtlich Billie Eilish angemacht. Die Mutter hat früher Campus-Radio gehört, weil sie zu Studienzeiten auch mal selber mitgemacht hat und weil sie up to date sein will und nicht weiß, dass Campus-Radio niemals up to date ist. Der Vater ist nicht auszumachen. Der Vater sitzt noch mit dem Tobias an der Fellbach und zählt die Marder, die vorbeiziehen, weil der Vater so ist, er zählt gern. Ich denke, dass er die Gräber zählt, wenn er aus dem Wohnzimmerfenster schaut, und die Atemzüge, wenn er joggt, er sagt einfach Zahlen auf. Einmal waren wir bei Marina Abramović im Museum, weil die Mutter in der *FAZ* gelesen hatte, diese Ausstellung sei ein Muss, und was muss, das muss. Man konnte Reiskörner in Schüsseln zählen, und der Vater hat es gemacht, er ist nicht von seinem Platz aufgestanden, bis er ausgezählt hatte, und Molly, die Mutter und ich haben währenddessen den

Rest der Ausstellung angeschaut. Der Vater macht mich im Nachhinein traurig, wie er die Einsamkeit vor sich herträgt, in jeder Erinnerung, die ich an ihn habe.

Ich gehe die schwere Holztreppe nach oben, und natürlich ist es Quatsch, natürlich wird die Treppe hier im Haus bleiben, aber ich denke, wenn ich einen Gegenstand von hier mitnehmen müsste, dann die Treppe. Da, wo die Füße am häufigsten aufgetreten sind, haben sich Kuhlen gebildet, und Molly hat immer versucht, neben die Kuhlen zu treten, um sie auszugleichen, ganz breitbeinig ist sie die Treppe hochgegangen. Ich bin in die Zentren der Kuhlen gestiegen, mitten hinein. Ich habe nie bezweifelt, dass ich ein Recht habe, mich in die Dinge hineinzugraben, und ich denke, kein Wunder, dass so eine Person eines Tages einfach verschwindet.

Ich gehe in das Schlafzimmer der Eltern. Es sieht anders aus, das gesamte Obergeschoss, weil die Mutter in den letzten Jahren alles renoviert hat, alles sortiert, alles ausgemistet, wie sie sagt, als würde sie im Stroh schlafen. Die Mutter hat Handwerker bestellt, die die alten Dielen herausgerissen haben und mattes Holz hineingelegt, wie aus einem Guss, wie abgeschnittene Scheiben von einem einzigen riesigen Baumstamm. Die Mutter hat die Möbel allesamt ausgetauscht. Als die Eltern ins Haus zogen, kauften sie bei IKEA, weil IKEA damals neu war, stilvoll und modern, wie die Eltern selbst. Jetzt empfindet die Mutter IKEA als Discounter, wo eben jeder einkauft, und die Mutter will nicht jeder sein und im selben Bett schlafen wie die Nachbarn in den Reihenhäusern, die sehr wohl jeder sind. Die Mutter hat die IKEA-Möbel allesamt ausgetauscht gegen andere, die auch hygge sind, aber preislich eben noch hyggerer. Sie ergänzt sie durch ausgewählte Stücke, die sie bei einem Restaurateur kauft und gegebenenfalls anpassen lässt. Der Restaurateur persönlich hat ihr einen Sechzigerjahre-Sessel ins Schlafzimmer getragen, über dem jetzt eine in der Länge gefaltete Leinenhose liegt.

Es ist klar, dass dieser Sessel nicht als Sessel benutzt wird, er wird nicht besessen im wörtlichen Sinn, nur im Sinn des Besitzens, er dient nur als Ausrede, um wiederum so viele Räume zu besitzen, mit so vielen leeren Ecken, in denen kein Mensch gleichzeitig sitzen kann, er ist ein

Stellvertreter, und dabei praktischer als eine Katze, die haart und frisst. Den großen Schrank hat die Mutter ausgetauscht gegen einen kleineren, weil sie so viele Klamotten ausgemistet hat, in dicken, blauen Plastiksäcken zur Kleidersammlung gebracht. Die Mutter findet, *weniger ist mehr*, damit hat sie sich die letzten Jahre beschäftigt, Sachen wegzuwerfen, nur das Beste vom Besten zu behalten, um sich Platz zu verschaffen, in diesem Haus mit den ganzen Zimmern, und jetzt geht sie weg, weil das Beste vom Besten nicht gut genug war, weil der Platz sich auch nicht einstellen wollte, als es nichts mehr wegzuwerfen oder zu renovieren oder auszutauschen gab.

Ich sehe sie in einem Altbau im Prenzlauer Berg, mit abgeschliffenen Dielen, hohen Decken, weißen Wänden, einer Matratze auf einem schlichten weißen Bettgestell und ein paar gerahmten Ausstellungsplakaten, auf dem Boden stehend, an die Wand gelehnt. Sie würde die Bilder nicht aufhängen, weil sie die Nägel ausgemistet hätte und den Hammer sowieso, und sie würde betonen, dass sie einfach keinen Nerv mehr habe für die ganzen Sachen. In der Küche gäbe es einen Gasherd und eine Siebträgermaschine und bunte Wimpel einmal quer durch den Raum und einen Tisch mit silbernen Beinen und pastellblauer Platte, daran zwei Stühle, einer davon zum Zusammenklappen, wenn sie allein wäre, damit sie nicht dem leeren Stuhl gegenübersitzen müsste, was sie sicher an den Vater erinnern würde, der einem unbesetzten, aber aufgeklappten Stuhl durchaus ähnelt. Ich öffne eine Schrankhälfte und fahre mit den Fingerspitzen über die karierten Hemden, die in Reih und Glied zwischen Lavendel hängen und dem Vater gehören, aber nicht seinen Geruch annehmen sollen. Die andere Tür, die der Mutter, lasse ich zu.

Ich stehe vor dem Zimmer, in dem Molly ein paar Monate gewohnt hat, bevor sie weg ist. Als ich zum nächsten Weihnachten ins Haus der Eltern kam, war das Zimmer leer. Es stand nicht einfach leer, es war leergefegt, man konnte den Eifer noch spüren, mit dem die Mutter jede Wollmaus in den Wischmopp gedrückt, die Wut, mit der sie die verlassenen Gegenstände dort aufgeklaubt und, ohne die Regeln der Mülltrennung zu befolgen, in blaue Säcke gestopft hatte. Die Mutter muss sich selbst in den Gegenständen gesehen haben, den Notenblättern, dem Marmeladenglas mit dem halben Joint, der Unterwäsche, dem Vorspielkleid auf dem Kleiderbügel, den Rollschuhen, alle diese Sachen hatten für die Mutter ein Gesicht, und zwar ihres, das Gesicht einer Verlassenen. Als ich in diesem vorwurfsvollen Zimmer stand, schoben sich plötzlich flimmernde Prismen vor meine Sicht. Immer mehr und sich stärker bewegend, bis ich nichts mehr erkennen konnte und mich übergab, sobald ich die Augen öffnete. Als irgendwann das Flimmern nachließ, begannen die Kopfschmerzen, die ich nicht verorten konnte, der ganze Körper war zum Kopf geworden und krümmte und wand sich, als müsste er etwas loswerden. Die Mutter gab mir Tabletten, die nicht halfen, ich war eingesperrt im Schmerz, ich warf mich im Bett, kotzte in einen Eimer, zog mir die Decke über den Kopf, trat sie weg, und irgendwann, nach einer schieren Ewigkeit, schlief ich ein.

Die Mutter sagte am nächsten Tag, seit wann hast du denn Migräne, Maus, und das Wort fiel mir vor die Füße, ein Wort, das ich gut kannte, aber dessen Bedeutung mir immer fremd gewesen war. Molly hatte manchmal Migräne. Sie erwähnte es beiläufig und legte sich ins Bett. Molly hatte ihre Migräne im Haus der Eltern gelassen, und ich habe seither Angst, das Zimmer zu betreten, wo sie vermutlich noch herumlungert. Ich stelle mir die Migräne als Parasit vor, der lange ohne einen Wirt auskommen kann und im Staub der Dielenfugen ausharrt. Ich habe das Zimmer hier lange nicht betreten. Ich glaubte manchmal, Geräusche von dort zu hören, als würde etwas durch Tausende Seiten blättern.

Ich öffne die Tür, halb in der Erwartung, dass mich die Migräne gleich anfällt und an mir saugt. Ich sehe sofort, dass das Zimmer jetzt dem Vater zugeteilt ist. Die Mutter wollte es wieder mit einem Zweck versehen, einer Existenzberechtigung, und da ihr nichts Besseres einfiel, bevölkert es jetzt der Vater. Der Vater hat dort die Sachen abgestellt, die er die Mutter nicht hat wegwerfen lassen. Ich stelle mir vor, dass er die Sachen getragen hat, wie früher die alten Leute ihre kranken Hühner, mit einem Arm an sich gedrückt, den anderen Arm frei, um fest und unnachgiebig über den Tierkörper zu streichen. Das Zimmer steht voll und strahlt dabei eine

Leere aus, die Überforderung, was mit all den geretteten Sachen nach ihrer Rettung passieren soll.

Die Mutter betritt dieses Zimmer nie, und trotzdem ist sie gestresst, leidet unter dem Wissen, dass es einen Raum gibt, der nicht geordnet ist, in dem sie nicht die Gerüche kontrolliert, die Nützlichkeit der Dinge, ihre Qualität, dass die zu versteckenden Dinge verstaut sind und die zu zeigenden Dinge gut sichtbar obenauf liegen. Als wäre sie selbst das Haus, als hätte sie Angst vor dem, was der Vater in ihr zutage fördert, als würden die Handlungen des Vaters sofort als Male auf ihrer Hautoberfläche erscheinen, und er tut es noch nicht einmal absichtlich, sondern durch Zerstreuung, durch Apathie, durch dieses Tun-was-getan-werden-muss, zumindest Montag bis Freitag, und samstags ist er ja auf dem Markt und sonntags auf dem Trimm-dich-Pfad.

Auf dem Schreibtisch stehen alte Tischlampen, manche davon mit aufgeschlitzten Kabeln und abgetrennten Schaltern, der Vater scheint sie irgendwann reparieren zu wollen. Daneben weiße IKEA-Kartons mit silbernen Rändern, darin Fotos aus verschiedenen Zeiten und Zusammenhängen, dazwischen Negative, dm-Fototaschen, Postkarten, ausgeschnittene Todesanzeigen. Es liegen Bücher herum, Fotobände, Zeitgeschichte, Dan Brown, Ken Follett und Yuval Noah Harari: *Eine kurze Geschichte der Menschheit*. Auf dem Sofa liegt ein Haufen Wäsche, ganz oben der Norwegerpulli mit Reißverschlusskragen, den der Vater schon immer hat, seit er der Vater ist. Es steckt eine Nadel darin, mit einem Faden im falschen Farbton, und als ich den Pulli in die Hand nehme, sehe ich, wie sich die Maschen voneinander lösen. Je genauer ich schaue, umso mehr kleine Löcher finde ich, manche haben schon Spuren der Auflösung gezogen.

Die Wolle ist morsch geworden und ich sehe den Vater, wie er versucht, den Pullover zusammenzuhalten, und je mehr er aneinandernäht, umso mehr Löcher fallen ihm auf, und dann legt er den Pulli zur Seite und schaut in eine Zeitung, die schon einige Wochen alt ist, und erinnert sich, welches Datum es war, als er die Schlagzeile, welche Schlagzeile auch immer, *Ministerpräsident im Energiekrisenmodus: Bei Kretschmanns wird nur im Wohnzimmer geheizt*, zum ersten Mal gelesen hat, denn an solche

Dinge kann sich der Vater erinnern, er muss sich noch nicht einmal erinnern, was eine gewisse Mühe macht, der Vater weiß solche Dinge einfach, wie man weiß, dass man an jeder Hand fünf Finger hat.

Das Teleskop steht an der Wand, er hat sich dafür entschieden, dem Schreibtisch das Fenster zu überlassen, aber dagegen, das Teleskop auf Ebay-Kleinanzeigen zu verschenken oder es dem Jugendtreff zu spenden, sodass es jetzt neben der Couch an der Wand lehnt, die Linse auf die gegenüberliegende Wand gerichtet.

Dort stapeln sich die Waschmittelkartons der Oma. Die Oma hat ihr Leben lang Tagebuch geschrieben, aber nur in Stichworten, in Uhrzeiten, in Preisen, in Namen, in Geburts- und Todestagen. Sie hat jeden Tag auf eine Seite geschrieben, um wie viel Uhr sie den Bus genommen hat und wohin und für wie viel Mark es dort den Thunfisch gab, und jedes Jahr zu Weihnachten die Unterhemden von Schiesser. Die Oma hat die alten Tagebücher in Perwoll-Kartons mit Deckeln und weißen Plastiktragegriffen gestapelt, nach Jahren sortiert, und wenn es Unklarheiten gab, wer an welchem sechzigsten Geburtstag da war oder nicht, dann hat sie es nachgelesen. Die Oma hat die Tagebücher geführt wie ihren Haushalt, sie konnte keine Diskussionen haben. Sie wollte, dass die Dinge so sind, wie sie sind, und auch im Nachhinein so bleiben, wie sie eben gewesen waren. Der Vater hat die Kartons an die Wand gestellt und nicht angerührt, oder vielleicht doch, das weiß ich nicht, vielleicht hat er die Bücher darin gezählt, die ja den Lebensjahren der Oma entsprechen, wenn man die sechzehn abzieht, in denen sie nicht geschrieben hat, und vielleicht hat er sich daran erinnert, dass es ein Buch gibt, das nicht auf dem Grabstein vermerkt ist.

Er hat die Perwoll-Kartons einen nach dem anderen die Treppe hochgetragen, nicht am Griff, sondern gegen den Bauch gepresst, an der Mutter vorbei, die genau wusste, dass der Vater halt so trauert, auf diese Art, mit den Kartons im Bauchfett. Aber das Seufzen konnte sie sich trotzdem nicht verkneifen, und das Telefonieren mit der Freundin Christiane, die so einen ähnlichen Mann hat und auch zum Psychologisieren neigt, weil Psychologisieren etwas ist, das man so wunderbar nebenher machen kann und von zu Hause aus. Es geht sie ja etwas an, wie die eigenen Männer sich verdrängen und dabei die ganze Zeit das Gesicht verziehen, weil man einen Mann, der sich selber verdrängt, ja so schlecht bei der Hand halten kann, ohne mitverdrängt zu werden, wie soll man einen Mann *haben*, der überhaupt gar nicht griffig ist, überhaupt gar nicht richtig da, und über Richtig und Falsch mussten sich die Mutter und die Christiane noch nie verständigen, das war schon immer klar, was das heißt, zumindest für die Mutter.

Ich gehe in das nächste Zimmer, das früher meins war und jetzt das Gästezimmer ist, der am wenigsten benutzte Raum, weil die Eltern nie Gäste haben, oder wenn, dann solche, die darauf bestehen, in einer Pension zu übernachten, um nicht zur Last zu fallen. Das Zimmer ist ganz in Weiß, bis auf den riesigen getrockneten Blumenstrauß auf dem Nachtschränkchen, der ist getrocknet bunt, und die Bettwäsche, die ist von einem getrockneten Rosa. Die Mutter hat das Bett schon für mich bezogen und ein Glas Wasser auf einem Korkuntersetzer auf das Nachtschränkchen gestellt. Vor dem Bett liegt ein naturfarbener Teppich mit einem Relief aus flauschigen Rauten. Die Gäste der Eltern sollen beim Aufstehen eine interessante haptische Erfahrung an den Füßen machen. Mein Hochbett hat die Mutter abbauen lassen, weil es den Raum so verdunkelte. Die Wände hat sie in frischem Weiß streichen lassen, wegen meiner Kugelschreiber-Zeichnungen und der Abdrücke der Tage, an denen Molly und ich auf den Rücken lagen und an die Decke starrten, die Knie gebeugt, die nackten Füße an der Wand, auch sie haben der Mutter den Raum verdunkelt. Die Gegenstände erinnern sich an nichts und keiner erinnert sich an sie, die Mutter hat das Haus um sich herum immer fremder gemacht, damit sie es schafft, wegzugehen. Aus der Fremde geht es sich ja leicht. Ich erinnere mich an den lebensgroßen Kurt Cobain, der an meiner Tür klebte, sieben Poster aneinander, und er war trotzdem enttäuschend klein, also habe ich ihn ein bisschen höher aufgehängt, dass die Füße halt nicht ganz auf dem Boden standen.

Molly hat immer bei mir im Zimmer in meinem Bett geschlafen. Hätte sie damals schon ein eigenes Zimmer bekommen, wäre es das

Eingeständnis der Mutter gewesen, dass sie das fremde Kind seiner richtigen Familie abgeworben hatte, wie man Nachbarskatzen klaut, indem man ihnen Futter hinstellt, bis sie freiwillig bleiben. Molly hatte kein eigenes Zimmer, weil sie ein Gast war, und sie schlief in meinem Zimmer, weil sie mein Gast war, wie die Mutter immer betonte. Sie schlief dort fast jede Nacht, und wenn sie am Wochenende zu ihrer Familie fuhr, rieb sich die Mutter die Augen. Acht Jahre haben Molly und ich so nebeneinanderher gelebt, nebeneinanderher geschlafen, gemalt, gelesen, sie muss ein sensibles Kind gewesen sein, sie hat mir nie Gespräche aufgenötigt, sie war gut darin, mich in Ruhe zu lassen. Erst nach dem Abi bekam Molly ein eigenes Zimmer und zog also offiziell ein, sie war dann volljährig, was für die Mutter ein entscheidendes Kriterium ist.

Ich lege mich auf das Bett, nicht hinein, und starre an die Decke, die früher schwarz war mit aufgeklebten Leuchtsternen. Auch diese Schwärze hat auf die Mutter draufgedrückt. Ich denke, ich sollte meinen Koffer holen, die Klamotten in den Schrank hängen, der eigens für die Gäste da ist, in dem nur die besamteten Kleiderbügel an der Stange baumeln und ein paar Lavendelkissen in den Regalfächern liegen, damit die Leere nicht zu stinken beginnt.

Ich gehe hinunter, versuche, meinen Koffer noch von der Treppe aus zu angeln, über das Geländer hinweg, aber meine Arme reichen nicht. Die Mutter tritt in die Küchentür und sagt, ja, pack ruhig erst mal aus, komm ruhig erst mal an. Ich hab jetzt Vietnamesisch bestellt. Ich sage, okay. Die Mutter macht einen Schritt rückwärts in die erleuchtete Küche hinein, legt den Kopf in den Nacken, um auf die Uhr zu schauen, es müsste in zehn Minuten kommen. Ich sage, cool, lächle und trage meinen Koffer die Treppe hinauf. Geht's, fragt die Mutter. Ja, ja, sage ich. Der Vater hätte jetzt einen Witz über die Alten und die Jungen gemacht, über den die Mutter nicht gelacht hätte, weil sie sich nicht alt fühlt, sondern zeitlos, aber natürlich weiß, dass sie rein rechnerisch, also nach Weltanschauung des Vaters, längst über die Lebenshälfte hinausgeschossen ist, was sie nicht hören will und daher ignoriert. Diese Arbeit des Ignorierens muss jetzt aber nicht geleistet werden, der Vater ist ja gar nicht da. Die Mutter bleibt unten in der Tür zur Küche stehen, bis ich den Koffer nach oben getragen habe. Dann höre ich, wie sie die Tür hinter sich schließt, damit die Küche nicht an Wärme verliert.

Ich atme laut aus vor Anstrengung, zerre den Koffer die letzten Meter über den Boden und meine, es kratzen zu hören, was aber auch von innen kommen kann, wie alles eben. Ich trete gegen den Koffer, um ihn in eine Ecke zu schieben, aber er bleibt, wo er ist, und ich strauchle stattdessen, einbeinig. Ich lege mich wieder aufs Bett. Im Haus der Eltern herrschen andere physikalische Gesetze als in der Welt. Im Haus der Eltern ist man am sichersten, wenn man auf einem Bett liegt. Ich zwinge mich aufzustehen. Im Haus der Eltern sollte man nicht zu lange liegen bleiben, man verliert sonst jegliche äußere Form.

Es klingelt an der Tür, ich höre die freundliche Mutter, die Trinkgeld gebende Mutter, die extra zu viel bestellt hat, damit die Leute nicht für so wenig den Weg machen müssen, ich höre, wie sich die Tür schließt und augenblicklich, Maus, Essen. Als ich in die Küche komme, ist sie dabei, die Sommerrollen auf einen Teller zu räumen. Die Mutter räumt selbst das Essen, sie kann überhaupt nicht anders. Neben ihr auf der Anrichte liegt ein Haufen aus Pappe und Plastik und Alufolie. Das ist echt ein Wahnsinn mit den Verpackungen, sagt die Mutter und kippt die Pho in eine getöpferte Schale vom Weihnachtsmarkt.

Ich hab einfach Verschiedenes bestellt und gedacht, wir teilen, sagt die Mutter und reicht mir die Teller und Schüsseln an, damit ich sie auf den Tisch stelle. Nein, Maus, im Wohnzimmer. Ich trage sie hinüber, wo die Mutter schon den größeren Tisch gedeckt hat, an dem feiertags gegessen wird, sie hat ein paar Kerzen aufgestellt, drei Platzdeckchen verteilt, auf jedem Platz ein Weißwein- und ein Wasserglas, einen kleinen Teller, ein Paar Stäbchen, Löffel, Messer und Gabel. Die Mutter und ich sitzen uns gegenüber, der Stuhl des Vaters am Tischende ist leer. Die Mutter schenkt Wein und Wasser ein. Sie sagt, ich rufe ihn mal an, und geht in den Flur, die Mutter ist noch eine, die vom Festnetz aus anruft. Das Warten auf den Vater ist nicht neu. Die Pho dampft vor mir aus dem bunten Tongefäß und ich lege meinen Teller als Deckel darauf.

Ich höre die Mutter sagen, na dann ist ja gut. Na dann warten wir noch. Sie kommt herein, setzt sich, streicht mit flachen Händen das Platzdeckchen glatt und sagt, er ist quasi da. Anstoßen können wir ja schon mal. Die Mutter hebt das Weinglas und sagt, auf uns. Ich sage, ja, und die Gläser klingen feierlich. Wie geht's dir denn, fragt die Mutter. Gut, so weit alles beim Alten, sage ich. Hat der Vermieter das mit dem Wasserrohrbruch geregelt, fragt die Mutter. Mal sehen, sage ich, er meint, er kümmert sich die Tage. Dann sind die Handwerker bei dir in der Wohnung, wenn keiner da ist, fragt die Mutter. Ja, sage ich. Du hast Nerven, sagt die Mutter, die genug Handwerkerkontakt hatte, um auf ewig *du hast Nerven* zu sagen. So langsam könntest du doch mal umziehen, sagt die Mutter. Ich mag die Wohnung, sage ich, und ich bin eh so selten da. Die Mutter findet mich irgendwie herzig, wie ich an der auseinanderfallenden Wohnung hänge, aber irgendwie zu passiv, irgendwie auch verlottert, nicht ganz standesgemäß, gerade als Person, die viel unterwegs ist, beruflich, gerade als solche berufliche Person braucht es doch ein allzeit bereites Heim, mit cremefarbenen, sauberen Textilien und silbernen Kerzenständern mit unangezündeten Kerzen, die auf einen warten.

Die Mutter sagt, die Birgit hat gesagt, dass in deinem Viertel das Gefängnis ist. Manche Kinder der Mutterfreundinnen wohnen auch in Berlin, ein paar sind nach München, ein paar ins Ausland, aber die meisten sind mit ihren Familien in der Gegend geblieben. Ich sage, ja. Das hast du ja gar nicht erzählt, sagt die Mutter. Ich sage, na ja, ich hab damit ja auch nix zu tun. Die Mutter sagt, also der Thiemo, der ist jetzt wohl im Prenzlauer Berg, auch Altbau, aber renoviert und mit Balkon. Sie sagt, du verdienst doch wirklich mehr als genug, mittlerweile. Natürlich ist es der Mutter unangenehm, dass der Sohn der Birgit, der nicht studiert hat, sondern eine Ausbildung im Hotelfach gemacht, nun besser wohnt als ich, die ich sehr wohl studiert habe. Ich sage, eben, Mama, es ist meine Entscheidung. Die Mutter sagt, ja, du hast ja recht. Ich sage, im Prenzlauer Berg wohnen nur Spießer. Die Mutter lacht, aber merkt sich diese Insiderinfo für ihr nächstes Gespräch mit der Birgit und nicht zuletzt für ihren eigenen Umzug. Die Mutter wird also doch nicht in den

Prenzlberg ziehen, denn spießig ist sie beim besten Willen nicht, höchstens sicherheitsaffin.

Sie unterbricht ihr Lachen, um dem Schlüssel in der Haustür zuzuhören, den der Vater auf der anderen Seite hin und her rüttelt, bis er sich drehen lässt. Das Schloss wird er früher oder später austauschen müssen, sagt sie kopfschüttelnd und beginnt, verschiedene Vorspeisen von der Tischmitte auf den Teller vor dem Vaterstuhl zu räumen. Es scheint ihr nicht aufzufallen, dass sie, wenn der Vater das Schloss ausgetauscht hat, nicht mehr hereinkommt. Dass manche Leute aus genau diesem Grund Schlösser austauschen, damit ein anderer nicht mehr hereinkommt. Ich frage mich, ob der Vater der Mutter einen neuen Schlüssel überreichen wird, nicht überreichen, er wird ihn irgendwohin legen, wo sie ihn findet und versteht, vielleicht so einen Schlüssel, der drei Löcher im Kopf hat, die ein lachendes Gesicht ergeben. Man kann den Schlüsselring durch eins der Augen oder den Mund stecken.

Der Vater kommt herein und schaut wie ein Hund, er hat zu viel Zeit mit dem Tobias verbracht, der möglicherweise jetzt schaut wie der Vater. Er trägt noch seine Handschuhe, die aus Leder, wiederum von seinem Vater. Er hat seine Jack-Wolfskin-Jacke, wie es sich gehört, in die Garderobe gehängt, den Schal darüber um den Hals des Kleiderbügels geschlungen und vergessen, die Handschuhe auszuziehen. Die Mutter sagt, Tommy, und starrt auf die Handschuhe. Der Vater lacht und sagt, ich wollte nur gucken, ob ihr's merkt. Die Mutter lacht großzügig. Der Vater geht zurück in den Flur und kommt wieder herein, reibt die nackten Handflächen aneinander und fragt, was gibt es denn Gutes. Die Mutter sagt, Vietnamesisch, der Vater fragt, Vietnamesisch. Ja, wir haben bestellt, sagt die Mutter, mal was anderes. Der Vater sagt, das ist immer so viel Müll und dann kommt es lauwarm an. Die Mutter sagt, wer zu spät kommt, braucht nicht über lauwarmes Essen zu meckern.

Sie winkelt die Finger an ihrem ausgestreckten Arm mehrmals hintereinander an, um mir zu bedeuten, dass ich ihr den Teller reiche. Sie tut von allem etwas auf, obwohl ich an manchen Sachen viel näher dran sitze als sie. Die Mutter tut im Stehen auf. Als sie endlich sitzt, hebt sie erneut das Weinglas und sagt, auf uns. Der Vater schaut irritiert. Die Mutter hat dem Vater ein Weinglas hingestellt und befüllt, obwohl er seit über zehn Jahren nicht mehr trinkt. Er ist sich unsicher, wie das gemeint ist, oder ob sie es tatsächlich vergessen haben könnte. Das Glas der Mutter schwebt unterdessen in der Luft. Der Vater umfasst kurz den Stiel des Weinglases, nimmt dann aber doch das Wasserglas und wir stoßen an. Es klingt nicht nach, weil das Wasserglas dicke Wände hat, die die Schwingungen sofort abwürgen. Wart ihr schön spazieren, fragt die Mutter. Ja, sagt der Vater, die kleine Runde, bis zu den Kühen vom Joachim nur. Die Mutter sagt, die Suppe essen wir einfach direkt aus der Schüssel, dachte ich. Der Vater sagt nichts.

Ich sage, dann fang ich mal mit der Suppe an, oder will jemand anderes. Der Vater hebt die Hände. Die Mutter sagt, nimm ruhig, Maus. Wie läuft es in Berlin, fragt der Vater. Die Mutter sagt, da haben wir eben schon drüber geredet. Ah, sagt der Vater und isst seine Sommerrolle mit Messer und Gabel wie eine Roulade. So weit alles gut, sage ich. Schön, sagt der Vater, gut ist immer gut. Der Vater fragt, und was verschafft uns die Ehre. Ihm fallen seine Fragen eine nach der anderen aus dem Mund, wohl wissend, dass er nicht mehr viele auf Lager hat. Ich frage, wie meinst du. Der Vater sagt, na, es ist ja noch nicht Weihnachten. Ich sage, wegen eurer Scheidung. Der Vater sagt, deswegen hättest du doch nicht kommen brauchen. Die Mutter sagt, ich freu mich, dass sie da ist.

Ich sage, ihr wolltet doch unbedingt, dass ich komme. Die Mutter sagt, ja, ich hab mir das gewünscht, ich kann mir ja wohl auch unabhängig vom Papa was wünschen. Die Mutter trinkt einen Schluck Wein auf ihre ganzen angestauten Wünsche, die neben dem Vater nie an die Luft kamen, weil sich der Vater nie etwas wünscht, und als immer noch niemand etwas sagt, sagt sie, wir sind ja immer noch eine Familie und ich finde, da kannst du ruhig ein bisschen mithelfen, Maus. Und wie war's in Kopenhagen, fragt der Vater. Schön, sage ich. Kalt, fragt der Vater. Ja, schon deutlich kälter als hier, sage ich. Das musst du später noch mal ganz in Ruhe erzählen, sagt die Mutter und beginnt, die Teller aufeinanderzustapeln. Ich gehe der Mutter hinterher in die Küche und helfe ihr, die Spülmaschine auszuräumen. Und was steht dann morgen an, frage ich. Die Mutter sagt, ach du kannst erst mal in Ruhe ankommen, Maus. Wir können es uns trotz allem auch mal gut gehen lassen. Die Mutter kocht sich einen Schlaf- und Nerventee und verabschiedet sich ins Bett, noch was lesen.

Die Mutter benutzt die prestigeträchtigen Bücher zum Einschlafen. Es ist eine Win-win-Situation, sie kann behaupten, Dostojewski gelesen zu haben, und findet schneller in den Schlaf. Sie schlägt die Bücher immer an irgendeiner Stelle auf und liest ein paar Seiten, bis ihr der Kopf in den Schlaf hineinfällt, den Nacken überstreckt. Dann erschrickt sie kurz, ist genau lange genug wach, um die Nachttischlampe auszuschalten und sich ordentlich hinzulegen.

Ich gehe ins Wohnzimmer, wo sich der Vater mit der Fernbedienung durch seine aufgenommenen Sendungen drückt. Der Vater weigert sich, den Fernseher mit dem Internet zu verbinden, und nimmt hartnäckig alles auf, was er verpasst, weil zur gleichen Zeit etwas mindestens Gleichwertiges gelaufen ist, *Unser blauer Planet* zum Beispiel. So spart er sich die Sendung auf, für einen Abend, an dem nur Mist kommt, wie dieser scheinbar einer ist. Der Vater wählt *hart aber fair* von dieser Woche. Er nickt unweigerlich, wenn das Intro kommt, im Gehirn des Vaters sind die Konzepte Härte und Fairness untrennbar miteinander verbunden und es entspannt ihn, dass seinem Blick auf die Welt auch im Öffentlich-Rechtlichen Ausdruck verliehen wird. Man muss sich nicht wundern, dass der Vater derart resigniert, dass er immer wieder versucht, hart zu sein, um Gerechtigkeit herzustellen in einer ungerechten verweichlichten Welt, und dann doch in der Couch versinkt vor Anstrengung und Frank Plasberg zuhört, der Wolfgang Kubicki das Wort erteilt.

Ich ziehe im Flur Mantel und Schuhe an und gehe hinaus auf die Straße, in Richtung Stadt. Als ich die Haltestelle passiere, kommt gerade der Bus, er hält, weil der Fahrer denkt, ich wolle einsteigen, also steige ich ein und fahre ein paar Stationen. An meiner ehemaligen Schule steige ich aus, ein privates Ganztagsgymnasium, das die Mutter ausgesucht hatte, wo man sich vorstellen musste, bevor man angenommen wurde, und die Mutter hielt beide Fäuste mit den darin gepressten Daumen in die Höhe, als sich die Tür zum Zimmer des Direktors öffnete. Sie freute sich über das erste erfolgreiche Bewerbungsgespräch meines Lebens und meine künftige Bilingualität. An das Gespräch erinnere ich mich kaum, vermutlich ging es ohnehin nur darum, herauszufinden, ob die Kinder ordentlich angezogen waren und nicht müffelten. Ich erinnere mich nur an diese Frage nach den Büchern, wie viele Bücher gibt es bei dir zu Hause. Nur ganz ungefähr. Gibt es ein großes Regal oder eher ein kleines? Weißt du, was ein Lexikon ist?

Auf der Straße sind Pfützen, es muss hier geregnet haben. Die Eltern wohnen in der Vorstadt, an der der Regen meistens vorbeizieht. Die Leute haben dort eh Rasensprenger. Ich gehe einfach weiter, biege wahllos ab, es wird belebter, pittoresker, ich komme in Straßen, in denen um diese Zeit Leute vor Kneipen rauchen. Von Weitem sehe ich, dass auf dem Marktplatz eine Veranstaltung ist, mit Fressbuden und Verkaufsständen und Lichterketten. Ich drehe um, direkt vor mir landet eine Taube, ich trete sie versehentlich, sie fliegt nicht weg, macht keinen Laut, fällt einfach um, mit dem Schnäbelchen zuerst, und bleibt liegen wie aus Plastik, als hätte sich das Schnäbelchen in die Fugen zwischen den Pflastersteinen gebohrt. Ich gehe den ganzen Weg zum Elternhaus zu Fuß zurück. Als ich in die Straße einbiege, kommt mir ein Mercedes entgegen.

In der Nachbarschaft fährt man um diese Zeit zur Frühschicht, die Daimler-Werke laufen früh bis spät bis früh, die Daimler-Werke sind ein Kontinuum, auf das man sich verlässt, und in Findelheim wohnen die stetigen, die ausgezeichneten Daimler-Mitarbeiter, die sich über Jahrzehnte hinaufgearbeitet haben, geduldig, ohne beim Chef zu meckern, vielleicht bei den Ehefrauen, aber niemals beim Chef! Und endlich keine Schrauben mehr hineindrehen müssen in die halben Karosserien, aber eben wissen, was es bedeutet, wenn man Schrauben hineindreht. Die Person hinterm Steuer grüßt, ohne mich zu kennen, weil man sich hier im Viertel kennt, man kennt sich vom Grüßen her, deshalb grüßt man auch, wenn man jemanden noch nie gesehen hat, um dieser speziellen Form des Kennens einen Anfang zu säen, weil wer sät, der erntet. Ich winke erst zurück, als der Mercedes schon um die Ecke gebogen ist und über die Unhöflichkeit der Zugezogenen schimpft.

Ich höre ein Klopfen, mein Körper liegt schwer und entfernt auf der Matratze. Ja, sage ich und lasse die Augen zu. Maus, sagt die Mutter leise und dann nach einer kurzen Pause lauter, sag mal, schläfst du noch. Ich sage, geht. Die Mutter zieht den Rollladen hoch und öffnet das Fenster. Hier ist vielleicht ein Muff, sagt sie. Eine Kälte kommt herein und ich ziehe mir die Decke höher ins Gesicht, drehe mich auf die Seite in Richtung Wand. Die Mutter setzt sich neben meine Füße ins Bett und streichelt unbestimmt über die Decke, etwa auf Höhe meiner Unterschenkel. Mir fällt ein, dass ich nackt bin. Ich will nicht nackt sein und dabei von der Mutter gestreichelt werden, auch wenn eine Decke dazwischen ist.

Die Mutter sagt, sie habe die Idee, ein Fest der Liebe zu feiern, sie wolle den Anfang feiern, der jedem Ende innewohnt, und ich habe die Befürchtung, dass Hermann Hesses *Stufen*-Gedicht auf der Einladung stehen wird. Ich sage, ja, ist doch super. Ich greife nach meinem Handy, schalte den Flugmodus aus und sofort zeigt es mir zwei entgangene Anrufe von Kolja an. Ich tippe eine Nachricht. Die Mutter sagt, ein Fest der Selbstliebe, des Neuanfangs. Die Mutter streichelt weiter, jetzt oberhalb des Knies und sagt dann in die Luft, Tommy ist heute Nacht verschwunden. Verschwunden, sage ich und drehe mich zu ihr. Ja, sagt die Mutter und hebt die Hände und lässt sie sich auf die Oberschenkel fallen. Sie trägt einen Rollkragenpullover aus Qualitätswolle, United Colors of Benetton in Lavendel. Ich drücke mir die Decke als Kleid an den Körper und setze mich auf. Okay, ich komme gleich runter, sage ich. Die Mutter sagt, schön, und bleibt sitzen. Ich sage, Mama, und hebe die Augenbrauen. Ach, entschuldige, Maus, sagt die Mutter, springt auf und schließt die Tür hinter sich, nicht ohne mir einen scherzhaft schuldbewussten Blick zuzuwerfen, die Zähne gebleckt, die Schultern hochgezogen.

Die Mutter hat zu viel Zeit, sie erwacht zu früh an einem zu langen Tag, die Mutter sitzt seit sieben Uhr im Wohnzimmer vorm Kamin und hat das Feuer angemacht und in einem Magazin geblättert und heimlich Frühstücksfernsehen geschaut, was wirklich niemand jemals erfahren darf, und jetzt ist es neun Uhr dreißig und sie hat immer noch Zeit, sie starrt ins Feuer und schreibt einer Freundin, Tommy ist verschwunden, mit einem Affen dahinter, der sich die Augen zuhält. Die Mutter benutzt den Spitznamen des Vaters, aus Lockerheit, um den ganzen Krampf zu überspielen, der ihren gemeinsamen Elternkörper umklammert hält. Die Mutter schreibt nur Nachrichten, um sich zum Telefonieren zu verabreden, und mit dieser Nachricht will sie vornehmlich deutlich machen, dass sie am Telefon auch was zu besprechen haben wird. Die Freundinnen der Mutter wohnen auch in der Vorstadt, aber die Mutter würde niemals einfach dort vorbeigehen. Ein Treffen braucht einen Vorlauf von mindestens einer Woche, ein Telefonat braucht nur eine Nachricht und kann noch am selben oder vielleicht am nächsten Tag stattfinden. Die Mutter und die Freundinnen passen jeweils ganz genau auf, sich nicht zu belästigen.

Jetzt sitzt sie also vor dem Feuer und kriegt rote Wangen, die sich mit dem Lavendelpulli beißen, und vielleicht schaut sie nicht in die Flammen, sondern auf den Friedhof und genießt es, wenn das Handy zwischen den Oberschenkeln vibriert von einer Antwort, einer Zeitangabe, die sie mit Birgit oder Christiane am Telefon wird verbringen können. Ich denke, ob der Vater jetzt einen Autounfall hatte. Der Vater bleibt nie allein über Nacht weg, ich wüsste gar nicht, wo der Vater sein sollte, welche Orte sich dem Vater öffnen, wenn nicht das Büro, wenn nicht das Elternhaus, wenn nicht das Auto. Wenn überhaupt, hat der Vater Orte am Tag, solche, die allen Leuten mit Geld zur Verfügung stehen, Cafés, Supermärkte, Tankstellen. In der Nacht kann der Vater nirgendwo hin. Ich frage mich plötzlich, ob der Vater im Dunkeln überhaupt sieht, weil man im Dunkeln ja nichts sieht, sondern glaubt, und der Vater glaubt nur, was er sieht, also nichts.

Als ich in die Küche komme, hat die Mutter beide Hände in einem Teig und knetet mit Körpereinsatz. Neben meinen Platz hat sie eine noch verschlossene Packung Kellogg's Smacks gestellt. Sie will zeigen, dass sie die einzige Person in meinem Leben ist, die mich schon immer kannte und noch immer kennt. Auch der Vater kennt mich natürlich schon immer, aber auf eine andere Art, eine, die auf Basis des Grüßens stattfindet, die sich nicht so sehr in den Details verliert. Der Vater und ich grüßen uns jetzt schon seit fünfunddreißig Jahren. Ewig nicht gegessen, sage ich und schütte ein paar Kellogg's in eine Schale und die Mutter freut sich über diesen kleinen Erfolg. Früher wolltest du ja nichts anderes, sagt die Mutter.

Mir meine eigene Kindheit erzählen ist eine Tätigkeit, die sie gern und nebenher ausführt, durch die sie meine Kindheit über die Jahre mehr und mehr zu ihrer Mutterschaft hat werden lassen. Ich hab ja versucht, dich vom Zucker fernzuhalten, aber du hättest sonst gar nichts gegessen, da hab ich gedacht, besser Zucker als gar nichts. Die Mutter als Mutter hat sich oft verteidigen müssen in der Welt, aber sie hat glücklicherweise einen intakten Wertekompass. Bist ja trotzdem was geworden, sagt die Mutter und ich nehme einen Schluck Kaffee. Was ist jetzt mit Papa, frage ich. Der ist gestern Abend noch mit dem Tobias raus und dann nicht wiedergekommen, sagt die Mutter und drückt die Hände in den Teig und den Teig gegen die Arbeitsfläche der Küche. Ich sage, der war doch vorm Abendessen schon mit dem Tobias. Die Mutter zuckt die Achseln, manchmal geht er mehrmals, manchmal geht er alle paar Stunden. An den Wochenenden ist es ganz schlimm, die Mutter flüstert fast, da steht er auf wie vom Blitz getroffen und muss mit dem Tobias raus und ich sag noch, du warst doch erst. Also weißt du gar nicht, wo er gewesen sein könnte, wo er jetzt ist, sage ich. Na ja, sagt die Mutter bedeutungsschwanger.

Ich rufe in der Firma an und frage nach dem Vater, der Sekretär sagt, er könne ihm gern etwas ausrichten, er sei gerade in einer Besprechung, ich sage, nicht nötig, danke. Die Mutter ist nicht überrascht, dass der Vater arbeitet, sie sagt, es ist ja Freitag, da ist er bis um fünf in der Firma. Ich sage, ich dachte, du machst dir Sorgen. Die Mutter sagt, ach, er ist nur gestern Nacht nicht nach Hause gekommen, das wollte ich dir erzählen. Ich hab eigentlich gedacht, dass er jetzt nicht auswärts übernachtet, wo seine Tochter mal ausnahmsweise da ist. Ich sage, auswärts übernachtet.

Die Mutter tätschelt den Teig wie einen Kinderpopo, legt ihn in eine Schüssel und ein frisches Geschirrtuch darüber. Na, wir sind ja jetzt nicht mehr so aneinander-, sagt die Mutter, ohne den Satz zu beenden, da fehlt ihr noch das richtige Wort für diesen Satz, und sie lächelt ein bisschen zu groß, zerrt die Wangen zur Seite wie viel zu schwere Vorhänge. Es sieht anstrengend aus, was sie mit ihrem Gesicht macht. Die Mutter sagt zu allem Überfluss auch noch, die Zeiten ändern sich. Die Mutter will ein Fest der Liebe feiern, aus Rache am Vater, der sich nie hätte scheiden lassen, der dieser Sache mit der Mutter Chancen gibt, eine nach der anderen, so wie er ihr jeden Morgen ein Ei in den Eierbecher stellt, der Vater produziert die Chancen am laufenden Band, der Vater ist eine Legehenne, was Chancen angeht. Sie fallen einfach aus ihm heraus. Ich denke nicht, dass er es bemerkt.

Der Vater will nicht auswärts übernachten, den Vater strengt ja schon das Einschlafen zu Hause an, das Aufwachen zu Hause, aber die Mutter zwingt ihn dazu, mit ihrer Single-in-Berlin-Fantasie, die sie ständig vor ihm ausbreitet wie eine Schatzkarte. Ich stelle mir den Vater vor, wie er bei laufender Standheizung im Auto übernachtet, aber für die Standheizung wäre er zu geizig, der Geiz hielte ihn wach, also würde er sie ausschalten und dann wegen der Kälte wachliegen. Vielleicht wird sich der Vater wenigstens einen Hund besorgen, denke ich, oder einen Gecko. Vielleicht wird der Vater einen Freund finden, vielleicht wird der Vater mich mal anrufen, wenn die Mutter nicht mehr als Rohr zwischen uns installiert ist. Ich könnte ihn nach Berlin einladen, und es gruselt mich sofort, wie sich Zeit und Stille endlos vor uns erstrecken werden, weil das Grüßen sich so schnell erschöpft und wir vermuten, es könnte dahinter ein gegenseitiges Desinteresse geben.

Die Mutter hat mich also unter falschen Vorwänden aus dem Bett geholt. Die Mutter ist jetzt schon einsam, sie kann es jetzt schon nicht ertragen und ich denke an Berlin. Die Mutter wird ständig anrufen und Termine mit mir vereinbaren. Jetzt, wo ich schon mal hier bin und der Vater unterwegs, will die Mutter alles wissen. Wie war es denn in Kopenhagen, fragt sie und ich sage, was genau. Die Mutter sagt, na alles, wo bist du untergekommen, wie war die Ausstellung. Bei einem Mann, sage ich. Bei einem Mann, ruft die Mutter und stellt ihren Stuhl ganz nah an meinen heran, um Körperkontakt herzustellen, wie es der Mann ja sicherlich auch gemacht hat. Ein Tischler von der Galerie, sage ich. Die Mutter sagt, herrlich, Maus, was dir immer über den Weg läuft. Dann bist du einfach mit dem mit, sagt die Mutter verträumt, sieht sich selbst, wie sie sich in meinem Körper ausdehnt und an einem fremden Tischler entlanghangelt. Und, bist du, seid ihr noch, seid ihr in Kontakt? Die Mutter will wissen, ob ich mich verliebt habe, obwohl sie ja jetzt die Fronten gewechselt hat, sie will ja jetzt die Romantik als Freiheitshindernis entlarvt haben, aber man wechselt den Glauben eben nicht so leicht. Ich sage, ach so, nein, Kontakt nicht. Die Mutter nickt und macht sich innerlich eine Notiz.

Es ist eine Lüge, es gab einen Tischler in der Galerie, aber ich hatte nichts mit ihm zu tun, ich hatte nie einen Körperkontakt mit ihm, es ist nur wichtig, die Mutter im Glauben zu lassen, es gäbe Männer. Die Mutter ist sonst nicht zufriedenzustellen. Und weil sie einen verbindlichen Mann sofort kennenlernen müsste, denke ich mir ausschließlich unverbindliche Männer aus. Die Mutter denkt, ich sei ein Vamp, was Beweis genug ist, dass auch sie ein Vamp ist, denn vom Vater kann ich es schon mal gar nicht haben und von nichts kommt nichts. Und hast du viel gesehen, von der Stadt? Oder hast du wieder die ganze Zeit gearbeitet? Ja genau, beides, sage ich. So, sage ich, ich muss mal an den Laptop. Die Mutter sagt, ich muss hier auch noch was schaffen. Sie stellt den Teig auf die Heizung. Sie will auf keinen Fall den Eindruck der Langeweile erwecken, die auf eine potenzielle Nutzlosigkeit hinweist. Ich hab heute Nachmittag noch einen Termin, sagt die Mutter, aber in der Tiefkühltruhe gibt es Kürbissuppe. Was für einen Termin, frage ich. Mit dem Anwalt, sagt die Mutter. Soll ich mitkommen, frage ich. Ach was, sagt die Mutter, das machen Tommy und ich schon allein. Kommt Papa dorthin, frage ich. Der hat keine Zeit, sagt die Mutter, und wenn er mal Zeit hat, löst er sich ja immer gleich in Luft auf.

Ich sitze auf dem Bett, den Laptop im Schoß, weil es im Gästezimmer der Eltern keinen Schreibtisch gibt, weil die Elterngäste nie Arbeit mit in die Ferien nehmen, da sind sie strikt, weil es sonst einreißt und Vermischungen stattfinden. Ich öffne mein Mailprogramm, lese die Betreffzeilen und ein paar Mails. Auf meinem Handy sind drei Anrufe in Abwesenheit, ich tippe die Nachricht an Kolja zu Ende und ärgere mich. Ich habe kein Verständnis für Leute, die Kunst kaufen, für ihren Wunsch, etwas zu besitzen, das niemandem gehören kann, das für sich steht, und genau deshalb wollen sie es besitzen, sie wollen es um sich haben, in ihren aneinandergereihten Räumen, und mit dem Kunstwerk leben, als Beweis für ihre Macht, für die Möglichkeit, etwas zu kaufen, was eigentlich nicht käuflich ist. Ich schreibe eine Nachricht an Katja, sie soll sich zu allem, was den Aufbau betrifft, vorerst mit Kolja absprechen. Erst als ich sie abgeschickt habe, bemerke ich, dass ich geschrieben habe, *bin gerade nicht so gut erreichbar*. Es gibt im Haus der Eltern durchaus Empfang. Ich habe auch Zeit, viel mehr Zeit, als ich in Berlin je habe, und dennoch stimmt es; sobald ich dieses Haus betrete, vielleicht beginnt es auch mit der Straße, mit dem Ortsschild – sobald ich eine gewisse Grenze überschreite, bin ich nicht mehr erreichbar.

Es zieht mich ins Vaterzimmer, ich setze mich auf die Couch, die aus schwarzem Kunstleder ist und mit weißen Nähten verziert. Es ist unklar, wie sie ins Haus gelangt ist, die Mutter findet Kunstleder ein unmögliches Material. Daneben liegt ein Stapel Telefonbücher und auf dem Stapel hat der Vater Internetseiten ausgedruckt. Er scheint sie einfach komplett mit Logo und allem kopiert und in Word eingefügt zu haben, was ein wildes Bild aus Schriftarten, Symbolen, Fotos und unsinnigen Absätzen ergibt. Obenauf ein Artikel aus dem *Spiegel* über ein Mehrfamilienhaus in Düsseldorf, in dem im Sommer Glasbausteine von der Hitze geplatzt sind. Der Vater hat durchaus Interessen. Ich lese den nächsten Ausdruck.

Hallo....,

von unserer Ehe ist nur noch eine gewisse Freundschaft geblieben, aber die Liebe ist gegangen. Daher trenne ich mich nun von dir, um mich nach Ablauf des Trennungsjahres von dir scheiden zu lassen. Dies ist meine endgültige Entscheidung. Ich bitte dich, dies zu respektieren.

Ich werde künftig mit dir keinen gemeinsamen Haushalt mehr führen und nichts mehr gemeinsam mit dir unternehmen. Auch meine finanziellen Belange regele ich künftig allein.

Ich werde nun auch einen Rechtsanwalt beauftragen, der mit dir die Fragen zu Trennungsgeld und Unterhalt klären wird.

Dies alles ist gesetzlich vorgeschrieben, aber ich hoffe, wir können die nun auf uns zukommenden Fragen fair behandeln.

Dieser Text ist nur ein Muster / Beispiel. Sie können den Text gerne nach Ihrer eigenen Situation ergänzen / verändern. Sollten Sie weitergehende Fragen haben, bitte ich Sie, mit mir einen Termin für ein Informationsgespräch zu vereinbaren.

Es ist, als hätten sie dem Vater irgendwann einmal die Sprache aus dem Körper geschnitten. Nicht die Zunge wie im Mittelalter, der Vater könnte ja alles vorlesen, was man ihm hinlegt, fehlerfrei und laut und deutlich. Was ihm fehlt, ist nicht das Sprechen, sondern die Sprache, die eigene, die über ein Wissen verfügt, das man sich nicht erdenken kann. Der Vater kratzt gerade noch genug Worte für die Internet-Suchmaschine zusammen. Ob er den Namen der Mutter anstelle der Punkte gesetzt, ob er den Brief vielleicht abgeschrieben hat, und zwar mit der Hand, um ihn wenigstens wie einen Brief aussehen zu lassen, das weiß ich nicht. Vielleicht hat ihm die Mutter dieses Muster zum Unterschreiben hingelegt, vielleicht handelt es sich nur um eine Formalie, ging es ohnehin nur darum, die Scheidung so korrekt und reibungslos wie möglich durchzuführen.

Von unserer Ehe ist nur noch eine gewisse Freundschaft geblieben, eine gewisse Freundschaft, diese Eltern hier waren nie Freunde. Denkbar, dass sie früher mal Geliebte waren, sogar recht wahrscheinlich, dass der Vater mal den Hintern der Mutter kommentiert hat, dass sie mal händchenhaltend durch eine Fußgängerzone gegangen sind, aber für eine Freundschaft hat es zwischen ihnen sicherlich nicht gereicht.

Es liegen noch ein paar Artikel über den Hitzesommer auf diesem Stapel, der Vater scheint sich neuerdings auch außerhalb von Natur-Dokus mit dem Klima zu beschäftigen. Die Dokus sind eine Konstante, schon vor dreißig Jahren haben wir gemeinsam als Familie abends der Klimakrise im Fernsehen zugeschaut, die damals noch Treibhauseffekt hieß, weil die Mutter fand, Molly und ich seien für den *Tatort* noch zu jung, und weil sie sich selbst schlecht fühlte nach dem *Tatort*, als würden wir in einer schlimmen Welt leben, deshalb also die Gletscher, die Eisbären, der Regenwald, die Sahara. Dass der Vater diese Dinge jetzt ausdruckt und stapelt, ist neu. Er scheint eine gewisse Brisanz zu spüren.

Die Mutter ruft die Treppe hoch, ich hab das Brot in den Ofen, holst du es bitte in einer Stunde raus, ich rufe, ja. Die Haustür fällt ins Schloss, die Garage wird geöffnet, die Mutter schiebt ihr Fahrrad heraus und dann ist sie weg. Das Haus liegt still wie ein See und ich stelle mir vor, jede meiner Bewegungen wäre ein Steinwurf dort hinein. Ganz langsam gehe ich wieder ins Gästezimmer und lege mich dort auf den Boden, die Arme breit wie Jesus.

Unter dem Bett liegt ein Anzug, ausgebreitet, die Ärmel am Rumpf entlang, das Sakko reicht großzügig über die schwarze Stoffhose, deren Beine kurz vorm Bettende abrupt aufhören, keine Füße schauen dort heraus. Ich entdecke den Anzug, als ich mich auf dem Rautenteppich vom Rücken auf den Bauch drehe. Er liegt dort wie eine Schlangenhaut, als hätte ihn ein Körper getragen, sich unters Bett gelegt und nach einiger Zeit aus ihm herausgeschält, ihn hinter sich gelassen, aber nicht achtlos. Ich beobachte ihn eine Weile, und da er weiterhin regungslos bleibt, lege ich mich schließlich neben ihn, auf seinen rechten Arm, direkt an seinen Rumpf heran, und blicke in den Lattenrost aus hellem Holz, dazwischen das Weiß der Matratze.

Ich höre das Auto vorm Haus parken, die Handbremse, die Tür, den Kofferraum. Ich gehe zum Fenster und beobachte den Vater, der keinen Autounfall hatte, der sich nicht in Luft aufgelöst hat, sondern seine neue, auf alt gemachte Ledertasche aus dem Kofferraum holt und sich den Gurt über die Schulter hängt. Obwohl auf dem Beifahrersitz oder auf der Rückbank Platz für die Tasche wäre, besteht der Vater darauf, sie im Kofferraum zu verstauen, der ja nicht ohne Grund Kofferraum heißt. Das neue Auto passt nicht in die Garage, deshalb blicke ich auf das Dach des Carports, der das Auto vor der Witterung und dem Lindensaft schützen soll. Der Carport sieht auf eine veraltete Art modern aus und will nicht so recht zum Haus dazugehören, das auf eine moderne Art alt ist. Er lehnt nur daran, als hätte ihn jemand für einen Moment abgestellt und vergessen. Die Mutter versucht, Rosen an den Pfeilern hochzuziehen, um dem Carport die Absichtlichkeit zu verleihen, die er verdient, immerhin haben sie Geld in die Hand genommen, aber die Rosen wollen dort nicht recht wachsen.

Der Vater steht vor einem Zettel, der an der Straßenlaterne klebt, vielleicht ist eine Katze verschwunden, vielleicht wurden Mülltonnen vertauscht. Der Vater reißt unter dem orangen Licht den Zettel ab, ebendieser Vater, der nichts falsch und genauso wenig richtig findet, der findet, in einer Demokratie müsse jeder Zettel genau dort hängen bleiben, wo er aufgehängt wurde. Bei Graffiti würde er dann doch die Grenze ziehen, da es die Eigentumsverhältnisse beschmiert und der Vater ja ein Eigentümer ist und sich nicht selbst ins Knie schießen will, womit am Ende auch keinem geholfen wäre. Der Vater faltet den Zettel ordentlich zusammen, als würde er ihn sogleich in einen Briefumschlag stecken, drückt den Knopf auf dem Autoschlüssel und dreht sich um, um zu kontrollieren, dass die Lichter kurz aufleuchten. Plötzlich wendet er den Kopf hoch zu dem Fenster, das den Rahmen für mein unsichtbares Gesicht bildet. Es ist ja dunkel, der Vater steht unter der Laterne und schaut in das schwarze Fenster hinein. Ich schäme mich, ihn heimlich beobachtet zu haben.

Ein durchdringendes schrilles Alarmgeräusch schallt durchs Haus. Ich renne hinunter, es riecht verbrannt und qualmt. Ich schalte den Backofen aus, hole den Feuermelder von der Decke, halte die Ritzen zu, aus denen das Geräusch dringt, von dem ich nicht weiß, wie es abzustellen ist. Ich drücke auf dem Plastik herum und irgendwann hört es auf. Der Vater materialisiert sich und öffnet die Fenster. Hast du gezündelt, fragt er und ich sage, Brot vergessen. Ich öffne den Backofen, mehr Qualm quillt heraus, das Brot, die ganzen guten frisch gemahlenen mütterlichen Zutaten sind ein Kohleklumpen.

Da wird sich die Mama freuen, sagt der Vater und geht in den Flur. Und sonst, fragt der Vater schon seine erste Frage, während er noch die Jacke auf den Kleiderbügel hängt. Sie hält nicht, sie sackt auf den Boden und ich muss an den Anzug denken, der überhaupt nicht zusammengesackt aussieht, sondern sehr würdevoll. Nichts Besonderes, sage ich. Habt ihr schon Abend gegessen, fragt der Vater. Mama ist noch nicht da, sage ich. Ah, stimmt, wo ist sie denn, fragt der Vater und geht durch die Küche ins Wohnzimmer und beginnt, die Scheibe des Kamins zu säubern. Er nimmt ein feuchtes Zewa, dippt es in die Asche und schrubbt damit über das Glas. Beim Anwalt, sage ich und öffne die Terrassentür, um den Geruch nach Verbranntem hinauszulassen. Beim Anwalt, fragt der Vater. Ja, wegen eurem, wegen der Scheidung halt, sage ich. Er legt das Zewa in die Asche und tastet nach seinem Handy. Warum, sagt er, warum denn heute, sagt er in den Kalender seines Handys hinein, da steht nichts. Er steckt das Handy weg und sucht das Zewa in der Asche. Es hat sich dort eingegraben in den zarten hellgrauen Staub. Er wirft es weg und macht in der Küche ein neues Tuch nass.

Der Vater ist unsicher, ob er den Termin so sehr vergessen hat, dass er noch nicht einmal im Handy steht, oder ob die Mutter die Termine jetzt generell allein wahrnimmt und für ihn mitdenkt, wie sie alles die Ehe Betreffende allein wahrnimmt und für beide denkt, oder aber, ob die Mutter möglicherweise doch noch einen anderen Anwalt kontaktiert haben könnte, der ihr von der einvernehmlichen Scheidung abraten würde, die für Hausfrauen bestimmt immer zum Nachteil ausgeht. Für die Eltern sind Worte wie *Schlammschlacht* oder *Rosenkrieg* schreckliche Worte, sie würden sich schämen, mit ihnen in Zusammenhang gebracht zu werden. Die Eltern wollen glatt über eine sehr kleine Bühne gehen, hintereinander, auf der einen Seite rauf, auf der anderen hinunter.

Der Vater holt noch ein nasses Zewa, mit dem er die Asche wieder von der Scheibe wischt. Es ist natürlich Quatsch, dass er diese Gedanken hatte. Der Vater würde niemals vermuten, die Mutter könnte sich eine zweite Meinung einholen, die Mutter könnte etwas vor ihm verheimlichen, die Mutter könnte versuchen, sich einen Vorteil zu verschaffen, beziehungsweise sie könnte verhindern, dass sie einen Nachteil hat. Das sind allein meine Gedanken zur Mutter. Der Vater trocknet unterdessen das Glas und freut sich über das streifenfreie Ergebnis. Er schichtet das

Holz und erklärt, wie und warum genau so und nicht anders. Er zündet das Papier von unten an, immer unten anzünden und die Lüftung muss offen sein, sonst erstickt es direkt. Der Vater fragt, habt ihr den Kamin heute gar nicht angehabt, und ich sage, doch, die Mama schon, ich hab ihn ausgehen lassen. Er nickt, legt die Ellbogen auf den Oberschenkeln ab, faltet die Hände und starrt ins Feuer.

Ich denke an die Mutter, die genau in dieser Haltung in diesem Sessel verharrte, vor etwa acht Stunden, und wie sich Körperhaltungen und Gesichtsausdrücke und Gesten ineinander einprägen, ohne dass man es bemerkt, wie man so viele Jahre umeinander schleichen kann, ohne derselbe Mensch zu werden, ohne dass man eines Tages einfach im anderen aufwacht, der nicht mehr der andere ist. Vielleicht ist man gestorben, oder aber man hat sich endlich integriert.

Draußen öffnet die Mutter das Garagentor, wir hören es beide, der Vater starrt weiter nach vorn ins Feuer, der Vater findet, man muss nach vorn schauen und verwechselt schauen und starren. Ich stehe auf und sage, gute Nacht, der Vater sieht auf seine Armbanduhr, hör mal, es ist sieben, ich sage, ich les noch was, der Vater sagt, dann gute Nacht allerseits. Ich gehe langsam aus dem Wohnzimmer und sprinte dann die Treppe hinauf. Als ich die Tür des Gästezimmers öffne, höre ich unten das Öffnen der Haustür. Ich schließe die Gästezimmertür so, dass das Geräusch genau mit dem Geräusch der sich schließenden Haustür zusammenfällt, lege mich auf den Teppich und versichere mich, dass der Anzug noch da ist, oder dass er überhaupt da ist.

Ich wache auf, den Arm unters Bett gestreckt, es ist finster und mein Rücken tut weh wegen der fehlenden Matratze. Erstaunlich, wie schnell ein Schlafrhythmus durcheinanderzubringen ist, denke ich und gehe zum Kühlschrank und esse Oliven dort heraus, als würde ich sie vom Baum pflücken, vor der offenen Tür stehend. Der Kühlschrank strahlt mich kalt an, er piept, ich schließe die Tür, öffne sie wieder und esse schnell die Oliven auf. Ich denke, ich sollte einen Tee kochen, beiße in eine Karotte und trinke ein paar Schlucke Milch direkt aus der Packung. Ich sitze am Küchentisch, die große Uhr zeigt vier.

Ich gehe nach oben, drücke lautlos die Klinke zum Elternschlafzimmer herunter und horche dort ins Dunkle hinein, es ist ganz still. Die Mutter muss allein liegen. Den Vater würde ich hören, er flattert im Schlaf immer mit den Lippen, während die Mutter ganz stumm ist, man könnte meinen, sie habe das Atmen aufgegeben, bis sie dann hin und wieder die Luft mit einem lauten ruckartigen Schnarchen einsaugt. Wahrscheinlich schläft der Vater schon länger auswärts, wahrscheinlich kommt er abends nach Hause, um vor mir den Eindruck zu erwecken, er schliefe weiterhin hier, es wäre weiterhin alles beim Alten, und es überrascht mich, dass sich der Vater überhaupt bewusst ist, dass sich seine Existenz in andere einprägen könnte. Vielleicht kann der Vater auch einfach nicht mehr in das Elternschlafzimmer hinein, vielleicht wirft ihn dort eine unsichtbare Wand zurück, er versucht, sich durch sie hindurchzuzwingen, aber schafft es einfach nicht, vielleicht blutet dem Vater die Nase, sobald er die Schwelle überschreitet. Vielleicht würde der Vater gern, aber das Haus lässt ihn bei Nacht nicht in Ruhe, sodass er auf die Autobahn muss.

Unten im Flur ziehe ich seine Regenjacke über und gehe hinaus in den Garten der Eltern. Das Gras ist hart gefroren und zerbricht unter den Schritten. Ich atme aus und mache dann einen Schritt hinein in meine eigens produzierte warme Wolke. Die Eltern haben ein Fertiggartenhaus aus Holz. Der Vater hat nur wenige handwerkliche Fähigkeiten und die Mutter hat ihre absichtlich verkümmern lassen, weil sie glaubt, es gehöre sich nicht in ihrer Stellung. Die Mutter hat noch immer Angst, sich durch eine unbedachte Äußerung, einen unbedachten Handgriff als Bäuerin zu entlarven. Sie glaubt an den unumstößlichen Kern eines jeden Individuums und das macht ihr das Leben natürlich schwer.

Das Gartenhaus ist sehr ordentlich, an der einen Wand stehen Rechen, Harke, Mistgabel, eine Leiter und irgendwelche Geräte, deren Namen ich nicht kenne. Hinten stehen der Rasenmäher und eine Schubkarre, Blumenerde und Übertöpfe, ineinandergestapelt, alle aus Terrakotta. Ich schalte das Licht wieder aus und gehe über den Rasen Richtung Friedhof. Die Kirschlorbeerhecke versperrt den Weg zum Zaun, die Mutter benutzt die Hecke als Puffer, die Mutter muss ein lebendiges Gestrüpp zwischen sich und den Tod setzen und ich denke, dass der Kirschlorbeer und ich etwas gemeinsam haben. Ich gehe zurück ins Gartenhaus, nehme die große Schere, die an einem Nagel an der Wand hängt, und schneide damit eine Schneise durch die Hecke. Ich höre meinen Atem, tief und frei, und das Zuschnappen der Schere, das kaum merkliche Fallen der Blätter und Äste.

Der Mutter ist der Garten ohnehin egal, nicht egal, aber sie hat ihn unter Schmerzen aufgegeben und kann ihm jetzt nicht mehr unter die Augen treten. Der Vater wird dem Garten hilflos gegenüberstehen, mit seinen Wucherungen, mit seinem Eigenleben. Der Vater wird vor dem Garten stehen, wie er immer vor mir gestanden hat, er wird entweder einen Gärtner engagieren oder aber den Rollladen im Wohnzimmer nicht mehr hinauffahren. Er wird den Rollladen unten lassen und vergessen, dass dahinter der Garten wächst. Ich lasse die Schere im Gras liegen und gehe durch den neuen Gang zum Friedhofszaun. Ich passe nicht mehr durch die Stäbe, schon kurz über dem Knie bleibt mein Bein stecken. Ich hole die Leiter aus dem Gartenhäuschen, lehne sie an, steige hinauf und springe auf der anderen Seite herunter.

Der Friedhof liegt an einem sanften Hügel, was für einen katholischen Friedhof ungewöhnlich ist. Die Katholiken mögen es flach. Ich stelle mir vor, dass die katholischen Leichen in ihren Särgen aufrecht liegen. Sie liegen und stehen zugleich. Mit fortschreitender Zersetzung sammeln sie sich immer weiter am Fußende, bis auch der Sarg sich zersetzt. Sie rieseln im Inneren des Hügels den Hügel hinunter, in andere Leichen hinein, bis an den Fuß des Hügels. Eigentlich müssten nur dort Kerzen aufgestellt werden, nirgendwo sonst. Ich gehe die Gräber entlang über die Kieswege, lese wahllos Namen auf Marmorplatten und Grabsteinen. Die Pflanzen sind ordentlich zurückgeschnitten, wie es sich für diese Jahreszeit gehört. In Findelheim kennt man sich auf dem Friedhof und man weiß, wer sich wie gut um seine Toten kümmert, wo immer eine Kerze brennt und wo nie, und wer einfach einen Bodendecker pflanzt und nicht mehr auftaucht oder, noch schlimmer, eine Marmorplatte auf die Erde legt. Zugezogene wie die Eltern haben ihre Toten gar nicht hier begraben, sondern dort, wo sie herkommen, denn irgendwo kommt ja jeder her, was die Findelheimer beruhigt und beunruhigt zugleich.

Ich bin oben auf dem Hügel angelangt. Ich blicke hinüber, zum Haus der Eltern, wo im Wohnzimmer bereits der Rollladen oben und das Licht an ist. Die Mutter hat einen schlechten Schlaf, wahrscheinlich hat sie meine Unruhe im Haus gespürt und ist mit etwas Verzögerung aufgeschreckt. Ich drücke gegen die Tür der Kapelle und bin überrascht, dass sie sich öffnen lässt. Man stellt hier auch Fahrräder ohne Schloss ab, man lässt hier auch die Bäckerin das Geld aus dem Portemonnaie nehmen und dies ist immerhin ein Haus Gottes, unter dessen Augen sich die Leute noch weniger Kriminelles trauen als ohnehin schon. Ich setze mich auf die vorderste Bank und strecke die Beine aus. Die Kapelle ist ganz schlicht und weiß, mit großen spitzen Fenstern und buntem Glas, aber in der Dunkelheit sind die Farben nicht zu erkennen. Auf dem Altar stehen frische Lilien in verschiedenen Vasen, vielleicht ist nachher eine Veranstaltung, denke ich.

Ich gehe nicht zur Leiter zurück, die ja ohnehin auf der falschen Seite steht, sondern nehme das Eingangstor, gehe am Zaun entlang und biege rechts in die Straße der Eltern. Im Vorübergehen sage ich die Namen der Familien auf, die die Häuser bewohnen. Ich gehe zu jedem Klingelschild, um zu überprüfen, ob ich richtiglag, Herrmanns, Wilperts, Krämers, ein paar Namen sind neu. Als ich das Elternhaus leise betrete, steht die Mutter bereits in der Diele und sagt, Maus, wo warst du denn, wobei die Betonung auf dem warst liegt. Maus, wo *warst* du denn. Die Mutter betont die Verben, weil sie sich dem Handeln so nah fühlt. Ich mache morgens eine Gehmeditation, sage ich und kann zusehen, wie sich ihre Gesichtszüge entspannen. Eine Meditation, toll, welche denn. Ich sage, ich kann dir mal den Link schicken.

Die Mutter geht in die Küche und setzt sich wieder an den Tisch, der nicht fürs Frühstück gedeckt ist, weil die Mutter eigentlich noch gar nicht wach sein sollte, was ihr eine gewisse Konturlosigkeit verleiht, und die Konturlosigkeit wiederum eine Bedürfnislosigkeit. Eigentlich wacht die Mutter erst auf, nachdem der Vater aufgestanden ist und den

Frühstückstisch gedeckt hat. Die Mutter weigert sich, den Frühstückstisch zu decken, weil es die einzige Aufgabe ist, die der Vater im Haus übernimmt, also übernahm. Jetzt, wo ich aber hier sitze, will sie mir nicht das Gefühl des Mangels vermitteln und beginnt, Dinge aus dem Kühlschrank auf den Tisch zu stellen. Die Christiane meditiert auch, es soll ja toll sein und alles, aber ich bring's einfach nicht fertig. Die Mutter kann nicht stillsitzen, wäre die Mutter heute ein Kind, man würde ihr vielleicht etwas diagnostizieren. Ich lache über die Vorstellung einer meditierenden Mutter, die ständig einem Gedanken folgen und aufspritzen und etwas erledigen müsste, etwas an- oder abschalten, etwas auf- oder abhängen, und sich immer wieder schuldbewusst hinsetzen und die Augen schließen würde und unmenschlich tief atmen dabei. Die Mutter stimmt mit ein, ja wirklich, sagt sie, schon allein die Vorstellung, rumsitzen und an nichts denken, beim besten Willen, sagt die Mutter und kichert. Die Mutter stellt zwei Teller hin und steckt zwei Scheiben Brot in den Toaster. Ich dachte vorhin kurz, du wärst wieder auf dem Friedhof gewesen, sagt die Mutter.

Sie ist noch immer erleichtert, dass etwas aus mir geworden ist. Die Mutter weiß zwar nicht, was genau aus mir geworden ist, aber es entspannt sie durchaus, dass es in der *Zeit* schon mal einen wohlwollenden Artikel über mich gab. In allen möglichen Zeitungen!, aber die *Zeit* scheint ihr der beste Beweis. Ich vergesse das nie, sagt die Mutter, wie ich dir zum ersten Mal erklärt habe, was ein Friedhof ist. Von da an hast du tagelang, Quatsch, wochenlang, von nichts anderem geredet. Du konntest noch gar nicht richtig reden, aber du hast die ganze Zeit rausgezeigt und von den Toten dort unter der Erde – Man konnte dich nicht ablenken. Ich bin mit dir spazieren gefahren und du hast den Leuten nur vom Friedhof erzählt, es war gruselig, sagt die Mutter, die sich geschämt hat für ihr kleines Mädchen, dem sie extra Schmetterlingsspangen ins spärliche Haar geklemmt hatte. Du hast uns nachts geweckt und davon angefangen, du hast Fieber gekriegt und noch wirrer geredet. Es war wirklich so, dass du am laufenden Band gesprochen hast. Du bist einfach nicht mehr still geworden, wie besessen. Ich hab zu Tommy gesagt, wenn das noch eine Woche so weitergeht, ziehen wir um. Und dann war es vorbei. Von einem Tag auf den anderen. Dann hast du fünfzehn Stunden am Stück geschlafen.

Die Mutter hat ihr Brot fertig mit Quark und Himbeermarmelade beschmiert und immer noch keinen Appetit. Daran denke ich heute manchmal, wenn ich deine Ausstellungen sehe, sagt die Mutter und verteilt die Marmelade noch gleichmäßiger auf dem Quark, sie soll eine ebene rote Fläche bilden. Sie schaut mich unsicher an, die Mutter spricht selten vor mir von Kunst, noch seltener von meiner, weil sie ein feines Gespür dafür hat, in welche Richtung ein Machtgefälle verläuft. Vor ihren Freundinnen spricht sie ganz selbstverständlich als Expertin, vor mir nimmt sie diese geduckte Haltung ein, stets bereit, etwas zu relativieren, sich rücklings vom Stuhl auf den Boden zu werfen und den rosa Bauch mit den Zitzen zu entblößen.

Was gibt es denn heute zu tun, frage ich und die Mutter sagt, tja, solange ich keine Wohnung habe, erst mal nur vorsortieren. Ich frage, ob ich bei der Wohnungssuche helfen könne, und die Mutter winkt ab. Die Mutter sagt, wir müssen ja unbedingt auseinander wohnen, wegen dem Trennungsjahr. Ich sage, na ja, und weil ihr es wollt. Die Mutter sagt, genau. Ich frage, was für eine Wohnung suchst du denn. Die Mutter sagt, vier Zimmer in Berlin. Vier Zimmer, sage ich, für dich allein. Ja, Wohnzimmer, Schlafzimmer, Küche, Bad. Ich sage, also zwei Zimmer. Die Mutter sagt, was, nein, vier. Ich habe also den Verdacht, dass sie überhaupt nicht sucht. Dass die Mutter von Berlin spricht, aber überhaupt nichts weiß vom Wohnungsmarkt, von Immoscout24, dass sie völlig überfordert ist und es auf keinen Fall zugeben kann und möglicherweise das Haus auch gar nicht verlassen will. Die Mutter sagt, vielleicht kannst du den Sperrmüll aus der Garage zum Wertstoffhof bringen, der macht mich wahnsinnig. Ich sage, ist denn das Auto frei. Dann muss Tommy halt mal mit dem Bus fahren, sagt die Mutter, arbeiten muss er heute ja nicht und falls er noch was – die Mutter macht eine Pause – *vorhat*, soll er mit dem Bus fahren. Den Sperrmüll kann man ja schlecht im Bus transportieren. Da muss er halt mal den Bus nehmen.

Im Obergeschoss bewegt sich etwas, der Vater ist aufgestanden, als hätte er seinen Namen gehört. Die Eltern sind einander immer noch Pole, zwischen denen eine gewisse Magie wirkt, wenn sie sich beim Namen nennen. Hat er doch hier geschlafen, sage ich. Natürlich, sagt die Mutter, wo denn sonst. Ich kann der Mutter schlecht sagen, dass ich ihren Schlaf belauscht habe, ich sage, was weiß ich, wo er schläft. Die Mutter sagt, in seinem Zimmer. Er hat ja ein eigenes. Als ich von oben die Dusche höre, gehe ich ins Gästezimmer. Ich beuge mich zum Anzug hinunter, der immer noch unter dem Bett liegt. Zum ersten Mal kommen mir die Fragen in den Sinn, warum eigentlich, wer ihn dort so drapiert hat, es muss ja jemand getan haben, mit einer Idee dahinter. Direkt unter meinen Füßen in der Küche erheben die Eltern die Stimmen. Sie erheben die Stimmen so, wie man sich vom Stuhl erhebt, um sich größer zu machen, um sich zu verteidigen, also den Angriff des anderen zu provozieren, weil man das Angreifen moralisch verurteilt. Ich lege mich auf den Anzug und ziehe mir seine Arme fest um den Körper. Ich mache einen Knoten dort, wo seine Hände fehlen. Die Worte der Eltern sind nicht zu verstehen, es wird um die Hoheit über das Auto gehen und um die Hoheit über die letzten vierzig Jahre.

Als ich aufwache, erschrecke ich vor der Enge unterm Bett. Ich zucke zusammen, direkt über mir der Lattenrost, als ich die Augen öffne. Ich robbe schnell heraus und atme tief auf dem Rücken liegend weit nach oben gegen die Decke. Draußen deutet der Himmel den Mittag an. Er ist hellgrau. Das Auto steht noch unter dem Carport, die Mutter hat den Streit, der gar kein Streit war, sondern eine Diskussion, also für sich entschieden. Auf dem Tisch in der Küche liegt ein Zettel: Hallo Maus, habe dich vorhin nicht gefunden, bin einkaufen, der Wertstoffhof hat bis 16 Uhr auf. Bis später, Mama. Die Mutter muss oben im Gästezimmer gewesen sein, während ich schlief, und mehrmals an mir auf dem Boden vorübergegangen, ohne mich zu bemerken. Ich nehme den Autoschlüssel, den die Mutter neben den Zettel gelegt hat, werfe meine Jacke über und gehe raus. Als ich einsteigen will, fällt mir ein, dass ich nicht weiß, wo der Wertstoffhof ist, und mein Handy nicht dabeihabe.

Helene, ruft jemand über die Straße und ich drehe mich um, die Stimme ist schon ganz nah, sie atmet schwer, die Stimme ist gerannt, Helene Michels! Vor mir steht ein Glatzköpfiger, der mir etwa bis zur Schulter reicht und nur ein T-Shirt trägt. Was, sagt er und stemmt sich die Hände in die Hüften, was ist da an Zeit vergangen, oder. Krass, ist dir nicht kalt, frage ich. Helene Michels, sagt er und nickt, ich hab dich grad vor ein paar Tagen gegoogelt. Und jetzt live und in Farbe. Wer hätte das gedacht, oder. Er lacht und unterbricht sich dann, kennst du mich gar nicht, fragt er und lacht wieder, ich hab ein paar Haare verloren, sagt er und fährt sich mit der Hand über den Kopf. Früher waren wir doch alle schöner. Sebastian, sagt er dann, Giesinger. Der Giesinger Sebastian. Giesi. Ich hab dich gegoogelt, sagt er.

Ich mustere mich in der Autoscheibe und sehe ein paar fettige Strähnen aus meiner Haarspange fallen. Ich sehe die übergroße Sonnenbrille, den breiten Schal aus Alpaka-Wolle, den bodenlangen schwarzen Mantel, die massiven Stiefel. Ich sehe mich als ganz und gar undurchsichtige Person, was mich beruhigt, ich kann mich wieder dem Giesi zuwenden, der scheinbar immer noch spricht. Der Andi hat einen Safaripark in Kenia aufgemacht. Die Miriam hat sich einen reichen alten Knacker geangelt, den pflegt sie jetzt noch zu Ende und fertig, drüben in Dünnbach, Villa, vierzehn Zimmer, aber bei dir, dass du mal so was Abgedrehtes machst, oder, New York und alles. Jetzt reibt er sich die Hände und ich denke, dass er immer noch so gierig ist, dass ihm die Haare längst ausgefallen sind, aber die Gier ist immer noch da.

Aber bissl verrückt warst du ja schon immer, sagt der Giesi und meint es als Kompliment, er macht mir ein Kompliment für das, wofür sie mich damals gemieden haben, was sie damals nicht *bissl verrückt* genannt haben. Warst du nicht mit der Miriam zusammen, frage ich. Ja, eben, sagt der Giesi und lacht, eben. Jetzt bin ich Ingenieur, sagt er, um die Stille zwischen uns auszupolstern, mit diesem weißen Füllmaterial, das zwischen den Fingern quietscht. Erst Ausbildung gemacht in der Daimler und dann doch noch mal studiert, sagt der Giesi und dann schweigen wir wieder. Jedenfalls hab ich jetzt auch zwei Kinder. Schön, sage ich, herzlichen Glückwunsch. Ja, sagt er, die sind süß, ganz süß, und weißt du, mit wem unsere Kleinste in den Kindergarten geht? Nein, sage ich, mit einem phonetischen Fragezeichen dahinter. Mit der Hamanns Ella, ruft der Giesi begeistert, verrückt oder. Ich sage nichts. Ich kenne keine Kinder, wenn ich recht darüber nachdenke, fällt mir wirklich kein einziges Kind mit Namen ein. Die Ella, die Älteste von Molly, ruft der Giesi ganz aus dem Häuschen. Dass alle wieder zurückkommen, der Hammer, oder. Ich sage nichts, denke nur, dass Molly einen neuen Nachnamen hat, nämlich Hamann, und eine Tochter im Kindergarten, deren Name Ella ist, und mindestens ein weiteres jüngeres Kind.

Ich warte, was diese Information mit mir macht, wie man auf das Geräusch des Aufschlags wartet, nachdem man einen Stein in einen Brunnen geworfen hat. Man lässt den Stein los und sofort wartet man. Ich denke an Molly, die also irgendwo hier in der Nähe wohnen muss. Was für ein Kindergarten ist das, frage ich und denke, es ist unmöglich, dass der Giesi mir diese Frage abkauft, aber er freut sich und sagt, der Waldkindergarten. Damit sie mal rauskommen, an die Luft, und sich auspowern. Meine Große kennt schon mehr Pflanzen als ich. Der Giesi zwinkert mit dieser Weisheit von Eltern, die ganz und gar okay damit sind, wenn die Kinder über sie hinauswachsen, denn sie selbst haben ihnen ja Wurzeln und Flügel gegeben. Ich denke an Molly, die ihre Kinder pünktlich in einem artgerechten Kindergarten abgibt und nachmittags mit einem E-Lastenrad wieder abholt. Sag bloß, du hast die Molly noch gar nicht getroffen jetzt, seit sie hier wohnt, sagt der Giesi. Ich sage, nein, noch nicht. Der Giesi sagt, also wirklich, ich bitt dich, wir sind doch alle erwachsen, oder. Schnee von gestern. Ich lächle und sage, klaro. Wir wohnen hier in der Straße, sagt der Giesi. Unten neben Georgs, im Neubau. Ja, sage ich. Ich zeige mit dem Kinn Richtung Auto und sage, ich muss mal los, und er hebt beide Hände, ja, sicher, viel beschäftigt, oder, und er lacht, als könnte er das Lachen essen.

Ich steige ins Auto und fahre los und erst als ich durch ein Industriegebiet fahre, das ich nicht kenne, fällt mir ein, dass ich immer noch nicht weiß, wo der Wertstoffhof ist und ich außerdem den Sperrmüll gar nicht eingeladen habe. Ich fahre noch eine Weile geradeaus und frage mich, was der Giesi wohl gefunden hat, bei Google, wie weit er von dort aus in mein Leben vorgedrungen ist. Ein Zorn greift mir an die Kehle darüber, dass er von dieser ungleichen Möglichkeit Gebrauch gemacht hat, dass er womöglich Videos und Bilder betrachtet hat, Interviews gelesen, in denen ich von mir erzähle, über Dinge, die den Giesi als Nachbar der Eltern rein gar nichts angehen. Ich sehe mich selbst vor dem Laptop sitzend, über das Handy gebeugt, immer wieder Mollys Namen in die Suchleiste tippend, in verschiedenen Variationen, die sich immer weiter von ihr entfernen, bis ich einfach fremde Namen eingebe und in der Bildersuche fremde Porträts betrachte, die mit fremden Berufen unterschrieben sind. Natürlich hätte auch ich von der Möglichkeit Gebrauch gemacht, Molly auf diese einseitige Art zu beobachten, unerhört nah hätte ich an ihr Gesicht gezoomt. Aber sie ist im Internet nicht aufzufinden. Kein Wunder, mit Mann und Kindern, mit diesem Nachnamen, Hamann.

Irgendwann bin ich ganz aus der Stadt raus, in der nächsten Ortschaft halte ich vor einer Bäckerei und bestelle eine Tasse Kaffee. Ich ziehe die Sonnenbrille auch im Laden nicht ab, ich lasse den Mantel zu. Ich fühle mich seltsam nackt und fremd, ich fühle mich seltsam angefasst. Ich höre die Stimme der Mutter, manchmal bist du echt empfindlich.

Für den Rückweg brauche ich über eine Stunde, ich erinnere mich nicht, wie ich hergekommen bin. Ich fahre den Schildern nach ins Stadtzentrum, von dort zu meiner alten Schule, von dort zum Elternhaus. Ich parke das Auto schief unter den Carport, der Vater wird sich später schämen, wenn er nach Hause kommt, er wird denken, die von gegenüber würden denken, er könne nicht einparken, und also noch einmal hinausgehen und das Auto richtig, also gerade, hinstellen. Ich greife in die Jackentaschen, aber weiß ohnehin, dass ich den Haustürschlüssel nicht eingesteckt habe. Ich taste hinter dem Blumenkübel am Eingang, wo die Mutter früher immer einen Schlüssel versteckt hat, aber dort liegt nichts. Ich klingle und niemand macht auf. Es ist dunkel, es ist nach sechs, die Eltern müssten längst da sein, ich klingle noch mal und gehe, ohne zu warten, die Straße hinunter, mache den Bogen über den Friedhof.

Wieder ist die Kapelle offen, ich setze mich wieder in die erste Reihe und erschrecke über eine leichte Bewegung in meinem Augenwinkel. Rechts neben dem Altar baumelt ein leerer Körper. Es ist ein Priestergewand, das mit einem Kleiderbügel an einer Querstrebe des Fensters hängt. Das Gewand bewegt sich kaum merklich, nicht wie ein Körper, der eine Bewegung ausführt, sondern wie einer, der versucht stillzuhalten, aber weiterhin atmet. Der Wind zieht durch die Ritzen am Fenster und fährt in den Stoff hinein und lässt ihn wieder zusammensinken. Ich stehe auf, mache einen großen Bogen, um das Gewand nicht zu stören, aber es von vorne betrachten zu können, dann von der anderen Seite. Der Haken des Kleiderbügels ist der viel zu kleine und leere und starre Kopf. Ich nähere mich an, wie man sich einem Pferd nähert, vorsichtig, aber ohne Angst. Ich berühre den schweren Stoff, ein Verlangen überkommt mich, es anzuziehen, es überzustreifen und eine andere zu werden. Ich warte, bis es vorbei ist, und trete an die Luft. Von hier oben sehe ich das Licht im Wohnzimmer der Eltern und gehe langsam zurück.

Ich drücke die Klingel, was überhaupt nicht notwendig gewesen wäre, der Schatten der Mutter steht schon an der Tür. Ach, du bist es, sagt die Mutter, die wohl mit einem Dieb gerechnet hat, oder mit dem Vater, aber sie hat kein Messer in der Hand, nur eine Teekanne an den Bauch gedrückt. Ich sage, ja, ich bin's. Tee, fragt die Mutter. Joa, sage ich. Die Mutter geht in die Küche und gießt Kräutertee ein, der mit Sicherheit irgendeine Funktion hat, der entweder Gemütlichkeit oder weibliche Energie oder gute Laune herstellt. Hat alles geklappt, fragt die Mutter. Ich sage, ja. Prima, sagt die Mutter, dann ist der Kram schon mal weg, dann ist wenigstens in der Garage wieder ein bisschen Luft. Ach so, sage ich. Das mit dem Sperrmüll hat nicht geklappt. Warum, fragt die Mutter. Ich habe den Weg nicht gefunden, sage ich. Aber mit dem Handy, sagt die Mutter, mit dem Handy kann man den Weg doch suchen. Ich sage, hab's drinnen vergessen und den Schlüssel auch. Die Mutter nickt zuerst und dann schüttelt sie den Kopf. Ach Maus, sagt sie und denkt, dass ich auch früher schon ein Problem damit hatte, Dinge hinzukriegen, und es ein Irrtum war, zu glauben, ich könnte ihr eine Hilfe sein, und sie ohnehin wieder alles wird alleine machen müssen, so wie ihr Leben lang schon, als Tochter, als Mutter.

Die Mutter sagt, Maus, nimm doch wenigstens mal die Sonnenbrille ab. Ich lege die Sonnenbrille auf den Küchentisch. Dann fahr ich morgen einfach, sage ich und die Mutter sagt, morgen ist Sonntag. Ich sage, dann Montag. Die Mutter sagt, wir haben ja Zeit. Wenn der Vater nach Hause kommt, werden sie vielleicht dieselbe Diskussion noch einmal führen und der Vater wird wieder verlieren, der Vater wird wieder in den Bus und dann in die Bahn steigen müssen, was er hasst, weil es ihn aus seiner Teilnahmslosigkeit herausreißt, bereits das enge Sitzen ist ihm ein Graus. Im öffentlichen Nahverkehr ist ein jeder ein Teilnehmer und der Vater findet die Leute, die nur ins Handy starren und dabei Kopfhörer tragen, genauso schlimm wie die, die ihn ansprechen. Der Vater will in seinem fahrbaren Privatraum sitzen und sehen, wie sich die Straße vor ihm zu einem Fluchtpunkt verengt und immer genau dort, wo er sich befindet, in die Breite geht. Immer, wenn der Vater daran erinnert wird, dass er nicht allein auf der Welt ist, fühlt er sich einsam.

Ich sage, ich bin müde, ich leg mich kurz hin, und die Mutter streicht mir übers Haar. Sie kennt das, dass ich müde bin, sie denkt, es läge daran, dass im Elternhaus die Spannung der Welt von mir abfällt. Es stimmt natürlich nicht, es ist eher so, dass mich etwas befällt, die reine Lethargie, die geballte Egalheit meiner und jeder anderen Existenz. Ich versuche mich zu erinnern, wann ich zuletzt in meinem Bett geschlafen habe, aber ich weiß es nicht und mein Handy mit dem Kalender hat keinen Akku. Ich weiß nicht, wo das Ladegerät sein könnte, und bin zu faul, aus dem Bett aufzustehen, um es zu suchen. Stattdessen grüble ich, denke, dass ich fünf Tage in Kopenhagen war, aber die Zeit bei den Eltern ist nicht in Tagen zu bemessen, die Zeit bei den Eltern hat eine andere Konsistenz, die eine andere Maßeinheit erfordert. Wenn ich sie zu Weihnachten besuche, buche ich noch von Berlin aus die Rückfahrt und stelle mir einen Wecker für den Tag der Rückreise.

Bevor ich auf die Idee mit dem Wecker kam, verpasste ich die Züge Jahr für Jahr und es fiel mir erst an Neujahr auf, weil Neujahr nun mal ein

Tag ist, der auffällt. Die Mutter, die das Datum sicherlich im Kopf hatte, erinnerte mich nicht. Die Mutter ließ die Züge ohne mich fahren, in der Überzeugung, dass ich sie vergaß, weil ich unterbewusst gern noch bleiben wollte, aber mir das Bleiben nicht zugestand. Ich sollte mir also bald einen Wecker stellen, denn ich kann nicht warten, bis die Eltern hier die Scheidung endgültig abgewickelt haben, bis sich die Eltern voneinander abgewickelt haben. Der Vater ist einer, der lieber aufwickelt, der Vater kann ja nichts wegwerfen, der Vater wickelt sogar das Geschenkband am Weihnachtsabend wieder auf, der Vater wickelt seine Angelschnur um ein Stückchen Holz, falls er irgendwann mal wieder rausfahren will, aber eigentlich tun ihm die Fische leid. Ich denke, ich sollte mir am besten jetzt den Wecker stellen, aber das Handy hat ja keinen Akku.

Als ich aufwache, ist es schon wieder dunkel, das Gästezimmer zeichnet sich ganz in Schwarz-Weiß vor meinen Augen ab. Es ist halb zehn, die Mutter sitzt unten im Wohnzimmer und telefoniert. Als ich hereinkomme, sagt sie, da ist die kleine Schlafmaus. Ich nicke, stecke mir die Haare an den Kopf und gehe in die Küche, wo ein Topf Nudeln und eine Pfanne vegane Bolognese auf dem Herd stehen. Ich mache die Soße warm und werfe ein paar Nudeln hinein. Ich höre der Mutter zu, die ihre Stimme gesenkt hat, aber nicht genug, die ja davon überzeugt ist, dass wir nichts voreinander zu verheimlichen haben, jedenfalls, sagt sie zu ihrer Freundin am Telefon, er ist mir ja nichts schuldig, aber er könnte ja einfach mal sagen, wann er da ist und wann nicht. Dass ich weiß, woran ich bin. Der Vater ist also schon wieder unterwegs und die Mutter legt alle halbe Stunde ein Holzscheit nach. Die Mutter sieht sich als Warmhalterin der Familie. Der Vater geht samstags auf den Trimm-dich-Pfad und dann geht er woandershin, vielleicht mit dem Tobias, aber doch nicht so lange, doch nicht bei dem Wetter, und wahrscheinlich ist auch er der Meinung, dass es nichts zu verheimlichen gibt, aber eben auch nichts zu sagen.

Die Mutter sagt immer wieder in den Hörer, der Vater könne machen, was er wolle, sie sei ganz erleichtert, dass er endlich überhaupt mal was mache, sie freue sich für ihn, und dann betont sie, wie sehr sie sich für sich freue und was für eine Erleichterung, endlich das Haus los zu sein.

Diese Sachen sagt die Mutter wieder im gewohnten Tonfall, also laut und frisch. Sie ruft in die Küche, im Kühlschrank ist noch Parmesan, Maus, und dann macht sie Schluss, um sich zu mir zu setzen, während ich esse. Ich habe zwischendurch nach dir geschaut, aber du hast tief und fest geratzt, sagt die Mutter. Es ist so schön, dass du mal ein bisschen länger da bist, sonst geht es immer so schnell.

Die Mutter will nicht allein in dem Haus sein, das viel zu groß für sie ist, die Decken sind doppelt so hoch wie sie selbst. Wenn die Mutter allein ist, kann sie sich nie entscheiden, ob die Türen zu den ganzen leeren Räumen besser geschlossen oder offen sein sollen, sie geht durchs Haus und macht sie auf, und ihre Leere strömt heraus, sie schließt sie, und das Ungewisse, Dunkle dahinter macht ihr Angst. Die Mutter wollte nie wieder allein in einem großen Haus sein, die Mutter ist als Einzelkind auf einem Selbstversorgerhof aufgewachsen und ihre Mutter war immer auswärts arbeiten und ihr Vater ist zum Wirten, sodass die kleine Mutter allein das Haus gehütet hat. Die Mutter wollte gern eine Wohnung beziehen, so übersichtlich, dass die Treppe schon nicht mehr dazugehört. Aber als die Mutter einmal in der Stadt war, hat sie schnell gemerkt, dass es in gewissen Kreisen zum guten Ton gehört, über mehrere Etagen verteilt zu wohnen, mit einer eigenen Treppe, einem eigenen Flur, nur für die eigene Familie.

Die Mutter ist also mit dem Vater ins Elternhaus gezogen. Die Mutter hat es sich anders vorgestellt, sie hätte gern mehr Kinder gehabt, um die Zimmer zu besetzen, um Leben im Haus zu haben, wie sie sagt, weil sie das Gefühl hat, dass ihr eigenes für den ganzen Platz nicht ausreicht, und der Vater hat andere Aufgaben. Vielleicht ist es wegen des Friedhofs, der draußen vor dem Wohnzimmer steht, dass es so viel braucht, um das Leben zu Hause zu halten. Im März fängt die Mutter an, auf den Fensterbänken Setzlinge vorzuziehen, sie hat eigene Samen vom letzten Jahr oder von Freundinnen, die sie auf Zewas legt und feucht hält. Wenn die Samen nicht keimen oder die Setzlinge nicht wachsen, ist es ein Zeichen für die Mutter, es macht etwas mit ihr, es ist eine Art existenziellen Versagens, es ist eine Botschaft für das ganze kommende Jahr, und wenn ich sie so sehe, muss ich an mich und die Kunst denken. Dass die Ehe gescheitert ist, ist ein Versagen, das als Erfahrung verbucht werden kann. Ohnehin ist die Mutter eine gut gealterte Frau und die Ehe eine schlecht gealterte Institution, aber wenn sie mit den Pflanzen versagt, ist es etwas anderes. Daraus kann sie beim besten Willen nichts Positives ziehen.

Die Mutter hat schon damals, als die Eltern das Haus anschauten, den zu kleinen Garten bemängelt und der Vater hat gesagt, einen schöneren Garten als diesen hier findest du nirgends, Irene, und auf den Friedhof gezeigt, so alte Bäume gibt's in keinem Garten und die Arbeit macht auch ein anderer, und weil sie so schön gemeinsam über den Scherz des Vaters gelacht haben, hat sich die Mutter breitschlagen lassen. Die Mutter will eine blühende Frau sein und mit weniger gibt sie sich nicht zufrieden. Eine blühende Frau muss ihre Umgebung zum Blühen bringen, die muss Früchte tragen, und mit weniger, als dass von ihr gegessen wird, gibt sich die Mutter nicht zufrieden. Die Mutter wird in Berlin die Hochbeete auf dem Tempelhofer Feld bepflanzen und die Leute dort inspirierend finden. Die Mutter ist der Meinung, man muss das Beste draus machen.

Ich frage mich, wo sich der Vater aufhält, ich habe dazu keine Vorstellung, weil der Vater selber kaum Vorstellungen von sich hat. Er sieht sich nicht von außen. Der Vater macht, was er will, und versichert sich, dass er es will, weil er es ja macht und er nichts machen würde, was er nicht will. Das Einzige, was mir also zum Vater einfällt, ist, er könnte mit dem Tobias an der Fellbach sitzen. Er könnte zum See gefahren sein, zum Angeln. Draußen regnet es und der Regen gefriert leicht an beim Fallen. Die Freunde sind allesamt die der Mutter, weil der Vater nicht gerne telefoniert. Der Vater trifft die Leute entweder auf der Arbeit oder zufällig auf der Straße, wenn er aus dem Auto steigt, oder gar nicht.

Die Mutter sagt, wenn ich in Berlin wohne, kann ich mir endlich deine ganzen Sachen anschauen, dein Atelier und die Galerie und die Bilder, und die Skulpturen, also die Räume, du machst ja Räume, und mit wem du arbeitest und alles. Ich nicke, die Mutter seufzt lächelnd oder lächelt seufzend. Sie sagt, ich bin froh, dass du jetzt ein legales Atelier hast. Dass du mal so richtig angekommen bist. Ich sage, ich bin nicht angekommen.

Ankommen ist mein Albtraum. Die Mutter lacht und fühlt sich angegriffen in ihrem Lebensstil und ist auch ein wenig traurig über mein Unglück. Sie sagt, ja, es ist wirklich schlimm hier mit uns. Ich sage, das hat doch nichts mit euch zu tun. Ich arbeite mit Räumen, wenn ich immer in demselben Raum bin, passiert ja nichts. Ich muss immer wieder neu irgendwohin und mich als Fremde fühlen. Die Mutter sagt, du benimmst dich auch wie eine Fremde. Der eigenen Familie gegenüber. Wie eine Fremde.

Der Mutter steigt das Körperwasser die Leitungen hinauf in die Augen. Bevor es dort heraustritt, hat sie schon die Tasse gegriffen und geht die Treppe hinauf, mit ihren kleinen festen Schritten. Ich starre eine Weile ins Leere und schärfe dann meinen Blick. Der Thermomix. Der Milchaufschäumer. Der Wasserkocher. Der Mixer. Die Saeco-Kaffeemaschine. Die Melitta-Filter-Kaffeemaschine. Die Saftpresse. Die Mikrowelle. Der Toaster. Der Soda-Stream. Die Getreidemühle. Das Waffeleisen. Niemals wird die Mutter alle diese Geräte mit in ihre Wohnung nach Berlin nehmen können, aber vielleicht wird sie es trotzdem machen, einfach weil sie sich ärgern würde, wenn sie sie bräuchte und dann nicht hat.

Es ist halb elf und ich bin viel zu wach, um schlafen zu gehen. Ich will wissen, wo der Vater ist und was er macht. Es scheint ein Recht zu geben, ein Recht der Kinder, zu wissen, wo sich die Eltern aufhalten. Die Eltern haben mich gebeten, vorbeizukommen, jetzt wo die Scheidung ansteht, aber sie haben nicht gesagt, was meine Aufgabe ist, es geht ihnen nicht über die Lippen. Ich bin als Gesellschafterin hier. Ich ziehe die Winterjacke des Vaters an, weil mir die der Mutter zu klein ist und sie außerdem keinen Regen abhält, weil die Mutter immer einen Schirm dabeihat, wegen der Frisur, die sie auch immer hat. Ich gehe einfach ein Stück die Straße hinunter, am Spielplatz vorbei, der aussieht, als würden Jugendliche dort Gras rauchen, aber die paar Jugendlichen, die es in Findelheim gibt, fliehen in die Innenstadt hinein, um dort ihre scharfen Gerüche zu verbreiten. Ich gehe weiter, die meisten Fenster sind schon dunkel, weil die Leute hier Kinder haben, Kinder, keine Jugendlichen, und Jobs, für die sie früh ins Bett und früh aufstehen müssen. Wo noch Licht an ist, schaue ich hinein.

Ich sehe, was die Leute im Fernsehen schauen, deutsche Krimis, deutsche Quizshows, wie sie ihre Wohnzimmer eingerichtet haben, Eckcouch, Bild von Miró, Herz aus Holz oder Filz im Fenster. Ich sehe zwei Frauen, die sich in einer IKEA-Landküche küssen, die eine hat den Kopf kahl, was in dieser Gegend Krebs bedeutet, und mir den Rücken zugewandt, und ich sehe die Hand der anderen unter dem Shirt die Schulterblätter entlangfahren, die zweite Hand in der Jeanstasche am Hintern. Ihren Kopf hat sie mit geschlossenen Augen an die Schulter gelehnt und dann schlägt sie plötzlich die Augen auf, dass das Wort schlagen Sinn ergibt, sie klappt die Lider mit einem Knall nach oben, als wären sie aus Holz. Sie küsst den Hals der Frau mit Glatze und dann schaut sie wieder zu mir, als wollte sie mir die Chance geben, wegzugehen, oder als hätte sie mich für eine Halluzination gehalten, sie zieht der anderen das Shirt aus und dann ihr eigenes, sie fährt die Wirbelsäule entlang und schaut weiter zu mir. Die kahlköpfige Frau dreht sich um, lässt sich von hinten die Brüste umfassen, und dann macht auch sie die Augen auf. Sie sieht mich nicht, auf der gegenüberliegenden Straßenseite stehend, die Kapuze des Vaters über dem Kopf, da es drinnen hell ist und um mich herum dunkel. Die eine Frau kann es und die andere nicht. Die eine Frau spürt etwas von mir und lässt den Rollladen oben, die andere spürt nichts und geht hastig zum Fenster und lässt den Rollladen herunter. So ist es nun mal, denke ich und erinnere mich, dass ich eigentlich den Vater finden will.

Ich gehe also zur Fellbach, wo der Vater eventuell den Tobias ausführt. Oben am großen Weg gibt es eine Bank, auf der Schnaps- und Bierflaschen stehen, sauber aufgereiht. Die sind nicht vom Vater, der Vater trinkt nicht, nur die Mutter, die keine Spaßbremse ist. Die Bäume haben Äste, aber keine Blätter, was sie aussehen lässt wie große alte Leute, die längst alles von sich geworfen haben, die sich ein Leben lang nur gebückt haben, an denen man alles einfach so durchbrechen kann. Die Pfade hinunter zum Bach sind ausgetretener als früher und die Brombeeren haben sich zurückgezogen, was Brombeeren eigentlich nicht machen. Brombeeren besetzen das Land und schlagen ihre Wurzeln hinein und halten sich für

Bäume. Aber von hier haben sie sich zurückgezogen. Am Ufer ist das Gras zertreten, der kleine Pfad ist matschig, mit wenigen tiefen Schuhabdrücken darin. Es liegt Müll herum, auch die Büsche haben Verschiedenes aufgespießt, Verpackungen, Plastikflaschen, eine Sandale und ein Kondom. Ich denke an die Renate, die im Frühjahr bunte Plastikeier an den noch kahlen Ginster im Vorgarten hängt.

Ich habe die Fellbach nie gemocht, schon als Kind hat sie mir Angst gemacht, gefressen zu werden. Molly ist immer darin herumgewatet, hat mir zugerufen, es ist nur ein Bach, das Wasser ging uns selbst als Kindern höchstens bis zu den Knien, aber das Wasser ist so schwarz, dass man die Tiefe nicht sehen kann. Das Wasser hat eine Farbe, in die man nicht hineinsteigen will. Ich hatte immer das Gefühl, die Fellbach würde mich verschlingen, sie würde mir die Füße unter dem Becken wegreißen, mich irgendwohin zerren, mich herunterdrücken und sich mit ihrem Gewicht auf mich legen. Einmal kam Molly aus dem Wasser und hatte einen Ausdruck im Gesicht. An ihrem Knöchel hatte sich ein Blutegel angesaugt, ich sagte, siehst du. Molly riss ihn ab, warf ihn zurück ins Wasser und ignorierte das Blut, das aus ihrem Knöchel floss, sie blutete wie ein Schwein, aber ignorierte es dermaßen, dass ich mir unsicher war, ob ich mir das Blut einbildete, Molly sagte, was, siehst du.

Die Fellbach hat viel Wasser und fließt eifrig wie das Böse selbst. Das Wasser zieht die Marderfelle mit sich, schüttelt sie, schlägt sie an die Ufer, wo sie im Geäst hängen bleiben und immer noch tot aussehen, schlaff und haarig und dunkel und im Wind zuckend und erbärmlich unter dem Regen, und ich denke, dass ich damals recht hatte. Dass die Fellbach wirklich eine ist, die alles verschluckt. Sie schlingt, sie lässt die Dinge ganz und verleibt sie sich ein, was eine schreckliche Vorstellung ist, als Ganzes benutzt zu werden, als Ganzes gebeutelt, als Ganzes in einem feuchten Organ eingesperrt. Ich will ihr weder das Gesicht noch den Nacken zuwenden, ich gehe zuerst langsam rückwärts, drehe mich dann um und renne den kleinen Abhang hinauf, auf den Weg, wo die Bank mit den Flaschen steht. Da ist der Vater nicht, es ist schon gleich Mitternacht und er muss morgen früh raus. Der Vater ist hier natürlich nicht und der Vater war hier nicht, der Vater meidet solche Orte, mit so einer derartigen Ausstrahlung, der Vater mag Melancholie, also eine ästhetische Traurigkeit, hin und wieder einen Lebensschmerz, ja, aber der Vater möchte sich nicht von einem Gewässer beweisen lassen, dass es Angst gibt.

Die totale Abwesenheit des Vaters kippt sich über mir aus, mit einem kalten Schwung. Ich versuche, ob es besser wird, wenn ich seine Jacke ausziehe, aber der Regen trifft mich hart und überall gleichzeitig. Ich ziehe die Jacke wieder an, unter der ich jetzt nass bin. Ich gehe zurück. Ich mache den Umweg über den Friedhof. Der Friedhof beruhigt mich, was seltsam ist, aber schon das Wort ist so beruhigend. Ich liebe Höfe, die die Bäuche von Häusern sind, und ich liebe Bäuche, wegen ihrer zur Schau getragenen Verletzlichkeit. In den Bäuchen lebt es und rumort und die Dinge stauen sich dort, aber sie werden dabei warm gehalten. Ich gehe unten entlang der Grenze zum Garten der Eltern, wo noch die Leiter steht, entlang dem Zaun zum Garten der Renate, wo die Brombeeren die ehemaligen Gemüsebeete auffressen, und lasse meinen Blick über die Gräber schweifen. Ich finde es beruhigend, das Gepflegte, dass jede Leiche ihr Plätzchen hat, das beschriftet ist, mit ordentlichen Randsteinen markiert, und es sind die Leichen der Leute aus Findelheim, weshalb man rein gar nichts zu befürchten hat. Als ich nach oben zur Kapelle schaue, ist dort Licht. Ich erinnere mich an das Gewand und gehe schnell, aber ohne zu rennen zum Elternhaus.

Als ich den Schlüssel in der Haustür der Eltern umdrehe, stelle ich mir vor, wie die Mutter sich im Bett aufsetzt. Die Mutter wird vom kleinsten Menschengeräusch wach. Bauarbeiten wecken sie nicht auf, aber ein Schlüssel, der ins Schloss gesteckt und gedreht wird, ein Schuh, der sachte von außen gegen die Tür drückt, das schon. Eine Person, die nach Hause kommt und also ein Mitglied der Familie sein muss, wird von der Mutter sofort bemerkt. Wenn die Eltern früher ausgingen, schlief ich nicht ein, aus Angst, dass die Eltern sterben würden. Die Eltern gingen selten aus, weil der Vater nach seinem langen Arbeitstag nicht mehr wollte und am Wochenende nach seiner langen Arbeitswoche auch nicht. Vor dem Vater erstreckt sich die Zeit nur in die Länge, nicht in die Breite, die Zeit ist für den Vater eine einzige lange Schnur, die er aufzuwickeln hat. Die Mutter sorgte dafür, dass die Eltern trotzdem immer mal wieder paarweise unter die Leute kamen, auf Geburtstage, auf Konzerte oder ins Theater, weil die Mutter den Vater extra geheiratet hat, um unter Leute zu kommen, und zwar nicht unter irgendwelche.

Die Mutter will sich unter das gehobene Publikum mischen und deshalb geht sie sogar ab und an zu Lesungen, obwohl sie eigentlich Landkrimis liest. Sie versteckt die Landkrimis unterm Bett und im Regal im Wohnzimmer stehen die anderen Bücher, deren Cover sie in der *FAZ* gesehen hat und die sie bei den Lesungen am Büchertisch kauft, wo man wirklich sicher sein kann. Die Mutter empfiehlt die Bücher dann ihren Freundinnen, die Yogaausbildungen machen und ihre erwachsenen Kinder im Ausland besuchen und keine Zeit haben, etwas anderes als Ottolenghi zu lesen, und deshalb nicht merken, dass die Mutter die Bücher selber nur überfliegt. Die Mutter gilt unter ihren Freundinnen als die Kulturelle, auch wegen der Musik.

Jedenfalls hatte ich als Kind Angst, die Eltern würden bei einem Autounfall sterben, wie schon so viele Eltern vor ihnen, und darum nicht wiederkommen. Sobald ich den Schlüssel hörte, schlief ich ein, genau umgekehrt zur Mutter, die bei seinem Geräusch erwacht. Die Angst, die eigenen Eltern zu verlieren, ist ein letztes Stück Kindheit, das verschwindet, wenn man die Eltern tatsächlich verliert, dann bleibt nur noch die diffuse Erwachsenenangst. Als Kind weiß man der Angst noch Namen zu geben. Meine Ängste hießen *Autounfall* und *Einbrecher*, Mollys Angst *Entrückung*. Ein seltsames Wort für ein Kind. Molly erklärte mir, dass die Guten eines Tages von Gott ins Paradies geholt würden, mir nichts, dir nichts verschwänden sie von der Welt, stiegen hinauf zu ihm oder würden in einem Strahl hochgesaugt, ganz genau wusste sie es auch nicht. Die Schlechten blieben unten, allein. Manchmal betrachtete Molly die Mutter aus der Distanz und flüsterte mir zu, Irene ist so gut, irgendwann wird sie geholt. Früher habe ich nicht weiter darüber nachgedacht, aber als Molly verschwunden war, wurde ich die Formulierung nicht mehr los, ich fragte mich, ob sie *geholt wurde*.

Die Mutter sitzt auf der Treppe, sie lässt sich vom Mond begießen, der durch das Dachfenster herunterfällt. Die Mutter muss immer in etwas baden. Sie scheint nicht weiter geschrumpft zu sein, was mich beruhigt. Andererseits hält die Mutter eine Tasse mit der Öffnung nach unten in beiden Händen, hat die Ellbogen auf die Knie gestützt, den Oberkörper vorgebeugt und bemerkt mich nicht, obwohl sie mich mit weiten Augen direkt anstarrt. Ihre Haare sind strähnig und die Haut blass und vielleicht erkenne ich sogar einen Pickel am Kinn, jedenfalls eine Wölbung. Ich sage, Mama, und sie zuckt, sie ist verwundert, wie wenn man in einer völlig fremden Stadt den eigenen Namen hört und sich für eine Sekunde erkannt fühlt. Huch, da war ich kurz weg, Maus, sagt die Mutter und lächelt und der Mond fällt ihr auf die Zahnreihen.

Die Mutter hat sich früher für die verfaulten Zähne ihres Vaters geschämt, der wenig Hygiene betrieb, und sich geschworen, dass sie aufpassen würde, auf diese Visitenkarte, die ein jeder im Mund trägt. Man braucht die Zähne, um sich vorzustellen, weil man lächelt, wenn man sich vorstellt, und so hat die Mutter schon immer Zähne geputzt, obwohl es niemand kontrolliert hat. Die Mutter hat sich schon als Kind selber kontrolliert. Der Zahnarzt ist einmal in die Schule gekommen und hat den Kindern erklärt, dass man immer bis zehn zählt und dann die Position wechselt, und so hat die kleine Mutter es gemacht und so macht sie es heute noch und ist gut gefahren damit.

Was machst du hier, Mama, frage ich und sie zuckt schon wieder so in meine Richtung und sagt, huch Maus, da war ich kurz weg. Willst du nicht ins Bett, Mama, sage ich und sie sagt, was machst du denn hier, mitten in der Nacht. Ich sage, ich war spazieren, und sie nickt und sagt, wie schön, und ich summe vor mich hin, dass sie nicht wieder gedanklich umkippt, vornüberfällt, ich summe also *We all live in a yellow submarine, yellow submarine*, und sie lächelt und fragt, ob sie Quiche zu Mittag machen solle, Grünkohl-Rote-Beete. Mit ein bisschen Ingwer, sagt die Mutter. Ich setze mich neben die Mutter auf die Treppe und lege probeweise den Arm um ihre Schultern, weil ich hoffe, der Kontakt erinnert die Mutter, dass sie einen Körper hat, von dem ausgehend sie sich vielleicht verorten kann, ich hoffe, der Körper der Mutter leuchtet in ihrem Hirn jetzt als blauer Punkt auf. Ich habe also die Hand hinten an ihrem Rücken, die Ellbeuge in ihrem Nacken, den Arm auf den Schultern abgelegt, die sich spitz anfühlen, wie die Zacken auf den Fensterbänken gegen die Tauben. Auf den Schultern der Mutter dürfen keine Tauben landen. Sie legt den Kopf an meinen Hals heran und ihr Scheitel scheint eine Schneise für meine dicke Ader zu bilden und ich denke, dass die Mutter und ich schon immer sehr stark ineinandergegriffen haben. Ich klopfe ihr den Rücken, als hätte sie sich verschluckt, und bevor sie huch sagen kann, nehme ich sie mit nach oben, ich tue so, als würde ich sie nicht stützen, aber eigentlich liegt ihr ganzes Gewicht auf meinem Schultergürtel. Die Mutter sagt, du kannst gern hier im Bett schlafen, und es ist klar, dass die Mutter kein Angebot macht, sondern bittet.

Ich ziehe mir wortlos die Jeans aus, den Pullover und lege mich auf die Vaterseite des Bettes, die nach nichts riecht, und die Mutter zieht mit frisch erwachten Lebensgeistern die Decken über uns und kichert und sagt an meinen Rücken, herrlich Maus, *sleepover*, wie früher, und erzählt ins Dunkle von ihrer Freundin Birgit, die eine Depression hat, weil der Darm derart Probleme macht, dass sie nichts mehr essen kann, weil sie früher so viel Antibiotikum genommen hat, weil sie chronische Blasenentzündung hatte, die vom Sex kam oder von der Pille, die sie jetzt endlich abgesetzt hat, jetzt, wo sie in den Wechseljahren ist, hat sich Bernd von ihr getrennt, muss sie plötzlich keinen Sex mehr haben, ist gar kein Sex mehr von ihr gewünscht und sie wünscht sich selber auch keinen mehr, weil, na ja, aber essen kann sie eben auch nicht, so als Genussmittel, so ohne Schmerzen, und das würde sie sich dann doch wünschen und vielleicht kommt die Depression also auch daher und die Mutter findet es ungeheuerlich, wie die Frauen in ihren Körpern langsam zersetzt werden, damit ein Mann seinen Trieb dort hineinblasen kann, damit ein Mann danach etwas erleichtert ist, etwas Spannung losgeworden, damit der Mann bloß keinen Yogakurs besuchen muss, wo man ihm möglicherweise eine Leggins anziehen würde, oder nicht, Maus. Ich atme laut, als wäre ich schon eingeschlafen.

Es fällt mir schwer, den Schlaf zu verlassen, ich muss mich mühevoll aus ihm herausbugsieren und liege im Bett, als hätte ich mich eben erst dort hineingeworfen, als wäre ich lange weg gewesen. Es gibt einen Geruch, ich erinnere mich, dass ich im Vaterbett liege, wo es keine Gerüche gibt, aber jetzt gibt es einen, der mich an Putzmittel denken lässt, an Badreiniger Zitrone. Die Mutter ist schon aufgestanden, sie hat ihre Seite des Bettes schon aufgeschüttelt und gefaltet und geklopft und ist in ihren Tag hineingespritzt. Ich spüre das Bett feucht unter meiner Hüfte, rolle mich weg, aus dem Fleck heraus, und es riecht wieder nach Badreiniger, stärker, und da wird mir klar, dass ich ins Elternbett gepinkelt haben muss, auf die geruchsneutrale Vaterseite. Für einen Moment denke ich, dass ich liegen bleibe, bis es um mich herum getrocknet ist, die Decke so lange nicht anhebe, bis alles eingezogen ist, restlos versickert, meine Finger klammern sich an die Decke, panisch, dass die Mutter hereinkommt und sie mir wegzieht.

Ich höre tatsächlich Schritte auf der Treppe, die Mutter räumt Sachen von hier nach dort, schiebt Kartons, und bevor sie nach mir schauen kommt, die ich schon wieder so lange schlafe, von der schon wieder so viel Spannung abgefallen ist, stehe ich auf und ziehe schnell das Bett ab. Die Bettdecke, das Laken, steige aus meiner Unterhose, dem Shirt, knülle alles zusammen und trage es nackt vor mir her zur Waschmaschine in den Keller. Ich begegne der Mutter im Flur, sie kann kaum an ihren Kartons vorbeischauen, aber tut es trotzdem, blickt mich mit einem Rehgesicht an und sagt, mach dir keinen Kopf, Maus.

Die Mutter hat es natürlich gemerkt. Wahrscheinlich ist die Mutter von dem leisen Pieselgeräusch aufgewacht und wollte mich nicht wecken, weil ich ja den Schlaf brauche, weil es ja nichts Schlimmes ist, weil, was rausmuss, muss raus. Wahrscheinlich hat sie es der Freundin Christiane schon erzählt, oder der anderen, Birgit, oder sonst wem, dass ihre fünfunddreißigjährige Tochter ins Elternbett gepinkelt hat, und die Scham kommt so über mich, dass ich gar nicht merke, dass ich nackt in der Küche stehe, das merke ich erst, als sich der Vater hinter der Zeitung räuspert und gleichzeitig so tut, als hätte er mich nicht bemerkt, weil er nicht mit dem ausscheidenden Frauenkörper seiner Tochter konfrontiert sein will.

Ich gehe duschen, ziehe mich an, ignoriere die Blicke, die die Mutter im Vorübergehen wirft, um zu beweisen, dass sie mich trotzdem liebt, und setze mich zum Vater an den Frühstückstisch. Jetzt tut er so, als würde er lächeln, aber ich weiß nicht genau, was das ist, was er da mit seinem Gesicht macht. Es ist ein seltsamer, verzerrter Ausdruck, der mich anstrengt wie eine unleserliche Handschrift. Der Vater sagt, guten Morgen, und schenkt mir eine Tasse Kaffee ein, ich sage, wo kommst du denn jetzt her. Der Vater sagt, ich war joggen, und holt die Hafermilch aus dem Kühlschrank, die Gemüsemilch, wie er dazu sagt und allein lacht. Die Eltern denken aus irgendeinem Grund, ich würde keine Kuhmilch trinken, die Mutter kauft vor jedem Besuch mehrere Packungen Hafermilch und sagt mir dann, Maus, ich hab deine Milch im Keller.

Der Vater hat eine Ananas der Länge nach geviertelt, den Strunk weggeschnitten, ist mit dem Messer an der Stelle zwischen Schale und Fleisch entlanggefahren, ohne das Fleisch von dort wegzunehmen, es liegt weiterhin auf seiner Haut, es hängt nur nicht mehr daran. Dann hat er das Fleisch mit dem Messer von oben in gleichmäßige Dreiecke geteilt, der Vater richtet das Obst mit derselben rituellen Konzentration an, mit der er früher die Fische ausgenommen hat. Neben der Ananasplatte liegen drei Kuchengabeln, mit denen man die Dreiecke nun bequem aus ihrer Haut essen kann. Neben jeder Marmelade liegt je ein kleines Löffelchen aus weißer Keramik, kleiner als ein Teelöffel, größer als ein Espressolöffel, die Mutter bleibt gerne vor dem Tchibo-Regal im Supermarkt stehen, um zu schauen, was dem Haus und ihr, ihnen beiden, noch fehlt. In der Mitte des Tisches steht der Adventskranz, und obwohl der Dezember schon fortgeschritten ist, sind alle vier Kerzen unangetastet, sie ragen aus den grünen Nadeln wie Knochen. Die Mutter sendet Signale.

Warum bist du nicht arbeiten, frage ich den Vater und er sagt, es ist doch Sonntag, ich war doch joggen. Er tut schon wieder amüsiert, weil ihn Leute, die den Wochentag nicht kennen, amüsieren, weil ihn das an seine Studienzeit erinnert, die amüsant war. Ich sehe den nassen rosa

Lappen in die Spüle tropfen und habe kurz die Fantasie, ihm damit einmal übers Gesicht zu fahren. Ich bin wütend auf den Vater, der gewissermaßen schuld daran ist, dass ich hier festsitze, weil er die Mutter nachts allein lässt, obwohl sie ja Leben im Haus braucht. Wo warst du, frage ich als ganz normale Frage und höre, wie die Schritte der Mutter im Flur stehen bleiben, wie die Mutter hinter den Kartons atmet. Ich schiebe hinterher, heute Nacht, damit der Vater nicht schon wieder sagt, dass er joggen war, was ich ihm ja auch glaube. Der Vater sagt, bei Svenja, und ich frage, wer das jetzt wieder sein solle, der Vater sagt, Frau, er sagt, Freundin. Er benutzt weder den unbestimmten Artikel noch das Possessivpronomen, aber es ist klar, dass der Vater nicht *eine* Freundin hat. Der Vater hat seine Freundin. Es muss eine von der Arbeit sein, denke ich, von woher sollte der Vater sonst seine Freundin haben.

Der Vater nimmt das Ei aus dem Eierbecher vor mir, schlägt es auf den Tisch und pellt es mit den kurzen Fingernägeln, Splitter für Splitter, dass ihm die Schalen unter die Nägel stechen, in die empfindliche Haut dort, mit voller Konzentration. Die Mutter kommt in die Küche und lacht und sagt, Tommy, sie kann sich doch selber ein Ei pellen, und der Vater legt das Ei auf den Teller, auf die Krümel, die an der weißen Masse kleben bleiben. Die Mutter sagt zu mir, Maus, wenn du reden willst, dann bin ich für dich da. Die Mutter hat es dem Vater gezeigt, wie man emotional kompetent miteinander umgeht. Ich sage, ja, über Svenja, ich zeige mit dem Kinn Richtung Vatergesicht, der Vater rollt das Ei mit der flachen Hand über die Krümel, drückt dabei zu fest, das wachsweiche Eigelb fließt zäh in Richtung Teller. Der Vater weiß, wie man ein Ei auf die Minute kocht. Die Mutter sagt, Maus, es ist nicht schlimm, ins Bett zu pinkeln. Der Vater schaut zur Mutter und fragt, ins Bett? Die Mutter sagt, ja, wegen dem ganzen Zirkus, den du hier veranstaltest, und dann geht sie aus der Küche und hebt die Kartons so laut wie möglich an, sie schnauft von dem Gewicht und trägt die Sachen aus dem Schlafzimmer irgendwo anders hin. Sie kommt wieder herein, einen meiner Pullover über den Unterarm geworfen, die Mutter sagt, kannst du deine Sachen dann bitte auch in dein Zimmer räumen. Ja, sage ich und nehme ihn entgegen.

Die Eltern haben mich zu sich geholt, um nicht über Svenja sprechen zu müssen, um sich nicht eingestehen zu müssen, dass auch sie dem Klischee verfallen sind, dass der Mann nach der Trennung sofort eine Neue hat, möglicherweise eine Jüngere, um seine Versorgung zu gewährleisten. Die Eltern finden Klischees ordinär. Der Vater hat also seine Freundin, der Vater mit den grau gelockten Haaren, die auch vor den Ohren wachsen, wo er sie sich als eine Art Backenbart stehen lässt. Der Vater trägt eine kleine Brille mit randlosen ovalen Gläsern, die seine Augen groß machen und ihm die Melancholie noch deutlicher ins Gesicht malen, dieses Verharren auf der Schwelle zu den Tränen.

Der Vater muss einst ein schöner Mann gewesen sein, denke ich, und das reicht bei Männern ja aus, dass sie irgendetwas irgendwann einmal gewesen sind, es erleuchtet ihre Gegenwart und wirft interessante Schatten und Kanten. Beim Vater bin ich mir allerdings unsicher, was den Schatten betrifft. Für einen Schatten braucht es eine gewisse Konsistenz, man muss sich zumindest etwas oberhalb des Bodens befinden, und der Vater scheint mir manchmal eine Pfütze zu sein, die liegt und das richtige Wetter braucht, um nicht auszutrocknen. Der Vater schaut sich oben in seinem Zimmer die Bilder von früher an, aber denkt niemals, was sonst noch aus ihm hätte werden können, der Vater ist einer, der sagt, es ist, wie es ist.

Der Opa Richie, sein Vater, hat ihn früher schon vor den Frauen gewarnt, weil die Familie reich war und daher die blutsaugenden Frauen wie magisch anzog. Der Opa Richie hat dem Vater schon immer gesagt, die Liebe zu einer Frau kann den besten Mann ruinieren, und der Opa hat der Oma eine Haushaltskasse befüllt, über deren Betrag sie nicht hinauskonnte, zu der sie immerzu Rechenschaft ablegen musste, weshalb sie die Neurose mit den Notizen entwickelte und ihre Tage abschrieb wie ein Schulmädchen. Die Oma musste die Prospekte mit den Angeboten studieren und in verschiedene Supermärkte gehen, um hier die billigsten Kartoffeln und dort die billigste Forelle und drüben die billigste Milch zu kaufen, und der Opa Richie war unterdessen ein Geschäftsmann mit Gespür. Der Opa Richie war Fleischer und übernahm den Familienbetrieb, und er fleischte derart leidenschaftlich und verantwortungsbewusst, dass seine Würste zu Delikatessen wurden und die Leute von überall herkamen, auch aus dem Ausland, und sie kauften enorme Wurstmengen, die sie dann in ihren Kellern in die Kühltruhen legten, um den weiten Weg nicht ständig auf sich nehmen zu müssen, aber die Würste waren wirklich was Besonderes, bei Anlässen, bei Besuch.

Von seinem Wurstgeld kaufte Opa Richie Immobilien, die er Häuser nannte. Er fand Häuser gut, massiv, nützlich, eben nichts, was man ihm einfach so aus der Tasche hätte ziehen können. Er kaufte ein Haus nach dem anderen, bis ihm eine ganze Straße in der Kleinstadt gehörte. Er wäre nie auf die Idee gekommen, sich woanders ein Haus zu kaufen, in den Bergen, am Meer, in einer anderen Stadt. Er kaufte nach und nach alle Häuser derselben Straße, nur eine kleine Straße, eine Sackgasse, die hinten in den Weinberg mündet. Eine Straße ließ sich noch schwerer aus der Tasche ziehen als ein einzelnes Haus und die Söhne vom Opa Richie könnten einmal dort hinziehen, so hat er es sich zumindest gedacht. Stattdessen ist der Vater an den Rand der nächsten Großstadt gezogen. Er hat zwar nicht das Bundesland gewechselt, aber trotzdem eine Art Grenze überquert, der Dialekt dahinter ist ein anderer, einer, den Opa Richie immer abgelehnt hat. Der Vater spricht eh kaum Dialekt, nicht den einen und nicht den anderen, der Vater lässt sich so leicht nicht prägen.

Die Oma fuhr, wenn sie die besten Angebote in den Prospekten umkringelt hatte, von hier nach da, und zwar mit Bus und Bahn, weil ihr Rücken so schlecht war, dass sie in den Sportwagen des Opas nicht hineinkam, der Wagen war zu tief. Ich fuhr manchmal in den Ferien zu den Großeltern und Molly kam nur ein einziges Mal mit. Molly behauptete, der Opa Richie wäre ein schlimmer Mann, und führte nicht weiter aus, was sie damit meinte. Der Opa Richie übersah Molly einfach und wenn sie etwas sagte, war er überrascht von dem plötzlichen Geräusch. Ich saß neben ihm im Sportwagen und er bemerkte nicht, dass Molly noch im Hof stand, weil der Wagen nur zwei Sitze hatte. Der Opa Richie ließ den Motor an und das Faltdach nach hinten fahren, wo es sich automatisch in eine Klappe verzog, und er war verwundert, dass Molly etwas sagte, nämlich, ist schon okay. Sie ging hinein zur Oma und dann kam sie nicht mehr mit, was mir ganz gut gefiel, weil sie sonst immer überall dabei war.

Einmal hat mir der Opa Richie ein Pferd versprochen. Ich hätte lieber eine Katze gehabt, aber er hat häufig an den Leuten vorbei versprochen. Er hat das Pferd also gekauft und sich darüber mit der Mutter gestritten, die sich ohnehin von ihrem Schwiegervater übergangen fühlte, nicht ernst genommen, und jetzt also ein Pferd, wer soll sich darum denn kümmern, Richard, ich bitte dich, das Kind will doch überhaupt kein Pferd, du musst das mit uns absprechen. Der Opa Richie stellte also einen Burschen ein für das Pferd und ich sah es alle paar Monate, aber konnte nicht reiten und hatte überhaupt Angst vor ihm, weil es riesig war und in einer so kleinen Box stand, dass es mich an die Wand drückte, wenn es sich drehte, worüber sich der Bursch lustig machte, ein Pferd zu haben und Angst. Dann wollte ich also bald gar nicht mehr zum Pferd, dessen Name ich vergessen habe, ein alberner Name, auf Englisch. Der Opa Richie fuhr mit mir auf dem Beifahrersitz im Cabriolet herum, was mir besser gefiel als das Pferd, er fuhr mit mir zu Peek&Cloppenburg, wo ich mir aussuchen durfte, was ich wollte. Dann fuhren wir zurück, weil es um zwölf Mittagessen gab, das die Oma schon auf dem Tisch stehen hatte, und ich dachte immer, die Oma wäre eine angestrengte Frau, nicht so fröhlich wie der Opa.

Die Oma ließ sich die neuen Kleidungsstücke vorführen und gab sich Mühe, sich zu freuen, sie gab sich Mühe, dass ihr die Sachen gefielen, auch wenn es neue Sachen mit Löchern waren, und sie gab sich Mühe, nicht auf die Preisschilder zu schauen. Die Oma hat sich immer Mühe gegeben, den Opa nicht zu hassen, und sich die Finger an der Schürze gewischt und jeden Tag eine frische Schürze angezogen, also sieben Schürzen hatte sie, keine zu viel. Der Opa ist fit geblieben, zum Tennis gegangen, zur Doppelkopfrunde und auf Kulturreise zur Akropolis, und die Oma hat abgebaut. Ihr ist das Wasser aus den Zellen geflossen, dass man zuschauen konnte, dass man sich wunderte, dass sie nicht aufs Kreuzworträtsel tropfte. Bevor sie gestorben ist, hat sie zu mir gesagt, dass sie immer dachte, der Opa würde vor ihr sterben, weil er ein Mann ist, die ja bekanntlich intensiver und dafür kürzer leben, und außerdem fünf Jahre älter, und dass sie sich darauf gefreut hätte. Die Oma hat gesagt, sie hätte ihn gepflegt, doch natürlich, das hätte ihr gefallen, da hätte sie sich endlich mal für alles revanchieren können. So hat es die Oma gesagt und im Unklaren gelassen, was sie mit revanchieren meinte.

Ich sitze in der Küche, dem Vater gegenüber, der noch immer die Augen auf die Zeitung hält, viel zu starr, als dass er lesen könnte, was ja eine innere Bewegung ist, ein Weggehen von dem, was ist, und da beim Vater ja immer alles ist, wie es ist, kann er also nicht lesen. Vielleicht liest der Vater immer wieder dasselbe Wort und ich wüsste gerne, welches. Ich denke, wie fremd mir der Vater ist, in dessen Leib ich nie gewohnt habe. Ich sage, sollen wir zum Opa Richie fahren, und der Vater schaut her. Jetzt tut er nicht mehr nur so, als würde er mich anschauen, jetzt schaut er mich wirklich kurz an und sieht, wie ich dort sitze, als Kind, aber mit gewissen Falten in den Zügen, und er sagt mit Bröckchen auf der Stimme, wenn du willst. Der Vater ist dankbar, dass ich es vorschlage, er besucht seinen Vater nicht gern, der dement ist und das Singen angefangen hat. Der Vater sagt sich, es sei egal, dass er ihn selten besucht, weil der Opa Richie eh nichts mehr mitbekommt, aber er weiß, dass es nicht stimmt, weil er tief in seinem Inneren davon überzeugt ist, dass jeder Mensch in jedem Zustand dieses tiefe Innere beherbergt, das vor allem eine Aufgabe hat, nämlich etwas mitzubekommen.

Früher überredete ihn die Mutter jeden Sonntag, zum Opa Richie zu fahren, obwohl der Opa Richie die Mutter, auch als er noch klar im Kopf war, nicht erkannt hat, gar nicht bemerkt, bei dem ihre Worte immer da rein, da raus sind. Die Mutter hat den Vater trotzdem bei der Hand genommen und ist mit ihm ins Heim und hat fest an die Holztür geklopft, hinter der es sang. Wenn der Vater die Mutter verliert, dann verliert er auch den Opa Richie, den er allein nicht besuchen kann. Deshalb wollte er sich erst nicht scheiden lassen und hat sich dann doch seine Svenja besorgt, die eine Schwäche für melancholisch vergrößerte Augen hat und ihm in naher Zukunft bei Opa Richie im Heim die gecremte Hand auf den Oberschenkel legen wird.

Der Vater und ich stehen vom Tisch auf, räumen automatisch ab, sprechen nicht und ich frage mich, wie ich die nächsten Stunden mit ihm verbringen soll, wenn wir nichts zum Abräumen haben. Wir gehen an der Mutter vorbei, die im Flur auf der Treppe sitzt, in viele Wollschichten von Marco Polo gewickelt, weil weder das Haus noch der Körper die Wärme für sie halten. Sie lächelt und fragt, was habt ihr denn Schönes vor. Ich sage, wir fahren zum Opa Richie, und die Mutter hält das Lächeln stramm, der Vater zwängt sich in die Converse. Die Mutter müsste eigentlich erleichtert sein, nicht mehr zu diesem Arschloch von einem Schwiegervater zu fahren, ihn nie wieder sehen zu müssen, darauf vertrauend, dass er bald sterben wird, wie schon so viele Arschlöcher vor ihm, aber die Mutter zieht die Wolle fester um den Körper und schlingt die Arme darum.

Sie sitzt auf der Treppe wie ein Häufchen, das von sehr weit oben heruntergerieselt ist und aus lauter Einzelteilen besteht, die man mit einem Pusten auseinandertreiben könnte. Die Mutter tut mir leid, aber sie soll nicht denken, ich stünde auf ihrer Seite, sie soll nicht denken, sie könnte mich ziehen, sie soll nicht denken, der Vater wäre nicht wichtig, der Vater wäre für mich austauschbar. Ich sehe den Vater in seinem alternden Männerkörper, quadratischer Rumpf in Hoodie, Staksebeinchen in Stretchjeans, und er kommt mir zwar bekannt vor, aber ich kann ihn mir durchaus wegdenken. Ich will es nur nicht und da unterscheiden wir uns, die Mutter und ich. Die Mutter wünscht viel Spaß und sagt, wie schön, dass ihr euch Zeit füreinander nehmt. Sie versucht mich mit ihrer Selbstlosigkeit von ihren Vorteilen zu überzeugen. Ich lächle sie an und gehe dem Vater hinterher, der das Muttergesicht nicht mehr anschaut. Seit ich hier bin, hat sich sein Blick nicht oberhalb ihres Schlüsselbeins befunden. In den Mutterteil oberhalb des Schlüsselbeins ist der Vater möglicherweise noch immer verliebt oder Schlimmeres.

Der Vater macht mit den Tasten auf dem Lenkrad Deep Purple an und fragt, was ich für Musik höre. Vielleicht hatte der Vater mal diese Fantasie, als die Mutter mit mir schwanger war, dass er mit seinem Kind Platten hören würde und es dadurch prägen, dass das Kind seinen Geschmack annehmen würde, den Geruch der Mutter, aber seinen Geschmack. Ich sage, ich höre fast nie Musik, Musik lenkt mich ab – Ist doch gut, wirft der Vater ein, und als ich nicht antworte, schämt er sich und erklärt, von den Sorgen. Ich sage, ich brauche die Sorgen für die Arbeit. Der Vater nickt, er schweigt, sobald ich die Kunst meine Arbeit nenne, es befremdet ihn derart, aber sagen soll er dagegen ja nichts.

Der Vater hatte ja selber nicht so eine Freiheit, einfach irgendetwas plötzlich seine Arbeit zu nennen, der Opa Richie hat dem Vater damals gesagt, dass er Medizin studieren müsse, sonst würde er ihm das Studium nicht finanzieren, und der Vater, der ohnehin keine Idee hatte, was mit seinem Leben anzufangen wäre, hat dann Medizin studiert. Der Opa Richie hatte sehr klare Vorstellungen davon, welche Funktionen er in der Familie haben wollte, einen Arzt, den Vater, einen Juristen, den Onkel Bernd, der nicht mehr ist, und einen Banker, den Onkel Klaus, der stattdessen Friseur wurde und enterbt. Der Vater ist Alleinerbe und das heißt, der Vater ist der Einzige, der noch besucht.

Der Vater lässt das Auto auf den Parkplatz rollen, er geht immer vorausschauend vom Gas, sodass er kaum bremsen muss, der Vater ist einer, der zum Vergnügen Benzin spart, den es fuchst, dem sonst das Spielen ja nicht einfällt. Wir klingeln am Tor, es ist verschlossen, weil die Bewohnenden immer auf Achse sind, jemanden abholen, etwas einkaufen, in Urlaub fahren, zur Arbeit, in die Schule, jemanden besuchen, alles, was sie früher eben gemacht haben, aber anders, nämlich in einer Miniaturwelt mit Mauern, in der es eine Bushaltestelle gibt, wo sie in Ruhe warten können, ohne dass der Bus deswegen kommt. Das Heim hat einen japanischen Garten, dessen Farben man sogar im Winter noch erahnt, Bäume mit rosa Blüten, Bäume mit dunkelroten Blättern, himmelblaues Flüsschen und der Rasen, das Moos, das stellt man sich automatisch vor, wenn man den Kiesweg entlanggeht.

Der Opa Richie ist in einem Heim für die Reichen untergebracht, wo es außer dem japanischen Park auch japanische Lebensweisheiten auf Keilrahmen gibt, japanischen Tee und viel Reis. Alte Deutsche mögen keinen Reis, aber diese hier sind dement, sie wissen längst nicht mehr, was sie mögen, und es ist ja bekannt, dass in Japan die ältesten Menschen der

Welt leben, und zwar von Reis. Im Heim wohnen die reichsten Dementen der Region, deren Leben man gern noch verlängert. Der Opa Richie hatte das Heim für sich ausgesucht, er hat es beim Notar festhalten lassen, dass er dort hinkommt, sollte er dement werden, er hatte noch andere Luxusheime bereit, für andere Krankheiten. Er legte es fest aus Angst, die angeheirateten Frauen seiner Söhne könnten an ihm sparen wollen, ihn in eine Abstellkammer setzen, wie man es mit den naiveren Alten macht, zugunsten der Erbenden.

Das Gebäude besteht aus viel Glas und obwohl die Sonne nicht scheint, stelle ich mir vor, wie sie hereinfallen würde, in den Eingangsbereich mit den Holzbänken und den weißen Leinenvorhängen. Wir gehen an der Anmeldung vorbei, nicken zum Gruß, lächeln, eine Schwester grüßt den Vater mit Nachnamen und Doktortitel, wir lächeln, fahren mit dem Aufzug nach oben, der Vater drückt die Fünf. Wir steigen aus, der Boden ist aus hellem Stein, kalt, aber schön, im Sommer sicherlich angenehm, wenn die Hitze unters Dach will. Wir gehen den Gang entlang, wo zu beiden Seiten Ballettstangen an den Wänden angebracht sind. Die Leute bräuchten eher ein inneres Geländer, aber das kann ihnen niemand verbauen. Eine Frau kommt uns im Hopserlauf entgegen, den man früher im Sportunterricht zum Aufwärmen machen musste, hops, hops, sie hat sich die Haare zu zwei Zöpfen geflochten, Rattenschwänzchen, wie die Oma dazu gesagt hat. Unten aus dem Speisesaal dringen Schreie nach oben, Beschimpfungen. Die Frau mit den Rattenschwänzchen bleibt stehen und hält sich am Geländer. Der Vater dreht um, er sagt, hier ist es nicht.

Wir gehen zurück zum Aufzug, der Vater bemerkt die Frau gar nicht, die den Mund aufreißt und stumm schreit. Er steigt in den Aufzug und drückt die Vier. Der Vater hat vergessen, wo Opa Richies Zimmer ist, und es ist ihm peinlich. Die Mutter hat ihn immer dort hingeführt und er hat sich den Weg nicht gemerkt, die Mutter hat dem Vater immer den Kopf freigehalten, indem sie sich nicht nur ihre, sondern auch seine ganzen Kleinigkeiten gemerkt hat. Ich stelle mir vor, wie der Vater den Opa Richie nie mehr wiedersieht, wie er über Tage im Heim für Demenzkranke umherwandert, mit dem Aufzug hoch und runter, die Gänge entlang immer blasser werdend, weil die Mutter der Schlüssel ist, die Geheimniswahrerin. Und natürlich könnte der Vater unten am Empfang fragen, wo noch mal der eigene Vater untergebracht sei, aber das wäre eine Peinlichkeit, über die er nicht hinwegkäme, zumal sie ihn dort mit dem Titel anreden.

Wir steigen also einen Stock tiefer aus und gehen wieder nach links in den Gang, auch dieser von den Steinen erhellt, ein ewig langer pastellblauer Läufer liegt in der Mitte und dämpft das Geräusch der Schritte. Der Vater ist erleichtert, als er den eigenen Nachnamen an der Tür aus Kiefernholz liest. Er will gerade klopfen, als er den Gesang drinnen hört und die Faust sinken lässt. Der Opa Richie singt *Ein Bett im Kornfeld* von Jürgen Drews, das früher bei den Großeltern im Wohnzimmer lief. Der Vater ist wie erstarrt, als wäre der Gesang eine Substanz, die, einmal in den Vaterkörper hineingetropft, das ganze Gemisch in kürzester Zeit hart werden lässt.

Ich kann mich nicht erinnern, den Opa Richie jemals singen gehört zu haben. Ich klopfe, es kommt keine Antwort, ich klopfe noch mal und noch mal und wir gehen schließlich einfach so hinein, schieben die Tür sachte vor uns her, damit der Opa nicht erschrickt. Er steht mit dem Rücken zu uns, schaut aus dem Fenster und hält die Arme gebeugt und auf Hüfthöhe, bewegt die Hände, die Finger filigran zu den Tönen. Sein Rücken vibriert bis in das viel zu große Hemd, das sauber in der Bundfaltenhose steckt. Opa Richie ist aus seinem Hemd herausgeschrumpft und versucht den Stoff jetzt mit der Vibration aufzufüllen.

Der Vater setzt sich in den Schaukelstuhl und beginnt sofort, fest entschlossen zu schaukeln. Ich überlege, was die Mutter jetzt tun würde, und gehe zum Opa hin, lege ihm eine Hand auf die Schulter und sage, hallo, Opa Richie. Er tätschelt kurz meine Hand und nickt und lächelt und singt mit mehr Inbrunst. Er scheint sich über das neue Publikum zu freuen. Ich würde ihn gern fragen, ob er weiß, wer ich bin, aber das mache ich nicht, die Mutter würde es nicht machen, weil die Mutter genau weiß, dass man Demenzkranke nicht ständig in Situationen bringen soll, in denen sie bemerken, dass sie ihr Leben vergessen haben. Ich setze mich also auf den Boden vors Fenster und höre ihm beim Singen zu und beobachte seine feinen Bewegungen, als würde er die Luft von hier nach dort lenken, und manchmal zieht er der Luft kleine Spreißel und streicht ihr dann mit der Fingerspitze über die gereizten Stellen.

Der Vater schaukelt hektisch und steht auf, geht zum Wasserhahn und füllt sich ein Glas, trinkt es in einem Zug, schüttelt den Kopf, füllt noch mal auf, trinkt aus, setzt sich hin, schaukelt, sagt sehr laut, hallo Vadder, wischt sich die Hände an den Jeans, schüttelt den Kopf.

Ich gehe zur Toilette, weil ich den Vater nicht aushalte. Das Bad ist weiß gefliest mit schlaufenförmigen Plastikgriffen hier und da. Neben der Dusche hängt eine weiße Gummischürze wie beim Schlachter. Ich stelle mir vor, wie eine Pflegerin sie trägt, dazu weiße Gummistiefel, und Opa Richie in der Dusche dirigiert, so, noch einmal umdrehen, junger Mann, jawoll. Ich prüfe das Material mit Daumen und Zeigefinger, es quietscht, es stoppt das Reiben der Finger. Ich lege mir die Schlinge um den Hals, binde die Schnur hinter dem Rücken, ich betrachte mich durch die Sonnenbrille im Spiegel als Person, an der alles abprallt. Ich frage mich, ob es dem Vater oder Opa Richie auffallen würde. Ich trete ins Zimmer und schlage vor, in den Gemeinschaftsraum ans Klavier zu gehen. Der Vater könne da den Opa Richie am Klavier begleiten und der Vater schießt aus dem Schaukelstuhl hervor und sagt, nein, das muss doch nicht sein, vor allen Leuten den Opa bloßstellen. Der Vater schämt sich für Opa Richie, der jetzt ein Sänger geworden ist, der ganz weiche Züge bekommen hat vom Sich-hin-und-her-Wiegen.

Opa Richie nimmt meine Hand und sagt, Mädchen, du hast immer so herrlich gesungen, herrlich. Ich schaue den Vater an, der ebenfalls nicht damit gerechnet hat, dass der Opa noch mit uns sprechen würde, und dann lache ich. Ich sage, nein, Opa, ich hab doch nie gesungen, ich kann doch gar nicht singen, das willst du wirklich nicht, dass ich singe, und denke dann an die Mutter, die einfach genickt hätte und gesagt, schön, dass es dir gefallen hat. Mädchen, das war herrlich, sagt der Opa und wiegt sich hin und her in der falschen Erinnerung an meinen Gesang. Ich schaue wieder zum Vater, grinse, der Vater schaut ernst, der Vater flüstert, er meint Molly. Da ist mein Leben geflogen, sagt Opa Richie, wenn ich das gehört habe, Mädchen, wie du singst, da ist mir alles fortgeflogen. Er singt: *Ein Bett im Kornfeld, das ist immer frei, denn es ist Sommer, und was ist schon dabei, die Blumen blühen und es duftet nach Heu, wenn ich träume.*

Ich schaue den Vater nicht an, der Vater sagt noch mal, er meint bestimmt Molly, und ich sage, Papa, ich hab's gehört. Wir sitzen noch ein Minimum, damit sich die Pflegenden unten nicht wundern, und verabschieden uns dann. In der Tür sagt der Vater, das musst du hierlassen.

Er sagt nicht *die Schürze* oder einfach *die*, für den Vater ist alles, was mit dem Pflegeheim zu tun hat, ein unbenennbares Das. Ich hänge die Schürze über Opa Richies Stuhl und gehe schweigend neben dem Vater, in dem es arbeitet. Der Vater muss loswerden, dass Opa Richie sich an jemanden erinnert hat, und zwar ausgerechnet an Molly, die ja nur ein halbes Familienmitglied ist, ein zugezogenes, ein verschollenes, aber wenn er recht überlegt, gibt es ja nichts weiter darüber zu sagen. Er wird es gleich der Mutter berichten und sie wird es für ihn durchgehen. Vielleicht macht sich die Mutter aber auch einen schönen Sonntagnachmittag im Café mit ihren Freundinnen, das kann der Vater natürlich nicht vorhersehen. Er kann jetzt nicht mehr darauf zählen, dass sie am Sonntag irgendein Stück Fleisch zubereitet und danach die Küche aufräumt, weil sie die Sorgegemeinschaft aufgelöst haben. Die Mutter räumt nur noch für sich, was viel schneller geht. Die Mutter weiß genau, dass die Brotkrümel auf der Küchenablage vom Vater sind, weil die Mutter für den kleinen Hunger zwischendurch Joghurt mit Obst isst, und daher bleiben die Krümel dort so lange, bis sie sie eben doch ärgerlich wegwischt. Wenn die Mutter nicht zu Hause ist, wird der Vater weiter überlegen, mit wem er reden kann, beziehungsweise, wer für ihn reden kann, wer an seiner Stelle ein breites Spektrum an Emotionen zunächst fühlen und dann benennen könnte, und es wird ihm natürlich kein Mensch außer der Mutter einfallen.

Im Auto sagt der Vater, also dass er ausgerechnet, wo er Molly doch gar nicht mochte, oder? Nein, sage ich. Der Vater weiß, dass über Molly nicht geredet wird, und will um Himmels willen kein Fass aufmachen. Die Scheidung ist für den Vater schon ein Fass zu viel, bodenlos noch dazu.

Der Vater dreht den Verkehrsfunk laut. Der Vater ist vorwiegend leer, aber auf eine ruhelose Art, vor allem nach den Besuchen bei Opa Richie ist er bereit, mit aller Konzentration den Verkehrsfunk zu hören. Der Vater musste dem Opa Richie sein Leben lang Rechenschaft ablegen und hat sich stets bemüht, Konflikte zu vermeiden. Die Hochzeit mit der Mutter war das Einzige, was der Vater gegen Opa Richie verteidigt hat, also das einzige Mal, wo ein gewisser Wille des Vaters vorhanden war, aber vielleicht war es auch der Wille der Mutter, der durch ihn gesprochen hat. Der Opa Richie hat es ihm durchgehen lassen, weil Onkel Bernd schon tot und Onkel Klaus schon enterbt war. Der Opa Richie wusste durchaus, wann er ein Auge zudrücken musste.

Die Mutter sagt bei jeder Gelegenheit, es sei kein Wunder, dass sich der Onkel Bernd schon als Student aufgehängt hat. Die Mutter weiß, was für den Bernd gut gewesen wäre, nämlich was Praktisches, eine Tischlerlehre zum Beispiel. Der Vater hat sich besser durch Opa Richies Ansprüche hindurchnavigiert, er hat wirklich vieles für Opa Richie richtig gemacht, und jetzt steht Opa Richie also am Fenster und überhaupt nichts von dem Richtigen ist mehr richtig, weil er singt und in der Luft herumtippt, als hätte er eine VR-Brille auf. Jetzt hat sich der Vater zum Affen gemacht, weil er sein Leben lang auf dieses lächerliche Männchen dort oben am Fenster gehört hat.

Gewissermaßen wäre es dem Vater lieber gewesen, hätte Opa Richie Aggressionen entwickelt oder einen Sexualtrieb gegenüber den Pflegenden. Das verstehe, wer will, sagt der Vater und macht einen Schulterblick, der nicht notwendig ist. Und diese Bewegungen, sagt der Vater und presst das Lenkrad mit den Händen aus, und ich beobachte, ob vielleicht dort ein paar Tränchen herauskommen, aber das Lenkrad bleibt trocken. Der Vater wird sich zu Hause vor die Mutter setzen und traurig schauen und vielleicht wird sie ihm klarmachen, dass sie für solcherlei Belange nicht mehr anzusprechen ist, oder aber sie wird ihn trösten, die Aufmerksamkeit ausrichten und die Worte an die richtigen Stellen.

Wir kommen ins Haus und es wuselt dort nichts. Die Mutter schiebt nicht die Dinge hin und her, sie kocht keinen Kaffee, hat keinen Kuchen gekauft, den sie auf einer Platte serviert wie selbst gebacken, sie sitzt auch nicht auf der Treppe. Der Vater spürt ihre Abwesenheit nicht, er geht sofort nach oben und macht alle Türen auf, aber nirgendwo liegt die Mutter und macht einen Mittagsschlaf, aus dem der Vater sie wecken könnte, um emotional von ihr ausgewrungen zu werden und zum Trocknen aufgehängt. Der Vater kommt wieder zu mir in die Küche und fragt, was ich heute noch mache. Ich sage, ich geh mal hoch, noch bisschen arbeiten. Der Vater schweigt, weil ich schon wieder arbeiten gesagt habe, ohne dass sich daraus für ihn ein Bild ergäbe, also ein richtiges, eins, das zu dem Wort passt. Ich denke unterdessen immer wieder, dass Opa Richie sich an Molly erinnert, an niemanden sonst, nur an Molly, und es scheint mir der Beweis. Molly ist eine Person, um die man sich kreist. Ich bin plötzlich sehr müde. Der Vater sagt nichts, ich sage, Papa, triff dich doch mit deiner Svenja, geht doch wandern oder so, und ich denke, dass es unmöglich ist, dass der Vater schon seine Svenja hat, und gleichzeitig auch sehr notwendig.

Der Vater schüttelt den Kopf und geht mit dem Tobias raus. Wahrscheinlich soll seine Svenja ihn so nicht sehen, wahrscheinlich will er seiner Svenja ein erfahrener, besonnener Mann sein, der über das Tränen längst hinweg ist, der die Sachen dann erzählt, wenn sie abschließend durchdacht sind und die Lösungen gefunden. Er wird also die Flaschen auf der Bank über der Fellbach zur Seite räumen und sich setzen, obwohl an den Gräsern der Reif perlt, und er wird auf seinem Handy mit harten, kalten Fingern Sudoku spielen, bis die Lösungen gefunden sind. Seit Opa Richie dement ist, betreibt der Vater Gehirnjogging. Er versucht es zu verheimlichen, aber die App schickt ihm hellblaue Push-Nachrichten auf den Bildschirm: NeuroNation, Fitness für Ihren Kopf, heute schon gejoggt?

Ich sitze in der Stille am Küchentisch und starre auf die Bilder, die ich in der Schule gemalt und gedruckt habe und in denen die Mutter rückblickend mein frühes Talent zu erkennen glaubt. Die Mutter scheint vergessen zu haben, dass sie einst davon überzeugt war, dass ich eine Auswendiglernerin sei, eine Kopflastige, nach dem Vater, also eine, die Medizin studieren würde. Molly war für die Mutter das musische Kind, schon allein wegen der Locken und weil sie aus schwierigen Verhältnissen kam. Die Mutter hat sich selbst in Molly gesehen und die Mutter sieht sich selbst nun mal als musisches Wesen, als personifizierte Weiblichkeit, die ganz weich über die Welt schaukelt und deren Tränen und Blut die Erde fruchtbarer machen für alle, die sie eventuell noch ernsthaft beackern wollen.

Die Mutter war überrascht von der Zusage der Kunsthochschule, deren Entscheidungen über Talent und Untalent sie durchaus akzeptiert. Die Mutter hat die Schulbilder plötzlich anders betrachtet, sie hat sie rahmen lassen und ihnen die Wand gewidmet, die sie jeden Tag zu jeder Mahlzeit anschaut, und die Mutter nimmt bis zu vier leichte Mahlzeiten zu sich. Die Mutter hat es gewissermaßen als Sieg über den Vater empfunden, dass beide Töchter, die leibliche und die geborgte, Künstlerinnen werden sollten. Ich schüttle den Kopf, die Gedanken darin, die sich vom Haus der Eltern einsperren lassen, die plötzlich nicht mehr hinauskönnen und finden, dass mein anderes Leben ein fremdes ist, das von einer Fremden gelebt wird, die also gar nicht ich sein kann, und vor allem die Kunst erstreckt sich von hier aus betrachtet als Hohlraum. Müsste ich jetzt jemandem erklären, was ich beruflich mache, ich könnte es nicht.

Die Garage wird geöffnet, ich warte. Die Geschäftigkeit lässt auf die Mutter schließen, die nie schleicht wie der Vater. Selbst wenn die Mutter mal schleicht, weil jemand im Raum nicht gestört werden soll, dann tut sie es derart betont, dass man es nicht mehr schleichen nennen kann. Man könnte meinen, an der Mutter gäbe es nichts, was sich verheimlicht, und das macht sie als gesamte Person unglaubwürdig. Die Mutter kommt in die Küche und drückt den Lichtschalter, Maus, du sitzt ja ganz im Dunkeln, gibt mir einen Kuss auf die Stirn und zieht meinen Kopf in ihr Brustfleisch. Sie hat ganz kalte Hände. Na, wie war's mit dem Opa, fragt sie und stellt zwei orange Fahrradtaschen ab. Ich sage, er hat sich an Molly erinnert. Ich will nicht mit der Mutter über Molly reden, aber mein Organismus beantwortet die Fragen der Mutter, als hätte die Mutter einen direkteren Draht zu mir als ich selbst. An Molly, fragt die Mutter und wickelt sich aus dem Wollmantel, geht in den Flur und hängt ihn über einen silbernen Bügel.

Ach Maus, das tut mir leid, sagt die Mutter und zieht mich wieder heran, in der Annahme, ich sei getroffen, ich sei ganz aufgewühlt von Mollys plötzlichem Auftauchen, nicht die Mutter selbst, die mir eine Strähne hinters Ohr streicht. Die Mutter sagt, so ist das manchmal, Maus, manchmal wird man verlassen. Aber das hat nichts mit dir zu tun. Das hat mit Molly zu tun. Da ist die Mutter sofort hineingetaucht, sie streckt den kleinen Po in die Luft und wühlt mit dem Schnabel den Teichboden auf. Die Mutter gründelt, die Mutter sucht nach etwas Verwertbarem in der gesunkenen Scheiße der anderen. Ich sage, ich hab ja gar nicht mehr hier gewohnt.

Die Mutter streicht mir mit dem Daumen über die Schläfe und fragt, bitte. Mich hat sie genau genommen nicht verlassen, ich war ja gar nicht mehr da, sage ich. Die Mutter beendet die Streichbewegung, geht einen Schritt zurück, um mich in meiner schrecklichen Gänze zu betrachten. Wie meinst du das, Maus, fragt die Mutter. Ich sage, ich glaube, das war ein Ding zwischen euch. Also ich hatte da andere Sachen im Kopf. Die Mutter lacht hell aus ihrem Glockenkörper, in ihrem Inneren muss ein metallener Klöppel hin und her schlagen. Sie sagt, natürlich, andere Sachen im Kopf. Du stehst über den Dingen. Dir ist es egal, dass die eigene Schwester verschwindet. Ich bin im Umkreis von hundert Kilometern, scheint's, die Einzige, der nicht alles egal ist.

Die Mutter setzt sich hin, sie ist nun nicht mehr aus Metall, eher aus einem dünnen, billigen Plastik wie eine Luftmatratze. Der Opa hat gesagt, dass sie immer so schön gesungen hat, sage ich, oder eigentlich hat er gesagt, ich hätte so schön gesungen. Die Mutter lacht leise, da hat er sich aber ordentlich vertan, der Gute. Ich lache auch, weil es ein Familiengag ist, dass ich nicht singen kann, oder vielleicht einfach, weil es guttut, dass sich der Körper ein bisschen ausschüttelt. Wir lachen ein wenig gemeinsam unter dem frisch angeschalteten Licht und auch der Mutterkörper scheint sich darüber zu freuen. Dann fragt die Mutter, wie wäre es denn, mal wieder Kontakt zu Molly zu suchen, und ich bin einen Moment stumm vor Überraschung, dass die Mutter das vorschlägt, die doch die letzten fünfzehn Jahre der Überzeugung war, es sei nicht unsere Aufgabe, ihr hinterherzulaufen, Molly war ja gegangen, also müsste Molly auch wiederkommen, die Mutter hat immer gesagt, das wäre ja das Allerschönste, und, wer nicht will, der hat schon.

Ich sage, ja, warum nicht, mach das doch. Die Mutter schüttelt den Kopf, warum nicht, wiederholt sie mehr für sich als für mich, warum nicht. Ich sage, wie wäre es denn, mal mit Papa über seine Svenja zu reden. Die Mutter stellt die Ellbogen auf den Tisch und sagt, Maus, das wird dir jetzt vielleicht komisch vorkommen, ich sage, ja.

Die Mutter sagt, ich habe den ganzen Sommer geträumt, dass dein Vater stirbt. Ich habe geträumt, dass er einen Herzinfarkt – Die Mutter setzt sich mir gegenüber an den Tisch und fährt mit dem Finger den Rand des Platzdeckchens entlang. Ich habe geträumt, dass er mit dem Auto gegen einen Baum fährt, dass er in den zugefrorenen See einbricht, ich habe geträumt, dass er sich umbringt, auf verschiedene Arten, ich weiß gar nicht, wo ich das alles herhabe, Maus, mit einer Krawatte, mit Rasierklingen und – Ich habe geträumt, dass er von einem Lkw überfahren wird, richtig zermalmt, ganz bildlich, dass er bei einem Terroranschlag in der Stadt umkommt, in der U-Bahn, und dann, am schlimmsten, dass Angela ihn mit einem Brotmesser in der Küche ersticht. In meiner Küche, wo ich aufgewachsen bin, meine Mutter. Das ist doch nicht normal, Maus. Das ist doch nicht mehr schön, sagt die Mutter. Sie ist jede Nacht im Schweiß aufgewacht und der Vater hat neben ihr geatmet, durch die Nase ein, durch den Mund aus, und hat die Lippen dabei flattern lassen. Die Mutter flüstert, und ich war halb erleichtert und halb –

Die Mutter macht den Mund zu wie einen Wasserhahn und es ist sehr still. Sie schiebt ihre Hand über die Tischplatte in meine Richtung und eine Weile liegt sie da als neugeborenes, haarloses, faltiges Säugetier. Sie ekelt mich, ich beobachte sie und warte, dass sie fiept. Ich lege meine Hand darauf. Die Mutter sagt, er hat es mir ja auf seine Art gesagt. Die Mutter steht auf, geht zur Küchenzeile und hebt den Glasmixer aus der Halterung. Weißt du, wie viel der gekostet hat, fragt die Mutter, fünfhundert, sagt die Mutter. Dein Vater macht sich jetzt Smufies. Sie sagt es mit F, Smufies, um sich über den Vater lustig zu machen, der studierter Mediziner ist, aber kein englisches TH aussprechen kann. Er liest jetzt Ratgeber, sagt die Mutter, *Miteinander reden 1*, *Miteinander reden 2*. Die Mutter lacht über den Vater, der studierter Mediziner ist und nicht reden kann. *Miteinander reden 3*, sagt die Mutter und schüttelt den Kopf. Neulich kam er mit einem Tanktop nach Hause, sagt die Mutter und schüttelt weiter den Kopf und lacht, kannst du dir vorstellen, wie das aussieht bei deinem Vater, Maus. Sie muss wirklich lachen, überheblich und verständnisvoll, sie lacht über den Vater wie über einen Teenager, der etwas durchmacht, was man schon lange hinter sich hat, ins Fitnessstudio geht er jetzt, sagt die Mutter und atmet fest durch den Mund aus. Nicht mehr auf den Trimm-dich-Pfad, sage ich, sonntags? Samstags Markt, sage ich, und sonntags – Ach woher denn, sagt die Mutter, jetzt nur noch *ins Studio*. Ich gehe zur Spüle und lasse Wasser in ein Glas laufen, einfach um etwas in der Hand zu halten, etwas Durchsichtiges.

Diese ganzen Veränderungen hat der Vater vor der Mutter nicht verheimlicht, und da der Vater keiner ist, der sich von innen heraus verändert, sondern eine Frau braucht, die ihn hernimmt und verabredet und einkleidet und anruft und sein schlechtes Gewissen eincremt, damit es nicht zu trocken wird, und ihm Vorschläge macht, für mögliche Positionen, die er in der Welt einnehmen könnte, wenn er nur wollte, zum Beispiel an ihrer Seite – jedenfalls wusste die Mutter, was Sache ist. Die Mutter ist nicht sauer auf den Vater, er hat es ja nicht vor ihr verheimlicht, er hat es nur auf seine stumme Art erzählt, und die ist ja nicht neu. Die Mutter ist längst nicht mehr sauer auf den Vater, sie verachtet ihn nur.

Dass sie Svenja heißt, solche Sachen krieg ich natürlich nicht mit, sagt die Mutter. Bei dir war doch eine Svenja in der Klasse? Die Mutter lacht leise und starrt an mir vorbei. Eine im Mutteralter heißt nicht Svenja, eine im Mutteralter hätte Gabi geheißen oder Heike oder Claudia. Als der Vater die Miteinander-Reden-Bücher im Wohnzimmer hat liegen lassen, da war es das Signal, dass er jetzt für die Scheidung bereit ist. Es war das Signal des Vaters, dass er jetzt versorgt ist, und da hat die Mutter die

Scheidung eingereicht. Dass der Vater seine Svenja hat, ist für die Mutter eine Win-win-Situation. Als betrogene Frau muss sie niemandem erklären, warum sie einen derart hilflosen Mann zurücklässt, und es verbessert ihre Position bei der Aufteilung der Güter.

Die Züge der Mutter raffen sich zu einem Lächeln auf. Gerade freue ich mich einfach darüber, deinen Vater abgeben zu können. Doch. Es erleichtert mich, sagt die Mutter und blinzelt viel. Ich hab mich lange nicht so leicht gefühlt, sagt sie und schaut sich im Raum um nach der Leichtigkeit und lächelt und zieht die Mundwinkel versehentlich nach unten. Ich weiß nicht, wann das letzte Mal so leicht, vielleicht an der Uni? Und die Mutter sieht wirklich sehr leicht aus, sie sieht aus wie ein Stück Treibholz, verblichen und ausgemergelt und eigentlich noch viel leichter als Treibholz, eigentlich so, als könnte sie jeden Moment abheben, als könnte ihr mit einer unbedachten Bewegung der Boden abhandenkommen, der Stuhl unter dem Po, und sie würde hochsteigen und dabei die Arme hängen lassen, weder nach oben noch nach unten rudern, sich nirgendwo festkrallen, aber auch nicht durch die Luft schwimmen, sie würde immer mal wieder mit dem Kopf an die Decke stoßen, und sich nicht abfedern. Die Mutter sieht vollends passiv aus, was ihrer Natur überhaupt nicht entspricht. Deshalb und ganz allein deshalb stehe ich auf, gehe ins Wohnzimmer zur Stereoanlage, suche im CD-Regal nach dem Buchstaben G wie Grönemeyer, Herbert, finde mehrere Alben und nehme das, das ich selbst am besten kenne, das aussieht, wie man sich Zukunft in den Nullerjahren eben vorgestellt hat, fest und grau.

Ich sage mir, dass ich es nur für die Mutter tue, die im Zimmer nebenan an der Decke herumschwebt, und dann fängt er an zu singen, wie ich es ihm ja befohlen habe, *momentan ist richtig, momentan ist gut*, und ich denke daran, wie Molly und ich mitgesungen haben, oder gerufen, nicht ganz auswendig, aber an den richtigen Stellen, *Telefongaselektrik, unbezahlt und das geht auch, teil mit mir dein' Frieden, wenn auch nur geborgt, deine Liebe, nur dein Wort und das ist–* Und dabei haben wir uns geschüttelt und die Fenster standen weit und wir schrien über den Friedhof, *es ist okay, alles auf dem Weg*, und manchmal kam die Mutter herein und schüttelte sich auch, und schon als Kind habe ich gewusst, dass es falsch ist. Dass die Mutter sich nicht zu schütteln hat. Weil man die Musik nicht so laut haben darf, wenn die Terrassentür zum Friedhof offen steht. Ich drückte die Weitertaste, bis ein ruhigeres Lied kam, *nordisch nobel deine sanftmütige Güte, dein unbändiger Stolz, das Leben ist nicht fair*, und auch das schrie die Mutter mit uns hinaus und dann schloss ich die Tür und die Fenster. Auch für die Mutter muss es anstrengend sein, neben den ganzen Toten zu wohnen. Ich schiebe die Tür auf und trete auf die Terrasse, *lache, wenn's nicht zum Weinen reicht*, aber ich schreie es nicht, ich summe nur mit, und hinter der Hecke steht eine winzige Figur und hält sich die Hände als Schirm über die Augen. Ich gehe wieder hinein, schneide Herbert Grönemeyer mitten im Satz ab, gehe in die Küche und die Mutter ist nicht mehr da. Sie muss hinausgeschwebt sein.

Das Haus macht Geräusche, als ginge jemand unter den Dielen. Es knarzt in den Wänden, als würde sich dort etwas ausdehnen, als würden gleich die Fugen zwischen den Fliesen über der Küchenzeile aufreißen. Ich höre ihm zu, den Kopf auf dem Tisch, die Hände als Kissen unter der Stirn, das Haus macht die Hintergrundmusik zu meinen Gedanken. Dann der Schlüssel, das Schleifen der Haustür. Der Vater hat gesehen, dass noch Licht ist, und Angst, die Mutter könnte hier sitzen. Der Vater möchte gern, dass nichts ist, das heißt, die Mutter muss ihn entweder lieben oder unverzüglich mit dem Existieren aufhören. Beides wäre für den Vater in Ordnung, beides wäre hart, aber fair. Einfach in der Küche sitzen, ohne lieben hingegen. Was soll der Vater damit.

Er ist also erleichtert, als er sieht, dass ich es bin. Was machen wir denn hier, mitten in der Nacht, fragt er, und ich sage, ich habe nachgedacht. Bevor der Vater einen Witz macht, sage ich, einmal wäre Mama doch fast abgehauen. Der Vater füllt sich ein Glas mit Leitungswasser. Davon wüsste ich aber, sagt er. Doch, sage ich, als ich die Scheibe eingeworfen habe und du hast Suppe gekocht, mitten im Sommer. Ich hab doch keine Suppe gekocht, sagt der Vater und trinkt sein Glas aus. Und die Scheibe, frage ich. Die Scheibe, sagt der Vater, du bist sitzen geblieben, du hast beim Kaufhof geklaut, und dann das mit dem Essen immer, also die Scheibe war jetzt wirklich nicht so. Irgendwie rührt es mich, dass sich der Vater erinnert. Ich hab sie eingeworfen, sage ich, weil ich dachte, dass Mama abgehauen ist und nicht wiederkommt. Nicht wiederkommt, sagt der Vater, Quatsch, sie war in Urlaub. Ach Papa, das stimmt doch nicht. Das hättet ihr mir doch vorher gesagt. Der Vater sagt, wo hätte sie denn sonst hinsollen. Ich sage, beim Verlassen geht's doch nicht drum, wo man hingeht. Da geht man in erster Linie weg. Der Vater legt die Zeitung von heute zusammen und auf den Stapel der ausgelesenen Zeitungen. Man kann mit dem Vater nicht reden, und weil er das auch weiß, sagt er, frag sie am besten selber.

So, er schlägt mit der flachen Hand auf den Tisch, jetzt aber. Ich nehme eine Orange aus der Obstschale, werfe sie ihm zu, er erschrickt, fängt sie aus Reflex. Er lacht. Danach hat sie angefangen zu nähen, nachts, sage ich, sie hat mit der Maschine Flicken zusammengenäht. Ja, sagt der Vater, die Mama hat immer Ideen. Ich sage, ja und du nicht, du hast nur eine Freundin, wenn auch kein Mensch versteht, wie du zu der kommst, ohne Ideen, wo doch alles, jeder Kontakt, aus einer Idee herauswächst. Der Vater geht längst die Treppe hinauf, vermutlich in sein Zimmer, vermutlich legt er sich dort auf das Plastiksofa, ohne es auszuklappen, ohne es zu beziehen, der Vater hat nicht vor, sich um sich zu kümmern, und weiß auch gar nicht, wo die Mutter die Bettbezüge aufbewahrt.

Als ich im Bett liege, höre ich das Auto. Der Vater ist gar nicht gekommen, um über Nacht zu bleiben, der Vater wollte wahrscheinlich nur etwas holen, er ist extra mitten in der Nacht aufgetaucht, in der Hoffnung, als Gespenst eintreten und wieder gehen zu können, und gewissermaßen ist ihm das ja auch gelungen. Ich stehe auf, gehe durch den dunklen Flur, schiebe leise die Tür zum Vaterzimmer auf, ich will wissen, welcher Gegenstand dem Vater derart wichtig ist, dass er ihn in einer solchen Nacht-und-Nebel-Aktion aus dem Haus holt.

Durch den Türspalt sehe ich die Mutter auf der Plastikcouch sitzen, vornübergebeugt. Sie presst die Handballen auf die Augen, als wären ihr beide Augäpfel aus den Höhlen gefallen und sie müsste sie dort wieder hineinkleben, sie müsste nun hier sitzen und drücken und warten, bis der Kleber getrocknet ist. Die Mutter löst das Gesicht von den Händen, schaut direkt zu mir durch den kleinen Spalt, die Augen scheinen zu halten, die winzige Mutter dort sagt, er hat das Teleskop abgeholt. Sie sagt es ganz einfach, es ist ja auch ganz einfach, es gibt dazu auch sonst gar nichts zu sagen, außer natürlich, dass der Vater plötzlich das Bedürfnis hat, in den Nachthimmel zu schauen, zwischen sich und dem Universum eine gewisse Nähe herzustellen. Die Mutter steht auf, geht an mir vorbei, sie streift mich nur zufällig, sie fasst mich gar nicht an, gute Nacht, sagt die Mutter und ich bin froh, dass sie vom Sofa aufgestanden ist, wo sie fast in der Ritze verschwunden wäre.

Ich wache schon wieder im Elternhaus auf. Es ist wie früher, als ich immer hier aufgewacht bin, als ich es nicht anders kannte, aber mich trotzdem jeden Morgen fremd fühlte, von der vor mir auftauchenden Umgebung eine wichtige, einprägsame Sekunde lang überrascht. Ich streiche mir über die Beine, um meine Konturen zu überprüfen. Ich erschrecke, fasse unter den Po, taste das Laken entlang, aber es ist alles trocken.

Unten steht der Frühstückstisch, die Lampe hängt tief darüber und leuchtet seine Üppigkeit aus. Es ist kein Wochenendsfrühstückstisch mehr, wie gestern, es ist ein Werktagsfrühstückstisch, ohne Brötchen, ohne Eier, an dem man sich das Obst selbst aufschneiden muss. Die Obstschale ist immens, die Trauben liegen wasserfallartig drapiert. Der Vater ist mit seinem Teleskop unterwegs und die Mutter hat einen Zettel hinterlassen: Bin in der Stadt und dann in der Schule, im Kühlschrank ist Curry, HDL, Mama. Die Mutter macht ehrenamtliche Hausaufgabenbetreuung an einer Schule und kennt daher Abkürzungen und Smileys. Die Mutter ist studierte Lehrerin, Deutsch und Englisch, aber sie hat nie als Lehrerin gearbeitet, nie das Referendariat gemacht, weil ihr das Kind dazwischengekommen ist, weil erstens kommt es anders, und zweitens als man denkt. Die Mutter findet es trotzdem wichtig, einen Hochschulabschluss zu haben. Um nicht eine einfache Hausfrau zu sein, hat die Mutter in der Hausaufgabenbetreuung angefangen, für den Sinn, um etwas weiterzugeben, Werte.

Dort hat sie Molly gefunden. Die Mutter hat Molly entdeckt. Sie hatte zuvor der Schulleitung ein Klavier für die Betreuung abgerungen, kein Keyboard, ein richtiges Klavier, weil es nun mal einen Unterschied mache, weil sich die Kinder ja begeistern sollten. Die Kinder sollten musisch gebildet werden und das ginge nun mal nicht mit einem Keyboard. Man würde sich ja auch nicht Schiller von einer Computerstimme vorlesen lassen. Dann muss die Mutter den Direktor angelächelt haben, der die Mutter für eine ungewöhnlich vernünftige und schöne Mutter befand. Dass sie selber gar nicht spielte, konnte der Direktor ja nicht ahnen, die andere Betreuerin, Anja, spielte annehmbar, und die Mutter stützte sich mit einer Hand auf das Klavier und leitete die singenden Kinder und die spielende Anja an. Als die Mutter zum ersten Mal mit den Kindern am neuen Klavier musizierte, da hat Mollys Stimme sie direkt verzaubert. So erzählt es die Mutter, als handle es sich um eine Liebesbeziehung, die ihre Anfänge schon so oft zum Besten geben musste, dass die Worte ihre ganze Ladung verloren haben, und das Einzige, was deutlich wird, ist, wie groß die Ladung einst gewesen sein muss. Man sieht es an der Plumpheit, der es gleichzeitig an Gewicht fehlt.

Die Mutter holte mich von der Schule ab, damals fuhr sie selbst noch Auto, sie war Ende dreißig und hatte die Ängste noch in Schach, und ich stand vor dem Tor und wartete, was selten vorkam, weil die Mutter der Meinung war, dass Kinder niemals auf ihre Eltern warten sollten, und sie verachtete Eltern, denen etwas Derartiges passierte. Die Mutter fuhr vor, ich stieg ein, auf den Beifahrersitz, wo die Mutter meinen Kindersitz bereits installiert hatte. Manchmal musste sogar der Vater hinten sitzen und beschwerte sich scherzhaft, er lachte noch in dieser Zeit und sagte, so weit ist es mit mir gekommen. Er legte der Mutter eine Hand von hinten in den Nacken, durch die Kopfstütze. Er sagt diesen Satz jetzt nicht mehr, weil es ein Satz ist, den man nur scherzhaft sagen darf, und er weiß, dass es sich damit hat. Er legt der Mutter auch keine Hand mehr in den Nacken, als Geste der Zärtlichkeit, denn auch damit hat es sich. Es könnte von der Mutter als Bedrohung verstanden werden. Ich stieg ein und schnallte mich an und drehte mich um, und weil ich noch so geblendet war von draußen und hinten die Schattenspender mit den Saugnäpfen an den Fenstern angebracht waren, starrte ich in zwei grüne körperlose Augen hinein und die Mutter sagte, Maus, das ist Molly.

Die Mutter hätte sich gewünscht, meine Freundinnen kennenzulernen. Die Mutter hatte mich auf einem privaten Ganztagsgymnasium angemeldet, damit ich die richtigen Kontakte knüpfen konnte und sie wiederum die Eltern der Kontakte zum Fingerfood einladen. Dass ich eine Mädelsclique gründen und die Mutter sich mit ihrer Jugendlichkeit, ihrem dicken rotbraunen Haar, bei uns einschleusen könnte und kichern, dass die Mädels zu mir sagen würden, deine Mutter ist die coolste Mutter, dass wir unsere Mädelsabende immer bei den Eltern im Haus veranstalten würden. Es war eine große Enttäuschung für die Mutter, dass ihr Kind desinteressiert war, also nach dem Vater kam. So hat die Mutter es wieder selbst in die Hand nehmen müssen, Molly auf den Rücksitz geschnallt, deren Augen sich vom Lächeln zusammenzogen, und Molly sagte höflich wie eine Erwachsene, hallo Maus. Ich fragte mich, ob sie dumm war.

Einmal habe ich zur Mutter gesagt, sie sollte aufhören, mich Maus zu nennen. Es muss kurz nach dieser Begegnung mit Molly gewesen sein, die mir einen Finger an eine Stelle gelegt hatte und ihn von dort nicht mehr fortgenommen. Das sind ja mal ganz neue Töne, Maus, hat die Mutter gesagt und sich lachend die Hände auf den Mund gepresst, um das Wort wieder hineinzustopfen. So hat sie es ein paar Tage in Folge gemacht, Maus gesagt und gelacht und das Wort mit den Händen wieder in den Rachen zurück, und wenn jemand dabei war, fügte sie hinzu, ich soll sie jetzt nicht mehr so nennen, und fasste mir ins Gesicht dabei. Ich schwieg wie ein Stein, und als die Mutter irgendwann wieder ganz nebenbei Maus sagte, ohne Lachen, ohne Stopfen, war ich erleichtert.

Es klingelt. Ich gehe gebückt auf der Höhe der Küchenzeile zum Fenster und versuche hinter dem halb hochgezogenen Plisseerollo unsichtbar zu bleiben, aber gleichzeitig herauszufinden, wer da ist. Eine Faust klopft ans Fenster, huhu, ich bin's. Ich richte mich auf und blicke in das Gesicht von Christiane, der Freundin der Mutter, die eine pastelllila Wollmütze trägt. Die Christiane ist eine, die im Winter in Skiurlaub fährt. Ich gehe zur Tür und mache auf. Um die Zeit noch am Frühstücken, fragt die Christiane und drückt mich an ihren knöchellangen Daunenmantel. Schön, dass du mal wieder im Lande bist, sagt die Christiane. Ja voll, sage ich. Sie hält mich ein wenig von sich weg, überprüft, ob man mir den Erfolg ansieht, den ich angeblich habe, und zwar mit einer Kunst, die für Leute wie sie nichts ist, aber es ist ja schön, wenn ich was gefunden habe, was mir Spaß macht.

Super Brille, sagt sie aus Reflex, weil sie sich so über die getönten Gläser wundert. Ich wollte nur eine Fuhre für deine Mutter machen, sagt sie. Ja cool, sage ich. Hilfst du mir mit dem Tragen, fragt die Christiane, deren Gesicht sehr kantig geworden ist, und ich sage, ja klar, und denke, dass die Männer immer praller und die Frauen immer ausgehöhlter werden, in dieser Art von Beziehung. Die Männer häufen etwas in sich an, in ihren Oberkörpern, bis sich sogar die Rücken zwischen den Schulterblättern nach hinten ausbeulen.

Auf dem Dachboden, sagt die Christiane und geht voraus nach oben und weiß sogar, dass die Holzstange mit dem Haken am Regal im Flur lehnt. Sie klappt damit die Luke aus, zieht die Leiter herunter und sagt, du gehst hoch und ich nehme an, ich sage, okay cool. Ich steige die Leiter hoch auf den Dachboden, der früher bis auf Koffer und die unbenutzte Campingausrüstung leer war, weil die Mutter es hasst, wenn Dinge eingelagert werden. Die Mutter findet, verschoben ist nicht aufgehoben. Die Mutter findet, dass Besitz nicht glücklich macht. Der Dachboden ist voller Sachen.

Die Obi-Kisten sind unter die Schräge gestapelt und mit Edding beschriftet. Ganz unten steht eine Kiste mit der Aufschrift *Molly*. Welche Kartons brauchst du, frage ich. Die Christiane lacht und sagt, so viele, wie wir ins Auto kriegen. Ich nehme die erste Kiste, beschriftet mit *Porzellan Richie*, und reiche sie der dünnen Christiane herunter, die ohne ihren Daunenmantel wirklich zum Verschwinden gering aussieht, aber einen Land Rover fährt. Ich steige der Christiane möglichst weit auf der Leiter entgegen und sie merkt, dass ich ihr das Gewicht nicht zutraue, und sagt, Pilates, und zeigt mit dem Blick auf ihren Bauch und sagt, immer aus dem Zentrum. Ich sage, da hast du recht. Die Christiane trägt die erste Geschirr-Kiste also hinunter und ich sehe mich um. Ich öffne die Kisten eine nach der anderen. Ich kenne die Gegenstände darin. Es sind die, die die Mutter in den letzten Jahren aussortiert hat, aber nur die gut erhaltenen. Es gibt mehrere Kisten, auf denen *Kunst u. Wert* steht, darin, in Zeitungspapier eingeschlagen, chinesische Vasen und Skulpturen aus der Sammlung von Opa Richie. Es liegt dort auch eine Plastiktüte, wiederverschließbar per Zipper, darin Zahngold.

Der Vater hat Opa Richies Haus nicht ausräumen wollen, als der ins Heim musste. Das Haus ist noch immer eingerichtet und steht leer. Der Vater denkt sich, das Haus ist doch abgeschlossen, die Rollläden sind doch unten, die Alarmanlage ist doch scharf, das Haus kann doch erst mal so stehen. Der Vater will dort nicht rein. Die Mutter hingegen geht die Dinge an. Die Mutter hat, um dem Vater die Arbeit zu ersparen, im Haus von Opa Richie gelüftet und herumsortiert und ausgemistet, wie sie es auch im Elternhaus stets gemacht hat. Der Vater würde sich nie fragen, was die Mutter mit den aussortierten Gegenständen macht. Der Vater weiß, dass die Ordnung der Job der Mutter ist, während er einem richtigen Job nachgeht, und er will der Mutter in ihren Job nicht reinreden, um ihr nicht das Gefühl zu geben, es sei kein richtiger Job, denn da ist die Mutter sehr empfindlich. Die Mutter hat die Sachen also gar nicht aussortiert, sondern beiseitegeschafft. Die Mutter weiß, dass bei der Scheidung gezählt wird, was da ist. Die Mutter will, dass diese Sachen nicht mehr da sind, wenn gezählt wird. Ich lache. Ich halte das Zahngold von Opa Richie mit dem Plastik drum herum auf der flachen Hand und lache.

Die Christiane schaut durch die Luke und sagt, Tommys Erbe wird ja nicht geteilt im Scheidungsfall. Sie atmet aus und hebt hilflos die Hände. Pass bloß auf, sagt die Christiane. Sie selber habe ja einen guten Mann erwischt mit dem Harry. Sie klopft auf die Leiter, die aus Holz ist. Aber da steckt man nicht drin, sagt die Christiane und, das Erbe ist heilig in Deutschland, das wird nicht angefasst, was ja im Prinzip auch richtig ist, sagt die Christiane, aber die eigene Ehefrau – von dem Geld siehst du nichts als Ehefrau, auch wenn du den Schwiegereltern dein Leben lang den Fußboden gewischt hast, sagt die Christiane, die eine Frau bezahlt, die sie *meine Polin* nennt und die ihr den Fußboden wischt.

Die Christiane sagt Altersarmut und Witwenrente und Ehegattensplitting. Die Christiane sagt, deine Mutter kriegt ja keine Rente – kein Mann, keine Rentenpunkte, keine Rente. Ganz einfach, sagt die Christiane. Und ich hab zu deiner Mutter gesagt, Irene, geht's nicht noch irgendwie, kannst du nicht deine Ansprüche ein bisschen runterschrauben und dafür fahren wir einfach viel zusammen in Urlaub, und sie hat gesagt, nein. Deine Mutter ist immer für klare Verhältnisse, und ich sag's dir ganz ehrlich, ich hätte den Mumm nicht. Wenigstens hat sie dich. Ja, sage ich, voll. Sie sagt, also dass unsereins mal Angst vor Armut haben muss, und schüttelt den Kopf. Sie reckt die Arme nach oben und greift in die Luft, um anzudeuten, dass sie bereit für die nächste Kiste ist. Ich gebe ihr das Villeroy-und-Boch-Geschirr. Ich denke, die Christiane hat keine Ahnung von der Mutter, für die die Armut nichts Neues ist. Die Mutter würde sich freuen, dass die Christiane unsereins gesagt hat. Die Mutter würde sich freuen zu hören, dass sie nach wie vor nicht auffliegt, auch jetzt nicht, wo sie den Vater verlässt, der ihr die letzten vierzig Jahre die Stellung garantiert hat.

Die Christiane schließt den Kofferraum des Land Rovers mit viel Schwung und tätschelt die Scheibe. Sie sagt, wie schön, dich mal wieder gesehen zu haben. Ich sage, ja voll. Sie sagt, dann in Zukunft ja vielleicht öfters. Sie steigt ein und fährt los und winkt, ohne sich umzudrehen, sie überprüft über den Rückspiegel, ob ich zurückwinke. Ich merke, dass ich mir die Arme um den Körper geschlungen habe, die Kleidung an mich drücke, wie es die Mutter immer macht. Es ist ein kalter Winter, aber Schnee fällt nicht.

Als ich im Flur stehe, beginnt neben mir das Telefon zu klingeln, laut und aus dem Nichts, wie Telefone nun mal klingeln, ein Ruf aus einer anderen Welt, ich erschrecke. Ich nehme ab, aber sage nichts, weil ich mich nicht mit dem Familiennamen melden will, weil mich die Person auf der anderen Seite dann sicherlich mit der Mutter verwechseln würde, die sich immer mit dem Familiennamen meldet. Hallo, sagt eine Männerstimme. Hallo, sage ich. Irene, sagt die Männerstimme, hier ist Hauke.

Ich sage, ich bin nur die Tochter. Hauke lacht, ach was, die Tochter, ist deine Mutter da? Nein, sage ich. Richtest du ihr aus, dass ich angerufen habe, sie soll mich aber unter einer anderen Nummer zurückrufen, ja? Einer anderen. Kannst du die für mich aufschreiben? Hauke, sagt Hauke. Er gibt seine Nummer durch, er spricht sehr deutlich, seit er gehört hat, dass ich die Tochter bin, vermutlich stellt er sich ein Kind vor, aber ein schwerhöriges.

Ich hebe mich auf die Arbeitsfläche in der Küche, lehne mich ans Fenster und warte auf die Mutter, der ich etwas ausrichten soll. Ich sehe, wie drei Kinder in identischen Marken-Jogginganzügen an Renates Tor klingeln und wegrennen und Renates Hand den weißen Vorhang mit dem Lochmuster ein winziges Stück zur Seite schiebt. Die Hand sieht aus wie leicht verwest, wie angelaufen, die Fingernägel sind lang und gelb, ich kann sie von hier aus nicht sehen, aber in Gedanken schon, meine Gedanken zoomen an Renates Hand heran, die genauso gut frisch manikürt sein könnte. Ich frage mich, ob sich eigentlich jemand um die Renate kümmert. Die Kinder gruseln sich, deshalb kommen sie wieder, sie klingeln wieder, sie rennen wieder, sie verstecken sich, kommen hervor, klingeln. Renates Schemen bewegen sich langsam vom Fenster weg. Ich frage mich, ob sie weiß, wie sie ihre Klingel abstellt.

Die Kinder klingeln jetzt Sturm, sie rennen nicht mehr weg, sie stehen neben dem winzigen Tor und halten den runden Knopf gedrückt. Ich gehe zur Garage, schließe den Gartenschlauch dort am Hahn an, trete in den Hof und drehe an der orangen Spitze, bis das Wasser in einem festen, intakten Strahl herauskommt, den ich auf die Kinder richte. Sie schreien, zwei rennen weg, eins beschimpft mich, dann friert es und verschwindet. Die Mutter fährt ins Bild und schwingt sich vom Fahrrad, sie macht es immer auf diese Art, den linken Fuß auf dem Pedal, schwingt sie das rechte Bein noch fahrend in großem Bogen auf die andere Seite, dann hüpft sie auch links vom Pedal und gleicht ihre Gehgeschwindigkeit nahtlos der des Fahrrads an. Maus, was soll das denn, sag mal, es ist schweinekalt, ruft die Mutter flüsternd. Sie will schreien, aber nicht noch mehr Leute auf das aufmerksam machen, was eben vor ihrem Haus passiert ist, nämlich dass sich ihre erwachsene Tochter so verhalten hat, und zwar gegenüber Kindern, die immerhin noch Kinder sind.

Ich folge ihr in die Garage, rolle den Schlauch auf die blau-gelbe Trommel und schließe das Tor. Die Mutter lacht in ihrer Verzweiflung, was war das denn? Ich sage, die haben die Renate geärgert. Die Mutter sieht mich fassungslos an. Ja, meine Güte, dann red halt mit ihnen! Also wirklich, manchmal frag ich mich echt, sagt die Mutter und verschweigt, was sie sich fragt, wahrscheinlich, was sie falsch gemacht hat, womit sie sich selbst wieder geschickt im Zentrum des Geschehens positioniert. Wir gehen in die Küche, die Mutter sagt, ich dachte, ich fahr schnell heim und mache meine Mittagspause mit dir zusammen.

Ein Hauke hat angerufen, du sollst zurückrufen, aber unter einer anderen Nummer, sage ich und beobachte genau das Gesicht der Mutter dabei. Ich meine es aufglühen zu sehen wie eine Herdplatte, aber vielleicht liegt es auch am Temperaturunterschied zwischen drinnen und draußen. Ach, sagt die Mutter viel zu spät für ein überraschtes Ach, das ist ja eine Überraschung, sagt die Mutter, die eine gute Spielerin ist, aber eine schlechte Lügnerin. Wer ist das, frage ich und halte den Zettel mit der Nummer, der *anderen* Nummer, die diesem Hauke so wichtig war, in der geschlossenen Faust. Mein erster Freund, sagt die Mutter plötzlich und schaut mich direkt an, und dann lacht sie, vielleicht aus Erleichterung, dass es ja gar nichts zu verheimlichen gibt.

Wie, frage ich. Papa ist ja nicht der einzige Mann, mit dem ich in meinem Leben zusammen war, sagt die Mutter stolz. Die Mutter hat immer gern über sich und den Vater erzählt, über ihre Liebesgeschichte, in der sie stets betonte, sie hätte alles gewusst. Ich wusste einfach, dass er der Mann meines Lebens ist, ich saß in dem Seminar zwei Reihen vor ihm, guckte hin und wusste es, guckte wieder hin und wusste, mit dem werde ich Kinder kriegen, und schwupp, so war es dann auch. So hat es die Mutter immer erzählt und natürlich frage ich mich jetzt, ob sie die Scheidung gesehen hätte, hätte sie ein drittes Mal hingeguckt. In allen Witzen, in allen Märchen sind es immer drei Wiederholungen bis zur Pointe, das hätte die Mutter als Germanistin wissen müssen.

Tja, sagt die Mutter und klatscht in die Hände, hast du das Curry warm gemacht. Nein, sage ich. Sag mal, du isst ja gar nicht, sagt die Mutter. Ich sage, und wann warst du mit dem zusammen. Mit wem, fragt die Mutter und holt die Glasbox mit dem Curry aus dem Kühlschrank. Mit Thorsten, sage ich. Ach, Hauke, sagt die Mutter, mit dem, sie tut als müsste sie überlegen, na früher, mit sechzehn vielleicht. Komisch, oder, wie das manchmal zusammenfällt, sagt sie in den Kühlschrank hinein. Was, frage ich. Durch Hauke hab ich Tommy ja überhaupt erst kennengelernt, sagt die Mutter. Der Kühlschrank piept, sie schließt die Tür, öffnet wieder. Der Kühlschrank ist so voll, dass sie erst ein paar Sachen ausräumen muss, um zu finden, was sie sucht.

Der Hauke hat mich damals mit in die Stadt genommen, mir das Abi ermöglicht, das Studium. Das war wirklich das Beste, was mir hätte passieren können, einfach fort, weg von dem Dorf da unten. Die Mutter spricht, wenn sie von Orten spricht, immer von Höhen und Tiefen. Sie spricht von ihrem Heimatdorf, als läge es tief in einer Kuhle der Welt, sie spricht vom Elternhaus, als stünde es auf einer Bergspitze, vielleicht meint sie Norden und Süden, doch das Elternhaus liegt gar nicht weit nördlich von ihrem Heimatort, eine gute Stunde Fahrt, aber eben genauso in Süddeutschland. Die Mutter steht immer noch vor dem Kühlschrank, der schon wieder piept, sie schließt ihn, sie sagt, ach Zitrone wollte ich, öffnet ihn, holt eine halbe Zitrone heraus und dreht sich zu mir um, die Hände hinter dem Rücken, mit einem schuldbewussten Lächeln, wie sie damals vermutlich Hauke angeschaut hat, dem sie zu beichten hatte.

Wo die Liebe hinfällt, sagt die Mutter. Was macht der von Beruf, frage ich. Die Mutter lacht über meine Frage, die einer Frage ähnelt, die Eltern ihren frisch verliebten Kindern stellen, aus Sicherheitsgründen, sie sagt, Heizungsinstallateur. Ich nicke und sage, das wäre natürlich nix für dich gewesen. Die Mutter sagt noch immer lachend, was. Sie schlägt mit der flachen Hand auf den Boden des Glasbehälters, damit das Curry in die Pfanne fällt, aber das Curry klebt fest. Die Mutter weiß überhaupt nicht, was ein richtiges Curry ist, bei der Mutter ist es einfach eine orange Linsenpampe. Ich sage, mit einem Heizungsinstallateur zusammen zu sein, da hast du dir lieber einen Arzt genommen. Das Curry fällt als großes Ganzes und macht beim Aufprall ein schmatzendes Geräusch. Meine Wörter dehnen sich langsam in die Stille, sie gehen auf wie ein Hefeteig.

Die Mutter hält das Gesicht eine Weile konzentriert auf die Pfanne gerichtet, in der sie die Masse mit einem Holzlöffel möglichst gleichmäßig verteilt. Ich sage, du hast die falsche Platte an. Die Platte neben der Pfanne leuchtet gerade rot auf, gleich wird sie sich wieder verdunkeln. Die Mutter dreht an den Reglern. Dann wendet sie sich zu mir, im Gesicht die Härte, die es für die Ehrlichkeit zuweilen braucht, die Mutter sagt, ja. Die Mutter sagt, ich war in beide verliebt, es war beides schön, sagt die Mutter, aber entscheiden musste ich ja, und anhand von irgendwas. Ja, sagt die Mutter, du hast recht, ich habe mich für den Arzt entschieden und gegen den Heizungsinstallateur. Ich sage, so genau wollt ich's gar nicht wissen. Doch, sagt die Mutter, das wolltest du. Sie verlässt die Küche, ohne den Herd auszumachen, ohne die Tür hinter sich zu schließen.

Ich stelle mir die Mutter vor, zu dieser Zeit, als sie noch in einer ganz anderen Identität gehaust hat. Sie trug die Haare genau so lang, dass sie knapp über den Schultern schwebten, immer im Inbegriff zu landen, manchmal benutzte sie ein Haarband. Es muss auch die Zeit gewesen sein, in der sie gelernt hat, stolz auf ihre Sommersprossen zu sein. Natürlich rauchte die Mutter, aber ich weiß nicht, wie ernsthaft. Als sie mir einmal ein Foto von sich und dem Vater zeigte, zwischen den zum Lächeln geschlossenen Lippen eine Zigarette geklemmt, sagte sie, sie hätte nie richtig geraucht. Nur fürs Foto. Nur für die Unabhängigkeit.

Ich stelle mir vor, wie Hauke selbst aufgenommene The-Doors-Kassetten ins Autoradio schiebt und oberkörperfrei fährt und dunkle Locken hat und überhaupt sehr bemüht ist, wie Jim Morrison zu sein. Ich stelle mir die Mutter auf dem Beifahrersitz vor, beide Hände auf seinem Oberschenkel. Die Mutterhände waren dort festgeklebt, sie konnten Opa Willy nicht zuwinken, der auch gar nicht zurückgewinkt hätte, weil er sicher eh beim Wirten saß. Hauke fuhr die Mutter in die Stadt und ließ sie studieren, auf Lehramt, was für kluge Frauen der vernünftigste Beruf ist. Ich stelle es mir so vor, dass die Mutter schnell unruhig wurde, weil sie an der Uni die Einzige war, die sich einem Heizungsinstallateur versprochen hatte. Ich stelle es mir so vor, dass die Mutter auf Streifzüge ging als Hyänin, mit viel Kajal. Ich stelle mir Hauke mit dem Leben zufrieden vor, selbstbewusst und daher großzügig und ein wenig dumm. Ich stelle ihn mir als jemanden vor, der ungern hört und sieht und riecht. Ich stelle mir vor, dass die Mutter einen fließenden Übergang bevorzugte, als sie dann den Vater kennenlernte. Darüber hat die Mutter ja immer gern gesprochen. Sicherlich wird sie jetzt damit aufhören, wo sich der Vater an ihrer Seite zersetzt, als hätte man ihn in Lauge gelegt. Vielleicht wird die Mutter bald eine Erkenntnis haben, dass Hauke ihre einzige und wahre Liebe war, aber es ist kompliziert, bei der Mutter von Liebe zu sprechen, die einen enormen Sinn hat fürs Knüpfen, fürs Weben, für die textilen Strukturen menschlicher Beziehungen.

Von der Glasfront im Wohnzimmer sehe ich die Mutter mit dem Rücken zum Haus im Garten stehen, über ihr eine Wolke. Die Mutter raucht und wieder weiß ich nicht, ob ernsthaft oder nur für die Unabhängigkeit, oder ob die Unabhängigkeit nicht ohnehin ernsthafter ist als eine Nikotinsucht, gegen die man immerhin Pflaster kleben kann und Kaugummi kauen, ob sie vielleicht meine ganze Kindheit lang heimlich am Badfenster geraucht hat und sich gesehnt nach etwas. Die Mutter dreht sich um und winkt mit dem ganzen Arm und lächelt mit dem ganzen Gesicht, als sie mich sieht. Natürlich ist die Mutter nicht nachhaltig sauer. Sofort werde ich ärgerlich über ihr Lächeln und Winken. Die Mutter hat nicht geraucht, es ist bloß die Kälte, in die sie warm hineinatmet. Ich hebe die Hand und steige die Treppe hinauf.

Ich bin wütend auf die Mutter, die nie wütend auf mich ist, die mich mein Leben lang erträgt, und vielleicht ist es das, was für die Mutter eine Liebe ist, jemanden voll und ganz zu ertragen und die eigene Wut hinunterzuschlucken, sich nicht vor der Wut zu ekeln, sondern sie zur Nahrung zu machen. Ich klopfe an die Tür des Vaterzimmers, hinter der sich natürlich niemand befindet, aber aus Respekt vor den Dingen dort klopfe ich trotzdem an und warte einen Augenblick. Ich gehe unaufgefordert hinein und werfe mich so heftig in den Schreibtischstuhl, dass der sogleich vom Schreibtisch wegfährt und an das Sofa auf der anderen Seite stößt. Ich nehme das hölzerne Schachspiel, klappe es auf, hole die Figuren heraus, die aus Marmor sind und in schwarzen Samt gebettet liegen. Der Vater hat sie von Opa Richie bekommen, zu jedem Weihnachts- und Geburtstagsfest zwei Figuren, eine schwarze und eine weiße derselben Art, nur die Bauern hat er alle auf einmal bekommen, weil sie nichts wert sind. Der Vater erzählt so etwas mit einem gewissen Stolz, dass es vier Jahre gedauert hat, bis er sein Schachspiel zusammenhatte (das Spielbrett zählte als gesondertes Geschenk), der Vater findet so etwas hart, aber fair, der Vater nennt so etwas *eine Schule*, und hat dabei Tränen in den Augen warten, die er überhaupt nicht zu bemerken scheint.

Ich stelle die Figuren auf den Tisch, weil ich ohnehin nicht weiß, wie man sie auf dem Spielfeld anordnet, aus dem Vater ist nie ein großer Schachspieler geworden, der seine Nachkommen damit belästigen müsste. Ein Pferd fällt um, es rollt und fällt vom Tisch. Ich erschrecke kurz, denke, es könnte seinen Kopf verloren haben beim Aufprall, der Vater könnte merken, dass ich in seiner Abwesenheit im Zimmer sitze und mit seinen Sachen spiele, aber das Pferd ist noch ganz. Ich stelle es wieder auf den Tisch, lege es hin und wieder rollt es hinunter. Ich frage mich, ob der Tisch schief ist, aber auf eine gewollte Art, ohne zu wackeln, und warum man einen schiefen Tisch wollen könnte. Mein Blick geht hinunter zum Pferd, das nicht mehr unter dem Tisch liegt, sondern auf die andere Seite des Raums gerollt ist. Es ist der Boden im Vaterzimmer, der schief ist. Ich lege das Pferd auf den Boden an der Türseite, wieder rollt es in Richtung des Fensters. Ich mache es ein paar Mal. Ich lege mich flach hin, aber kann die Abschüssigkeit mit dem Körper nicht spüren. Stattdessen sehe ich den Riss.

Der Riss beginnt oben in der Ecke zwischen dem Fenster, das in die Linde hinein zeigt, und dem Fenster, das zur Straße zeigt, und zieht sich wie ein Blitz hakenschlagend Richtung Boden. Kurz über dem Parkett hört der Riss auf. Er ist nicht breit, er ist kein Spalt, nur eine feine Linie.

In der Küche der Eltern gibt es natürlich eine Uhr, die sehr laut tickt. Bei den Eltern zu sein heißt, dass die Zeit um mich herum im Kreis läuft und ich mich nicht bewege. Ich bin der Punkt, an dem die Zeiger festgemacht sind. Die Mutter ist der Sekundenzeiger, der Vater der Stundenzeiger. Ich merke, dass es schon wieder dunkel ist und ich die Butter und den Käse vom Frühstück noch nicht in den Kühlschrank geräumt habe, wo sie unbedingt hingehören. Auch das Curry liegt noch auf seine orange, vorwurfsvolle Art in der Pfanne. Die Mutter scheint die Küche nicht mehr betreten zu haben, bevor sie wieder los ist, sich mit Anlauf aufs Fahrrad schwingend, sie hätte es nicht ausgehalten, so aus dem Haus zu gehen, mit der Butter und dem Käse an der Zimmerluft.

Ich muss mindestens den Frühstückstisch abräumen, bevor die Mutter zurückkommt. Der Tag neigt sich schon wieder, er fällt fast vornüber, fast kippt er und landet auf seinem Gesicht. Ich denke, ich könnte wenigstens das Licht anmachen, damit die Mutter nicht gleich sagt, Maus, du sitzt ja ganz im Dunkeln, wenn sie nach Hause kommt und ihre Sachen abstellt. Maus, du sitzt ja ganz im Kalten, höre ich die Mutter sagen und denke, ich sollte ein Feuer im Kamin machen, aber zunächst den Tisch abräumen. Maus, deine Spitzen sind total kaputt, höre ich die Mutter sagen und spüre ihre Finger als Kamm durch meine Haare fahren und denke, ich sollte mal wieder zum Friseur, aber zunächst das Licht und den Kamin anmachen. Ich stehe auf und räume ab.

Man muss den Käse der Eltern einzeln in die weiß beschichteten Papiere einwickeln, wie es die Person hinter der Käsetheke macht. Der Vater wickelt die Käsestücke morgens aus und richtet sie auf einer Platte an und die Mutter wickelt sie wieder ein und legt sie in eine Tupperbox, deren Deckel einer Scheibe Emmentaler nachempfunden ist. Die Mutter kauft nie Emmentaler und nie Gouda, was Allerweltskäsesorten sind, aber die Tupperbox findet sie pfiffig. Die Mutter probiert an der Käsetheke gern mal was Neues, sie lässt sich dort gern beraten, und der Vater bekommt sein Stück Brie. Der Vater mag Brie mit dem dicken Schimmel außen rum, weil er sonst auslaufen würde, auch der Vater hat sich Schichten zugelegt, auch der Vater verliert seine Form, sobald man ihn anschneidet. Ich frage mich, ob der Vater bei seiner Svenja vielleicht vegane Käsesorten probiert und ständig wiederholt, wie gut ihm das tue, keine Milchprodukte mehr zu konsumieren. Oder ob er in jedem Kühlschrank ein Stück Brie hat, im Kühlschrank seiner Svenja, im Kühlschrank der Mutter und manchmal zur Svenja sagt, dass der Mutterbrie von besserer Qualität sei, und dabei wirklich einfach nur über den Käse spricht, über Konsistenz und Geschmacks- und Geruchsnoten und über sonst gar nichts, und die Svenja sich übersehen fühlt, der Svenjakörper eine gewisse Transparenz an sich nagen spürt, sodass er die Libido des Vaterkörpers anregen muss, um selber wieder plastisch zu werden.

Einmal habe ich den Vater belauscht, wie er zu seinem Bruder Klaus gesagt hat, dass es nicht so leicht wäre, bei der Mutter die Sexualität einzulösen. Onkel Klaus ist der einzige Mensch im Leben des Vaters, der diffizile, die Intimsphäre betreffende Fragen stellt, außer der Mutter natürlich. Der Vater hat daher wenig Kontakt zu Onkel Klaus. Jedenfalls stelle ich mir vor, dass die Svenja dem Vater direkt ein ganzes Sexualitätsgutscheinheft in die Hand gedrückt hat, von dem er immer ein Zettelchen ausreißen kann und ihr mit leichtem Zittern herüberreichen.

Ich höre das Klicken eines geschobenen Fahrrads, dann das sich öffnende Garagentor. Die Mutter nutzt Rad und Bahn, um sich unabhängig herumzubewegen, und findet es aus ökologischer und gesundheitlicher Perspektive sehr gut von sich. Die Mutter könnte sich nicht mehr hinter ein Lenkrad setzen, in der Mutter würde eine Panik ausbrechen, sobald der Verkehr an ihr vorüberzöge, an den Fenstern und den zahlreichen Spiegeln, sie müsste sofort raus dort hinter dem Steuer, aber könnte ja nicht, sie müsste ja erst eine Haltemöglichkeit finden und der Verkehr würde sie immer weiter fortdrängen. Ihre Überforderung nennt die Mutter Verantwortungsbewusstsein, das Auto ein Tausend-Kilo-Geschoss. Wenn die Mutter an einem weiß besprühten Fahrrad mit Kerzen und Fotos drum herum vorbeikommt, nickt sie ihm zu, wie jemandem, den sie vom Sehen kennt.

Die Mutter sagt, die frische Luft, die Bewegung, das tue ihr eh gut. Und der Umwelt sowieso. Die Mutter sieht einen besonderen Zusammenhang zwischen sich und der Umwelt. Ich wickle die Käsestücke ein, schließe die Tupperbox und stelle sie in den Kühlschrank. Ich lasse mich wieder an den Tisch sinken, auf denselben Platz wie früher, neben Molly, gegenüber der Mutter, diagonal zum Zeitungsstapel des Vaters, unter den gerahmten Bildern. Mein Teller steht noch da und die Kaffeekanne, halb voll. Ich denke, dass ich es ohnehin nicht mehr schaffe, beides wegzuräumen, bevor die Mutter gleich die Tür aufplatzen lässt und als strahlend heißer Kern in ihrem Zentrum erscheint.

Ich höre den Schlüssel im Schloss. Ich höre die Mutterfüßchen die Treppe hinaufgehen. Wahrscheinlich denkt sie, ich sei nicht da, weil ich im Dunklen und Kalten sitze. Ich wundere mich, warum sie ihre Fahrradtaschen nicht in der Küche ausräumt, weil sie doch unterwegs sicher irgendetwas Essbares eingekauft hat. Ich glaube zu hören, dass sie genau über mir im Elternschlafzimmer etwas Schweres auf den Boden stellt. Ich sitze in der Küche und warte auf die Mutter und will gar nicht, dass sie kommt, ich erwarte es nur. Ich höre sie oben die Zimmertür schließen, ich höre wieder die Füßchen auf der Treppe, Schuhgröße fünfunddreißig, die Mutter hat wirklich Probleme, angemessene Schuhe für sich zu finden, die eben keine Kinderschuhe sind, weil die Mutter ja eine Mutter ist und kein Kind.

Ich höre einen Schrei, einen spitzen, erschrockenen Schrei, der in mich eindringt, aber ich weiß nicht, an welcher Stelle. Ich spüre meinen Körper nicht und weiß nicht, welchen Eingang der Schrei genommen hat. Ich höre dumpfe Schläge, den Mutterkörper auf das Holz der Treppe aufprallen und dann Stufe für Stufe hinunterrollen, keinen Halt finden. Dann höre ich nichts mehr. Kein Schreien, kein Jammern, dann ist es sehr still, und ich weiß noch immer nicht, wie der Schrei in mich hineingekommen ist, aber er sitzt dort, er klammert sich von drinnen an einem Rippenbogen fest, er kann sich nicht mehr lange halten. Die Mutter weiß nicht, dass ich da bin. Die Mutter ist aufgeschlagen und denkt, sie wäre allein daheim, weil die Küche dunkel ist und kalt. Vielleicht schließt sie mit etwas Frieden, weil sie sich offensichtlich nicht bewegen kann, so stumm, wie es im Haus ist, und einem in der Bewegungslosigkeit ja kaum etwas übrig bleibt, als Frieden zu schließen, die Mutter schließt den Frieden in sich wie eine Tür.

Ich renne in den Flur und die Mutter liegt an dem, was man den Fuß der Treppe nennt. Sie liegt dort, als hätte ein Fluss sie angeschwemmt, ganz ruhig. Den Kopf auf der letzten Stufe gebettet, die Füße auf dem Boden nach außen fallend, die Hände auf dem Bauch wie zum Gebet verschränkt. Die Mutter öffnet die Augen, die ganz klar und kalt sind, und sagt mit einer entfernten Stimme, Maus, ich muss noch kurz hier liegen. Die Mutter ist nicht einfach die Treppe hinuntergerutscht, diese Mutter hier wurde angeschwemmt wie Moses und ich traue mich nicht, sie aufzuheben.

Ich hole ein Glas Wasser und halte es ihr an die Lippen. Ich halte das Glas mit beiden Händen, als wäre es sehr schwer. Links und rechts läuft das Wasser am Muttermund vorbei, die Falten entlang. Der Schmerz hat der Mutter die Falten ins Gesicht geschnitzt. Die Mutter gibt keinen Ton. Es würde mich nicht wundern, hätte sie plötzlich keine Zähne mehr, würden ihr die Lippen über dem zahnlosen Fleisch nach innen klappen, könnte sie nicht mehr sprechen, sich an nichts erinnern, würde sie ab jetzt mit dem Mundloch nach Trinkhalmen tasten, würden die Hände sich nicht mehr heben, nur noch zittern, obwohl sie ja auflägen, und die Augen ließen einen Schleier herunter, sodass sich das Lächeln nur noch nach innen richtete, nur noch an die Vergangenheit.

Ich sage mir, dass die Mutter nach Berlin gehen wird und überallhin mit dem Fahrrad fahren. E-Bike, denke ich, aber sie macht den Motor ja meistens gar nicht an. Die Mutter reißt sich zusammen, die Mutter schüttelt den Kopf und lacht seltsam körperlos und sagt, hab ich mich erschrocken. Ich frage, soll ich den Krankenwagen rufen, und die Mutter schüttelt weiter den Kopf, in dem vermutlich eine Gehirnerschütterung stattgefunden hat. Es wäre ihr unangenehm, das flackernde Blaulicht vor dem Haus zu haben, womöglich auf einer Bahre dort hinaus- und in den Krankenwagen hineingetragen zu werden, vor den Fenstern der übergewichtigen Renate mit dem schlimmen Knie, die sicherlich eine Genugtuung empfinden würde, dass nun auch andere nicht mehr gehen können, auch Sportliche, oder noch schlimmer, mit diesem speziellen Rollstuhl in den Krankenwagen eingeladen zu werden, mit dem sie die alten Leute abholen, und zwar ein für alle Mal. Die Mutter sagt, es ist bald Weinachten.

Ich gehe in die Knie, lege mir den Arm der Mutter um den Hals, er ist sehr kurz, also gehe ich gebückt, aber die Mutter scheint ihre Füße ohnehin nicht benutzen zu können, sie schleifen hinter uns her. Die Mutter gibt sich Mühe, nicht zu zischen, aber ich spüre ihren Schweiß in meiner Seite, an meinem Nacken, oder vielleicht ist es auch mein Schweiß, der nun in die Mutter hineinrinnt. Ich setze sie auf das Ecksofa mit der breiten Sitzfläche, es entfährt ihr ein Laut, sie legt sich auf den Rücken und keucht kurz. Ich will fragen, die Mutter schüttelt den Kopf. Ich gehe durchs Wohnzimmer und lasse die Rollläden zur Straße herunter, obwohl es erst früher Abend ist. Ich ziehe sie wieder ein bisschen hoch, so, dass die kleinen Münder darin offen stehen. Ich stelle mir vor, dass dadurch ein bisschen Luft ins Haus kommt, ein bisschen Platz. Die Mutter muss in den letzten Tagen das Haus um mich herum dekoriert haben und es ist mir nicht aufgefallen.

Plötzlich sehe ich überall die Weihnachtsgegenstände, am Fenster, auf der Fensterbank, auf dem Geschirrschrank, im Bücherregal, manche noch von früher, andere moderner, die sie hinzugekauft hat. Sie hat in der Ecke des Wohnzimmers den Christbaumschmuck in den Papierkisten mit den Plastikfenstern gestapelt, die ich eine nach der anderen anhebe, matte Kugeln, glänzende Kugeln, Strohsterne, Filzengel und die Lichterkette. Die Mutter hat sich wohl gedacht, wo sie ohnehin dabei ist, den Dachboden leer zu räumen, kann sie den Christbaumschmuck schon mal mit runternehmen. Es bedeutet, dass sie einen Christbaum holen wird, was bedeutet, dass die Mutter heimlich erwartet, dass ich über Weihnachten bleibe. Ich denke an diesen Samstag, an dem mein Zugticket gültig ist, es ist klar, dass ich mir den Wecker nun nicht mehr stellen brauche, die Mutter hat den Christbaumschmuck heruntergeholt und ist von der Treppe gefallen. Die Mutter würde keinen Baum für sich allein kaufen, was eine Verschwendung wäre, und der Vater wird sich von seiner Svenja mit Festlichkeit eincremen lassen.

Die Mutter hat den Adventskranz mittig auf dem Tisch im Wohnzimmer platziert, ich frage mich, ob sie ihn immer hin und her trägt, zwischen Wohnzimmertisch und Küchentisch, je nachdem, wo wir uns gerade befinden, als Familie, damit der Vater und ich endlich bemerken, dass etwas schief ist, dass sie die Kerzen mitten im Advent noch nicht angezündet hat. Die Kerzen sind weiß, die Kugeln und Sterne in Silber gehalten, dazu Naturmaterialien. In der Mitte liegt eine Packung Streichhölzer. Ich zünde eine Kerze an und noch eine und noch eine dritte und auch die letzte, die vierte, und die Mutter sagt ungewohnt harsch, aus, ausmachen. Die Mutter hat sich nicht im Griff. Die Mutter reißt an sich und lächelt und beißt und sagt, es ist doch erst der zweite Advent, Maus.

Sie hat Schmerzen und jede falsche Bewegung meinerseits fügt noch welche hinzu. Überhaupt jede Bewegung meinerseits zeigt der Mutter, dass sie selbst bewegungsunfähig ist, was ihr an sich schon Schmerzen bereitet. Hätte die Mutter selbst die Kerzen angezündet, wäre das Malheur nicht passiert, aber sie wollte ja, dass es ein anderer macht, sie wollte nur nicht, dass es ein anderer anders macht. Die Mutter will, dass alles bleibt, wie es ist, und die Mutter will raus. Die Mutter weiß selber, dass beides zusammen nicht geht, weil man nicht alles haben kann. Ich puste zwei der Kerzen wieder aus und beobachte die glimmenden Dochte, an denen zwei Rauchfäden aufsteigen, stetig aufeinander zu, bis sie sich oben vermengen. Ich denke, wie seltsam es ist, dass es um mich herum Weihnachten geworden ist, ohne dass ich es bemerkt habe, und ich denke an den Vater, dem es mit seinem ganzen Leben so gegangen ist.

Ich sage, soll ich Papa Bescheid sagen, die Mutter sagt, der ist nicht mehr zuständig. Vielleicht hat sie zu viel mit Juristinnen gesprochen und ihr ist daher das Vokabular so abgerutscht. Ich sage, was heißt zuständig, Mama, er will doch wohl wissen, wenn was passiert ist. Es ist ja nichts passiert, sagt die Mutter, ein paar blaue Flecken. Die Sorgegemeinschaft ist aufgelöst, sagt die Mutter, und da bin ich auch echt froh drum, das musst du einsehen, du bist kein Kind mehr, Maus. Die Mutter will auf keinen Fall, dass der Vater denken könnte, im neuen Singleleben wäre nicht alles ein reines Vergnügen. Es ist ihr gewissermaßen peinlich, als Single von der Treppe gefallen zu sein, wo sie als Ehefrau doch so viel gelitten hat, aber in andächtiger Stille, weil man als Ehefrau ja immer für die anderen da ist und einiges zu schmeißen hat, mit einem ganzen Haushalt und zahlreichen Kindern wirft man um sich, so hat sich die selbstlose Mutter also erst, nachdem sie sich ihres Ehefrauendaseins entledigt hatte, einen achtlosen Moment auf der Treppe erlaubt, und zack, das hat sie nun davon.

Die Mutter sagt, ich schlafe heute Nacht hier unten, das passt mir eh ganz gut. Die Mutter hat eine Tendenz, alles als Absicht darzustellen und mit einem roten Faden zu umwickeln und in eine Geschichte hineinzubinden. Jetzt fehlt ihr die Kraft, um zu erklären, warum es gut ist, auf der Couch zu übernachten, aus welchen Gründen sie auch ohne Schmerzen auf der Couch übernachten würde, ja schon seit Wochen hätte auf der Couch übernachten sollen und es jetzt endlich schafft! Sie bittet mich nur, die Decken zu holen, und ich hole also die Decken. Die Mutter ruft hinterher, nicht in die Taschen gucken! Ich gehe die Treppe hoch und versuche mit den Füßen im Dunkeln irgendeinen Gegenstand, irgendeine Unebenheit, irgendetwas ausfindig zu machen, worüber die Mutter gestolpert sein könnte.

Das Holz ist von den Jahren glattgeschliffen und ich denke, darauf ist die Mutter ausgerutscht, auf der Glätte, die mit den Jahren kommt. Ich gehe ins Elternschlafzimmer und schaue in die offen stehende orange Fahrradtasche. Darin ist ein Geschenk, ein großes weihnachtliches Paket. Ich denke, die Mutter hat mir absichtlich gesagt, dass ich nicht in die Tasche gucken soll, damit ich hineinschaue und sehe, dass es ein Geschenk für mich gibt, was bedeutet, dass ich über Weihnachten bleiben muss, um es entgegenzunehmen. Vielleicht hat sich die Mutter aber auch an früher erinnert und daran, dass ich lange an das Christkind geglaubt habe. Vielleicht hat die Mutter in ihrer Verzweiflung versucht, wenigstens mir einen Glauben zu bewahren. Ich drücke mir Daunen- und Wolldecke der Mutter gegen den Körper und gehe vorsichtig hinunter.

Ich lege die Decken vor die Couch auf den Boden. Ich hebe sie noch mal an und falte sie und lege sie gestapelt aufeinander vor die Couch auf den Boden. Ich hebe sie an und lege sie als Stapel neben die Füße der Mutter. Ich stehe einen Moment, von dem ich nicht sagen kann, wie lang er ist, eine Hand auf die Decken gestützt, obwohl die eigentlich viel zu tief auf der Couch liegen und die Hand auch noch in sie hineinsinkt, sodass ich mich bücken muss. Zudecken, frage ich und die Mutter nickt und hat Wasser auf dem unteren Lidrand stehen, genau so viel, dass es nicht überläuft. Die Mutter ist ein maßvoller Mensch. Ich schüttle die Wolldecke auf und werfe sie mit Schwung über die liegende Mutter mit den nach außen fallenden Füßen. Dann schüttle ich die Daunendecke und werfe sie mit Schwung über die Wolldecke. Ich bemerke, dass ich die Bewegungen übertreibe, dass ich die Situation zwanghaft karikiere, und ich bemerke durchaus, dass niemand lacht. Die Mutter hat die Augen geschlossen und atmet durch den Mund ein und aus wie ein Meer. So, sage ich. Dann mal gute Nacht, sage ich. Die Mutter tut, als wäre sie eingeschlafen, oder sie schläft.

Ich lasse die automatischen Rollläden zum Garten herunter, gehe aus dem Wohnzimmer, schließe die Glasschiebetür hinter mir. Ich setze mich vor die Haustür auf die Steintreppe. Jetzt wäre ich gern eine Raucherin, die in solchen Situationen weiß, was zu tun ist, nämlich eine Zigarette besorgen und anstecken und zum Mund hin- und wieder wegführen, aber darauf habe ich mich nie konditioniert und jetzt blase ich also einfach meinen Atem ins Kalte und habe keinen vernünftigen Grund, hier zu frieren. Gegenüber tritt die Renate ans Fenster, das Gewicht auf den Griffen des Rollators. Sie erschrickt sich vor meiner Gestalt. Als sie mich erkennt, hebt sie die Hand zum Gruß. Sicherlich denkt sie, wie ich früher war und wie ich jetzt geworden bin, was alternde Menschen eben immer denken, das Altern der Jungen. Sie nickt und zieht die Vorhänge zu.

Ich denke, dass der Tobias jetzt schon seit zwei Tagen nicht draußen war, so lange, wie der Vater nun schon weggeblieben ist, so viele Tage, wie Zeitungen auf dem Tisch liegen. Ich frage mich, ob die Renate dem Hund irgendwo eine Kiste hingestellt hat, in die er hineinscheißen kann. Ich suche die Nummer des Vaters im Handy der Mutter unter T und lasse den Zeigefinger über dem grünen Hörer schweben. Ich mache ein Geräusch dabei, bewege den Finger als Fliege, die über dem Display summt, aber nicht zur Ruhe kommt. Ich frage mich, wie es bei der Renate zu Hause wohl riecht, die ihr Leben lang eine sehr reinliche Frau gewesen ist. Damit könnte ich den Vater locken, wenn ich die Nummer unter T anrufen würde, dass der Tobias seine Hilfe braucht. Ich erinnere mich, dass die Renate ja nach hinten raus einen Garten hat, sie wird die Terrassentür aufmachen und den Tobias in die ehemaligen Beete machen lassen. Wäre der Tobias eine Katze, würde er Löcher graben und sie dann wieder zuscharren, aber er ist eben ein Hund, manche Dinge kann man einfach nicht von ihm verlangen, wie der Vater eben der Vater ist, von dem auch keiner was verlangen kann, die Mutter kann es nicht, ich kann es nicht.

Ich stecke das Handy wieder in die Tasche. Ich trage den Wollmantel der Mutter. Sie hat benutzte und getrocknete Tempos in jeder Tasche, die sie zur Not auseinanderfaltet, wenn niemand schaut, und noch mal hineinschnäuzt. Der Opa Willy hatte immer ein Stofftaschentuch in der Hosentasche, und auch wenn die Mutter damit nichts zu tun haben will, hat sie doch gelernt, sich zu helfen.

Ich gehe nach oben, lege den Kopf seitlich auf dem Boden ab, begrüße den Anzug, strecke einen Arm unters Bett und ziehe ihn an seinem Ärmel heraus. Ich öffne den Knopf des Sakkos, will mich gerade dort hineinlegen und den Knopf in einer Art Umarmung vor meiner Brust schließen, als ein Silberfischchen aus dem Ärmel rennt. Ich schreie, setze mich auf, schlage mit der flachen Hand mehrmals auf den Boden, das Silberfischchen klebt längst an meiner Handfläche. Seine Säfte haben es dort festgemacht. Ich starre es einen Moment an, ich denke, das war das Leben, das im Anzug war. Ich vergrabe die Masse, die eben noch ein kompaktes Körperchen war, in der Blumenerde der Zimmerpalme und wasche mir die Hände, der Wasserstrahl macht einen eleganten Bogen, aus dem dünnen neuen Hahn, der auch einen eleganten Bogen macht. Ich hänge den Anzug über einen Kleiderbügel und den Kleiderbügel aus dem Fenster.

Ich setze mich auf die Couch im Vaterzimmer wie in eine Kapelle, ich sitze dort und hoffe, der Vater könnte meine Anwesenheit spüren und daraufhin zurückkommen. Für einen Moment hoffe ich, die Eltern kämen wieder zusammen, die Eltern nähmen ihre Sorgegemeinschaft wieder auf, wir alle würden Stillschweigen wahren über diesen kleinen

Ausrutscher, das kleine Zweifeln an dieser Institution, die die Eltern nun mal bilden, ein Zweifeln, das auszuhalten ist, das ausgesessen werden kann, da die Institution ja immer als Liebe gemeint war. Ich ziehe eine Kiste über den Schreibtisch zu mir heran, auf deren Deckel das *Blaue Pferd* von Marc gedruckt ist, und öffne sie. Sie ist randvoll mit Fotos von Opa Richie auf Reisen, ich wühle mich durch, auf der Suche nach etwas anderem, dass mal die Oma dort auftaucht, mein Vater und seine Brüder als Kinder, ihr Haus, eine Feier, aber es ist immer Opa Richie, der vor Gebäuden posiert, dem Schiefen Turm von Pisa, der Semperoper, dem Eiffelturm, Checkpoint Charlie, einer Brücke, möglicherweise in Amsterdam, vor diversen griechischen Ruinen. Dazwischen Pariser Metrotickets aus rauen kleinen Papierstückchen.

Ich nehme die nächste Kiste, darauf die *Sonnenblumen* von van Gogh. In ihr liegen nur drei Fotos, obenauf eins von der Mutter als Säugling, das sie mir früher gezeigt hat, wenn ich sie nach ihrer Kindheit fragte. Die Mutter erinnert sich kaum an ihre Kindheit, sie hat das Foto gezückt, weil sie selber kaum glaubt, dass sie mal ein Kind gewesen ist, und sich gewundert, dass sie sich nicht erinnert, wo sich doch kein Mensch erinnert, ein Säugling gewesen zu sein, weil der Mensch ein solches Dasein nicht erträgt, ausgeliefert, unnütz, eine einzige Last für die Gesellschaft. Auf dem Foto ist die Mutter ganz winzig, nicht ansatzweise überlebensfähig, die Mutter kann noch nicht mal krabbeln auf dem Foto, aber trägt ein weißes Kleid und weiße Rüschensöckchen, sie liegt auf dem Rücken und hält eine Puppe auf ihren wurmigen Körper gedrückt, ihre zerknüllte Babyhand auf der Plastikwange, als würde sie dort die Temperatur fühlen.

Wenn man die Mutter nach ihrer Kindheit fragt, erzählt sie in Fetzen, die ich vor meinem inneren Auge hin und her schiebe und ergänze, bis sie ein Bild ergeben. Wenn die Mutter von ihrer Kindheit erzählt, dann von Oma Angela, die näht. Sie erzählt von der Singer mit der Holzabdeckung und dem schweren Metallgestell, die die Oma Angela unten mit dem Fuß antrieb, während sie mit den Händen oben die Stoffe durchzog. Die Mutter sagt, die schönsten Kleider, die schönsten Stoffe. Seide, sagt die Mutter dann, und Samt.

Die Mutter besaß mal ein Prinzessinnenkleid, daran erinnert sie sich. Es ist das zweite Foto in der Kiste, auch dieses kenne ich, sie steht auf einer Treppe, eine Hand am Geländer, sie ist vielleicht zehn Jahre alt, sie schaut ernst und das Kleid ist bereits zu klein. Man sieht auch, dass es kein Prinzessinnenkleid ist, es ist einfach ein Kleid mit gepufften Schultern und einer Schleife, die im Rücken gebunden wird. Aber die Mutter erinnert sich, ein Prinzessinnenkleid gehabt zu haben, das sie immer tragen wollte, aber nicht durfte, weil die Oma Angela auf Sauberkeit achtete und sich nicht für die kleine Mutter schämen wollte, die glatt jeden Tag dasselbe Kleid getragen hätte, das außerdem noch so auffiel. Die Oma Angela wollte dringend verhindern, dass man sie im Dorf schlampig nannte, nicht aufgrund sexueller Handlungen, sondern wegen Unsauberkeit. Die Oma Angela nähte Kleider und Vorhänge für die Städterin, so sagt es die Mutter ganz selbstverständlich und mit einer gewissen Abfälligkeit in der Stimme, obwohl sie selbst immer eine Städterin werden wollte mit einem Kleiderschrank, was ihr ja auch gelungen ist.

Wie ich es verstehe, arbeitete Oma Angela in der Stadt als Haushälterin bei einer wohlhabenden Familie. Sie muss manchmal tagelang nicht bei ihrer eigenen Familie gewesen sein. Die Abwesenheit von Oma Angela ist in den wenigen Anekdoten der kindlichen Mutter präsent, die stets betonen muss, dass die Städterin sie nicht gehen ließ, weil sie noch hier etwas herrichten und dort etwas waschen und draußen etwas zusammenfegen und von dort etwas kaufen sollte. Wenn sie dann kam, brachte sie etwas zum Nähen mit oder zum Stopfen, und die kleine Mutter erzählte in der Schule, ihre Mutter wäre Schneiderin, ihre Mutter nähte die schönsten Kleider, Seide, sagte die kleine Mutter, Samt, und reckte das Kinn nach oben gen Decke, als würde von dort eine Stoffbahn heruntergelassen.

Die Mutter erzählt es noch heute so, als wäre die Oma Angela Schneiderin gewesen und nicht Haushälterin. Wenn man die Mutter zwingt, erzählt sie, dass die Oma Angela bei den Städtern von der Leiter gefallen und gestorben ist. Genaueres weiß sie nicht mehr, wie sie von diesem Umstand in der Schule berichtet hat. Oder ob sie überhaupt dort war. Oder wo sie überhaupt gewesen ist, als ihr die Brüste vor der Brust gewachsen sind und dem Hohlraum noch mehr Platz gemacht haben. Oder wie lange die Oma Angela dort gelegen hat, im fremden Städterhaus, gezuckt vom Stromschlag und bewegungsunfähig mit den offenen Brüchen, mit den Knochen, die ihr aus der Haut herausgestochen sind. Die schlimmsten Unfälle passieren im Haushalt, sagt die Mutter manchmal, wenn etwas gerade noch mal gut gegangen ist.

Den Opa Willy hat die Mutter aus ihren Erinnerungen fein säuberlich ausgeschnitten. Sie betont immer, dass die Oma Angela eine ganz akkurate Person war, und macht dabei eine Bewegung, als wollte sie mit der Kante ihrer Hand etwas durchtrennen, und mit genau dieser akkuraten Trennbewegung hat die Mutter ihren Vater aus den Erinnerungen herausgeschnitten. Die Mutter erinnert sich an das Allernötigste, es würde auf Unverständnis stoßen, könnte sie sich beispielsweise nicht an seinen Beruf erinnern, deshalb sagt die Mutter, er war Selbstversorger, so nennt sie es, weil sie ihren Vater nicht *Bauer* nennen will, weil Bauer in ihren jetzigen Kreisen eine Beleidigung ist für Leute, die nicht wissen, wie man Messer und Gabel bedient, und der Opa ja durchaus hin und wieder sein Bestes gegeben oder es zumindest versucht oder zumindest nicht anders konnte oder es irgendwie gemeint haben muss.

Der Opa Willy wurde von den Zyklen der Mutter Natur unterworfen, den Jahreszeiten, er konnte im Winter nichts tun, wenn Mutter Erde gefroren war, und im Sommer, wenn der Hagel herunterkam und ihm die Kartoffelernte fürs Jahr zerschoss, konnte er auch nichts tun, weder sich selbst noch seine Familie versorgen, und da hat er sicherlich Oma Angela gehasst, die mit ihrem dreckigen Städtergeld seine Rechnung beim Wirten bezahlte. Aber der Hass, das Wirtshaus, die Zähne, daran erinnert sich die Mutter nur, wenn sie nicht aufpasst. Möglicherweise denkt die Mutter an den Opa Willy, wenn sie im März die Samen auf dem feuchten Zewa auf der Fensterbank zum Keimen bringt. Die Mutter sieht den Opa Willy nur noch als Besamer, die Mutter will da keinen Kontakt hin und die Mutter pflanzt ja auch keine Kartoffeln, sondern Tomaten in verschiedenen Farben, zum Beispiel Rot, zum Beispiel Gelb, zum Beispiel

Schwarz. Die Mutter liebt die spritzigen kleinen Kirschtomaten und die mit dem Namen Ochsenherz.

Ein einziges Mal habe ich Opa Willy getroffen, im Krankenhaus, und als die Mutter auf der Toilette war, hat er mir von der Schlampigkeit der Oma Angela erzählt, die keine Schneiderin war, sondern den Städtern den Haushalt gemacht hat, und nicht wiedergekommen, sondern gegangen ist, und zwar für immer. Es war ihm schon immer pervers vorgekommen, dass die Oma Angela in einem fremden Haushalt herumwurschtelte, eine Frau, die einem anderen den Fußboden wischt, musste eine Schlampige sein, auch wenn der Fußboden danach sauber war. Der Opa Willy hat vor Ekel in sein eigenes Wasserglas ausgespuckt. Ich habe gesagt, dass es wirklich sauschlampig wäre, einfach bei einem Unfall zu sterben. Da hat der Opa Willy laut gelacht, so laut wie ich nie mehr jemanden habe lachen hören, bis heute nicht. Dazwischen hat er das Wort Unfall gesagt und es auseinandergeschnitten, Un-fall. Er hat gelacht, weil ich schon fünfzehn war und mir von der Mutter einen vom Pferd hatte erzählen lassen. Der Opa Willy hat gesagt, Abitur machen, aber sich in der eigenen Familie nicht auskennen.

Er hat aus seinem Wasserglas getrunken, wo noch die Spuckebläschen obenauf schwammen. Der Opa Willy hat gesagt, wenn's drauf ankommt, hat man keine Familie. Aber du bist ja selber so eine. Wo abhaut. Frauen, sagte der Opa Willy, immer Frauen. Die Mutter kam zurück und sagte, der Opa Willy sollte sich von den Schwestern umziehen lassen, er wäre schon ganz durchgeschwitzt. Es war klar, dass die Mutter als Tochter den Opa Willy hätte umziehen müssen, aber ihre Hände die gegenüberliegenden Ellbogen festhielten und somit verhindert waren, also nicht rüber zum Opa als Vater greifen konnten, um ihn nackt zu machen, einen Waschlappen befeuchten, die Hand in den Waschlappen hinein und der Frotteestoff müsste reichen als Grenze, er dürfte kein Loch haben, er dürfte das Wasser nicht zur Mutterhand durchlassen. Es war klar, dass die Krankenschwestern für den Opa Willy allesamt Schlampige waren, die fremde Kranke umzogen, anstatt die eigenen Kranken daheim, worüber der Opa nur ins Glas spucken konnte, in sein eigenes, weil die fremden Gläser außer Reichweite waren.

Der Opa Willy würde sich von den Schlampigen nur als Leiche ausziehen lassen. Der Opa Willy sagte, was für ein Drecksloch, und schlug sich auf die Schulter, um etwas von dort zu verscheuchen. Was für ein Drecksloch, sagte Opa Willy und schlug sich auf den Oberarm, Drecksviecher. Ein paar Tage später war Opa Willy gestorben, aus dem Krankenhaus hieß es, an den Folgen der Alkoholsucht. Die Mutter schüttelte den Kopf und konnte sich nicht erklären, daran konnte sich die Mutter beim besten Willen nicht, es muss gewesen sein, als wir keinen Kontakt mehr hatten, als ich schon meine eigene Familie hatte, sagte die Mutter und schüttelte den leichten Kopf und hatte ganz vergessen, dass ich danebenstand, obwohl ich mit dieser Art der schmutzigen Menschlichkeit nicht in Berührung kommen sollte.

Die Mutter hat dem Vater gesagt, er bräuchte sich für die Beerdigung nicht freinehmen, sie ginge da allein hin, es wäre eine rein formelle Angelegenheit, und ich stellte mir die Mutter vor, wie sie auf dem Weg runter ins Heimatdorf an der Raststätte rausfuhr und die Standheizung anmachte und das Radio und die Scheinwerfer und wartete, bis die Autobatterie leer war. Die Mutter behauptet, sie wäre zur Beerdigung gefahren, aber ich glaube ihr nicht. Ich habe der Mutter nie erzählt, wie der Opa Willy gelacht hat. Und dass ich davon ausgehe, dass die Oma Angela in der Stadt geblieben ist, und zwar ohne zu sterben. Ich habe die Mutter nie gefragt, weil ich glaube, dass sie den Tod ihrer Mutter für irgendetwas braucht, und ich weiß ja selber nicht, was es für einen Unterschied macht.

Das dritte Foto ist viel neuer und von schlechter Qualität. Es zeigt Opa Willy mit geschlossenen Augen im Krankenhausbett. Die Mutter scheint es mit dem Handy gemacht zu haben, aus einigem Abstand muss sie an den schlafenden Opa Willy herangezoomt haben, dann zu dm gefahren sein, dort die Verkäuferin gefragt, wie sie ein Foto vom Handy jetzt dort in den Automaten hinein, es dann ausgedruckt, die Mutter muss den Opa Willy also auch mal ohne mich besucht haben, vielleicht war sie ständig dort und hat sich nicht hineingetraut, hat nur das Foto gemacht von der Tür aus und ist wieder gegangen. Sicherlich wollte die Mutter das Foto dann wegwerfen, was hätte sie auch damit sollen, es als Lesezeichen verwenden, es hinter Glas und aufhängen. Der Vater hat die letzten drei Fotos aus der Vergangenheit der Mutter in eine Kiste gepackt und verwahrt. Wenn die Mutter sie findet, wird sie sie ausmisten. Ich schließe die Kiste wieder und schiebe sie Richtung Fensterbank, ich versuche, genau den Platz zu finden, an dem sie zuvor gestanden hat.

Ich wache im Elternbett auf, mit den Decken des Vaters, auf der Seite der Mutter. Ich liege schwer und tief in der Matratze, es würde mich nicht wundern, hinterließe mein Körper einen Abdruck darin. Früher hatte ich so ein Nagelbrett, in das man Hände oder Gesichter drücken konnte, die wieder verschwanden, wenn man es bewegte. So stelle ich mir die Matratze vor, von unten könnte man ganz plastisch meinen Körper erkennen, von oben das Loch, den Abdruck, den er hinterlässt. Ich erinnere mich an die Mutter, die von der Treppe angeschwemmt wurde und unten auf der Couch liegt. Ich weiß nicht, was ich zu erwarten habe. Es ist kurz nach zehn.

Vielleicht, wenn es der Wochentag dafür ist, ist die Mutter längst unterwegs, hat das E-Bike schon auf dem Schulhof bei der Hausaufgabenbetreuung abgestellt, ist früher dorthin gefahren, um etwas vorzubereiten, eine Aktivität, die sie sich für die Kinder überlegt hat, in der Adventszeit sicherlich Plätzchen backen. Die Mutter fährt noch beim Supermarkt vorbei und lädt die Fahrradtaschen voll mit Mandeln und Haselnüssen und Marzipan und Blockschokolade und natürlich Zutaten für einen Punsch. Die Mutter sieht, dass das Öl teurer geworden ist und die Butter sowieso, die Mutter wird kurz von einem Schmerz erreicht, über die Welt, in der sich nicht jeder ein Paket Butter leisten kann, von einer Angst, dass auch sie die Brote demnächst dünner wird beschmieren müssen, oder, schlimmer, mit Margarine. Noch kauft sie vom gemeinsamen Konto und sie findet es würdig und recht, den Kindern aus der Betreuung dieses kleine bisschen Weihnachtsstimmung zu schenken. Es sind ja Kinder, die aus schwierigen Verhältnissen kommen, wie die Mutter immer sagt und damit meint, es sind Kinder, deren Eltern entweder gar nicht oder im Übermaß arbeiten und daher sicherlich auch Weihnachten nicht artgerecht wertschätzen.

Ich ziehe mir den Bademantel des Vaters über, stecke die Füße in seine dicken Wollsocken und gehe langsam die Treppe hinunter, eine Hand am Geländer. Schon durch die Glasschiebetür zum Wohnzimmer sehe ich die Mutter auf der Couch. Es ist nicht die übliche Mutter, deren Präsenz man durchs Haus wehen spürt, ich sehe einfach ihren Körper dort liegen, und auch er gräbt einen Abdruck ins Polster.

Die Mutter wollte immer eine schickere Couch, kleiner, eine vom Restaurator, aber der Vater hat auf diese bestanden. Die Couch war dem Vater unnatürlich wichtig. Sie sollte um die Ecke gehen, sodass man auch mal die Füße hochlegen kann. Sie sollte eine so breite Sitzfläche haben, dass man auch mal liegend fernsehen kann, und der ungewöhnliche Starrsinn des Vaters in diesem Punkt kommt der Mutter nun zugute. Die Mutter durfte dafür zwei Sessel aussuchen und überhaupt die restliche Möblierung des Wohnzimmers, des ganzen Hauses bestimmen. Die Eltern haben zusätzlich zur riesigen Couch zwei Ohrensessel, wie bei Geschwisterkindern, bei denen man ja damit rechnen muss, dass sie aus Prinzip immer dasselbe zur selben Zeit haben wollen, weshalb man jeden Gegenstand in der Anzahl der Kinder parat hat. Die Eltern haben also zwei Sessel herumstehen, damit sie sich nicht darum streiten müssen. Die Eltern waren stets bereit, Geld auszugeben, Dinge anzuschaffen, um Streit zu vermeiden. An der Streitvermeidung haben diese beiden wirklich nicht gespart.

Ich sehe die Eltern vor mir, wie sie immer entweder beide auf den Sesseln oder beide auf der Couch sitzen. Ich sehe die Mutter dort unter ihren Decken liegen und glaube mich zu erinnern, dass sie manchmal so dort lag, die Füße im Vaterschoß. Ich glaube, dass der Vater der Mutter manchmal die Füße massierte, ganz trocken. Der Vater leidet unter trockener Haut, vor allem an den Händen. Jedes Jahr im Frühling und jedes Jahr im Herbst pellt sich dort seine Haut über Wochen mühsam ab. Die Vaterhaut spürt eine Veränderung kommen und will weg. Der Vater benutzt nur noch unparfümiertes Duschgel von seba med und hat es nicht mit zur Svenja genommen, es steht noch oben in der Dusche, und sicherlich hat ihm die Svenja auch schon eins für ihre Dusche gekauft und dieses wird im Haus bleiben, bis die Mutter aus- und der Vater wieder einzieht. Ich frage mich plötzlich, ob die Svenja vielleicht in einer WG lebt.

Die Mutter bewegt sich unter den Decken und stöhnt, als hätte sie meinen Gedanken mitgehört. Ich ziehe die Rollläden hoch, wofür es eigentlich viel zu spät ist, wofür sich die Mutter wahrscheinlich selbst im Halbschlaf schämt, dass die Rollläden im Elternhaus erst nach zehn hochgezogen werden. Früher, also gestern noch, hätte es das nicht gegeben, und auch nicht, dass die Decken aus dem Bett auf die Couch kommen. Auf der Couch gibt es eigene Decken, farblich zum Teppich abgestimmt und dünner, damit man nicht so lange darunter liegen bleibt. Die Eltern sind sich einig, dass der Schlaf im Tag nichts verloren hat, dass der Tag aufrecht verbracht werden muss, außer es handelt sich um einen expliziten Mittagsschlaf, der genau geregelt ist und eben nicht unter denselben Decken vonstattengeht wie der Nachtschlaf. Die Eltern haben Angst vor den Phasen zwischen Schlaf und Wachsein, die Unruhe hineinbringen, die das Innere mit dem Äußeren vermengen. Die Mutter scheint sich genau in dieser Phase zu befinden, denn sie verbirgt ihre Schmerzen nicht, obwohl ich ihr Kind bin und mir aus entwicklungspsychologischen Gründen niemals Sorgen um sie machen sollte.

Sie öffnet die Augen halb in meine Richtung und dann zerfließt ihr das Gesicht auf eine Weise, die ich nicht kenne, nie gesehen habe, die mir jung vorkommt und hingegeben, und ich sage aus dem reinen Mangel heraus, na, wie ist es. Die Mutter öffnet die Augen vollständig und der Ausdruck verschwindet, sie sagt, guten Morgen, Maus, und starrt an mir entlang. Die Mutter muss mich für den Vater gehalten haben. Im Blickfeld der Mutter befinden sich der Bademantel und die Wollsocken und sie ist kurz geschmolzen bei dem Anblick, bei diesem Wachtraum, dass er gespürt haben könnte, dass sie ihn braucht, was auf eine unsichtbare Verbindung zwischen den beiden hingewiesen hätte, was darauf hingewiesen hätte, dass der Vater eben doch irgendetwas spürt, mit irgendetwas verbunden ist, man, beziehungsweise die Mutter und allein die Mutter!, ihn also retten könnte. Aber stattdessen bin ich es, die den blau-braun-grün gestreiften Mantel anhat. Hast du gut geschlafen, frage ich und die Mutter sagt, ach ja, und hat sich wieder erinnert, dass sie den Vater ja gar nicht braucht, beziehungsweise auch gar nicht will und er eh nicht zu retten ist.

Ich sage, du hast ja ganz schön lange geschlafen für deine Verhältnisse, und lächle. Die Mutter sagt, ja, und macht keine Anstalten, sich aufzusetzen. Ich würd mal was frühstücken, sage ich und die Mutter sagt, gut, und liegt noch immer. Sie lächelt. Willst du auch, frage ich. Ja, gern, sagt die Mutter und ich gehe in die Küche und mache die Maschine an, die sofort anfängt, sich zu reinigen, ich decke den Tisch, rufe, Kaffee, lasse zwei Tassen aus der Maschine. Die Eltern trinken morgens eigentlich French Press, die Saeco ist für nachmittags und am Wochenende, wenn sie Zeit für Genuss haben. Ich schäume die Milch auf, Kuhmilch für die Mutter, Hafermilch für mich. Zwischen dem Zischen lausche ich ins Wohnzimmer, aus dem kein Geräusch dringt, aus dem ich eigentlich die Mutter hören müsste, Decken schüttelnd, sich Richtung Bad bewegend, um sich das Gesicht zu waschen.

Ich habe schon alles fertig, den Käse aus den Papieren gewickelt und angerichtet, eine Gurke aufgeschnitten, sämtliche Marmeladen mit Teelöffeln auf den Tisch gestellt, aber öffne doch noch mal den Kühlschrank, um zu schauen, ob es noch irgendetwas zu tun gäbe. Ich stelle das Mandelmus hin und die Essiggurken, obwohl in der Familie noch nie um diese Uhrzeit Essiggurken gegessen wurden. Ich schließe den Kühlschrank und rufe, Frühstück. Aus dem Wohnzimmer kommt keine Antwort, ich setze mich an mein Platzdeckchen, nehme einen Schluck vom Kaffee, der genau die richtige Temperatur hat, und dann stehe ich doch auf. Die Mutter liegt noch. Nur die Decken hat sie vom Sofa hinuntergeworfen. Sie liegt auf dem Rücken, die Arme lang neben sich. Mama, sage ich, Frühstück ist fertig.

Weil es so ein ungewöhnlich schöner Dezembertag ist, weil die Sonne so großzügig durch die Terrassentür auf die Mutter hinabfällt, ist es unmöglich zu übersehen, dass sie weint, obwohl es nur zwei, drei Tränchen sind. Die Mutter kann nicht aufstehen. Die Mutter liegt vermutlich schon seit sechs Uhr wach, weil der Geist der Mutter ja weiterhin um sechs Uhr aufsteht, während der Körper liegen bleiben muss. Die Mutter hat seit sechs Uhr versucht, sich von der Couch herunterzuheben, sich wenigstens aufzusetzen. Willst du hier frühstücken, frage ich und schaue kurz aus dem Fenster, damit die Mutter Zeit hat, sich die Tränen zu entfernen. Als ich wieder hinschaue, hat sie das Lächeln gerichtet und sagt, ist doch ganz gemütlich, mal auf der Couch. Ich suche nach dem Holztablett, das die Eltern besitzen, aber nie benutzen, und nehme schließlich ein Blech aus dem Ofen. Darauf stelle ich die zwei Tassen mit dem Kaffee und rufe ins Wohnzimmer, was willst du denn, Mama, Müsli oder Brot? Brot, brüllt die Mutter.

Sie hat eigentlich rufen wollen, aber brüllt viel zu laut, aus Angst, es käme gar kein Laut aus ihr heraus, wenn sie sich nicht extrem anstrengt. Mehr denn je ist die Mutter an diesem Tag in einem Ganz-oder-gar-nicht gefangen. Ich nehme nur Teller, Messer, eine Auswahl an Marmeladen, die Butter und das Brot mit. Die Mutter ist morgens eine Süße, der Vater ein Deftiger, die Eltern haben die letzten vierzig Jahre einen geschlechtergerechten Geschmack eingeübt und der wird ihnen auch nach der Trennung erhalten bleiben. Ich hole einen Stuhl an die Couch heran, als Tisch, und setze mich davor auf den Teppich. Die Mutter versucht, sich auf die Seite zu drehen. Ihr entfährt ein Zischlaut. Soll ich dir helfen, frage ich. Die Mutter schüttelt nur den Kopf und beißt die Zähne zusammen, damit nichts mehr dazwischen herausrutscht. Sie wartet und stemmt dann die Hände in die Sofapolster, hebt den Oberkörper ganz langsam und mit viel Kraft an. Ich stehe auf und stopfe reflexartig Kissen hinter ihren Rücken, die aber nichts bringen, weil die Sitzfläche ja so breit ist, die Lehne viel zu weit hinten, was dem Vater damals ein Anliegen war. Ich sammle also sämtliche Decken und Kissen im Wohnzimmer zusammen und stopfe den Hohlraum im Rücken der Mutter aus.

Ich versuche zu erraten, was die Mutter in welcher Reihenfolge greifen will, um ihr das Vorbeugen zu ersparen. Den Teller mit der Scheibe Brot, das Messer, den Quark, die Himbeermarmelade, die Kaffeetasse. Als sie das Brot fertig bestrichen hat, kann sie nicht hineinbeißen. Sie schafft es einfach nicht, und die Hand beginnt ihr vorm Mund zu zittern. Du guckst wie ein Auto, sagt die Mutter, ich frühstücke. Ich sage, Mama, ich fahr dich ins Krankenhaus. Die Mutter sagt, ach Quatsch, ins Krankenhaus. Ich sage, von mir aus auch zum Arzt. Ich würde gern den Namen eines vertrauten Arztes nennen, aber die Mutter und ich wurden immer in der Praxis des Vaters behandelt, die er erst zugemacht hat, als ich nicht mehr bei den Eltern wohnte. Ich weiß nicht, wie der Arzt der Mutter heißt. Wahrscheinlich hat die Mutter gar keinen Arzt, weil sie versucht, sich von der Schulmedizin fernzuhalten, um nicht krank zu werden.

Die Mutter sagt, um Schmerzmittel zu nehmen, muss ich ja nicht zum Arzt. Oben in der Nachttischschublade sind noch 600er. Die kannst du mir gleich holen, sagt die Mutter und hat das Brot wieder auf den Teller gelegt. Und röntgen, frage ich, wie machen wir das. Ich bitte dich, Maus, du spielst dich ja auf, sagt die Mutter. Ich sage, wenn nichts ist, macht's ja nichts, dann fahren wir einfach wieder nach Hause und trinken auf dem Rückweg noch einen Kaffee. Die Mutter sagt, ich liege einfach hier und ruhe mich aus. Ich werd dir schon nicht zur Last fallen. Ich sage, Mama, ich mache mir Sorgen, dass du dir was gebrochen hast oder eine Gehirnerschütterung oder was weiß ich. Die Mutter sagt, du bist so ängstlich geworden, Maus. Ich sage, Moment, ich glaube, du bist gerade die mit der Angst.

Die Mutter sagt, du hast einfach deine Rolle nicht klar. Das war früher so, und so ist es heute noch. Du kommst hierher und weißt alles besser, aber in dem Fall nicht. In dem Fall bin *ich* gestolpert. In dem Fall weiß ich zufällig selber ganz gut, dass ich einfach ein, zwei Tage meine Ruhe brauche. Gut, sage ich und der Zorn steigt in mir hoch, dann lass ich dich mal in deiner Ruhe. Ich kontrolliere jede Bewegung, während ich den Raum verlasse. Die Tür zum Wohnzimmer schließe ich ganz leise, aber die Haustür entgleitet mir in einem unachtsamen Moment und schlägt mit einem Knall zu. Mein Gott, sage ich zur Tür.

Ich renne die Straße hinunter und treibe den Atem vor mir her. Meine Knie schmerzen wahrscheinlich, die Stiefel sind viel zu schwer, aber ich spüre es nicht, ich denke nur, wie gut es tut, mich fortzubewegen. Dabei denke ich bei jedem zweiten Schritt, soll sie halt selber schauen, wie sie klarkommt. Von der anderen Straßenseite ruft es, Helene, aus einem Haus mit unfertiger Hofeinfahrt. Schnüre sind über feinem Schotter gespannt und ein Haufen Pflastersteine liegt an der Seite, daneben ein Berg Sand. Sport ist Mord, oder, ruft der Giesi, die nackten Unterarme auf die Fensterbank gestützt. Ich komme näher, wechsle die Straßenseite. Haben wir es eilig, fragt der Giesi und lacht. Ich sage, ich jogge. Er mustert den bodenlangen Mantel, die Stiefel, die getönte Brille und sagt, ich bin heut im Homeoffice. Auch mal schön, sage ich.

Er sagt, komm, wir machen's ganz unkompliziert, heute Abendessen bei uns. Ich trommel noch ein paar aus der alten Truppe zusammen, oder. Für Ihr leibliches Wohl ist bestens gesorgt, sagt der Giesi und ein Lächeln stolziert ihm übers Gesicht. Ich denke, welche alte Truppe, ich war nie Teil eines Freundeskreises, schon gar nicht von einem, der sich Truppe nennt, aber vielleicht sind wir jetzt alle erwachsen genug, fest genug, vielleicht will der Giesi seinen Beitrag leisten und mich nachträglich in die wärmende Mitte seiner Kameradinnen und Kameraden nehmen. Der Giesi sagt, so um sieben rum? Dann kannst du die Kinder noch kennenlernen. Ich denke an die Mutter, die zu Hause in ihrer Ruhe liegt und schauen soll, wie sie klarkommt, und sage, okay. Mit den Schuhen joggen ist doch nix, oder, sagt der Giesi, da machst du dir die Knie kaputt. Ich nicke, da hast du recht, er sagt, also, bis später, ne. Ja, sage ich, bis später. Ich gehe die Straße wieder hinauf, ganz langsam, um meine Knie zu schonen.

Das Haus der Renate steht ein wenig nach hinten versetzt, es hat zur Straße hin einen kleinen Vorgarten, wo früher Rosen und Ginster und Buchsbaumfiguren wuchsen. Jetzt liegt die Erde einfach so da, unter ein paar Pflanzenresten und Plastikflaschen. Eine Treppe führt zur Haustür, daneben bunte Glasbausteine. Die Klingel befindet sich an der Straße, neben dem Briefkasten, der wiederum weit unten an einem kniehohen verschnörkelten Zaun angebracht ist. Ich klingle, steige über den Zaun, weil auch die Klinke für das Tor zu niedrig ist, und warte vor der Haustür. Die Renate erscheint am Fenster und hebt zaghaft die Hand vom Rollatorgriff. Es dauert, ich sehe ihren Schatten langsam an den Glasbausteinen vorbeigehen, dann öffnet sie die Tür. Mädchen, sagt sie und lächelt. Sie muss den Rollator irgendwo stehen gelassen haben, um ihn vor mir zu verstecken.

Die Leute in Findelheim wollen keine Hilfe annehmen, auch nicht von Gegenständen, und wenn sie es müssen, dann nur daheim. Das Gesicht der Renate ist geschwollen, auf eine Art, die nichts mit ihrem Körpergewicht zu tun hat. Ich weiß nicht, ob sie den Alkohol ausdünstet, durch die erweiterten Poren ihres Gesichts, oder ob es das Haus ist, die Teppiche, die Tapete, die leeren Flaschen, die sie nach dem Suff in den Korb ihres Rollators lädt und irgendwohin räumt, wo man sie von draußen nicht sieht.

Die Mutter hat uns früher verboten, zur Renate ins Haus zu gehen, weil ihr Mann Bernd drinnen rauchte. Bernd hatte nur ein Bein, das andere hatte er verloren, als er mit dem Brenner das Unkraut in den Fugen im Gehweg abfackelte und seine Latzhose Feuer fing. So stelle ich es mir zumindest vor, denn Bernd trug immer eine Latzhose, warum hätte es an diesem Tag anders sein sollen. Die Mutter verbot mir, ans Fenster zu treten, sie ließ die Rollläden in der Küche herunter, am helllichten Tag, um mich vor dem Bild des brennenden Bernd zu beschützen, aber ich erinnere mich an die Schreie. Wann und warum er gestorben ist, weiß ich nicht mehr. Sicher hat die Mutter es am Telefon erwähnt. Ich denke, dass die Renate früher nicht so viel gesoffen haben kann, sonst hätte die Mutter mir nicht erlaubt, in ihrem Garten mit den Hunden zu spielen, Romy und Rolf, ein Dackel und ein Schäferhund.

Die Mutter hat auf Alkoholiker einen Hass, der kein Mitleid kennt. Die Mutter findet, sie belasten die Krankenkassen und sind überhaupt nicht als Menschen zu erkennen. Die Renate hat früher immer in den Beeten gearbeitet und mir Pfannkuchen mit Nutella hingestellt. Einmal habe ich sie fette Sau genannt, einfach so aus kindlicher Gemeinheit, die Ansichten der Mutter wiedergebend, und sie hat gesagt, man zeigt nicht mit nacktem Finger auf angezogene Leut. Sie hat mich nie zum Essen hereingebeten, weil sie wusste, wie die Mutter ist.

Ich sage, hallo Renate, und finde nicht die passende Geste, umarmt habe ich sie noch nie, eine Hand wäre zu förmlich, ein Schulterklopfen würde unser Verhältnis umkehren. Ich stehe also einfach mit hängenden Armen und die Renate fragt, und du suchst den Vadder. Ich hebe die Achseln und lasse sie wieder fallen, suchen, sage ich, na ja, ich dachte, ich frag mal nach, ob er wieder mit dem Tobias raus ist. Die Renate mustert mich, sie hat ihre dünnen Haare dunkelrot gefärbt und trägt sie im Dutt, ihre Augen sind so blau und klar, dass ich mich frage, ob auch sie gefärbt sind. Natürlich nicht, ihre freie Hand zittert, mit der anderen stützt sie sich mühevoll auf die Türklinke. Niemals könnten diese Hände eine Kontaktlinse auf eine Iris platzieren. Ich erinnere mich, dass ich die Renate früher schön fand, sie hatte leuchtende Haut und starke Gliedmaßen.

Den Tobias haben sie vorgestern überfahren, sagt die Renate. Wer, frage ich, was eine dumme Frage ist. Das tut mir leid, sage ich hinterher. Dein Vater hat noch versucht, ihn zu flicken, die Renate schüttelt den Kopf und senkt die Augenlider. Im Esszimmer hinten hat er ihn genäht. Mir fällt dazu nichts ein, ich schweige und stelle mir vor, wie der Vater handlungsfähig wird, sich die Ärmel hochkrempelt und mit Stirnlampe einen verletzten Hund auf einer bunten Plastiktischdecke operiert. Deinem Vater hat's ja auch so leidgetan, sagt die Renate, der konnte ja auch nichts dafür. Hinten an der Grillhütte haben sie Böller angezündet, da ist der Tobias fort, Richtung Landstraße. Als dein Vater hier ankam, den Tobias auf dem Arm – der war ganz schlaff und das Blut ist ihm aus dem Maul gelaufen –, ich hab's mir schon gedacht, dass da nichts mehr zu machen ist. Aber dein Vater ist ja Doktor. Oje, sage ich und stelle mir den Vater vor, wie er im Esszimmer von Renate fiebrig einen leblosen Hundekörper zusammennäht und über Stunden nicht damit aufhört, bis die Renate Schnaps einschenkt. Ich frage mich, was der Vater danach gemacht hat, wo er hingeschlichen ist, als ganz und gar eingefallener Mensch.

Der Thomas ist ein Anständiger, sagt die Renate, der taugt was. Ich frage mich, ob sie von der Scheidung der Eltern weiß, ob der Vater ihr vielleicht etwas erzählt hat und sie mit der Bemerkung meint, dass die Mutter nichts taugt. Als ich aufschaue, blickt sie mir viel zu fest in die Augen. Bei euch drüben war's immer eine heile Welt. Das hat man durch die Wand bis zu uns gemerkt. Und du warst trotzdem das traurigste Mädchen, das ich in meinem Leben je gesehen habe. Irgendwas–, sagt die Renate und stoppt dann, irgendwas hat nicht gestimmt, irgendwas war faul, oder falsch, irgendwas will die Renate sagen, aber der Griff der Wörter ist nicht fest genug, der Satz rutscht ihr weg und eigentlich geht es sie auch gar nichts an. Ich frage nicht nach, versuche ein Lächeln und denke sofort, dass es das traurigste Lächeln sein könnte, das die Renate je gesehen hat. So, Mädchen, jetzt muss ich an die Arbeit. Die Renate muss nicht an die Arbeit, die Renate muss schnell von der Tür weg, etwas Stabiles greifen, sich setzen, laut ein- und ausatmen, einen Schluck Korn trinken, und ich sage, ja, dann.

Ich gehe zurück zum Elternhaus, der Tag will nicht vorbeigehen, er bleibt stehen und starrt mich an wie ein unangenehmer fremder Mann, der sich nie schämen muss. Es ist still, die Luft im Flur fühlt sich an wie schon mehrfach geatmet, durch das Glas der Wohnzimmertür sehe ich einen Wulst auf der Couch, der die Mutter sein könnte, oder die leere Bettdecke. Ich gehe nicht hinein, um nachzuschauen, denn die Mutter braucht ihre Ruhe, die Mutter weiß selbst, was gut für sie ist, die Mutter ist vielleicht längst aufgestanden und auf ihr E-Bike gehüpft.

Ich lege mich auf den Boden des Gästezimmers und gebe mich dem Trotz hin. Der Trotz macht die Gedanken schnell und die Zeit langsam, ich drehe mich zum Bett und erschrecke über die Leere dort. Ich hole schnell den Anzug wieder herein, der eine ganze Nacht in der Kälte herumgeflattert, aber nicht vom Kleiderbügel gefallen ist, ich föhne ihn warm und trocken und spreche die Gedanken aus, die alle mit *soll sie doch* beginnen. Ich rede viel im Kreis und verstehe das Jaulen zunächst nicht. Ich denke, es käme von draußen, oder vielleicht ordne ich es gar nichts und niemandem zu, sondern höre es einfach als Geräusch. Dann sage ich zum Anzug, soll sie doch jaulen, soll sie doch, und erst da fällt der Groschen, nämlich, dass es die Mutter ist, die unten im Wohnzimmer liegt, als Tier. Ich streife mir die Klamotten vom Körper und steige in die schwarze Hose, hole ein weißes Hemd aus dem Kleiderschrank der Eltern, auf dem Weg durch den Flur höre ich die Mutter lauter, ich lasse mich nicht aus der Ruhe bringen, ich tue, was getan werden muss, knöpfe das Hemd vor der verspiegelten Schranktür zu, kämme das Haar mit Gel nach hinten, ziehe das Sakko über und gehe nach unten, in der Hoffnung eine neue, eine anständige Person zu sein.

Ich reiße die Wohnzimmertür etwas zu zittrig auf und die Mutter unterbricht das Geräusch. Vielleicht dachte sie, sie sei allein und könnte in Ruhe winseln. Sie versucht zu lächeln, was absurd ist. In diesem Moment hasse ich die Mutter, weil sie so mit dem Lächeln umgeht, ich will es ihr vom Gesicht reißen, als wäre es mit Klettverschluss dort befestigt, ratsch, und darunter wäre nichts, darunter wäre gespannte Haut anstelle eines Mundes, ich will sie anschreien. So stehe ich zornig in der Tür, der Mutter versickern die Tränen zwischen den lächelnden Lippen, und dann werde ich zornig auf mich, die ich die Mutter hasse, obwohl und weil sie dermaßen hilflos ist, die Mutter sagt, schick siehst du aus, ich sage, ach Mama. Ich setze mich vor das Sofa, den Rücken zur Mutter, ihre Hand auf meiner Schulter, meine Hand auf ihrer Hand, und weil sie meinen Hinterkopf vor sich hat, sagt die Mutter, ich muss Pipi.

Meinem Gesicht hätte sie das nie sagen können und die Stimme bricht ihr fast weg bei dem Satz, ich muss Pipi. Die Mutter war den ganzen Tag noch nicht pinkeln. Seit sie gestern Abend von der Treppe gefallen ist, war sie nicht mehr auf dem Klo. Sie hat wahrscheinlich auch nichts mehr getrunken, der Kaffee von heute Morgen steht noch auf dem Stuhl neben ihr, kein Glas Wasser, keine Tasse Tee. Ich sage, na, dann mal los, oder. Ich merke, dass ich spreche wie der Giesi. Ich zwicke mir in die Haut auf dem Handrücken, so fest, dass zwei Kerben bleiben, die einen Halbmond ergeben. Die Mutter nickt einmalig, ganz fest, ein Nicken wie das Wort *jawoll*. Ich stehe auf, ziehe ihren Oberkörper zum Sitzen, sie zischt, ich lasse los, sie sagt, weiter, weiter. Ich lege mir ihren Arm über den Schultergürtel und ziehe sie zum Stehen, ihr Körper hängt an meiner Seite, hart vor Schmerz, aber sonst zu nichts fähig, der Körper ist gänzlich damit beschäftigt, sich selbst auszuhalten. Die Mutter kann nicht auftreten, sie kann ihre Beine nicht benutzen. Sie sagt, weiter.

Ich gehe Schritt für Schritt, beuge mich tief hinunter, dass ihre Füße den Boden berühren und mir ein bisschen Gewicht abnehmen, aber das

Gewicht scheint ihr wehzutun. Nach jedem Schmerzlaut schiebt sie ein *weiter* hinterher, für mich oder für sich. Ich denke, ich sollte sie tragen, aber kann es nicht aussprechen, Mama, soll ich dich tragen, das geht nicht, also fasse ich sie einfach fest um den Bauch und drücke sie an meinen Rumpf und sie jault kurz und spitz, nicht, nein, weiter. Sie keucht wie nach einem Sprint und aus der Stirnhaut kommen Tropfen hervor, sie erscheinen dort einfach wie an einer Scheibe. Wir sind nur vier Schritte von der Couch weg, noch immer im Wohnzimmer, wir haben noch nicht einmal den Teppich verlassen, ich sage, das geht so nicht. Die Mutter sagt, ich muss.

Ich sage, ich hol dir eine Schüssel, und rechne damit, dass sie protestieren wird, dass sie sagen wird, weiter, weiter, aber sie klammert an meiner Schulter, um ihr Gewicht nicht auf den Füßen zu haben, um nicht umzufallen, um nicht völlig die Fassung, die wohlverdiente Form zu verlieren. Es ist klar, dass ich nicht in die Küche gehen kann, um eine Schüssel zu holen. In diesem Moment ist klar, dass ich nirgendwohin gehen kann, dass ich mir die Mutter ab jetzt um den Bauch binden muss. Ich strecke meinen Arm nach der Kaffeetasse aus, schütte den Kaffee in den Gummibaum und sage, kannst du die Hose selber aufmachen. Es ist eher ein Vorwurf als eine Frage, es ist eher ein, kannst du wenigstens die Hose selber aufmachen, und die Mutter versucht es, aber hat nur eine Hand frei, weil sie ja an mir hängt wie ein Affenbaby in zwanzig Metern Höhe, und die freie Hand zittert außerdem, und es ist ein fester Knopf, ein Jeansknopf. Erst jetzt bemerke ich, dass die Mutter in Jeans geschlafen hat. Ich mache den Knopf auf und ziehe die Hose herunter, wie man ein Pflaster herunterreißt, die Unterhose gleich mit, und natürlich bleibt die Hose hier und da hängen und ich muss mich doch bücken und von unten an der halb nackten Mutter herumziehen.

Die Mutter hat sich rasiert. Ich weiß nicht, wann ich sie zuletzt nackt gesehen habe, ich versuche, auch in diesem Moment nicht die nackte Mutter zu sehen, sondern an ihrer Nacktheit vorbeizuschauen, aber dass sie sich die Schamlippen rasiert hat, das bemerke ich einfach und finde es irgendwie pervers. Ich halte ihr die handgetöpferte Tasse vom

Weihnachtsmarkt hin und sage, okay, jetzt. Wir stehen eine Weile stumm und warten, bis die Mutter pinkelt. Ich spüre, dass sie kurz davor ist zu sagen, das geht so nicht, Maus, ich kann das so nicht, aber sie steht und schließt die Augen und der Urin plätschert schließlich in die Tasse, ein Rinnsal läuft den Oberschenkel entlang, ich beobachte es bis zum Fußgewölbe, von wo es schließlich in die Fasern des Teppichs tropft. Der Urin riecht stark, also stinkt, er rächt sich dafür, so lange eingesperrt gewesen zu sein. Wir hören dem Plätschern zu, ich konzentriere mich, die Tasse richtig zu halten, die Mutter fragt, sagst du Stopp. Ja, sage ich, noch ein bisschen. Ich sage, stopp, die Mutter hält ein. Ich schaue mich um, kippe den Urin in den Gummibaum. Die Mutter verzieht das Gesicht, ich sehe es nicht, aber kann spüren, wie sich die Haut dort wälzt und verschiebt, die Mutter schweigt, ich sage, jetzt, und sie pinkelt weiter.

Als sie fertig ist, fahre ich mit dem Rand der Tasse an den Schamlippen entlang, um die letzten Tropfen einzusammeln, ich mache es, ohne darüber nachzudenken, und die Mutter zuckt kurz zusammen. Entschuldigung, sage ich, nein, nein, sagt die Mutter. Ich sage, vielleicht lassen wir die Jeans besser gleich aus, ja, sagt die Mutter. Ich ziehe ihr nur die Unterhose hoch, versuche die Jeans über die Füße zu ziehen, aber die Mutter kann sie nicht anheben. Ich sage, ich trag dich jetzt kurz zum Sofa, okay. Die Mutter sagt, aber nicht am Becken, nicht am Oberkörper ziehen, Vorsicht. Ich drehe mich mit dem Rücken zu ihr, ziehe ihre Arme links und rechts über die Schultern, bis sie ganz leicht abhebt, und trage sie ein paar Schritte. Gerade als ich mich über ihre Leichtigkeit wundere, wie man sich über die Leichtigkeit eines Vogelkörpers wundert, die eigentlich vorherzusehen ist, aber eben nicht auf diese immense, ans Verschwinden grenzende Art, sehe ich ein Gesicht an der Fensterscheibe.

Wie in allen Einfamilienhäusern der Straße kann man auch bei den Eltern problemlos ins Wohnzimmer schauen. Die Leute sind gewohnt, in ihrem Privaten beschaut zu werden, weshalb das Erdgeschoss nicht wirklich als Privatraum zählt, sondern als Beweis dafür, dass man nichts zu verbergen hat, und als Vorübergehende wendet man sofort den Kopf, wie auch dieser Kopf sich sogleich zur Seite dreht, als unsere Blicke sich treffen, als Beweis, dass der Kopf Besseres zu tun hat, als die Nase in anderer Leute Angelegenheiten hinein- Ich strecke die Zunge heraus, lang und belegt, und reiße die Augen auf, dass sie als Kugeln zu erkennen sind. Es überkommt mich ein Gefühl, die Mutter beschützen zu müssen, die den fremden Kopf nicht bemerkt hat. Bei einer solchen Szene beobachtet zu werden, kann die ganze Szene, die ganze Erinnerung zu einer nässenden, nicht wiederverschließbaren Wunde machen. Der Blick von draußen ist mächtiger als der eigene, außer natürlich, man ist ein ganz normaler Mann.

Ich setze die Mutter auf die Couch, sie zischt, sie sagt, hinlegen, ich muss liegen, und ich hebe vorsichtig die Füße mit der Jeans dazwischen auf das Sofa, drehe ihren Oberkörper, schiebe das Kissen unter den Kopf. Ich lasse den Rollladen herunter und ziehe ihr die Jeans aus. Ich sage, ich hol dir was zu trinken. Und die Ibu bitte, sagt die Mutter, ich sage, kommt. Die Mutter schluckt die Tablette und trinkt das ganze Glas auf einmal, ich fülle nach. Nicht, dass du gleich wieder musst, sage ich, die Mutter lacht sehr müde. Sie schüttelt den Kopf und lacht und sagt, der arme Gummibaum. Ich lache auch, öffne die Terrassentür, stelle die Pflanze hinaus und merke, wie anders die Luft dort ist, wie leicht man dort atmen kann. Ich sage, Mama, du musst echt ins Krankenhaus. Die Mutter sagt, morgen ist auch noch ein Tag. Da blitzt wieder der Zorn in die frisch aufgeschüttelte Ruhe hinein, über die hilflose Mutter, die verwundete Mutter, die trotzdem nicht von ihrem Willen lässt.

Oben sage ich es in den Spiegel, dass ich mich nicht um die Mutter kümmern kann. Ich kann sie zu Weihnachten besuchen, klar, ich schaffe ein wöchentliches Telefonat, sage ich zu der gegelten Person im Anzug, die unter dem Bett herausgekrochen ist. Bei dem Gedanken, die Mutter könnte sterben, wird es mir ganz eng, denn der Tod bringt alles mit, was man falsch gemacht hat, er schüttet die ganzen Grobheiten aus, weil sie nicht mehr gutgemacht werden können, schüttet er sie einem ins Kinderzimmer, wo sie für immer liegen bleiben müssen mit den Spitzen nach oben, wo man für immer, jeden Morgen, jeden Abend drum herum und darüber steigen muss, sich die Wege bahnen und bloß merken! Ich muss den Oberkörper aus dem Fenster hängen, um nicht zu ersticken, das Haus macht seine Geräusche, das Haus hat seine Wachstumsschmerzen, im Wohnzimmer schläft die Mutter ihren dumpfen Schmerzmittelschlaf, ich stelle ihr ein Glas Wasser hin und eine Schüssel Salzstangen, ich gehe aus der Haustür raus, dort hinein, wo es dunkel ist. Doch es ist mitten am Tag, ein grauer Tag zwar, aber die Nacht scheint noch weit.

Ich erinnere mich, dass die Rollläden ja unten sind. Ich bleibe einen Moment vor dem Haus stehen und betrachte es, wie ich es noch nie gesehen habe: mit geschlossenen Rollläden, mitten am Tag. Die elterliche Ordnung ist völlig aus den Fugen geraten, es würde mich nicht wundern, wäre das Haus drinnen plötzlich mit Wasser angefüllt wie ein Aquarium, wären der Mutter dort in der Bewegungslosigkeit Kiemen gewachsen, es wurden in diesem Haus Grenzen aufgeweicht, die immer Bestand hatten, Naturgewalten wie der Tag, die Nacht.

Ich gehe Richtung Stadt und rufe mit dem Handy der Mutter beim Vater im Büro an. Der Sekretär sagt, der Vater sei diese Woche in Urlaub. Ich suche nach der Vaternummer unter T. Sobald die Mailbox antwortet, lege ich auf und rufe wieder an. Erst als ich auf dem Marktplatz stehe, geht der Vater ran. Er sagt, ist etwas passiert, ich sage, ich bin's. Der Vater sagt, du hast dreiundvierzig Mal angerufen. Ich sage, ich habe mich gefragt, wo du bist. Der Vater sagt lachend, wo soll ich denn sein, im Büro. Ich sage, du hast scheinbar Urlaub. Der Vater schweigt, ich lehne mich an den Sockel der riesigen Reiterstatue und lege den Kopf in den Nacken. Männer mit Schwertern, denke ich.

Am Telefon schweigen ist besonders drückend, das Schweigen wird durch den Hörer direkt in den Kopf hinein transportiert und lässt dort eine Leere wachsen, aber ich tue dem Vater den Gefallen nicht. Der Vater räuspert sich mehrmals, ich höre ihn mit Gegenständen hantieren, vielleicht Geschirr, vielleicht deckt er gerade den Tisch, zwei Teller, einen für ihn, einen für Svenja, vielleicht sitzen sie auf dem Balkon ihres Hotelzimmers am Gardasee, oder vielleicht ist Svenja auch eine, die spontan und verrückt nach Bangkok fliegt, er sagt irgendwann, du bist doch jetzt erwachsen. Ich sage, du auch. Er räuspert weiter oder hustet oder lacht, er macht ein Geräusch, als würde er an sich selbst herumkratzen, als würde er etwas von sich abschaben, er würde es sich nicht leicht machen, mit einem Suppenlöffel, sondern einen Espressolöffel benutzen. Dann lass uns doch einen Kaffee trinken, sagt er, im Café beim Hotel am Markt, in einer halben Stunde. Bis gleich, sage ich und lege nicht auf, bis der Vater aufgelegt hat. Er kratzt noch ein wenig ins Telefon hinein und dann legt er auf. Ich sehe ihn vor mir, wie er zuerst das Handy vom Ohr nimmt, den Bildschirm betrachtet und dann mit dem Zeigefinger ausholt, um den roten Hörer zu treffen.

Ich denke, die Svenja wohnt also irgendwo hier in der Nähe. Ich denke, wie verrückt es ist, dass ich ausgerechnet auf dem Marktplatz stehe, mit Blick auf das Hotel. Es sind diese Momente, die mich kurz zu einer Gläubigen machen, ohne dass ich benennen könnte, woran ich glaube, es ist eher das unbestimmte Gefühl, dass es etwas Richtiges geben könnte, ein Gezogenwerden. Ich setze mich in das Café, das seine gestreiften Jalousien nicht über den Platz reckt, sondern sehr weihnachtlich dekoriert ist. Es sind dort überall Textilien ausgelegt, Tischdecken, Teppiche, Häkeldeckchen, Vorhänge. Eine Dame fächert sich am Nebentisch die Heizungsluft in die Falten, der Fächer ist dunkelrot, mit goldenen Fäden durchwirkt und scheint gut in der Hand zu liegen. Sie lässt ihn mit einer ruckartigen Bewegung in ihrer Hand zusammenschnappen, dann öffnet sie ihn elegant, immer wieder, als würde sie einen Zaubertrick üben. Ich frage mich, warum der Vater dieses Café ausgewählt hat, ich muss fast darüber lachen. Vielleicht ist es das einzige, das ihm eingefallen ist, der Vater kennt keine Cafés in der Stadt, der Vater trinkt seinen Kaffee zu Hause, damit sich die Saeco-Maschine rechnet und er außerdem kontaktfrei bleibt. Ich bestelle ein Kännchen Kaffee und ein Stück Sachertorte bei der Bedienung, die angezogen ist wie ein Hausmädchen aus einer ZDF-Produktion, aber in deren Ohren viele Ringe stecken.

Der Vater betritt das Café von der falschen Seite. Er kommt nicht von draußen, sondern durch die schwere, in Gold eingefasste Glastür aus dem Hotelbereich. Der Vater sieht sich nach einem Fensterplatz um, er denkt, ich sei noch nicht da, er weiß ja nicht, dass ich bereits auf dem Marktplatz stand, er ist extra früh dran, um zu verhindern, dass ich sehe, woher er kommt, er hat extra seinen Mantel mitgebracht. Das Mitleid mit diesem orientierungslosen Mann überkommt mich. Ich hebe die Hand und winke und rufe, Papa. Du bist ja schon da, sagt er und hängt den Mantel über die Stuhllehne, die Bedienung kommt sogleich und fragt, wie immer. Der Vater bestellt einen Cappuccino und lässt offen, ob er immer einen Cappuccino bestellt. Wenig, was ich mit Sicherheit über ihn weiß. Ich sage, ich stand gerade auf dem Marktplatz, als wir telefoniert haben. Ach, sagt er. Ich sage eine Weile nichts, ich will, dass er sich in der Stille windet, aber der Vater sagt stattdessen, Sachertorte, a echde Wiena Spezialidäd, herst. Was machst du hier, Papa, frage ich.

Der Vater rührt im Cappuccino, er will den ganzen Milchschaum platzen lassen, ihn im Kaffee auflösen, er will, dass alles eine einheitlich hellbraune Flüssigkeit ist. Natürlich ist es ihm unangenehm, dass ich ihn beim Lügen erwischt habe, die Eltern haben mich anders erzogen, für die Eltern war Lügen immer das Schlimmste vom Schlimmsten gewesen. Die Frau am Nachbartisch schaut zu uns herüber, und als ich wütend zurückstarre, schlägt sie den Fächer auf und hält ihn knapp unter ihre Augen. Sie schaut weiter. Ich drehe mich wieder zum Vater um, der die Bedienung herbeiwinkt und einen gedeckten Apfelkuchen mit Schlagsahne bestellt. Er sagt, wie bei deiner Oma.

Der Vater kommt mir alt vor, er scheint zu dünn und vor allem strahlt er eine ruhelose Verwirrung aus, die Augen tasten zitternd den Raum ab. Ich bin mir plötzlich sicher, wenn der Vater nicht doch noch bei einem Autounfall stirbt, wird auch er irgendwann dement. Der Vater sagt, bist du jetzt Patti-Smith-Fan. Ich schaue ihn fragend an. Er zeigt mit dem Kinn auf mich. Siehst so aus, sagt er, mit dem Anzug, ich hab immer gern Patti Smith gehört. Die Bedienung platziert den Apfelkuchen vor dem Vater, er bedankt sich und taucht die erste Gabel in die Schlagsahne. Ich frage noch mal, wohnst du hier im Hotel. Der Vater nickt wie ein Kind, ein Klecks Sahne klebt über seiner Lippe. Und du hast Urlaub genommen? Wieder nickt der Vater. Warum fährst du nicht richtig weg? Ans Meer oder in die Berge. Der Vater sagt, hier ist es doch auch schön, warum in die Ferne schweifen, wenn das Gute– Und warum hast du uns nichts gesagt? Ist das hier ein Kreuzverhör, der Vater lacht aus seinem leeren Hemd. Ich sage, ja. Der Vater verstummt. Bist du hier mit der Svenja im Hotel? Ist die auch verheiratet? Nein, sagt der Vater, ich bin allein.

Natürlich ist der Vater allein, selbst wenn die Svenja hier wäre, wäre er allein, auch jetzt, da ich hier bin, ist der Vater allein. Verheiratet ja, sagt der Vater, es regt sich etwas in ihm, das erzählen möchte, vielleicht erinnert er sich an eine Passage aus *Miteinander reden 1–3*, wenigstens an das Vorwort, wenigstens an den Titel, der Vater nimmt schnell die nächste Gabel. In der Familie wird Essen und Trinken seit jeher benutzt, um Emotionen hinunter zu begleiten. Die ist verheiratet, sage ich. Die Frau am Nebentisch hebt die Augenbrauen weit über den Fächer. Mein Gott, sage ich, was macht ihr denn. Der Vater nickt, schaut aus dem Fenster, hinaus auf den Marktplatz, wo mindestens zehn Personen versuchen, einen riesigen Weihnachtsbaum aufzustellen. Also ist es eher eine Affäre, sage ich, der Vater nickt, ich sage, zumindest für sie, der Vater wendet mir das Gesicht nicht zu, aber von der Seite sehe ich es als Zerrbild, ein Gesicht, an dem es reißt. Er versucht scheinbar über den Weihnachtsbaum zu lachen, der zwischen den rufenden Männchen hin und her schwankt.

Und daheim, fragt der Vater. Ich sage, Mama hatte einen Unfall. Die Hand des Vaters, kurz vor dem Mund, sinkt und sinkt und sinkt, wäre da nicht der Tisch, die Hand läge bereits auf dem Teppich. Jegliche Anspannung, jegliche Mimik verlässt sein Gesicht, der Schock hat keinen Ausdruck, der Schock ist die absolute Neutralität, die sonst nur der Tod auf die Gesichter bekommt. Die Frau am Nebentisch bestellt einen Obstler, ich schaue nicht zu ihr, ich höre nur ihr helles flackerndes Stimmchen, einen Williams, bittschön. Was für einen Unfall? Von der Treppe gefallen. Es scheint ihn zu erleichtern, wahrscheinlich hat er an das Fahrrad gedacht, wahrscheinlich hat er die Mutter mit zertrümmerten Gliedmaßen und gequetschtem Torso im Krankenhaus gesehen, bewusstlos und mit Schläuchen hier und da. Ich sage, sie kann sich nicht bewegen, sie hat sich bestimmt irgendwas gebrochen, aber sie will nicht ins Krankenhaus. Eine Erleichterung macht sich in mir breit, mit jemandem darüber zu sprechen.

Der Vater lehnt sich vor, der Vater materialisiert sich, er wird plötzlich greifbar, kann sie die Arme bewegen, ja, kann sie die Beine bewegen, nein, ich glaube nicht, zumindest hat sie Schmerzen, fallen die Füße nach außen, ja, hat sie Blutergüsse im Schambereich, keine Ahnung, sprechen, sehen, hören geht, ja, spürt sie ihre Beine, ich weiß nicht, hat sie die Schmerzen irgendwie beschrieben, nein. Der Vater lehnt sich zurück und sagt aus verschränkten Armen, ich denke, die Hüfte ist gebrochen. Was heißt das, frage ich. Sie muss ins Krankenhaus, sagt er. Sie will nicht, sage ich. Er wendet sich wieder dem Fenster zu, so ist die Mama.

Ich merke, dass Verzweiflung in mir hochsteigt, dass ich gleich zu schreien beginne wie ein Kind, dass man mich an einen enorm großen weichen Körper drücken müsste, um mich zu beruhigen, den Körper eines Riesen, mich weit über den Boden in die Luft heben. Sag gute Besserung. Sie muss vielleicht gar nicht operiert werden, wenn sie Glück hat, muss sie nur ein paar Wochen still liegen. Ich sage hohl, du musst heimkommen und dich um sie kümmern. Ich denke nicht, sagt der Vater, dass das geht. Er nimmt den Mantel, legt ihn sorgfältig über seinen Unterarm, glättet alles an sich, die Hose, das Hemd, er sagt, so, jetzt muss ich wirklich los. Ich lasse ihm die Lüge durchgehen, er sagt, du bist eingeladen. Der Vater geht zum Tresen und zückt seine Karte, er muss sie mehrmals anhalten und schließlich doch in das Gerät hineinstecken, dann verschwindet er in den Hotelbereich, ich sehe ihn durch das Glas in Richtung Treppe abbiegen.

Ich denke, wenn ich ihm jetzt nicht nachrenne, wenn ich mich jetzt nicht gegen seine Beine werfe, um seine Knöchel schlinge, ist er für immer weg, und ich bleibe sitzen. Ich spüre mich als reine Hülle, als Karton auf dem gepolsterten Stuhl. Ich wische mir einen Krümel von der Stoffhose, so dunkelbraun, dass er sich kaum vom Schwarz abhebt. Irgendwann merke ich, dass sich die Dame am Nebentisch mit mir unterhält, sie spricht aufgeregt in meine Richtung. Sie sagt gerade, sie habe ihren Mann bis zu seinem Tod gepflegt und jetzt pflege sie sein Grab, und zwar in dem Wissen, dass er niemals dasselbe für sie getan hätte. Ich sage, auf welchem Friedhof liegt er, sie sagt, Findelheim, ich sage, wie schön. Ja, sagt die Frau, ich schau immer, dass er's schön hat. Wiedersehen, sage ich und die Frau nickt.

Auf dem Platz liegt eine dünne Schicht Schnee, die unberührt und weiß in den Abend hinein reflektiert. Ich setze meine Schritte vorsichtig, einen vor den anderen. Der erste Schritt ist, die Mutter ins Krankenhaus zu bekommen. Die Mutter muss ins Krankenhaus. Wenn die Mutter erst im Krankenhaus ist, wird es für alles andere Lösungen geben. Sie werden eine Reha verordnen, die Mutter wird sechs Wochen in einem Kurhotel verbringen und auf Barfußpfaden wieder laufen lernen. Die Mutter wird die Reha als Klassenbeste meistern und fitter denn je aus ihr hervorgehen, *what doesn't kill you makes you stronger*, wird die Mutter auf ihrem Insta-Account unter ein Spiegelselfie schreiben. Die Mutter wird in den sechs Wochen ein *personal reha-diary* angelegt haben. Was der Vater macht, in diesem Moment, was er machen wird, in den nächsten Tagen, in einer fernen Zukunft, dazu herrscht in mir die reinste Leere. Wer der Vater ist, dazu habe ich nichts weiter zu sagen.

Ich stehe vor dem Elternhaus mit den verschlossenen Fenstern und kann nicht hineingehen. Ich habe Angst, die Mutter könnte mir eine Frage stellen und ich sähe mich gezwungen, zu antworten, und zwar über den Vater, der nicht kommen wird. Mir fällt der Giesi wieder ein. Ohne zu wissen, wie spät es ist, klingle ich an seiner Tür. Er öffnet innerhalb von Sekunden und steht klein und kompakt, sagt noch etwas Lautes, Lachendes nach hinten in den Flur und strahlt dann nach vorne, mich an. Da ist sie ja, ruft er, komm rein, komm rein, hereinspaziert. Er hilft mir, den Mantel auszuziehen, wir verheddern uns ungut ineinander. Wir haben extra gewartet mit dem Essen, sagt der Giesi. Ich fühle mich dumpf, ich frage mich, ob ich nicht doch besser ins Elternhaus gegangen wäre, ich hätte mich nach oben schleichen können. Der Giesi ist mir merkwürdig fremd, er ist eine Figur aus einem Comic, die sich unmenschlich schnell bewegt. Ich sage, das wäre doch nicht nötig gewesen. Ich schaue in den schlanken randlosen Spiegel im Flur und sehe mich in dem an den Armen und Beinen etwas zu kurzen, aber viel zu weiten Anzug stecken. Ich sehe mich wirklich, wie ich stecke.

Für einen Moment habe ich den irren Gedanken, dass ich in Tränen ausbrechen und meine Situation schildern könnte und von diesen Leuten dort im Nebenzimmer ausgezogen und umarmt werden, und mit Kuscheldecken überzogen, und Pfefferminztee mit Honig eingeflößt und gesagt bekommen, dass es für alles eine Lösung gibt. Ich sehe im Spiegel, dass mich auch der Giesi mustert, ich lächle also und er sagt, cooles Outfit. Danke, sage ich. Willst du eine Führung, fragt der Giesi, ach, sage ich, der Giesi sagt, wir haben das meiste selber gemacht, also die Wände nicht, keine Sorge. Der Giesi klopft gegen den Putz neben dem IKEA-Schuhschrank, dein Vadder hat uns noch seinen Farbsprüher ausgeliehen, sagt der Giesi und ich sage, cool, und da stehen wir auch schon in einem großen Raum mit viel Glas, der wohl das Wohnzimmer ist. Dein Vadder hat eh einige Geräte, die man gebrauchen kann, sagt der Giesi, und ich sage, ja und er benutzt sie nie.

Eine Frau mit blondem Haar erhebt sich von einem Tisch, an dem noch zwei andere Menschen vor ihren Gedecken sitzen, die Unterarme jeweils links und rechts von den Tellern in merkwürdiger Symmetrie. Sie sagt, lass sie doch erst mal ankommen, hallo, ich bin die Lisa. Die Lisa und ich schütteln uns die Hände, sie ist ganz pastellfarben. Der Giesi sagt, meine Frau. Die Lisa sagt, hey, wow, cooles Outfit. Ein Mann vom Tisch ruft, Berlin, wa. Es ist David Buschmann, seine Eltern wohnen in der Parallelstraße und sind mit den Eltern gute Bekannte. Er trägt Nickelbrille und ein in die Jeans gestecktes weißes Hemd wie ein Architekt und steht auf, um sich neben mich zu stellen, Helene, sagt er und boxt mir gegen die Schulter, krass. Na, sage ich und boxe zurück, hole übertrieben aus, als würde er durch meinen Schlag gleich einmal um den Globus fliegen, sich die Brille gegen das Nasenbein drückend, und von der anderen Seite wieder genau auf dieser beheizten anthrazitfarbenen Fliese landen.

Er ist eine Figur, die ich jahrelang jeden Tag im Bus, in der Schule, auf der Straße gesehen habe, aber mit der ich keine Erinnerung verbinde. Sein Gesicht erzählt mir nichts, außer, dass ich weiß, dass es existiert. So etwas beruhigt mich. Es ist ein freundliches Gesicht mit den Falten an den richtigen Stellen, eins, das viel gelacht hat. Ich frage mich, ob er der war, der wegen eines Joints von der Schule geflogen ist. Oder ob er der war, der zu spät in den Stimmbruch kam, über den sich alle lustig machten, weil er so piepste und sich irgendwann weigerte, im Unterricht etwas zu sagen, und deshalb schlechte Noten bekam und sitzen blieb, also als Mensch eine einzige Verkettung unglücklicher Ereignisse. Vermutlich nicht, so wie er aussieht.

Die Lisa fasst mir von hinten an die Schulter, wir machen eine lustige Polonaise zu einem Stuhl, der Giesi fragt, rot oder weiß, ich sage, rot. Sehr gut, er gibt mir das Gefühl, etwas richtig gemacht zu haben, da hab ich einen Italiener heute, zu den anderen gewandt, den müsst ihr auch noch probieren, ich sitze, er stellt von rechts ein Glas vor mich, schenkt von links ein. Die Lisa ruft aus der Küche, dann fangen wir an, oder sollen wir noch auf die Maria warten. Der Giesi wirft mir einen hektischen Blick zu, der Mann neben mir ruft, dann warten wir bis übermorgen, die anderen lachen. Er sagt, kennst du mich noch, ich bin der Johannes. Ich sage, hallo. Ich erkenne ihn nicht, habe keine ihn betreffende Idee und die Lisa stellt einen Teller Tagliatelle mit pastellbeiger Pilzsoße vor mich, garniert mit frischer Petersilie. Ich hab gedacht, du bist bestimmt Vegetarierin, sagt sie, während sie den anderen Teller auf ihre Platzdeckchen stellt. Nein, sage ich. Ah, sagt die Lisa und setzt sich.

Alle wünschen guten Appetit und ich rolle konzentriert die Nudeln auf. Es kostet Kraft, dort zu sitzen, auf dem weißen Stuhl mit dem rosa gefärbten Lammfellimitat, nicht unter den Tisch zu segeln, leicht wie ein Blatt Papier, und sorglos dort zu liegen, wo es sicherlich sauber ist, schon allein der Kinder wegen. Ich lenke meinen Blick in den Raum, an den Wänden hängen weiß lackierte Regalbretter, darauf sehr kleine Sukkulenten in sehr kleinen weißen Blumentöpfen. Über der Couch hängt groß und gerahmt *Der Kuss* von Klimt. Und du bist also Künstlerin geworden, sagt der Johannes, so ist es ja oft.

Wie, fragt die Lisa. Stille Wasser sind halt tief, sagt der Johannes und die anderen nicken. Die Lisa fragt, warst du früher so eine Schüchterne? Ich sage, och, geht. Doch, sagt der Johannes, also mit mir hast du nie ein Wort gesprochen. Na ja, sagt der Giesi, also schüchtern jetzt nicht, oder, ich würde sagen, sie war ein Punker. Du hast dich echt gemacht, fügt der Giesi hinzu. Ich denke, er will damit lobend anerkennen, dass ich früher dick war und jetzt dünn bin. Verschlossen, sagt der David, ich hatte immer das Gefühl, dir geht echt alles am Arsch vorbei. Hast du nicht mal eine Zeit deinen Rucksack an einer Kette hinter dir hergezogen? Alle lachen, die Lisa fragt, was, wie. Ich sage, quasi wie einen Hund. Sogar die Treppen hoch und runter, der David lacht in sein Weinglas, er kann gar keinen Schluck nehmen und das Glas läuft an. Dann war der Rucksack doch ganz nass im Winter, sagt die Lisa, und durchgescheuert. Ja, sage ich, das stimmt.

Du warst auf jeden Fall anders als die anderen Mädchen, dem Johannes hat sich das einzige Petersilienblatt ausgerechnet zwischen Eck- und Schneidezahn verkeilt, aber er weiß es ja nicht, daher sagt er selbstbewusst, ja, wenn man so jung ist, weiß man das noch nicht zu schätzen. Sie lachen gemeinsam, ich hinke etwas hinterher, aber gebe mir Mühe, den Hohlraum in mir zum Klingen zu bringen. Ich finde auch, sagt der Giesi, du hast dich echt gemacht. Das kann man ruhig mal so sagen, oder. Die Lisa gibt dem Johannes Zeichen wegen der Petersilie, sie fuchtelt mit angewinkeltem Zeigefinger vor ihrem Mund herum. Ich habe das Gefühl, in immer weitere Ferne zu rücken, als würde mein Stuhl von hinten gezogen.

Und die Kinder sind schon im Bett, frage ich. Ja, sagt Lisa, ja, ja, um die Zeit. Sie wirft mir die Frage vor, so eine Frage, um die Zeit. Über der Tür zur Terrasse hängen drei Uhren, die unterschiedliche Zeiten anzeigen, darüber steht New York, Tokio, Findelheim. Der Giesi sagt, als die Lisa mit unserer Großen schwanger war, haben wir noch schnell New York gemacht. Jetzt mit den Kindern nur noch Toskana, ist auch schön, oder. Dolce Vita, sagt der Johannes. Ich überlege mir einen Grund, weswegen ich losmuss, die Mutter, denke ich, die ein tatsächlicher Grund ist, die möglicherweise wieder pinkeln muss oder Schlimmeres, die etwas zu trinken braucht, eine neue Schmerztablette. Vor meinem inneren Auge sehe ich die Mutter sich winden.

Es klingelt. Aha, sagt der Giesi und zwinkert mir zu. Ich nehme einen großen Schluck Wein und bemerke, dass der Giesi fehlt und mich alle anderen anstarren, sich das Gespräch also möglicherweise um mich dreht. Du warst doch eine Zeit in New York, fragt die Lisa. Ich sage, ja, ich hatte dort eine Residenz für ein Jahr. Eine Residenz, sagt die Lisa vornübergebeugt, fast wischen die Haare über die Soße, die ja aber genauso blond ist wie das Lisahaar, und der Johannes sagt, da kriegen die Künstler dann eine Wohnung gestellt und ein Atelier und machen Ausstellungen vor Ort und so, und Recherche. Toll, sagt die Lisa, super Stadt. Und bei euch, David, im Büro, habt ihr die neuen Stühle jetzt? Der David lehnt sich zurück, die Arme überkreuzt, die Hände unter die Achseln gesteckt, dass die Daumen an die Decke zeigen. Er schüttelt den Kopf und sagt, wirklich, so ein Affentheater. Jetzt haben sie ihre neuen Stühle, fünfhundert Euro, pro Stück! Und morgen, wenn ihnen der nächste Furz quer sitzt, diskutieren wir wieder ein halbes Jahr über irgendwas anderes. Alle nicken, ich nicke. Er sagt zu mir, ich bin auf dem Bauamt, als würde das alles erklären, und ich nicke.

Aus dem Flur dringt Giesis Stimme, es muss eine Unterhaltung sein, aber die andere Stimme bleibt eine Lücke, eine Stille zwischen seinem Gerede. Ich bemerke, dass ein Stuhl am Tisch fehlt, ich werde sogleich der nahenden Person meinen Stuhl anbieten, was natürlich weder der Giesi noch die Lisa akzeptieren werden, in deren Haushalt es genügend Stühle gibt, es könnten sogar noch Bierbänke aus der Garage geholt werden, wenn nötig, an Sitzgelegenheiten soll es hier niemals mangeln, aber dann könnte ich mit der Mutter um die Ecke kommen, wogegen nur ein Unmensch protestieren würde, und ein Unmensch bekäme hier nicht die Füße unter den Tisch. Der Giesi sagt von draußen noch ein letztes Mal, ach was, und schiebt eine Person ins Wohnzimmer, deren Locken ihn überragen, schon wieder eine Polonaise, denke ich und dann, dass die Geschobene Molly ist.

Die Wangenknochen sind präsenter, das Gesicht weniger rund, aber sonst ganz normal, wie früher. Es könnten auch nur zwei Jahre zwischen unserer letzten Begegnung gelegen haben, oder eins, wir könnten uns jedes Jahr um die Weihnachtszeit getroffen haben, wenn ich zu Besuch bei den Eltern bin, und uns ganz leise, jedes Jahr ein bisschen weiter voneinander entfernt haben, bei Sätzen angelangt sein wie, wir bewegen uns halt in verschiedenen Welten, hier oder da kommen wir einfach nicht mehr ganz zusammen. Ich stehe schon neben meinem Stuhl, die Hand auf der Lehne, ich habe die Ausrede schon parat auf der Zunge liegen und weiß jetzt nicht, wohin mit ihr, es gibt keinen Aschenbecher, es ist hier ein Nichtraucherhaushalt. Ich setze mich wieder und nehme einen Schluck Wein.

Lisas Blicke flackern nervös zwischen Molly und mir hin und her. Der Giesi strahlt mich an wie ein stolzes Kind. Sicherlich haben die beiden vorher ausführlich darüber diskutiert, ob es eine gute Idee ist, Molly und mich hier wiederzuvereinigen, und der Giesi hat die Bedenken seiner Frau vom Tisch hinunter. Der Giesi spielt gerne den Amor für andere, wo er selber so viel Glück gehabt hat, mit allem. Na ihr, sagt Molly und ich sehe ihr nichts an, außer Müdigkeit, vielleicht ist es auch meine eigene Müdigkeit, die sich dort vor ihr Gesicht legt wie ein Brautschleier. Da ist sie, denke ich, die Schwester, die fremde Schwester, Verlorengegangene, die Gegangene. Es ist seltsam, es ist enttäuschend, die Jahre so plastisch vor sich zu haben, die gemeinsamen und die getrennten, und ihr Verstreichen, die Stille dieses Verstreichens, die Ungerührtheit, die Belanglosigkeit, die Abwesenheit von Brüchen, dass selbst nach einem solchen Bruch, einem Abbruch, alles nahtlos weitergeht, sich so ineinanderschmiert.

Molly geht reihum und küsst alle auf die Wange, ach, bleib doch sitzen, sagt sie zum David, der sofort aufgesprungen ist. Auch mir gibt sie einen Kuss auf die Wange, ich bleibe steif darunter zurück, sie geht in die Küche und holt sich einen Stuhl, sie bewegt sich hier mit einer enormen Selbstverständlichkeit, mit der Gewissheit, dass ihr ein Platz zusteht. Ich denke, dass Molly überall zu Hause ist, wo sie nicht wohnt, und dass unsere gemeinsamen Jahre allein diesem Umstand geschuldet sind, dass diese Jahre dann mühelos ausgetauscht wurden, durch dieses oder irgendein anderes Wohnzimmer. Vielleicht war es die Austauschbarkeit, die es möglich gemacht hat, Molly über Jahre in meinem Zimmer sitzen und liegen zu haben. Ich halte es nicht aus, für eine andere unersetzlich zu sein.

Ich hab schon gegessen, sagt Molly, aber riecht lecker. Sie stellt ein Gerät mit Antenne und grün leuchtendem Punkt auf den Tisch. Sie zeigt mit dem Kopf Richtung Tür und sagt, sie pennt im Auto. Ist Frieder nicht da, fragt die Lisa. Doch, sagt Molly, aber der wacht ja nicht auf, wenn die Kinder schreien. Der schläft wie ein Toter, das ist echt unglaublich. Morgen muss er früh raus. Ich sehe, wie die Lisa zum Giesi hin die Augenbrauen hebt. Die Lisa sagt, irgendwann musst du auch mal wieder schlafen. Ja, sagt Molly lachend, aber nicht, während er sein Album aufnimmt. Sie senkt den Blick und streichelt das Baby, das vor ihren Bauch gebunden ist, es ist mir überhaupt nicht aufgefallen und jetzt kann ich den Blick nicht davon abwenden. Der Kopf ist mit einer Stoffklappe an ihre Brust fixiert, ich sehe das Gesicht nicht, nur dichtes schwarzes Haar und dass alles noch sehr klein ist. Ich erkenne auch Molly nicht richtig, das Baby verformt ihren Körper, das Baby scheint als neues Körperteil aus ihr herausgewachsen zu sein. Jetzt reckt es einen gekrümmten Arm wie ein Tentakel aus Mollys Brust heraus, die Hand ganz zerknittert.

Der Giesi klatscht in die Hände, die Lisa macht, sch, Sebastian. Der Giesi flüstert an mich gewendet, sollen wir mal zum nächsten Programmpunkt übergehen. Ich sage, es gibt ein Programm. Der Giesi lächelt verschmitzt in die Runde, ja, wir wollten dir etwas zeigen. Zum ersten Mal schaut mir Molly direkt ins Gesicht. Ihre Augen haben sich in den letzten Jahren ausgedehnt, sie sind ausgelaufen, weniger klar, aber dafür größer. Sie deutet ein Lächeln an, das vielleicht ermutigend sein soll. Ja, sage ich, na dann. Einmal aufstehen, bitte, sagt der Giesi und steht schon hinter meinem Stuhl. Alle bis auf Molly erheben sich, sie sagt, ich kenne es ja schon.

Der Giesi schiebt mich vor sich her, in den Flur, die Treppe hoch, ich höre die Schritte der anderen, er greift mit seiner Hand an mir vorbei, drückt eine Türklinke, betätigt den Lichtschalter. Wir stehen in einem Schlafzimmer, gegenüber einem Ehebett, darauf üppige Kissen mit Urwaldprint, daneben ein verspiegeltes Schranksystem. Ich drehe mich zum Giesi um. Er sagt, jetzt schau mal, ob dir was auffällt. Hinter ihm schieben sich die anderen drei durch die Tür. Ich lache über diese seltsame

Situation, drehe mich langsam um mich selbst, der Giesi sagt, warm, wärmer, heiß, ganz heiß, und dann erstarre ich. Über einer Kommode im Vintage-Stil hängt eine Arbeit von mir, ein Messingguss. Der Giesi klopft mir auf die Schulter, ich erschrecke, na, was sagst du, das hättest du jetzt nicht gedacht, deine *Herzkammer* hier in Findelheim. Die anderen klatschen. Ich sage, ohne mich umzudrehen, es ist nur das Modell.

Die Lisa sagt, ja, das Original hätten wir uns nicht leisten können. Alle lachen. Und vor allem, sagt der Giesi, ist das nicht auch riesengroß? Da wär ja das Schlafzimmer voll. Alle lachen weiter. Ich drehe mich um und lächle auf eine Art, die sie zum Schweigen bringt. Wir gehen hinunter, ich wische die Hand vom Giesi von meiner Schulter. Molly geht an der Terrassentür hin und her, mit diesem unnormalen, federnden Gang wie eine richtige Mutter. Sie schaut mich wieder mit dem Blick an, den ich direkt als Warnung hätte verstehen können, dieser mitleidig-ermutigende Blick. Der Giesi schenkt allen Wein nach und sagt dabei, also sind wir mal ehrlich, wir sind ja keine großen Kunstliebhaber oder Kenner, wir haben es als Investition gekauft, unser Anlageberater hat uns das empfohlen, wegen der Inflation, und am Anfang hab ich noch gesagt, Firlefanz, gibt's nicht, und dann hat er mich doch überzeugt, und wo ich dann gehört hab, dass du so was machst, unsere Helene vom Sandberg, und zwar Kunst, wo es sich auch noch lohnt, die zu kaufen, da hab ich nur noch eins und eins zusammenzählen müssen, das hat einfach gepasst wie Arsch auf Eimer. Alle schauen erwartungsvoll zu mir.

Molly sagt, ich hab's in London gesehen, ich hab das Original gesehen, ich fand's wirklich beeindruckend, ich hab ganz lange darin gesessen. Sie schaut mich an wie früher, wenn sie meine Stimmungen ausgelotet hat, und für einen Moment glaube ich, sie würde gleich eine Packung Haribo unter ihrem Baby hervorziehen. Für einen Moment glaube ich, wenn ich gleich sage, ich gehe nach Hause, würde Molly mitkommen, wie sie immer mitgekommen ist. Sie würde sich um die Mutter kümmern, sie würde sagen, mach dir keinen Kopf, Lenni, Irene kann zu mir ziehen, sie würde die Mutter mit ihren Kindern in die Badewanne setzen und klassische Musik anmachen und der Mutter den Rücken bürsten, die sich der

Liebkosung entgegenrecken würde wie eine Katze. Aus dem Gerät auf dem Küchentisch knistert es.

Molly greift danach, verlässt sofort den Raum, das Haus, ohne einen weiteren Blick, ohne die Haustür zu schließen und es zieht ein Wind bis ins Wohnzimmer. Alle schweigen einen Moment, dann sagt die Lisa, es tut mir leid, aber ich bin einfach kein Fan vom Frieder. Der Giesi sagt, das macht die schon. Die Lisa sagt, mein Gott, man sieht ihr doch an, dass sie nicht mehr kann. Album hier, Journalismus da, irgendwas ist immer. Stimmt schon, sagt der David. Da guckt man nicht rein, sagt der Johannes. Molly hat eine meiner Ausstellungen besucht, der Giesi hat eine Arbeit von mir in seinem Schlafzimmer hängen, der Vater wird nicht zu Hilfe kommen. Diese Tatsachen halte ich kurz in Gedanken fest und sage, ich muss auch los, und als mich die Worte verlassen haben, spüre ich die unendliche Erschöpfung, das Gewicht dieses Tages. Und auch ich gehe einfach so, ohne Händeschütteln, ohne Umarmung, ohne Küsschen, ich hebe noch nicht einmal die Hand, ich gehe einfach hinaus, auch ich lasse die Tür hinter mir offen stehen, folge nur dem sanften Anstieg der Straße ins Elternhaus.

Sobald ich die Haustür öffne, ruft die Mutter aus dem Wohnzimmer. Sie ruft nicht Maus, sondern Hallo. Sie ruft, als wüsste sie nicht, wer da gerade hereingekommen ist. Ich drücke den Lichtschalter und sehe der Mutter an, dass sie dachte, ich käme nicht wieder, natürlich hat sie es nicht mit dem Hirn gedacht, sondern mit der Angst, mit der Angst der Ausgelieferten. Wahrscheinlich fühlt sie sich jetzt lächerlich, dramatisch, und denkt, das würde sie doch niemals tun. Kannst du mir noch mal Wasser geben, fragt sie. Ich hole eine Karaffe aus der Küche, fülle ihr Glas, sie trinkt es in einem Zug, ich fülle nach. Die Mutter trinkt Glas für Glas, halb im Liegen, den Oberkörper seitlich auf den Ellbogen gestützt.

Mit jedem Glas wird deutlicher, dass ich die Mutter nicht hätte allein lassen dürfen. Die Mutter schaut mir beim Trinken in die Augen. Sie denkt, dass ich sie mit meiner Abwesenheit bestraft habe. Ich sage, na, hast du dich gut ausgeruht. Die Mutter nickt, das Trinken scheint sie erschöpft zu haben, sie hält das Glas in beiden Händen, leckt sich die

Lippen und nickt. Willst du was essen, sage ich. Die Mutter schüttelt den Kopf, sie sagt, ich hab gedacht, vielleicht wäre es gut, ein bisschen zu fasten. Für die Entgiftung. Ich halte mein Gesicht von innen fest, damit es nicht verrutscht, ich denke nicht, dass die Mutter aufhören sollte zu essen, ich denke, die Mutter sollte in ein Krankenhaus und möglichst schnell wieder zu Kräften kommen. Aha, sage ich.

Wie ist es denn mit den Schmerzen, sage ich. Die Mutter sagt, das geht schon. Okay, sage ich und setze mich ans Fußende. Sollen wir fernsehen, sage ich. Fernsehen, sagt die Mutter, ist die reine Volksverdummung. Okay, sage ich, hole die Würfel, den Würfelbecher, den Block aus dem Regal, einen Stift aus der Küche, drücke der Mutter den braunen Becher mit den fünf Würfeln in die Hand. Die Mutter sagt, ohne Tisch. Ich sage, ja, Mama, ohne Tisch. Die Mutter schüttelt den Becher in einer Hand, wieder auf den Ellbogen gestützt, stürzt den Becher auf das Polster, hebt ihn an, ich sage, kleine Straße, die Mutter lässt einen Würfel zurück in den Becher fallen, stürzt ihn noch mal, der Würfel rollt ganz langsam in Richtung Sofaritze und verschwindet schließlich dort, die Mutter hat es nicht verhindern können und ich wusste nicht, dass ich es hätte tun müssen, dass es meine Aufgabe gewesen wäre, das Sofa schluckt den Würfel, die Mutter wirft die verbleibenden vier in den Becher, gibt ihn mir und sagt, so ist das nix. Ich sage, und was willst du jetzt machen. Die ganze Zeit.

Die Mutter sagt, ausruhen. Fastenkur. Ist vielleicht ganz gut vor Weihnachten, wo es immer so stressig ist. Und so eine Völlerei. Ich atme ein und aus, ich kann nicht verhindern, dass es Atemzüge werden, die sich laut an die Mutter richten, die ihr etwas wegnehmen wollen, die Mutter kann sich schließlich nicht zum Fenster bewegen, frische Luft schnappen, die Mutter muss die Luft atmen, die ihr hier um den Kopf schwebt, und wenn ich diese Luft bereits abgegrast habe, dann ist das so, dann mangelt es halt an Sauerstoff. Ich sage, ich hab eben Molly getroffen. Ach, sagt die Mutter, Molly, schön. Sie wohnt in Findelheim, sage ich, krass oder, und beobachte dabei die Mutter ganz genau, die stets weiß, wer in Findelheim wohnt, der es nicht entgangen sein kann, die sich regelmäßig mit den Giesingers über den Waldkindergarten austauscht.

Die Mutter sagt, wir sind wieder gut miteinander, und lächelt. Ich sage, schön. Die Mutter sagt, sei nicht sauer, Maus. Ich sage, ich bin nicht sauer. Die Mutter sagt, ich weiß, dass es nicht leicht ist, wenn man nicht die ganze Aufmerksamkeit kriegt, und ich weiß, die Mutter hat nun Tränen in den Augen, dass ich dich vielleicht ein bisschen vernachlässigt habe, damals. Aber da kann Molly auch nichts dafür. Ich war einfach so begeistert, von ihrem Talent. Was du ja auch hast. Du hast ja auch Talent. Das hätte ich damals nicht übersehen dürfen, sagt die Mutter. Ich sage, ist schon gut. Die Mutter glaubt es nicht. Was die Mutter nicht glauben will, das glaubt sie nicht, es ist und bleibt für die Mutter so, dass ich nach ihrer Nähe strebe, dass ich meine Konkurrentinnen mit einem Stein erschlagen würde, einen Stein vom Feld aufheben und gegen die Schwesterstirn, es ist daher egal, was ich sage, die Mutter kennt Worte wie Verdrängung, die ihr dabei helfen, zu glauben, was sie glaubt.

Ich könnte der Mutter sagen, dass das Beste, was sie mir gegeben hat, dieser Abstand war, den sie für ihren größten Fehler hält, für ihre Schuld, aber nun liegt sie auf der Vatercouch und würde sterben durch zu viel Abstand, muss von außen bewegt werden, da es von innen nicht mehr möglich ist, muss bugsiert werden, eventuell gewaschen, es würde die Mutter verletzen und die Mutter gehört zu den Menschen, die bei Verletzung nicht den Glauben wechseln, sondern noch mehr an ihm festhalten.

Ich sage, musst du noch mal pinkeln, ich würde gleich mal hoch gehen. Ja, sagt die Mutter, im Küchenschrank, wo auch die Kuchenplatten sind, müssten die Emailleschüsseln von Oma Angela sein. Waschschüsseln. Kannst du so eine holen? Die Mutter hat sich Gedanken gemacht, wahrscheinlich sind ihre Gedanken den ganzen Tag um solche Dinge herum. In welche Schüssel zu pinkeln ist. Ich hole die Emailleschüssel und frage mich, ob die Mutter deshalb angefangen hat zu fasten, damit sie sich das Kacken erspart. Dennoch wird sie früher oder später noch ein paar Mal kacken müssen, es muss noch verdaute Essensreste der letzten Tage in ihren Trakten geben. Sicherlich hat sie sich auch dafür eine Lösung überlegt, oder sie wird in der Nacht darüber nachdenken, oder morgen, die Mutter hat ja jetzt Zeit.

Ich helfe ihr beim Aufstehen, sie zieht den Atem schwer und regelmäßig durch die Schneidezähne, wenigstens ersparen wir uns dieses Mal das Laufen, ich ziehe ihre Unterhose herunter, gehe in die Knie, sodass sie sich mit beiden Händen auf meinen Schultern abstützen kann, und halte die Schüssel zwischen ihre Beine. Sie braucht einen Moment, ihre Vulva ist etwa auf der Höhe meines Gesichts und ich versuche, den feuchten Geruch nach Schweiß und Urin wegzudenken, der zu lange vom selben Stoff bedeckt war, die Mutter beginnt zu pinkeln. Ich warte, bis die letzten Tropfen in der Schüssel gelandet sind, ziehe die Unterhose hoch, wo sich ein kleiner nasser Fleck bildet. Ich stehe auf, helfe der Mutter sich zu setzen, dann auf den Rücken zu legen. Von ihrem Gesicht ist eine Spannung abgefallen, sie lacht. Vermutlich hat sie die letzten Stunden schon darüber nachgedacht, wie sie den sich anbahnenden Urin loswerden kann, hat die Schmerzen bereits in die Kiefermuskulatur überführt. Ich decke sie zu. Die Mutter sagt, na, das ging doch schon ganz gut. Schlaf gut, sage ich, nehme die Emailleschüssel von Oma Angela mit dem Mutterurin mit. Nacht, Maus, sagt die Mutter, enttäuscht, dass ich sie ausgerechnet jetzt verlasse, ausgerechnet, wo sie zum ersten Mal an diesem langen Tag gute Laune hat.

Oben im Gästezimmer erinnere ich mich an meinen Auszug. Ich habe nichts mitgenommen, nur Klamotten für ein paar Tage, und das Zimmer stand lange noch, wie ich es verlassen hatte, in der Hoffnung, ich käme in den Semesterferien zu Besuch. Ich wollte in Berlin etwas ganz Neues anfangen, ich wollte nichts aus dem Elternhaus an mir haften haben, die Gefahr, sich mit den Dingen einen alten Geruch einzuschleppen, war mir zu groß. Molly zog ins Elternhaus ein, um sich optimal auf die Musik-Eignungsprüfung vorzubereiten, das Vorsingen, das Vorspiel auf dem Klavier, worum die Mutter ein Mordstheater machte. Die Mutter betonte, dass Molly ja achtzehn sei und selbst entscheiden dürfte, dass das Klavier ja ohnehin bei den Eltern stünde, und der Computer, die Lautsprecher und die Noten. Die Mutter rechtfertigte sich und merkte es gar nicht. Ich war froh, die Mutter nicht mehr aus dem Wohnzimmer zu hören, das muss einfach sitzen, dabei selber ganz aufgepeitscht, ganz im Stehen, die Mutter sagte, aus dem Effeff, und, wenn ich dich nachts um vier Uhr wecke, und, wie aus der Pistole geschossen, und Molly war nur singend zu hören, oder durch die Fingerübungen am Klavier.

Die Mutter hatte Molly ja entdeckt, als Talent und als Person, hatte sie aus der Unsichtbarkeit hinaus ans Licht der Kultur geführt und nie den Absprung geschafft aus der Rolle der Mentorin und Mutter. Die Rolle der Mentorin und Mutter war ein Zehnmeterturm geworden und die Mutter zweifelte, ob das Wasser unten tief genug war, sie aufzunehmen, als Person. Dann war Molly eines Tages aus dem Elternhaus gegangen und nicht zurückgekommen. Es war ungewöhnlich für Molly, die genau wusste, wie schnell sich die Mutter sorgte, und anders als ich daran nichts finden konnte. Sie gab immer Bescheid, wohin sie ging und für wie lange, Molly war Tag und Nacht per Handy erreichbar, als wollte sie im Unternehmen der Mutter eine Karriere machen.

Die Mutter meldete sie also vermisst und die Polizei rief noch am selben Abend an, sie hätten Molly ganz normal unter ihrer Meldeadresse angetroffen. Die Polizistin war genervt von der Mutter und die Mutter fassungslos, dass ihre Leihtochter einfach so zu ihrer biologischen Meldeadresse zurückgekehrt war. Ohne Abschied, ohne Erklärung, ohne ihre Sachen mitzunehmen. Die Mutter hatte sich das Schlimmste ausgemalt, einen Unfall, eine Entführung, eine Vergewaltigung und anschließenden Mord – die Mutter entschuldigte sich bei der Polizistin für die Unannehmlichkeiten und fragte, wo denn diese Meldeadresse wäre. Das Kopfschütteln der Polizistin muss durch den Hörer gedrungen sein, die Polizistin muss sich gedacht haben, was für Zustände in unserm schönen Land, und dann hat sie nicht gesagt, verpissen Sie sich, sondern, schönen Abend noch, aber der Tonfall war identisch und daher ist unklar, ob sie nicht vielleicht doch *verpissen Sie sich* gesagt hat, aber sie ist ja Polizistin, da wird sie wohl *schönen Abend noch* gesagt haben.

Die Mutter rief mich an und ich konnte das Gefühl des Triumphs nicht unterdrücken. Die Mutter war am Boden zerstört, beziehungsweise hatte keinen Boden mehr, auf dem sie sich als zerstörte Person in Ruhe hätte erholen können, der Mutter war eine Welt abhandengekommen, und ich tröstete sie und triumphierte dabei. Mir gefiel die Idee, dass nun endlich auch Molly die Mutter in die Schranken gewiesen hatte. Die Mutter war wütend, die Mutter weinte, die Mutter schien mit allen Gliedmaßen um sich zu schlagen, und auch gedanklich war sie nicht zu bremsen, sie rief mehrmals täglich an, ich ging jeden Tag einmal ans Telefon, nicht mehr und nicht weniger, die Mutter spann Theorien über Mollys Verbleib, sie benahm sich wie eine Süchtige auf Entzug.

Ich versprach, Molly anzurufen und die Sache zu klären, was natürlich auch die Mutter bereits versucht hatte, dann allerdings die Nummer gelöscht, auch auf dem Handy des Vaters. Also rief ich Molly an, Molly war immerhin die einzige Person in der Familie, mit der man normal reden konnte, aber ihre Nummer war nicht mehr vergeben. Die Gewissheit sickerte ein, dass Molly aus meinem Leben genauso verschwunden war wie aus dem der Mutter, dass die Mutter und ich in dieser und vielerlei anderer Hinsicht ein Leben teilten, und erst jetzt fiel mir auf, wie wenig ich eigentlich über Molly wusste. Ich stellte mir vor, wie ein Scheinwerfer auf sie fiel, wie sie auf dem Boden ihres Zimmers im Elternhaus saß, die Beine leicht gegrätscht und ausgestreckt vor sich, und der Lichtstrahl saugte sie hoch, durch die Decke, durch den Dachboden, durch das Dach. Sie hatte keinen Gesichtsausdruck in diesem Bild, sie zog ihre Oberschenkel an den Bauch, die Knie an die Stirn und kugelte den Lichtstrahl entlang nach oben. Ich weiß nicht, ob das bedeutete, dass sie sich freute.

Ich erinnere mich, dass es in meiner damaligen Wohnung vor dem Fenster aus der Regenrinne tropfte und das Geräusch mich stetig weiter aushöhlte, es machte mich nicht verrückt, nicht zornig, nur leer und leerer, ich stellte das Handy auf stumm und wusste, dass die Mutter auf der anderen Seite Qualen erlitt. Erst nach Tagen schaffte ich es, die Mutter zurückzurufen, weil ich mich schämte, ohne zu wissen, wofür. Molly war aller elterlichen Investitionen zum Trotz nicht zum Vorsingen gegangen, sie hat nicht Gesang studiert und ist nicht berühmt geworden. Ich habe sie oft genug gegoogelt. Die Mutter ging ran und tat, als wäre nichts passiert. Die Mutter hatte den Entzug überstanden.

Der Mutter war es immer schleierhaft geblieben, wahrscheinlich konnte sie nicht mehr, beziehungsweise wollte, sagte die Mutter, für die Wollen und Können ein und dasselbe ist. Die Mutter hatte an die Sache einen Haken gemacht, und zwar mit einer Härte, ein Haken, der auf Molly herunter ist wie ein Fallbeil. Der Vater sagte, sie kann sich ja nicht in Luft aufgelöst haben, und redete völlig am Thema vorbei, sie existierte ja weiterhin, und zwar unter ihrer Meldeadresse, einen Tod hätte die Mutter ja nachvollziehen können, betrauern auch. Und jetzt hat die Mutter Mollys Kopf einfach wieder auf den Körper gesetzt, jetzt existiert sie einfach wieder, und zwar in Findelheim, jetzt sind die beiden wieder gut und ich denke, dass ich von der Innenausstattung der Mutter manchmal wenig Ahnung habe.

Am nächsten Morgen wache ich auf, als es noch dunkel ist, steige, ohne das Licht anzumachen, in den Anzug, knöpfe das Hemd mit klammen Fingern zu. Ich öffne leise die Tür zum Wohnzimmer, die Mutter sagt, Guten Morgen, ich höre, sie ist schon eine Weile wach. Ich drücke die Schalter für den automatischen Rollladen vor der Terrassentür, öffne die Rollläden zur Straße hin, was willst du frühstücken, Mama, frage ich. Die Mutter will einen basischen Kräutertee. Ich setze Wasser auf, toaste mir eine Scheibe des trockenen Brots, ich denke, man müsste bald mal einkaufen gehen. Ich ziehe den Couchtisch näher an das Sofa und stelle die Teekanne mit Tasse und Untertasse daneben. Der Couchtisch ist aus Kirsche, er soll keine Wasserflecken kriegen, wenn man eine Tasse ohne Untertasse hinstellt, oder ein Glas, muss man in jedem Fall einen der Filzuntersetzer benutzen. Ich gieße der Mutter ein, die lächelt und sich bedankt. Wie sind die Schmerzen, sage ich. Ach du immer mit deinen Schmerzen, sagt die Mutter, schon am frühen Morgen.

Die Mutter hat Ringe unter den Augen, als hätte sich dort in den Nebenhöhlen eine schwarze Flüssigkeit angesammelt. Ich sage, also keine Tabletten. Die Mutter sagt, nein. Oder vielleicht kannst du mir die Vitamin-D-Tabletten holen. Nimmst du Vitamin D im Winter? Das ist ganz wichtig, sagt die Mutter, wenn wochenlang keine Sonne rauskommt.

Auch gegen Stimmungsschwankungen, sagt die Mutter. Ich gehe nicht ins Bad, um die Tabletten zu holen, ich lasse mir einen Kaffee aus der Maschine. Die Maschine reinigt sich zuerst laut, dann muss Wasser nachgefüllt werden, die Mutter kennt alle diese Geräusche, sie hat jeden meiner Handgriffe vor Augen und spürt dabei, dass sie nicht selbst nach oben gehen kann, die Treppe hinauf ins große Bad, um ihre Vitamin-D-Tablette selbst aus dem Blister zu drücken und mit Wasser aus dem Zahnputzbecher hinunterzuspülen. Die Mutter weiß, dass ich für eine Schmerztablette sofort nach oben gegangen wäre.

Ich schäume Milch auf, es zischt, ich gieße den Schaum in die Kaffeetasse und versuche die Handbewegungen der Baristas in den Cafés nachzuahmen, das Kännchen sehr dicht an die Tasse, etwas anschrägen und irgendwann mit leichtem Schütteln ein Herz hineingießen. Der Schaum fällt dick und schwer in die Tasse und bleibt ganz weiß. Ich trinke den Kaffee, räume die Küche auf. Aus der Spülmaschine stinkt es, aus dem Plastikmüll auch, ich schalte die Maschine an, bringe den Müll raus, wische die Flächen ab, kippe das Curry, das nun schon zwei Tage im Topf auf dem Herd steht, in die Toilette, von wo es mich sofort anekelt. Die Mutter verfolgt mich aus dem Wohnzimmer mit ihrem Gehör. Schließlich gehe ich nach oben und hole die Packung Vitamin-D. Als ich ins Wohnzimmer komme, schläft die Mutter. Vielleicht tut sie nur so, um mir zu zeigen, dass auch sie nicht allzeit für mich zu erreichen ist, dass sie sich vielleicht nicht physisch wegbewegen kann, aber mental durchaus.

Ich beobachte sie einen Moment, wie sie atmet, wie ihr ein Spuckefaden aus dem unteren Mundwinkel ins Kissen fällt, und denke, sie schläft tatsächlich. Die Mutter muss erschöpft sein. Von ihrem basischen Kräutertee hat sie nicht getrunken. Wenn sie aufwacht, muss ich die Mutter zum Trinken animieren. Ich verbiete mir also, hinauszugehen. Ich hole den Laptop, setze mich an den Tisch im Wohnzimmer und lese meine Mails. Eine ist von einem Atelierhaus in Istanbul, die mir ein Residenzstipendium zusagen. Ich gehe in die Küche und hüpfe leise dort herum, tonlos rufe ich Is-tan-bul vor mich hin. Ich will gerade nach oben gehen, mein Handy suchen, um jemanden anzurufen und davon zu erzählen, da höre ich die Mutter stöhnen.

Sie kann nicht mehr aufwachen, ohne zu stöhnen, denn jedes Aufwachen bedeutet für die Mutter derzeit einen Schock, die Klarheit, dass sie wieder versagt hat, sich im Schlaf selbst zu heilen, die Realität zu ihren Gunsten zusammenzunähen. Die Mutter erwacht aus jedem Schlaf als Versagerin. Ich gehe ins Wohnzimmer und sage leise, na, gut geschlafen. Die Mutter antwortet mit einem Laut, der wohl heißen soll, ganz okay. Ich sage, trink mal was, und deine Tabletten hab ich dir auch hingelegt. Die Mutter nimmt die Tasse entgegen und die kleine weiße Tablette, an die sie ganz fest glaubt. Wenn nur mal wieder die Sonne herauskäme, die Mutter wäre wie neu. Ich warte, bis sie die Tasse ausgetrunken hat, wieder hält sie sie mit beiden Händen umklammert, es macht mich fertig, die Mutter, mit ihrem klugen Gesicht, mit ihrer gealterten Schönheit, hält die Tasse mit beiden Händen wie ein Kleinkind die Schnabeltasse. Ich schenke noch mal ein und sage, beim Fasten muss man viel trinken. Ich habe keine Ahnung vom Fasten, aber sehr wohl von der Mutter, die aus Trotz das Trinken verweigern könnte, wenn ich es nicht in ihre Geschichte einbinde. Sie nickt und trinkt auch die nächste Tasse. Dann scheint sie erschöpft, stellt die Tasse nicht ab, sondern hält sie in die Luft, vage in meine Richtung, ich nehme sie.

Die Mutter liegt nun wieder, ich frage, brauchst du noch was, und sie atmet und schüttelt den Kopf. Ich sage, Mama, du bist ganz schwach, oder. Ich lege meine Hand an die Stelle, an der ich ihre unter der Decke vermute. Die Mutterhand bewegt sich, zieht sich unter meiner weg, meine Hand bleibt für einen Moment auf ihrem Bauch, bis ich sie wieder zu mir zurücknehme. Die Mutter sagt, der erste Fastentag ist immer am schlimmsten. Sie verzichtet darauf, auszuführen, wie leicht man sich fühlt, wenn man die Abhängigkeit erst mal überwunden hat, die Abhängigkeit vom Essen – vom Fressen! –, wie man ein Hochgefühl bekommt und denkt, es könnte ewig so weitergehen, so entgiftet, wie absurd man plötzlich Dinge wie Pizza findet, unvorstellbar weit weg, wie gut es tut, sich bewusst zu werden, über den Körper als Tempel, in den man hineinruft und so schallt es dann eben auch heraus.

Die Mutter schläft schon wieder. Beziehungsweise dämmert. Ihre Lider zucken hin und her. Als ich aufstehe, öffnet sie kurz die Augen, schließt sie wieder, sicherlich ist die Zwischenwelt, in der sie sich befindet, mit geschlossenen Augen besser zu ertragen. Ich kehre zu meinem Laptop zurück, schreibe ein Konzept für eine neue Arbeit, ich bin konzentriert, die An- und gleichzeitige Abwesenheit der Mutter hilft dabei, wie eine zusammengerollte Katze manchmal hilft.

Dazwischen gehe ich zum Kühlschrank, räume die Spülmaschine aus, mache Kaffee und irgendwann ist es wieder dunkel. Von der Mutter noch immer kein Mucks. Ich setze Wasser für einen frischen basischen Kräutertee auf, auch wenn die Kanne noch bis zur Hälfte gefüllt ist, es wird der Mutter sicherlich guttun, etwas Warmes zu trinken. Ich hole Möhren, Lauch und Sellerieknollen aus dem Kühlschrank, schneide alles klein, gebe das Gemüse in einen Topf mit Wasser und setze eine Brühe an. Heimlich tropfe ich etwas Öl hinein. Die Mutter wird die obenauf schwimmenden Äuglein wahrscheinlich nicht bemerken und hoffentlich gestärkt hervorgehen.

Ich schütte den kalten Tee aus, gieße das frische Wasser in die Kanne, die Mutter hält trotz meiner Bewegungen und Geräusche die Augen geschlossen. Ich kann die Mutter nicht lesen. Ich sage, Mama, ich hab dir noch mal einen Tee gemacht. Danke, Maus, sagt die Mutter und lächelt milde, als läge sie auf einem Sterbebett. Man könnte der Mutter nun alles beichten. Ich gieße eine Tasse ein und sage, ich lass ihn noch kurz abkühlen, drehe die Herdplatte mit der Brühe in der Küche auf eins, puste in den Muttertee im Wohnzimmer, sage, na, gut geschlafen, die Mutter sagt, hm. Ich sage, ich hab heute ein Konzept geschrieben, für ein neues Projekt. Die Mutter lächelt und schaut auf den Teppich. Ich sage, und eine Zusage für ein Stipendium, nächsten Sommer, ein halbes Jahr, sage ich, Istanbul. Die Mutter sagt, toll, Maus, und schließt die Augen. Ich sage, ich koche gerade eine Brühe.

Ich sage, so, ich glaub, der Tee ist so weit. Ich führe die Tasse in Richtung Mutterlippen, die zwar offen stehen, aber den Tee offensichtlich nicht erwarten, ich sage, Mama. Die Mutter öffnet die Augen und sieht die

Teetasse in meiner Hand. Sie hebt den Oberkörper mühsam auf den Ellbogen, lächelt und zischt. Es dauert. Ich führe die Tasse an ihre Lippen, versuche im richtigen Winkel zu kippen, es geht etwas daneben, auf dem Polster bildet sich ein dunkelgrauer Fleck. Nach der Tasse legt sich die Mutter wieder hin. Ich sage, du musst doch bestimmt noch mal aufs Klo. Die Mutter schüttelt den Kopf. Ich sage, du trinkst zu wenig. Ach, sagt die Mutter.

Ich gehe in die Küche, die Brühe müsste noch viel länger köcheln, aber ich kippe einfach Pulver dazu, siebe die Gemüsestücke ab. Die Mutter wird die Brühe sowieso nicht trinken. Ich gehe mit der dampfenden Schale hinüber, wo die Mutter bereits wieder weggetreten ist, vom Sofa aus. Ich stelle die Brühe auf einen Filzuntersetzer auf den Couchtisch, der Untersetzer verschwindet unter der weiten Schale. Ich sage, so, ich stell dir die Brühe mal hin. Ich habe einen Löffel dabei, was bescheuert ist, die Mutter wird sich niemals in eine Position anheben können, in der ein Löffel zu gebrauchen wäre. Ich bringe den Löffel in die Küche.

Ich sage, ich mach mal den Fernseher an. Ich zappe zwischen *Hirschhausens Quiz des Menschen*, einem Katstrophenfilm, einer Talkshow mit Ina Müller und *Extrem sauber – Putzteufel im Messiechaos*. Nur Scheiß, sage ich und die Mutter antwortet nicht. Ich sage, wenn's dir morgen nicht besser geht, fahre ich dich ins Krankenhaus. Auch hierzu schweigt die Mutter, und ich denke, wie soll ich sie überhaupt ins Auto bekommen, und dann fällt mir ein, dass der Vater ja das Auto hat, in der Tiefgarage des Hotel am Markt. Ich lasse die Rollläden vorschriftsmäßig herunter an diesem Abend, um zweiundzwanzig Uhr.

Ich gehe systematisch die Zimmer im Obergeschoss ab und drehe überall die Heizkörper auf, zuerst auf drei, dann mache ich noch mal eine Runde und drehe alle auf fünf. Das Haus soll nicht schimmeln. Das Haus ist schlecht isoliert, es verliert die Wärme durch jedes Fenster und die Ritzen drum herum, durch jede Wand, denn jede Wand ist eine Außenwand. Die Wärme, die eigentlich nach oben steigen sollte, sackt außerdem durch die Böden in den Keller. Das Haus gluckert nun aus allen Räumen. Ich lasse mir ein Bad ein, ich benutze das Entspannungsbad von Kneipp, das sich auch die Mutter ins Wasser kippt. Es schäumt gehorsam, ich beobachte, wie sich die Wanne füllt, ich denke, im Winter wird es draußen immer wärmer und drinnen, in den Häusern, immer kälter, weil man ja nicht mehr heizen soll, aber bei den Eltern können diese Zustände mühelos abgefedert werden. Bei den Eltern werden die *Tagesthemen* geschaut, es wird an den Reglern gedreht für die Heizung, fürs Warmwasser. Die Wanne ist voll, der Schaum steht fest, als könnte man darauf eine Wanderung unternehmen, und ich zwinge mich, hineinzusteigen.

Das Wasser ist viel zu heiß. Ich verknote mir die Haare am Kopf, damit wenigstens sie verschont bleiben, und zwinge mich zu sitzen. Das Wasser drückt mir die Luft aus der Brust, ich schließe die Augen und sage mir, dass diese Suppe nun auszulöffeln ist, zu genießen auch. Ich denke an den Kinderspielplatz, den ich gestaltet habe und über den sich verschiedene Elternteile aufgeregt haben, weil sie es nicht in Ordnung finden, dass ihre Kinder in überdimensionalen Organen spielen. Dass die Kinder in einem Lungenflügel Yu-Gi-Oh!-Karten tauschen, dass die Kinder sich auf eine Niere legen und an ihrem Trinkpäckchen saugen, bis es dieses erschöpfte Geräusch von sich gibt. Eine Niere ist eine angenehme Form, um darauf zu liegen, und ich denke, hoffentlich wissen die Kinder das zu schätzen. Ich denke, es wäre schön, wenn die Menschen ganz unterschiedlich groß wären. Wenn es sehr große und sehr kleine von uns gäbe. Damit man immer jemanden finden könnte, bei dem man auf dem Unterarm liegen kann, den Kopf in die Handfläche gebettet. Nur für den allergrößten Menschen täte es mir leid. Ich denke, dass ich der Mutter nichts zu geben habe und auch nichts von ihr nehmen kann, und ich weiß nicht, was von beidem schlimmer für sie ist.

Irgendwann wache ich auf und denke, ich kann nicht mehr atmen. Es ist zu heiß. Ich gehe wieder durch die Zimmer, drehe die Heizkörper auf null, reiße die Fenster auf und blicke auf das graue Plastik der geschlossenen Rollläden. Ich überlege eine Weile, es ist erst vier Uhr, die Rollläden müssten eigentlich unten bleiben, ich ziehe sie eine Handbreit hoch, um etwas Luft in die Zimmer zu lassen.

Am nächsten Morgen ist es eiskalt im Haus. Ich schließe die Fenster wieder und stelle die Heizungen auf drei, eine vernünftige Zahl. Ich frage die Mutter nach der Nacht, die Mutter sagt, ganz gut, ich schütte wieder eine fast volle Kanne kalten Tee in den Ausguss, schütte die kalte Brühe weg, koche den basischen Kräutertee, stelle den frischen Tee auf den Tisch, lasse ihn abkühlen, reiche der Mutter die Tasse, und als ich ihr die Tablette in die Hand geben will, streckt die Mutter die Zunge heraus. Die Zunge ist ganz gelb belegt, aus dem Mund riecht es sauer. Ich erschrecke, ich habe diese Öffnung nicht erwartet, ich bemerke, dass die Mutter seit Tagen nicht die Zähne geputzt hat. Die Mutter zeigt mit den Augen auf die Tablette, die ich zwischen Daumen und Zeigefinger halte. Ich lege sie ihr auf die Zungenspitze wie der Pfarrer seinen demütigsten Christen die Hostie. Ich reiche ihr mit der anderen Hand die Tasse. Die Mutter trinkt, legt sich zurück aufs Sofa.

Ich sage, Mama, wir haben ja gestern gesagt, dass wir dich heute ins Krankenhaus bringen, wenn's nicht besser ist. Die Mutter atmet hinter geschlossenen Augen. Ich gehe in die Küche, mache einen Kaffee, schlage eine der Vaterzeitungen auf, überfliege die Schlagzeilen, vergesse die Schlagzeilen. Ich öffne meinen Laptop und mache eine Materialliste, danach eine Kostenaufstellung, einen Zeitplan. Plötzlich klingelt es. Die Mutter und ich haben uns in einer Blase befunden und an einer Blase kann man nicht klingeln. Eine Blase hat keine Haustür, nur ein Haus hat eine Haustür, somit platzt die Blase im Moment des Klingelns und das Haus erscheint um uns herum. Ich blicke zur Mutter, die im Schlaf oder Nichtschlaf kaum merklich den Kopf schüttelt. Da wehrt sich etwas in ihr, etwas, das nicht entdeckt werden will, da zappelt ein kleiner Nacktmull in ihrem Schoß und keiner soll ihn sehen.

Ich gehe erst zum Küchenfenster, sehe Molly, die ihr Gesicht an das kreisrunde Glasfenster der Haustür drückt, als könnte sie so um eine Ecke gucken. Sie hat vorne das Baby und hinten einen gelben Rucksack von Fjällräven. Darin transportiert sie vermutlich die Gegenstände für das Baby. Ich gehe zur Tür, sie lächelt und winkt, als sie mich im Flur sieht, und sagt sogleich, schön, dich zu sehen, Lenni, ich sage, hi, na. Ich dachte, sagt Molly, ich komm einfach mal rum. Sie ist betont locker in den Knien, sie federt ein bisschen auf den Turnschuhen. Ich sage, ja, da bist du. Ja, sagt Molly, da bin ich. Das ist Mattea, sagt Molly und senkt den Blick, sie muss das Kinn ganz auf der Brust ablegen, den Oberkörper ein wenig zurücklehnen, um in das schlafende Gesicht hineinzuschauen. Sie streicht mit dem Mittelfinger über den geschlossenen Mund. Ja, sage ich, dann mal hereinspaziert. Molly tritt in den Flur und geht an mir vorbei in die Küche, sollen wir einen Tee trinken.

Ich versuche mich zu erinnern, was an der Küche neu für sie ist, die Mutter hat vor ein paar Jahren den Maler kommen lassen, eine Wand in Apfelgrün, das muss neu sein, und der Induktionsherd. Molly setzt Wasser auf, ohne sich umzuschauen, ohne kurz innezuhalten, wo war noch mal, sie setzt den Wasserkocher auf und öffnet die Schublade mit den Teedosen, holt eine nach der anderen heraus und liest die Beschriftungen, die die Mutter aus den Packungen ausschneidet und mit Tesafilm auf das Blech klebt. Rooibus Vanille, fragt Molly, ich nicke, sie holt ein Teesieb aus der unbestimmten Schublade, in der Pfannenwender, Holzkochlöffel, Schneebesen, Salatbesteck und so weiter liegen, sie schließt die Schublade mit dem angewinkelten Knie, mit zu viel Schwung, weil sie weiß, dass die Schublade kurz vorm Zuknallen von selbst bremst und sich lautlos in die Küchenzeile einfügt, sie braucht die eine Hand für das Sieb, die andere für Matteas Rücken, den sie automatisiert streichelt. Dann nimmt sie eine Teekanne aus der Vitrine, füllt den Tee in das Sieb und gießt ihn auf, sachte wippend. Ich denke, die Teekanne ist noch keine zwanzig Jahre alt, auch den Wasserkocher hat die Mutter sicherlich ausgetauscht wegen der Kalkablagerungen, die sich aufgrund des harten Wassers so schnell bilden. Es ist allerdings durchaus möglich, denke ich, dass der Wasserkocher seit zwanzig Jahren auf demselben Platz steht, nämlich neben der Saeco-Maschine, was ja auch Sinn ergibt, Heißgetränke.

Dann fällt mir ein, dass Molly und die Mutter ja *wieder gut* sind. Die Mutter hat nicht weiter ausgeführt, was das bedeutet, inwiefern Molly nun wieder Teil der häuslichen Sphäre geworden ist, aber es sieht mir ganz danach aus. Ich nehme zwei Tassen aus dem Schrank und stelle sie auf den Tisch. Molly setzt sich mir gegenüber, Mattea streckt ihr kleines Ärmchen aus der Trage und macht ein Geräusch, sie knurrt, Molly steht wieder auf und wippt. Und du, fragt sie, bist mal länger in der Gegend. Ja, sage ich, schon. Wie geht's dir denn in Berlin, fragt Molly und wippt dabei und malt mit der flachen Hand Kreise über den Babyrücken und es macht mich ganz nervös, dass sie sich nicht hinsetzt, dass sie steht und wippt und kreist. Mir geht's gut, sage ich. Schön, sagt Molly und lächelt, als sei sie mit dieser Antwort voll und ganz zufrieden.

Sonst gar keiner da, fragt sie. Nein, sage ich. Doch. Mama ist krank. Oh nein, sagt Molly. Ich zeige auf die Tür zum Wohnzimmer und Molly flüstert, schläft? Ich sage, sie dämmert so vor sich hin. Was hat sie, fragt Molly und bleibt seitlich zur Wohnzimmertür stehen und reckt den Kopf durch den Türrahmen. Von der Treppe, sage ich, gefallen. Was, sagt Molly. Ich sage, ja. Molly sagt, aber was hat sie. Ich sage, tja, vielleicht Gehirnerschütterung, vielleicht gebrochene Hüfte, aber sie will nicht ins Krankenhaus, sie nimmt Vitamin D und macht Heilfasten. Molly sagt, seit wann. Ich sage, paar Tage. Molly sagt, bist du bescheuert. Ich sage, was.

Molly geht ins Wohnzimmer, mit festen Schritten, sie versucht sich mit den Schritten anzukündigen, sie sagt beschwingt, Irene, huhu. Die Mutter hat die Augen bereits offen und lächelt. Hätte in ihrer Reichweite ein Puder gestanden, ein Lippenstift, sie hätte es benutzt, sie hätte sich die Lippen über die Ränder hinaus zu einem Lächeln bis zu den Ohren angemalt. Molly setzt sich neben die Mutterbeine auf die Couch und legt ihr eine Hand an die Stirn. Die Mutter sagt mit ihrer fast normalen Stimme, wie schön, dich zu sehen, Süße, wie geht es euch. Wie lange ich diese Stimme nicht gehört habe, die engagierte Mutterstimme. Molly sagt, Irene, ich rufe jetzt den Krankenwagen, das geht so nicht. Sie tippt auf ihrem Handy, hält es sich ans Ohr, antwortet in kurzen prägnanten Halbsätzen, holt dabei die Hand der Mutter unter der Bettdecke hervor und streichelt sie.

Zusätzlich wippt sie auf dem Sofa auf und ab. Sie legt auf, lächelt, sagt, sie kommen gleich. Legt die Handfläche an das Muttergesicht, lächelt, sagt, uns geht es gut. Mattea schläft ganz viel tagsüber. Ella ist in der Kita. Frieder ist fast fertig mit seinem neuen Album und hat schon ein paar Konzerttermine für den Sommer. Klappt es mit dem Stillen, fragt die Mutter. Ja, sagt Molly, manchmal muss ich abpumpen, ich hab echt viel Milch dieses Mal– Vielleicht sollten wir dir schon mal eine Tasche packen, Irene. Die Mutter gibt mir Anweisungen, sie sagt ganz genau, welche Kleidungsstücke, welche Pflegeprodukte, welche Bücher, als hätte sie die letzten Tage über nichts anderes nachgedacht. Ich sage, gut, dass du ins Krankenhaus gehst, Mama, es wird bestimmt nicht so schlimm, du kommst sowieso nicht drum rum, die Mutter sagt, na ja, ich will dir nicht zur Last fallen. Du hast ja Wichtigeres. Ich versteh nur nicht, warum du den Hochzeitsanzug anhaben musst, ausgerechnet.

Ich sehe an mir herunter. Ich denke, dass der Vater seinem eigenen Hochzeitsanzug im Café gegenübergesessen hat und an nichts anderes gedacht als an Patti Smith. Ich gehe durchs Haus und sammle die Gegenstände für die Mutter zusammen. Mit der Sporttasche über der Schulter bleibe ich im Türrahmen stehen, Molly sagt gerade, na ja, als Sozialarbeiterin findet man ja immer Arbeit. Es klingelt. Mollys Blick fällt auf mich, groß schaut der Blick unter den angehobenen Augenbrauen hervor, mich an, wie ich weder im Raum noch außerhalb stehe und zuschaue, wie Molly mit der Mutter interagiert. Lenni, sagt Molly, machst du bitte auf. Sie schüttelt kurz und ruckartig den Kopf.

Vor dem Haus steht ein Rettungswagen ohne Martinshorn, ohne Blaulicht, auf Wunsch der Mutter so bestellt, um die Nachbarn nicht zu alarmieren. Molly sagt, ich kann jetzt nicht mitfahren, ich muss Ella aus der Kita abholen, ja, sage ich. Die Sanitäterinnen schnallen die Mutter fest und verladen sie und aus dem grellen Licht heraus sagt sie, brauchst jetzt nicht mitkommen, aber bleibst du so lange im Haus und gießt die Pflanzen und machst die Rollläden hoch und runter und stellst die Mülltonnen raus und holst die Zeitung rein und falls dein Vater nach Hause kommt. Ja, sage ich und dann wird die Mutter weggebracht und als ich dem Wagen hinterherschaue, denke ich, ob ich jetzt hätte mitfahren sollen, obwohl die Mutter gesagt hat, ich brauche nicht mitfahren. Ich bleibe allein mit dem Haus, das um mich herum seine Bewegungen und Geräusche macht, als würde es in einem Traum liegen. Das Haus knirscht.

Ich gehe in Socken die Treppe hoch. Ich zähle leise die Stufen beim Hinaufgehen, obwohl ich weiß, dass es siebzehn sind, ich zähle, um sicherzugehen, dass keine abhandengekommen ist. Ich setze mich auf das glatte Holz der obersten Stufe. Etwa in der Mitte macht die Treppe eine schwungvolle Biegung nach links, in den Flur hinein, steuert auf die Küchentür zu. Die Mutter hat sich durchgesetzt, sie hat über der Treppe ein Dachfenster einbauen lassen. Es musste ein Stück des Dachbodens weg, das Dach auf dieser Seite freigelegt werden, damit das Licht nun von oben die Stufen herunterfallen kann. Es war ein großer Eingriff und ein rein kosmetischer noch dazu, aber die Mutter wollte über der Treppe einen Freiraum, das Gefühl, dass man einfach immer weitergehen könnte, und weil *Stairway to Heaven* eines der Lieblingslieder des Vaters ist, hat er zugestimmt, oder vielleicht war es ihm auch einfach egal.

Im Sommer ergeben sich je nach Tageszeit geometrische Schattenspiele mit Stufen und Geländer. Jetzt liegt der Himmel auf dem Glas wie Beton. Als hätte man mich in einem unaufmerksamen Moment im Haus einbetoniert, alle Fenster und die Tür vollgeschmiert und die Masse hart werden lassen. Ich höre eine Tür und Schritte, erschrecke kurz und erinnere mich, dass draußen noch mehr Häuser stehen, mit Türen und Menschen, die sie öffnen und schließen.

Ich gehe aus dem Haus die Straße hinunter und klingle beim Giesi. Servus, sagt er überrascht, ich bin im Homeoffice. Du, sage ich, wo hast du deinen Sand herbekommen. Für den Bau. Vom Kies Krüger, sagt der Giesi. Aber kannst dir auch da was wegnehmen, von dem Haufen, das brauchen wir eh nicht alles. Ich sage, ich brauche zehn Tonnen. Der Giesi sagt, hoppla, ja gut, dann. Ruf mal beim Kies Krüger an. Jo, sage ich, mach ich. Der Giesi ruft mir hinterher, sagst ihm einen Gruß.

Abends lässt mich das Haus nicht schlafen, es findet keine Ruhe und will, dass ich mit ihm wach bleibe. Ich fühle mich wie eine Brausetablette, von zwei Fingern in ein Glas Wasser geworfen und mitten in einem Auflösungsprozess, aus dem es hervorsprudelt. Es ist eine klare Nacht und der Vollmond beleuchtet die Gegenstände der Eltern, er wirft eine Kühle auf sie, aus der man sie retten will. Ich gehe durch die Zimmer ohne Reihenfolge, schalte dem Haus und seinen Sachen hier und da kleine Lämpchen an, ziehe die Türen hinter mir zu, öffne sie wieder, ich suche nach etwas, was schon die Eltern nicht gefunden haben.

Ich wache auf dem Sessel auf, denke sofort an die Anweisungen der Mutter. Ich gieße also die Pflanzen, stelle die gelbe Mülltonne auf den Bürgersteig, wie bei den Nachbarn. Ich hole die angestaute Post aus dem Briefkasten, die Briefe und Zeitungen sind an den Vater adressiert, die Werbeprospekte an die Mutter. Am Küchentisch öffne ich einen Brief nach dem anderen mit dem Buttermesser, wie es der Vater getan hätte. Die Zeitungen lege ich auf sein Platzdeckchen, wo schon vier andere ungelesene Tageszeitungen aufeinanderliegen, von der Mutter fein säuberlich als Vorwurf dorthin formuliert, als Zeuginnen seiner Abwesenheit. Der Vater liest am Wochenende die *FAZ* und unter der Woche die *Stuttgarter Zeitung*.

Ich frage mich, ob er sich von anderswo in sein Kundenkonto einloggen wird und die Zeitungen dorthin bestellen, wo er sich befindet, oder ob er einfach ein zweites Abo abschließen wird, per Telefon, weil er von seinem Kundenkonto nichts weiß. Der Vater ist nicht in der modernen Welt verloren, der Vater ist in jeder Welt verloren, sodass er auch von mir nicht gefunden werden kann. Dann fällt mir wieder ein, dass der Vater ja bleiben wird. Der Vater wird in das Elternhaus zurückkehren, wenn die Mutter verschwunden ist, und alle verpassten Zeitungen nachträglich auslesen. Ich öffne seine Briefe, die keine Briefe sind, sondern Rechnungen. Ich mache eine Kanne Filterkaffee. Die Uhr in der Küche zeigt zehn, draußen ist es dunkel, ich gieße mir eine Tasse ein und nehme die Batterie aus der Uhr. Es ist sehr still.

Vom Telefon im Flur rufe ich die Mutter an, betrachte mich dabei im Spiegel der Garderobe, ihr Handy klingelt in der Tasche meines Mantels. Mir fällt ein, dass ich nicht weiß, in welches Krankenhaus sie gebracht wurde. Es gibt diese Geschichten von Menschen, die in einem System verloren gehen, weil ihnen ein Dokument abhandengekommen ist, die einfach so mir nichts, dir nichts verschluckt werden, und ich frage mich, ob die Mutter ihren Ausweis und die Krankenkassenkarte wohl dabeihat.

Ich erinnere mich nicht, das Portemonnaie eingepackt zu haben, ich frage mich, wo im Haus sie wohl ihre Geburtsurkunde aufbewahrt, mit der ich im Zweifel beweisen könnte, dass es sie gibt, gegeben hat, wenn die Mutter nun von hier nach da verlegt wird und ihr irgendwann ein übermüdeter Krankenpfleger den falschen Namen in die Akte schreibt, sie vertauscht wie einen Säugling, ihr also vielleicht auch die falsche Krankheit dazuschreibt, und die Mutter so viel in den Schmerzen gedämmert hat, dass es eigentlich egal ist, wie sie genannt wird, vielleicht nehmen sie ihr ein Bein ab, das eigentlich dranbleiben könnte, das bei wem anders ab müsste, und fliegen sie dafür in eine Spezialklinik, und die Mutter lässt sich fliegen, die Mutter lässt sich nennen, die Mutter lässt sich reparieren und tritt irgendwann einbeinig aus der Krankenhaustür in einer fremden Stadt und hat immer noch die Schmerzen und vielleicht denkt sie, eh egal, *we all are one*, und tritt in ein buddhistisches Kloster ein. Es gibt ja nur wenige Orte, in die man ohne Identität hereingelassen wird. Ich stehe mit dem Hörer am Ohr im dunklen Flur und versuche, um die Mutter zu weinen.

Ein einziges Mal nur ist die Mutter aus meinem Leben verschwunden, ohne Bescheid zu sagen, und zwar zu der Zeit, als ich schwieg. Das Schweigen war unbemerkt in mich hineingelangt. Es wuchs plötzlich aus mir heraus wie die Achselhaare, wie die Beinhaare, die Schamhaare, wie die Brüste, wie das Fett am Bauch. Da es unmöglich ist, in Gegenwart der Mutter zu schweigen, musste ich der Mutter als Gesamtkonzept ausweichen, und die Fragen legten sich von hinten in meinen Nacken, wie ihre Hand durch die Kopfstütze des Autos, wenn ich auf dem Beifahrersitz saß, weil mir hinten schlecht wurde. Ich ging nach der Schule die Treppe nach oben in mein Zimmer, nicht in die Küche, weil dort die Mutter saß, mit den Töpfen vor sich, um das Haus zu einem dampfenden Heim zu machen, es gut meinend. Wenn ich die Mutter sah, öffnete ich die Lippen und schloss sie wieder und ging.

Die Mutter suchte in dieser Zeit die Gespräche mit mir, sie suchte nach ihnen wie nach etwas Verlorenem, von dem sie wusste, es müsste noch irgendwo liegen, das Haus verliert ja nichts. Einmal überhörte ich abends ein Gespräch der Eltern im Wohnzimmer, die Stimme der Mutter fest in ihrer Sorge, aufgebracht, und der Vater sagte einen Satz, der mit den Worten *halt abnabeln* endete, und ich sah sein Schulterzucken vor mir. Der Vater sagte, *halt abnabeln*, und meinte, dass etwas abgeschnitten wurde, mit einer ganz normalen Haushaltsschere, etwas, das einen davor ans Leben gebunden hat, genährt, man schneidet und knotet und lebt trotzdem weiter und fühlt sich betrogen, man fühlt sich abgeleint, was bedeutet, dass man davor angeleint gewesen sein muss.

Die Mutter sagte, der Vater machte sie ganz irre mit seiner vermeintlichen Entspanntheit, die am Ende nichts weiter wäre als völlige Gleichgültigkeit, sogar der eigenen Familie gegenüber. Völlige Gleichgültigkeit, wiederholte die Mutter. Der Vater schwieg und zum ersten Mal dachte ich, dass ich mit dem Vater etwas gemein hätte, also dass es am Vater überhaupt etwas gab, was man gemein haben konnte, dass auch der Vater dort im Wohnzimmer die Lippen öffnete und schloss und nichts zu hören war, außer vielleicht das leise Klicken der Spucke, die die Lippen zusammengehalten hatte.

Wenn ich nach der Schule das Haus der Eltern betrat, fegte die Mutter den Eingangsbereich, sortierte das Schuhregal oder die Wintermäntel in der Garderobe, damit wir uns jeden Tag mindestens einmal kurz begegneten und ich ihren Schmerz betrachten musste und denken, ob die Nabelschnur nicht eigentlich die Mutter versorgt hatte. Durch meinen Hals passte das Essen nicht mehr, nicht am Tag, und ich wachte nachts auf, wenn meine Kehle weit war, und ging die Treppe hinunter, um aus den Töpfen zu essen. Mein Körper wurde stetig dicker, jeden Tag wuchs er um ein paar Zellen, und der Mutterkörper immer dünner, so kam es mir zumindest vor, wenn ich ihn kurz beim Schuhesortieren im Eingang sah. Die Mutter war wie die Mädchen zwei Klassen unter mir, die noch Kinder waren, deren Körper noch keine Vorräte angelegt hatten, weil sie ja Kinder waren, mit Eltern, die die Vorräte für sie anlegten.

Mollys Körper nahm seine eigene Form an, nicht groß, nicht klein, an den richtigen Stellen dick, an den richtigen Stellen schlank. Molly ging der Mutter voraus in die Küche und ließ sich einen Teller belegen und half danach beim Spülmaschineaus- und -einräumen, und die Mutter fragte eine Frage nach der anderen und ihr Hunger ebbte etwas ab, während Molly erzählte und die Mutter Irene nannte. Es gefiel der Mutter, an ihren Vornamen erinnert zu werden, wo man doch gar nicht mehr Frau ist, gar nicht mehr Mensch, sobald man geboren hat, und das sagte sie dann auch zu Molly, die es eh schon wusste, weil sie immer direkt in die kleinen Gewässer in den Zentren der Leute hineinblickte und dort mit der Fingerkuppe eine Bewegung auslöste. Die Mutter nahm Molly in den Arm und strich ihr über den Kopf und zog Mollys Scheitel an ihren Mund, zum Riechen und Gerochenwerden. Wenn Molly dann zu mir ins Zimmer kam, schien sie mir die Spionin der Mutter zu sein, sie roch nach der Heimlichkeit der Mutter, sie roch wie mein Zimmer nach der Schule, wenn die Mutter in meiner Abwesenheit die Sachen auf dem Schreibtisch anhob, in meinem Skizzenbuch blätterte.

Molly legte sich nicht zu mir aufs Hochbett, sondern auf den Boden, sie las mühelos die unsichtbaren Grenzen, die ich durch den Raum zog. Erst wenn ich die Leiter hinunterstieg, erzählte sie etwas, das sie beobachtet hatte, einen Mann in der Bahn, der die ganze Zeit *selber schuld* rief und auf Leute zeigte, selber schuld, für so etwas begeisterte sie sich. Die meiste Zeit schwiegen wir, wir lagen in Unterhose auf dem Boden, zeichnend, schreibend, Kniffel spielend; ich wünschte mir die Mutter fort und dann verschwand sie.

Stattdessen war der Vater zu Hause, zur Mittagszeit, zu der er in diesem Haus nichts verloren hatte. Es war der erste Tag der Sommerferien, ich hatte lange geschlafen und die Mutter hatte keine Unordnung im Flur vorbereitet, um mich auf der Treppe abzupassen. Ich ging in die Küche, wo sich der Vater eine Schürze umgebunden hatte und Molly am Küchentisch saß, ins Leere starrend. Der Vater kann gut schweigen, er hat damit einfach die besseren Erfahrungen gemacht und es deswegen mehr praktiziert als das Sprechen. Der Vater stellte seinen Brustkorb also auf den Druck ein, der beim Schweigen entsteht, und trat mir entgegen und schwieg ein sauberes, dichtes, optimales Schweigen über den Aufenthaltsort der Mutter. Ich ging ins Wohnzimmer, weg vom Vater mit der Landhausschürze. Die Mutter war abgehauen, weil ich sie abgeschnitten hatte, die Mutter hatte sich in Luft aufgelöst, weil ich sie mir derart fern gewünscht hatte, war sie verschwunden, obwohl man weiß, dass einem die eigenen Wünsche nicht weniger als Angst einjagen sollten, weil sie in Erfüllung gehen können.

Ich stand fest auf dem IKEA-Teppich, in einem der bunten Quadrate, und war außerstande, mich fortzubewegen, ich zitterte nur derart, was keine Bewegung ist, die eine Richtung hat, es ist eine Bewegung, die es nicht schafft, den Körper zu verlassen. Molly nahm eine der rundlichen Skulpturen aus dem Bücherregal und warf sie gegen die Terrassentür. Das Glas splitterte, die Figur brach durch die Scheibe, landete draußen auf der Terrasse, rollte in Richtung der Gartentreppe und blieb kurz vor der Kante liegen. Ich schrie kurz und spitz, nur so lange, wie die Figur durch das Glas brauchte. Ich zitterte nicht mehr.

Der Vater war hinzugetreten, wegfegen, aber hallo. Der Vater ist der Überzeugung, dass klare Anweisungen hilfreich sind für solche Menschen, die Scheiben einwerfen. Er richtete sich an mich, weil dem Vater klar war, dass Molly als meine Verlängerung gehandelt hatte, oder vielleicht, weil er sich nicht vorstellen konnte, dass Molly jemals etwas kaputt machen würde. Molly hätte die Hand auf die zerbrochene Scheibe legen können und das Glas wäre darunter zusammengewachsen. Der Vater hielt den Abstand zwischen uns genau so groß, dass ich seine Worte gerade noch hören konnte. Er hatte schon länger diese Vorsicht mit mir und meinen Funktionsweisen. Er hatte schon immer diese Enttäuschung bezüglich seines Lebens, in dem ich nun mal vorhanden war.

Der Vater ging zurück in die Küche und kochte eine Suppe, obwohl es ein schwüler Sommertag war und niemand vorsorglich die Rollläden geschlossen hatte, um die Hitze draußen zu halten. Der Vater wusste nicht, welche Handlungen das Haus an den Wochentagen verlangte, der Vater kannte das Haus nur an den Abenden, wenn die Hitze gewichen war, und an den Wochenenden, wenn er ja Wochenende hatte. Der Vater hat das Haus nie mit zu erledigenden Aufgaben verbunden, es höhnte nicht, dass es nie aufhören würde, Arbeit zu generieren, weil das Chaos automatisch kommt, der Zerfall, das Verfaulen, während die Ordnung manuell hergestellt werden muss. Für den Vater ist das Haus ein Seufzer, ein Loslassen, in dem er sich endlich ausstrecken darf und in seine Einzelteile zerfallen. Der Vater balancierte das Kochbuch auf der linken Hand, erledigte alles andere mit der rechten, schneiden, in die Pfanne geben, rühren, mit Wasser aufgießen, Deckel schließen, Deckel öffnen, würzen, pürieren.

Die Mutter tauchte nicht auf und der Vater ließ die Glasscheibe austauschen und verzichtete darauf, mir zu sagen, wie teuer, er sagte nur, ich sollte den Handwerkern Kaffee kochen, und Molly machte es. Sie trug das Tablett mit dem Geschirr, dem Zucker, dem Milchkännchen und ich die Kanne. Ich bemerkte, wie die Handwerker sie musterten, einer ganz alt, einer ganz jung, und sie sich trotz aller Generationenkonflikte einig waren über Mollys Körper, der zudem ein Tablett tragen konnte. Molly servierte ihnen den Kaffee und ich bemerkte, dass sie eine dritte Tasse gebracht hatte, die sie ebenfalls füllte, um ihren Henkel manieriert zu umfassen und sich eine Zigarette vom jungen Handwerker anstecken zu lassen. Sie blies den Rauch durch die fehlende Scheibe hinaus und ließ sich dabei betrachten.

Sie ließ zu, dass sich die Männerblicke auf ihr ablegten, sich an sie heranschmirgelten, in die Ritze zwischen ihren neuen Brüsten, an ihren freigelegten Bauchnabel, an die Linien, die die Schultern zeichneten, wo sie in den Hals bogen. Ich hatte Molly noch nie rauchen sehen. Als sie den Kaffee ausgetrunken hatte, setzte sie sich ans Klavier, die Beine breit und den Rücken darüber aufrecht wie Tori Amos, sie spielte ein paar Takte, wofür sie die Zigarette immer wieder loslassen musste, und dann führte sie, wenn das Klavierspiel es zuließ, die Hand zum Mund, um den Rauch auszupusten. Ich erkannte die Akkorde von *Summertime*. Als die Handwerker gegangen waren, stellte Molly alle Fenster auf, aber die Hitze stand, der Zigarettenrauch stand, kein Wind zog durch das Wohnzimmer.

Nach einer Woche war die Mutter zurück und sagte, sie hätte die Hölle geküsst. Sie setzte sich auf die Terrasse und ließ sich vom Vater einen Baldriantee und eine Fleecedecke bringen und zitterte darunter, obwohl es sehr heiß war, und ich fragte mich, ob sie sich an die Temperatur der Hölle gewöhnt hatte, dass sie nun sogar im Sommer fror, und was würde sie im Winter machen. Wir scharten uns um sie, Molly und ich auf den Steinen sitzend, der Vater hinter ihr, um jederzeit ins Haus zu huschen und Dinge heranzutragen, sollte etwas gebraucht werden. Der Vater wollte ihr die Hände von hinten auf die Schultern legen, aber hielt in der Luft inne, stand eine Weile mit gehobenen Händen, als wollte er seine Entwaffnung zeigen, und zupfte dann vertrocknete Salbeiblüten von der Pflanze.

Die Mutter war anders, umgeben von einer Autorität, die sie zu einem ganz neuen Menschen machte. Ich sagte, klingt nach einem scheiß Urlaub. Die Mutter drehte sich um, zum Vater mit den Augen im Salbei und fragte, Urlaub? Tommy, Urlaub? Ich bereute es sofort, ich wollte die Worte wieder einholen, mit dem Fuß einen Knopf treten wie beim Staubsauger, der sein Kabel einholt. Hier muss sich einiges ändern, sagte die neue, feste Mutter von ihrem Thron. Es bleibt dabei, dass die Mutter diese Woche in der Hölle verbracht hat, sie hat kein anderes Wort mehr gesucht und ich habe nicht nachgefragt.

Die Mutter nähte plötzlich in der Nacht, sie zerschnitt Kleidungsstücke, Bettlaken, Handtücher, Tischdecken zu gleichgroßen Quadraten und nähte sie aneinander. Ich habe nie gefragt, was es werden sollte, ich denke, es sollte nichts werden. Ich habe das Produkt auch nie gesehen, es muss ein riesiger schwerer Flickenteppich geworden sein, so viel Zeit, wie sie damit verbracht hat, aber sie verstaute ihn gewissenhaft nach getaner Arbeit.

Weil die Mutter nachts an der Nähmaschine im Wohnzimmer saß, aß ich nicht mehr heimlich. Die Mutter nahm mich jeden Tag zur Begrüßung in den Arm und roch an meinem Hals, weil ich über sie hinausgeschossen war, und ich wartete, bis sie das Gesicht wieder hervorholte. Ich beantwortete die Fragen, wenn auch sehr knapp, wenn auch mit dem Blick auf den Zeigern. Ich behauptete, dass es Jungs gab, für die ich mich interessierte, weil es einfacher war, als der Mutter mein soziales Desinteresse zu erklären. Molly erzählte von ihrer Schule und es verwunderte mich, dass sie eines dieser ganz normalen Mädchen war, die es auch in meiner Klasse gab. Manchmal traf sie die anderen Jugendlichen aus dem Vorort und auch dann war ich verwundert, wie leicht sie sich mit ihnen unterhielt, wie sehr sie sich für die anderen zu interessieren schien, wie sie darauf achtete, sich vorher mit Deo einzusprühen, und sich manchmal sogar die Haare glättete.

Ich sagte also am Esstisch Ja auf die Frage mit den Jungs und Mollys überschlagenes Bein wippte unter der Tischplatte, aber die Mutter freute sich über die Lüge. Die Mutter hätte alles andere eh nicht glauben können, in dem Alter, wo man sich doch normalerweise in Gruppen auf Bordsteinen sitzend aufhält. Wo man doch sogar Standardtanz lernt, nur um die Hände auf dem komplementären Geschlechtskörper zu platzieren. Die Mutter hätte es für eine psychologische Kapriole gehalten, einen Mechanismus.

Die Mutter hatte sich durch ihr Verschwinden eine Machtposition erspielt, die ihr ermöglichte, ins Zimmer zu kommen, noch bevor Molly oder ich Ja sagten, sogar die Leiter zum Bett hinaufzusteigen, um den Teller mit den geschnittenen Äpfeln und geschälten Walnüssen dort oben direkt neben unseren Köpfen abzustellen. Manchmal legte sich die Mutter zu uns. Sie strebte die Mitte an, ruckte ihren kompakten Körper zwischen unseren hin und her, bis sie sich optimal eingenistet hatte, bewunderte den Sternenhimmel, den wir über dem Bett an die Decke gemalt hatten, und erzählte aus ihrer Zeit, wie sie es nannte. Die Zeit der Mutter begann mit dem Kennenlernen des Vaters an der Uni im Studium Generale, wo sie sich gemeinsam fachfremd weiterbildeten und die Mutter schwängerten.

Die Mutter war gerade siebenundzwanzig geworden, eine Woche, bevor ich kam, und sie erzählte, dass sie eine unkomplizierte Schwangere gewesen wäre, nicht so wie die Frauen jetzt, die soundso viele Datteln am Tag essen müssten und sich am Ende doch aufschneiden ließen, weil ihnen das Datum besser passte. Sie erzählte nicht, dass sie bei meiner Geburt fast umgekommen wäre, mit gerade mal siebenundzwanzig. Das hob sie sich für zukünftige Momente auf, in denen ich sie nicht ins Zimmer lassen, wenn ich den Schreibtisch vor die Tür schieben würde, weil sie den Zimmerschlüssel längst hatte verschwinden lassen.

Dann würde sie davon sprechen, wie sie einst um ein Haar gestorben wäre, weil ich mich nicht aus dem Mutterbauch hatte aufraffen können, weil ich so gern geblieben wäre, so gern hätte ich in der Mutter gehaust und von ihrem Kuchen gegessen, dass ich uns beide um ein Haar – um ein Haar! – umgebracht hätte. Sie würde dann nicht schreien, sie spräche leise und eindringlich, sie würde nicht wollen, dass ihre Worte im Raum verloren gingen, sie wollte sie in meinen Gehörgängen, an meinen inneren Häuten wissen, unter den Schläfen, in den Ritzen zwischen den Organen, im Gebäude, das die Rippenbögen aufspannten. Ich ließ die Mutter also immer herein. Wenn die Mutter schließlich genug aus ihrer Zeit geplaudert hatte und behände die Leiter hinunterstieg, hinterließ sie manchmal ein Haar auf dem weißen Laken. Lang und fest. Ich zupfte es ab, schnürte es um den Zeigefinger, dessen Fleisch zu beiden Seiten des Haares hervortrat und rot wurde, und dachte an diese Floskel der Mutter, mit der sie andeutete, dass alles auch anders hätte kommen können, dass man im Leben nicht sicher war.

Mein Schlaf war seit dem Verschwinden der Mutter dünn, wenn ich ihre Schritte hörte, die sie zu den Stoffen trugen, an die Maschine, ging ich ins Elternzimmer und horchte nach dem Lippenflattern des Vaters. Der Vater war immer da, der Vater blieb nie allein über Nacht weg. Vom Flur aus horchte ich nach dem leisen Rattern der Maschine der Mutter, den gelegentlichen Pausen, wenn sie neu ansetzte, um die Richtung zu wechseln. In meinem Bett schlief Molly, immer auf dem Rücken, die Arme neben sich, die Handflächen nach oben geöffnet. So schlief sie ein und so erwachte sie wieder. An überschwänglichen Tagen nannten wir uns Schwester, oder *sister*, wir speicherten unsere Nummern in unseren Handys so ein. An den meisten Tagen lebten wir einfach im selben Schweigen, im selben Wartezustand. Molly wurde Sängerin der Schulband und kam bei *Jugend musiziert* ins Finale, und die Mutter hüpfte mit uns beiden rechts und links im Arm, wegen des Erfolgs ihrer Leihtochter. Ich hüpfte immer genau dann, wenn die Mutter und Molly landeten, weil ich naturgemäß unrhythmisch bin. Mollys Termine nahmen zu und somit auch die der Mutter, Mollys musikalische Ausbildung brauchte die mütterliche Konzentration und in dieser neuen unbeobachteten Freiheit, in diesem Alleinsein bin ich Künstlerin geworden.

In der Küche lese ich die Werbeprospekte durch, die an die Mutter gerichtet sind, von vorne bis hinten, Tchibo und HessNatur. Dann erst fällt mir auf, dass es doch einen an die Mutter adressierten Brief gibt, mit einem Fenster, in dem klein über ihrem Namen der Absender steht, Kanzlei Schwarz und Schwarz Rechtsanwälte. Der Vater lässt sich jetzt *unser Mandant* nennen, und zwar von Kanzlei Schwarz und Schwarz Rechtsanwälte, vermutlich ein Ehepaar, das sich auf Scheidungen spezialisiert hat, oder zwei Incel-Brüder vom Tegernsee, denke ich. Es steht dort, dass die Gegenpartei dem Mandanten das Haus zugesichert habe, sodass die Eheleute das Trennungsjahr ordnungsgemäß durchführen könnten, der Mandant fordere nun, dass die Gegenpartei das Haus innerhalb der nächsten sechs Wochen verlasse, er reiche außerdem ein Gutachten über den Zustand des Hauses ein, das Hitzeschäden bestätige, wonach der Wert des Hauses deutlich verringert und die Ausbezahlung der Gegenpartei angeglichen werden müsse, ferner sei der Trennungsunterhalt sowie der nacheheliche Unterhalt, wie bislang unter der Annahme einer einvernehmlichen Scheidung berechnet, unter Berücksichtigung der Leistungsfähigkeit der Gegenpartei auf Antrag zum Scheidungstermin neu zu verhandeln.

Den Vater reitet etwas. Den Vater reitet die Angst vor der Übermacht der Mutter. Den Vater reiten die letzten Jahrzehnte, in denen er den Mund nicht aufgemacht hat, in denen er das Schnäbelchen geschlossen hielt und ihm daher auch nichts hineingefüttert wurde, in denen er zu kurz gekommen ist, verkümmert, in denen er die Sexualität nicht hat einlösen können, in denen er sich gefragt hat, worum es der Mutter eigentlich hier ginge. Der Vater muss zum Mandanten werden, um in seine ursprüngliche Übermacht zurückzufinden, nämlich der des Fleischgeldes, aus dem er hervorgegangen ist. Er muss sich von Schwarz und Schwarz Rechtsanwälte zum Gerichtstermin flankieren lassen, gegen die die Mutter nichts zu sagen wissen wird, an denen die emotionalen Strategien der Mutter lotushaft abprallen werden, wie kostbare Perlen werden die Muttertränen an ihren Anzügen hinabgleiten, und der Vater wird sich sagen, dass die Sorgegemeinschaft eben aufgelöst ist, dass die Mutterperlen in der wirklichen Welt da draußen eben keinen Gegenwert haben.

Ich frage mich, ob der Vater den Brief schon veranlasst hatte, bevor er vom Unfall der Mutter wusste. Ob er hektisch und peinlich berührt bei der Kanzlei Schwarz und Schwarz Rechtsanwälte anrief, sie sollten den Brief doch nicht abschicken, bitte, aber der Brief wäre schon weg gewesen, ob der Vater sich also melden wird, heute, morgen, um sich zu entschuldigen und zu sagen, das habe alles Zeit, natürlich könne die Mutter noch im Haus bleiben, bis sie wieder genesen wäre, das ist doch selbstverständlich, würde der Vater sagen, ich bitte dich.

Ich gehe ins Vaterzimmer, ziehe den Anzug aus und setze ihn auf die Couch. Ich frage mich, womit ich den Vaterkörper ausstopfen könnte, aber mir fällt nichts ein.

Ich stelle das Telefon in die Ladestation und warte auf den Anruf des Vaters. Mit den Fingernägeln kratze ich die kleinen Knubbel der Raufasertapete aus. Die Knubbel sind die neue Zeitrechnung, ich verweile lange dort im Flur, viele Hunderte von Knubbel lang.

Ich gehe ins Wohnzimmer, wo es nach Urin riecht, ich öffne Terrassentür und Fenster und lasse den Wind das Wohnzimmer gründlich durchfegen, ich friere, schließe alles wieder und es riecht noch immer, der Geruch hat nur seine Temperatur geändert. Im Wohnzimmer der Eltern mit dem gut sortierten Bücherregal, in dem hier und da eine Skulptur steht, mit dem Adventskranz auf dem Holztisch und den gepflegten Zimmerpflanzen auf den Fensterbänken, manche mit Tonkügelchen, andere ohne, mit den gerahmten Familienfotos auf dem Kaminsims und an den Wänden, und dem Bild, das ich während des Studiums gemalt und der Mutter geschenkt habe, ein Ausschnitt eines Schwimmbeckens mit silberner Leiter, in diesem Wohnzimmer, wo auf jedem Sessel ein und auf dem Sofa fünf Kissen liegen, mit der Stereoanlage, die auch ein Heimkinosoundsystem ist, dem Fernseher, dem CD- und DVD-Regal, dort stinkt es nach kalter Pisse.

Ich hebe die Decke auf der Couch an und sehe den Fleck. Die Mutter hat auf das sandgraue Polster gepinkelt, es muss einen Moment des Loslassens gegeben haben, und sicherlich war es auch dieser Moment, in dem sie jeglichen Widerstand gegen das Krankenhaus aufgegeben hatte, wo es so viel würdeloser nicht sein kann. Die Mutter ist gealtert und ich bin nicht mitgewachsen, ich habe noch vor ein paar Tagen selbst ins Bett gemacht und stehe jetzt dem angetrockneten Urin der Mutter gegenüber. Zwischen der Mutter und mir fehlt etwas, eine Generation. Ich rubble mit einem Küchenschwamm mit viel Spüli auf dem Fleck herum, wringe den Schwamm in warmem Wasser aus, rubble wieder, bis das ganze Polster nass ist. Wahrscheinlich gibt es einen Reißverschluss, ich hätte es abziehen und in die Waschmaschine stecken können. Auf dem Polster kleben kleine blaue Flusen, der Abrieb der rauen Unterseite des Schwamms. Ich wasche mir die Hände, schütte das Wasser mit der ausgedrückten Mutterpisse ins Klo, und als ich zurück ins Wohnzimmer komme, stinkt es noch immer.

Ich gehe duschen, der Geruch haftet in meiner Nase, er hat sich an meine Innenwände gedrückt, er sitzt dort in meinen Tapeten wie der Rauchgeruch in einer Raucherwohnung, ich will mich ausziehen und bemerke, dass ich schon fast nackt bin, erinnere mich an den Anzug im Vaterzimmer, ich schrubbe mich unter der Dusche mit dem Naturschwamm der Mutter und benutze dann ihr Doktor-Hauschka-Melissenöl für den ganzen Körper, jeden Hautbereich will ich geölt wissen. Ich gurgle mit Listerine.

Ich rieche Urin im Wohnzimmer, öffne die Terrassentür und ziehe das Sofa hinaus. Es ist schwer und unhandlich, es ist das einzige Möbelstück, auf das der Vater bestanden hat, das er so und nicht anders wollte, als gewöhnliche, farblose, riesige Sitzgelegenheit, die um die Ecke gehen muss. Die Ecke war dem Vater besonders wichtig. Dieses Symbol des väterlichen Widerstandes, dieses materialgewordene Mandantentum mit dem Pissefleck der Mutter steht jetzt auf der Terrasse, auf die es schneit, und ich schließe die Tür.

Vor dem Elternhaus denke ich, ich muss unbedingt gleich die Rollläden hochziehen, der Mutter zuliebe. Ich gehe in die Garage, wo der Vater Akkuschrauber, Bohrmaschine, Schleifmaschine, Stich-, Kreis- und Japansägen, die Flex, den Kärcher-Hochdruckreiniger und das Farbsprühgerät aufbewahrt. Keinen dieser Gegenstände benutzt er, weil er kein Heimwerker ist, aber trotzdem, einer verschwommenen männlichen Intuition folgend, eines nach dem anderen angeschafft hat. Oben auf dem Wandregal liegt ein Karton, scheinbar eine Überwachungskamera. Ich strecke mich, um sie herunterzuholen, schüttle den Karton, der noch mit dem runden durchsichtigen Klebestreifen verschlossen ist, tatsächlich, der Vater hat eine Außenkamera gekauft und nie angebracht. Die Mutter hätte sich geschämt für so ein in Plastik gegossenes Misstrauen, die Mutter ist misstrauisch, aber sie würde sich diese hässliche Regung nie an die Fassade hängen. Ich stelle die Kamera zurück, nehme das Farbsprühgerät und einen Eimer Alpinaweiß.

Als ich aus der Garage trete, hält ein grasgrüner Lkw, ein Mann springt heraus und ruft, wohin kippen das Zeug. Ich starre den Mann an, ich rufe, seinen Ton imitierend, hierhin kippen das Zeug, der Mann schüttelt den Kopf. Erst als er die Ladefläche kippt und nach und nach immer mehr Sand herausfällt, erinnere ich mich. Der Sand türmt sich im Hof der Eltern, er rieselt in Richtung Carport, wo die Pflastersteine eine andere Färbung haben als die, die der Witterung ausgesetzt sind. Bald steht der Sand so hoch, dass das Badezimmerfenster im Erdgeschoss nicht mehr zu sehen ist, auch die ersten Stufen der Eingangstreppe sind bedeckt, genau wie das Beet daneben, aber es ist ohnehin Winter, Schnee oder Sand ist den Pflanzen doch egal. Zehn Tonnen sind wirklich viel, denke ich. Vor dem Elternhaus stehen jetzt Dünen, an deren Rand eine Linde wächst.

Natürlich hat der Kies Krüger keine Lust, dass eine wie ich ihm sagt, wo der Sand hinsoll, dass eine wie ich überhaupt zehn Tonnen Sand bestellt, ärgert ihn schon genug. Jetzt muss ich ihm noch den Lieferschein unterschreiben. Er sieht sich nach Hilfe um, nach einem Mann, mit dem er einen Witz machen könnte, darüber, dass ich eine Frau bin und zehn Tonnen Sand bestelle und ihn noch kein einziges Mal entschuldigend angelächelt habe, aber da ist keiner. Ich sage, geiler Sand, er nickt und schüttelt dann den Kopf. Ich bücke mich, hebe etwas Sand auf, lasse ihn herunterrieseln und sage noch mal, echt hammergeil. Ich bin ehrlich begeistert. Der Kies Krüger ist froh, wieder in den Lkw zu steigen und nix wie fort.

Ich denke an den Vater, der das Auto in der Tiefgarage unter dem Hotel am Markt parkt, der Vater bezahlt dafür, sein Auto irgendwo abzustellen, weil er es in seiner Nähe wissen muss, wie andere Leute ihre Handys, der Vater tastet manchmal aus dem Nichts erschrocken nach dem Autoschlüssel, damit er jederzeit einsteigen und davonbrettern kann. Gegenüber geht eine Frau zum Müllcontainer, sie trägt mehrere Zalando-Kartons übereinander, sodass ihr Kopf verschwindet, und ruft auf die andere Straßenseite, seid ihr am Renovieren, ja, rufe ich.

Ich nehme das Farbsprühgerät und den Eimer und gehe ins Vaterzimmer, lese dort noch mal die Ausdrucke über die Hitzeschäden in Düsseldorf. Häufig seien es große Bäume, die dem Boden in den Hitzesommern die letzte Feuchtigkeit entzögen, dann sackte der Boden an manchen Stellen ab, Häuser stünden plötzlich schief, Risse gingen durch Fassaden, Gefahr bestehe, erheblicher Wertverlust. Die Linde hat ausgerechnet die Feuchtigkeit unter dem Vaterzimmer weggesaugt. Das Vaterzimmer mit all den stummen Gegenständen ist zu schwer für den Boden, der Boden ist unter ihm zur Seite gewichen. Auch die Garage unter dem Vaterzimmer muss zusammengesackt sein. Der Rest des Hauses, der Mutterteil, ist intakt, unberührt. Sicherlich weiß die Mutter gar nichts von der Schieflage, in der sie die letzten Jahre gewohnt hat, da sie das Vaterzimmer ja meidet wie einen Keller, sie hat sie nur gespürt. Würde ich es ihr jetzt erzählen, würde sie sich wahrscheinlich freuen, würde sie erleichtert ausrufen, ach, deshalb.

Ich beginne die Dinge im Zimmer zu ordnen. Ich nehme alles in die Hand. Jedes Foto von Opa Richie vor den Bauwerken, jedes Telefonbuch, jedes Kabelende, jede Glühbirne, jeden Roman, alles, was auseinanderzubauen ist, baue ich auseinander, sortiere die Einzelteile, jeden Kissenbezug trenne ich vom Kissen, jedes Tagebuch der Oma zerteile ich in seine Seiten, es wird dunkel, ich mache Licht, betrachte jede ausgeschnittene Todesanzeige, jede Schachfigur, jeden Internetausdruck, jede ärztliche Überweisung, jedes Rezept für Schlafmittel, jeden CD-Rohling, jeden Kugelschreiber, jeden Bleistift und jeden Stift für CD-Rohlinge, die Nagelschere, die Papierschere, jeden Fahrradschlüssel, jede Rolle Tesafilm, den Locher, den Handspiegel, jeden angelaufenen Leibniz-Schoko-Keks und die Packung (Hartplastik, Plastikfolie und Karton), jedes Ladekabel, jedes Kameraobjektiv, jeden Deckel für Objektive, jeden Film, die Kamera und die Kameratasche, die Bibel und das BGB, jede Reißzwecke, jede Ersatz-Schreibtischstuhlrolle, jeden Schraubenzieher, meinen Gameboy und jedes Spiel, jedes Handy, jeden Pilz- und Wander- und Fahrrad- und Städteführer, den Kaktus, jeden ausgeschnittenen Zeitungsartikel, jedes Foto von mir, jedes Foto der Mutter, das Foto der Oma, jedes ausgeschnittene Bild jedes unbekannten Models, jede Nadel, jedes Garn, den Pullover, die Socke, den Lappen, jeden Briefumschlag, jeden Kassenzettel, die Kasperlehandpuppe, die Prinzessinnenhandpuppe, die Räuberhandpuppe, den Drucker, jede leere Patrone, jedes frische Blatt, die Armbanduhr, die Schachtel, jede Wollmaus, jedes Knäuel Vaterhaar, Vaterstaub, die Faszienrolle, den Faszienball, die Gymnastikmatte, die Hantel und die Gewichte, jedes Theraband, jeden Schnürsenkel, jede Schnur, jedes Geschenkband, jeden Karabinerhaken, jede Eiweißriegelverpackung, jede Angel, jeden Schwimmer, jeden Haken, jede Nylonschnur, jedes Bleikügelchen, jeden Imbus, jede Zange, jede Tasse, jeden trockenen Teebeutel, das halbvolle Weinglas, jedes Kreuzworträtsel, jede Whiskeyflasche, jede Ginflasche, jede Kassette, jedes Brillenputztuch, jede Brille, jedes Etui, jeden Mehrfachstecker, jede Ersatzfliese für das Bad oben, jede Ersatzfliese für das Bad unten, die Tischtennisschläger, jeden Tischtennisball, alle toten Bienen, Wespen, Fliegen auf den Fensterbänken, jede Tablette drücke ich aus jedem Blister, jede Streichholzschachtel räume ich aus, jeden Bilderrahmen zerlege ich, bis die Ordnung da ist und alles an seinem Platz.

Den schwarzen Anzug lege ich in den Flur.

Ich befülle den Farbsprüher und beobachte die Dinge des Vaters, wie sie weiß und immer weißer werden, wie sie ineinanderschmelzen, wie sie haltbar werden, nicht mehr zu verrücken.

Es klingelt, ich wache auf, die Klingel schickt eine Angst durch meinen Körper. Es ist das Außen, das zu mir hereinwill, das Außen will in meine Räume und an mich herankriechen und in einem unbeobachteten

Moment in mich hineinschlüpfen, das Außen will mich von innen beobachten, sich in mir niederlassen. Ich gehe zur Tür, weil ich die Angst nicht akzeptiere, weil ich denke, wenn man einmal mit der Angst anfängt, kann man es gleich vergessen, dann wird man nie wieder eine Entscheidung treffen, die nicht aus ihr kommt, ich gehe also zur Tür und bemerke, dass ich im Begriff bin, die Tür aus Angst vor der Angst zu öffnen, da sehe ich Mollys Gesicht als Grimasse am dicken verschwommenen Glas kleben. Die Scheibe beschlägt, nur die Zunge ist klar zu erkennen, die Zunge hat den Atem vom Glas gewischt. Molly hatte noch nie ein Problem mit ihren Körpersäften. Sie tritt zum Glück zurück, damit ich öffnen kann. Hinter ihr liegt der Sand, der über Nacht ganz nass geworden ist und noch grauer.

Ich dachte schon, ist gar keiner da, sagt Molly und reckt ihre Arme in meine Richtung. Wir umarmen uns nur um den Schulterbereich, unsere Bäuche und Hüften und Köpfe bleiben sich fern, vielleicht wegen des Babys zwischen uns, aber eher aus anderen Gründen. Sie trägt einen sehr blauen Wollpulli mit Reißverschlusskragen und eine weite Stoffhose und weiße Turnschuhe, die Locken flirren ihr um den Kopf, sie sieht aus wie von Armed Angels, fair, aber teuer. Du bist ganz weiß, sagt Molly. Ja, sage ich. Ich mustere meine Hand, die mit weißen Sprenkeln übersät ist, die Ärmel des Vaterhemds, die Hosenbeine der Jeans. Ich war gerade beim dm und dachte, ich schau mal vorbei. Auf dem Rückweg, sagt Molly. Schön, sage ich. Molly ignoriert den Sand, vielleicht sieht sie ihn gar nicht, oder vielleicht sieht sie ihn und hält ihn für eine Einbildung. Er sitzt trotzdem in den Poren ihrer Turnschuhe. Hast du kurz Zeit, fragt Molly, oder. Nein, nein, ich hab Zeit, sage ich. Schön, sagt Molly.

Ist alles gut gelaufen, sagt Molly und setzt sich ganz behutsam auf einen Küchenstuhl, als könnte sich Mattea erschrecken, als könnte beim Hinsetzen etwas schlecht laufen, ich frage, gut gelaufen. Molly starrt einen Moment, lacht kurz, ich sage, ach so, ja, ganz gut. Sie sagt, weißt du schon was Neues, ich sage, nein, was Neues nicht. Molly sagt, haben die noch nichts gesagt, ich sage, zu mir jetzt nicht, Molly sagt, und ist sie wenigstens allein, ich sage nichts, Molly sagt, im Zimmer, Einzelzimmer kriegt sie ja wahrscheinlich nicht. Ich nicke, wahrscheinlich nicht, nee. Molly schaut mich an, ich gehe zum Kühlschrank, öffne die Tür, schaue dort ins Licht, er ist deutlich leerer, seit die Mutter nicht mehr jeden Tag irgendetwas mitbringt, was sie dort hineinlegt wie in einen Safe. Molly sagt, sag mal, bist du gar nicht mitgefahren, oder was. Ich sage, ach so, nee, sie wollte lieber allein. Ich schließe den Kühlschrank, hebe die Achseln, lasse sie fallen, sage den Satz, den der Vater auch schon sagte, als er nicht zu Hilfe kam, ich sage, so ist sie halt.

Krass, dass du jetzt Kinder hast, sage ich. Molly überlegt kurz und lässt mir den Themenwechsel durchgehen. Sie lacht, das Lachen stößt ihr hinten an das Zäpfchen, sodass am Anfang ein Geräusch entsteht, chr, und dann lacht sie auf den Vokal E, sie lacht genauso wie früher, als sie noch keine Kinder hatte. Es ist das Krasseste, was ich bisher erlebt habe, und ehrlich gesagt, ich glaube, krasser wird's auch nicht mehr, sagt sie und lacht noch mal. Ich sage, das glaube ich, aber eigentlich weiß ich überhaupt nicht, ob ich es glaube, ich weiß nicht, ob man etwas glauben kann, wovon man rein gar keine Ahnung hat, oder ob das genau die Definition ist von Glauben. Sie sagt, man versucht einfach die ganze Zeit, alles richtig zu machen. Es ist furchtbar, sie lacht, um das Furchtbar zu entwerten, sie drückt dem Furchtbar ihren Stempel auf wie einem Fahrschein.

Als ich in London war vor vier Jahren, hatte ich den positiven Schwangerschaftstest, auf dem Klo im Hostel, sagt Molly. Ah, sage ich. Ich hab überlegt, abzutreiben, sagt Molly, ich war drei Tage hintereinander in deiner Ausstellung. Oh, sage ich. Ja, sagt Molly, ist komisch, oder. Ich saß da drei Tage in diesen ganzen riesigen gruseligen Organen rum. Oder weiß nicht, ob es überhaupt Organe sein sollen, aber so hat es sich angefühlt, und ich habe so geschwitzt und einmal gekotzt, also auf der Toilette zum Glück, und ich würde sagen, es war nicht wegen der Schwangerschaft. Ich frage, sondern wegen der Ausstellung? Ja, sagt Molly, schon, dieses Fleischige, Übermächtige, ich weiß nicht, in einem anderen Inneren zu sitzen, und dem Material so ausgeliefert zu sein, das hat irgendwie bei mir auch alles einmal umgedreht, ich bin mir sicher, dass es nicht wegen der Schwangerschaft war.

Sie gestikuliert wild beim Sprechen, sie nimmt sogar die Hand vom Babyrücken, ihr Wippen wird zu kleinen Hüpfern, sie sprüht mit den Augen durch die Küche kleine Farbflecken gegen die Wände. Und dass alles so fleischig war, sagt sie und grapscht in die Luft, obwohl das meiste ja harte Materialien waren, das hat mich irgendwie fertiggemacht, die *Herzkammer* aus diesem schwarzen Zeug – Messing, sage ich. Ja, Messing, man denkt, es wäre irgendwie zu hart, zu düster, aber es war so tröstlich, auch so angenehm kühl, und am heftigsten fand ich das Wasser ganz am Ende. Wie es alles gespiegelt hat und dann die Spiegel an der Decke und das Licht, ich habe mich gefragt, ob der Raum quasi das Gehirn war, wie so eine heilige Halle, hey, wer ist denn da aufgewacht, hallo. Molly löst das Kopfteil der Babytrage. Sie schaut mich direkt an und sagt, ich konnte ja nicht schwimmen.

Was, sage ich. Ich habe letztes Jahr einen Schwimmkurs gemacht, sagt Molly, der Raum mit dem Wasser, vor dem hatte ich so eine Angst, das war echt krass. Als ich das Frieder erzählt hab, hat er gesagt, du machst einen Schwimmkurs. Das war doch gar nicht tief, sage ich. Nein, sagt Molly, das nicht, aber das Wasser an sich hat schon gereicht. Du warst doch immer mit uns am See, sage ich. Ja, sagt Molly. Mattea beobachtet mich, an Mollys Brust gedrückt. Sie hat sehr große Augen und ihr Mund steht offen. Sie scheint jedem meiner Worte, jeder Geste zu folgen, sie ist ein Wesen, das nichts macht, als an anderen zu saugen. Es verunsichert mich, so genau beobachtet zu werden, ich sage noch mal, du warst doch immer mit am See und im Sommer in Italien dabei. Ja, sagt Molly, eben. Wie, eben, sage ich. Hast du mich da schwimmen sehen, fragt Molly. Weiß nicht, sage ich. Genau, sagt Molly. Wie, genau, sage ich. Es ist dir nicht aufgefallen, sagt Molly. Offensichtlich, sage ich.

Ich bin immer nur auf der Luftmatratze mit rausgeschwommen, sagt Molly und hält mit einem Arm Mattea, die mich weiterhin anstarrt, und wickelt sich mit der anderen die Trage vom Leib. Ich nehme die Trage entgegen, Molly setzt sich endlich, schiebt ihren Wollpulli hinauf, klippt den BH am Träger auf, fasst sich an die nackte Brust und rückt sie für Mattea zurecht. Ich habe immer so getan, als wäre ich zu faul, sagt

Molly und schaut lächelnd ihrem Baby beim Trinken zu, das wiederum immer noch zu mir schaut. Sie ist ganz fasziniert von dir, sagt Molly. Ich frage, du kannst nicht schwimmen? Doch, sagt Molly, also ich hab's jetzt gelernt. Frieder musste mich richtig zwingen. Aber das war doch saugefährlich, sage ich, wir sind manchmal bis auf die andere Seite vom See rüber, wir haben uns doch gegenseitig von den Matratzen gekippt und alles. Ja, sagt Molly. Da hattest du dann Todesangst, oder was, jedes Mal, wenn wir am See waren, sage ich. Ach, als Teenie geht man doch anders mit Stress um, sagt Molly. Na toll, sage ich, stehe auf, gehe zum Fenster, fasse in die Erde irgendeiner Pflanze, die feucht ist, trotzdem kippe ich ein Glas Wasser dort hinein. Molly lacht, komm, du musst jetzt nicht beleidigt sein deshalb. Ich bin nicht beleidigt, sage ich. Okay, sagt Molly.

Warum hast du es nicht einfach gesagt, meine Eltern hätten dir locker einen Schwimmkurs bezahlt, sage ich und hole noch ein Glas Wasser für die nächste feuchte Pflanze. Ich hab mich halt geschämt, sagt Molly. Auf die Idee wärt ihr ja niemals gekommen, dass jemand nicht schwimmen kann in meinem Alter, und dann hatte ich auch schon ein paar Mal so getan, als ob, dann hätte ich mich noch mehr geschämt. Das auch noch zuzugeben. Sie lacht. Ihr Gesicht ist entspannt, sie hebt Mattea in die Senkrechte und fragt, na, genug. Auf dem Unterteller der Pflanze steht jetzt so viel Wasser, dass es überläuft, es tropft in die Heizung, ich stelle den Blumentopf zur Seite und trage den Teller in die Spüle. Also jeder Urlaub war für dich eigentlich der reinste Horror, sage ich. Manchmal waren wir ja auch wandern oder Städte anschauen, sagt Molly, und ich weiß nicht, ob sie es ironisch meint, ob ich darüber lachen soll, aber mir ist eh nicht nach lachen, also lasse ich es, dann lache ich doch einmal kurz und hart. Ich sage, ich verstehe nicht, warum du's nicht einfach gesagt hast.

Wenn wir das Tretboot mit der Rutsche gemietet haben, zum Beispiel, stell dir mal vor, du wärst da runtergerutscht und gestorben, also da hört die Scham doch irgendwo auf. Molly legt den Kopf zur Seite, keine Ahnung, wie es wäre, wenn ich gestorben wäre. Ich sage, es ist wie bei einer Vergewaltigung, ich habe Spaß und erfahre danach, dass es für dich schrecklich war. Mattea starrt mich mit offenem Mund über Mollys Schulter hinweg an, dicker weißer Brei kommt aus ihrem Mund, läuft über das Kinn, versickert in der Wolle des Stehkragens. Molly sagt, also der Vergleich hinkt jetzt aber gewaltig. Jedenfalls hab ich auf deiner Ausstellung beschlossen, mein Baby zu behalten. Ich sage, ja, der Vergleich war dumm. Aber trotzdem. Nein, sagt Molly, nichts trotzdem, du redest, als würden Vergewaltigungen aus Versehen passieren. Sorry, sage ich, ich wusste nicht, dass das so ein Thema für dich ist. Das ist ein Thema für alle, sagt Molly und fasst in Matteas Kotze.

Gibst du mir mal das Spucktuch, sie deutet auf den Fjällräven-Rucksack neben mir auf dem Stuhl, ich ziehe ein Stück Stoff heraus. Sie legt es sich einfach über die Schulter und lässt die Kotze dort einziehen. In welchem Krankenhaus liegt Irene denn, fragt sie, als wäre die Mutter ein Gegenstand, der sich nicht zwischen Sitzen, Stehen, Liegen entscheiden kann, sondern liegt, und zwar dort, wo er hingelegt wurde, und im Grunde trifft das auf die Mutter ja auch zu. Ich weiß nicht, sage ich. Wie, du weißt es nicht, fragt Molly. Sie haben es mir nicht gesagt, sage ich. Also du hast noch gar nicht mit ihr geredet seitdem, fragt Molly und schiebt die Teetasse von Mattea weg. Ich war mega beschäftigt, sage ich. Es ging nicht, sage ich, ich war im Prozess. Molly nickt. Ich hab was vor, sage ich.

Mattea flattert mit den Lippen und Molly flattert zurück. Und denkst du, fragt Molly, es wäre gut, sie mal anzurufen. Ja, sage ich, doch. Molly entwirrt eine Haarsträhne aus Matteas Faust, du willst jetzt los, ne. Ich sage, erinnerst du dich noch, als meine Mutter mal verschwunden ist. Ja, sagt Molly, Mattea packt ihre Nase, mit der ganzen Hand mitten ins Gesicht. Ich sage, und weißt du, warum. Ja, sagt Molly. Und warum, sage ich. Sie hatte eine Panikattacke, sagt Molly, hebt Matteas kleinen Körper mit ausgestreckten Armen über sich in die Luft und lässt ihn hin und her wackeln. Ich sage, und warum. Molly sagt zu Mattea in die Luft, wir sind so langweilig, ne, immer reden, reden, reden. Ich sage, wegen mir. Molly lässt Mattea sinken, schaut mir direkt ins Gesicht, sie will eine Hand ausstrecken und an meine Wange legen, so einen Gesichtsausdruck hat sie, aber die Hand bleibt unten, sie schüttelt nur den Kopf und sagt, nein, Lenni. Wenn, dann wegen Thomas. Mattea nimmt ihre Faust in den Mund und lacht und beobachtet mich, wie ich sie beobachte. Bis morgen, sagt Molly an der Tür und ich frage nicht nach, ich sage, bis morgen.

Die Farbe im Vaterzimmer ist getrocknet. Ich suche nach Draht. Die Mutter hat aufgerollten grünen und goldenen Draht in ihren Bastelkisten im Keller, der Vater lagert dickeren, in groben Kreisen geschwungenen Stahldraht in der Garage. Der Mutterdraht ist gehorsam, er fügt sich mühelos in jede Form, lässt sich kürzen, der Vaterdraht sträubt sich. Der Vaterdraht hat Angst, zu brechen, sobald ihn jemand anspricht. Jeder Gegenstand im Haus hat eines der beiden Elterngeschlechter angenommen, gehört einer der beiden Sphären an. Harte Arbeit steckt dahinter und viel Konsequenz. Ich baue dem Anzug ein Drahtgestell, das ihn plastisch werden lässt, ihm einen Rumpf gibt, und lasse die Knöpfe des weißen Hemds offen stehen, damit man in seinen leeren Brustkorb hineinblickt. Ich nagle ihn vorerst an Schultern, Ärmeln und Hosenbeinen an die Wand.

Ich schaue im Verzeichnis der Krankenhäuser der Stadt nach und rufe im Heilig-Geist-Krankenhaus an, es ist das einzige, das ich zumindest vom Namen her kenne, die Mutter hat mich dort geboren, oder die Ärztin hat mich aus der Mutter herausgeholt, mit blauen Handschuhen durch den Schlitz im Mutterbauch gezerrt. Ja, sagt die Frau am Telefon, sie liegt bei uns auf Station 3. Ich bin überrascht, die Mutter einfach so wiedergefunden, sie gewissermaßen gar nicht erst verloren zu haben. Cool, sage ich.

Ich setze mich auf den Sessel im Wohnzimmer. Ich bin unsicher, ob es der Sessel des Vaters oder der der Mutter ist. Die Dinge verschwimmen bereits. Meine Anwesenheit bewirkt, dass die Sachen die Eltern immer mehr vergessen. Die Sessel werden nach mir riechen, alle beide. Ich frage mich, was die Eltern mit dem Klavier gemacht haben. Es stand prominent im Wohnzimmer, weil die Mutter es so stimmungsvoll fand und ausgewählte Gegenstände darauf platzierte und außerdem Molly eine Übungsmöglichkeit anbieten wollte. Die Mutter wusste, dass man bei der Bewerbung für Gesang an der Musikhochschule nicht nur vorsingen, sondern auch ein Instrument spielen muss. Klavierspiel ist ein Muss, sagte die Mutter, ein absolutes Muss, wenn man es mit der Musik ernst meint, egal, was dein Hauptinstrument ist, und gerade als Sängerin machst du dich damit unabhängig, und Unabhängigkeit war ein Lieblingswert der damaligen Mutter. Wenn die Eltern Gäste hatten, sang Molly etwas vor, am Anfang mit dem hölzernen Vater am Klavier, später begleitete sie sich selbst. Molly lächelte immer dabei und bedankte sich danach höflich für die Komplimente. Ich frage mich, was die Mutter mit dem Klavier gemacht hat. Seltsamerweise ist mir sein Fehlen nicht aufgefallen, aber sicher hat die Mutter es kurz nach Mollys Verschwinden entsorgt. Auf vernünftige Art entsorgt, verkauft, gespendet, aber weg sollte es.

Ich gehe auf den Dachboden, räume die Kiste unter den anderen Kisten mit den Schätzen der Mutter frei und erwarte, das Klavier dort drinnen zu finden. Es ist nur ein Schuhkarton, immerhin ein großer, einer für Winterstiefel der Marke Gabor, auf den die Mutter mit Edding *Molly* geschrieben hat und das Klavier hineingepackt. Ich trage den Karton die Leiter hinunter ins Gästezimmer und hebe dort auf dem Boden seinen Deckel an. Es liegen Zettel darin, Notenblätter, durcheinander, und Filzstiftzeichnungen. Als ich sie sehe, erinnere ich mich, ich weiß genau, welche von mir und welche von Molly sind. Ich habe absichtlich den Baum lila, das Haus schwarz, das Dach grün, den Zaun pink gezeichnet, die Menschen blau, die Gesichter mit Fratzen. Molly hat mich und sich vor dem Haus, die Eltern in den Fenstern gezeichnet. Sie hat sich Mühe gegeben, hat sogar versucht, unsere Ringelpullover richtig abzuzeichnen, und ich erinnere mich an ihre Wut, weil das Bild nicht aussah, wie sie es sich vorgestellt hatte.

Auf einem anderen Bild sind keine Menschen zu sehen, nur gelbe Berge und eine blaue Fläche, in die die Sonne mit langen Strahlen hineinfasst, darüber steht *DAS MEER IST HEERLICH*. Herrlich, hat die Mutter immer gesagt, jeden Tag, wenn sie das erste Mal den Sand betrat und das Meer sah. Ich habe die Mutter dieses Wort sonst selten sagen hören, nur in Italien, jeden Morgen.

Ich schließe mein Handy ans Ladekabel und schalte es an. Es zeigt fünf entgangene Anrufe und eine dreistellige Zahl Nachrichten in drei verschiedenen Messengerdiensten. Ich rufe Katja an. Hi Katja, sage ich. Hi, sagt Katja mit einem Hall im Hintergrund, vielleicht geht sie gerade durch eine Unterführung oder schaut sich alte, kaputte Sachen in einer Lagerhalle an. Du, wann könntest du die Tage kommen, ich hab hier jetzt spontan was vor Ort angefangen und das wird arbeitsintensiv, sage ich. Nee, sagt Katja, sorry.

Ich sehe sie vor mir, sie fährt sich über die kurz geschorenen Haare. Dann nächste Woche vielleicht, frage ich. Katja sagt, tut mir leid, ich hab Abgaben, ich kann gerade schlecht aus Berlin raus. Ah okay, sage ich, wann kannst du denn wieder? Helene, sagt Katja, ich glaub, ich würde kündigen. Ah, sage ich, okay. Wir können ja noch mal quatschen, sagt Katja, wenn du wieder in Berlin bist. Ja, sage ich, ja gut. Obwohl eigentlich, sagt Katja, weißt du, ich hab dich jetzt über eine Woche nicht erreicht, und meinen Lohn von letztem Monat hab ich noch nicht und ich weiß ja, dass du es nicht böse meinst und alles, und ich arbeite ja auch gern für dich und lerne mega viel und alles, aber ich arbeite halt auch, weil ich Geld brauche. Und mit dir ist es immer so, mal tauchst du ab, mal brauchst du mich vierundzwanzig sieben. Ihre Stimme zittert und auch an der Pause, die sich nach ihrem Schwall ergibt, ist etwas sehr Zittriges. Sie muss viel darüber nachgedacht haben, wie sie es formuliert.

Ja, klar, sage ich, sorry. Wie viel Lohn war das, frage ich. Achthundertzwanzig, sagt Katja schnell und schämt sich. Das überweise ich dir sofort, sage ich. Danke, sagt Katja. Nein, nein, ich hab zu danken, sage ich, und nächste Woche geht bei dir gar nix, ne. Nee, sagt Katja, geht gar nix. Katja sagt, ich war mir bei den Sesseln ein bisschen unsicher wegen dem Transport, wir haben es jetzt mit den Kisten von Kolja gemacht und ganz viel Schaumstoff, ich hab dich ja nicht erreicht, aber na ja, auf jeden Fall ist alles gut gegangen. Sind in Essen. Ich sage, perfekt. Ich sage, hey, ich hab eine Zusage aus Istanbul. Nein, sagt Katja laut und tief, und der Tunnel wirft es umher und in den Hörer zurück, Mensch, Glückwunsch. Ich sage, ja, oder.

Katja sagt, wenn du zurück in Berlin bist, stoßen wir an. Katja fragt, wann kommst du denn? Ich sage, meine Mutter ist im Krankenhaus und meine Pflegeschwester ist wieder aufgetaucht. Molly, sagt Katja, ich sage, ja, und sie schweigt in den Hörer, setzt an, etwas zu sagen, ich stelle sie auf Lautsprecher. Sie sagt, na ja, nichts, ich dachte nur die ganze Zeit, Molly gibt es gar nicht. Wie, sage ich. Na, Katja zögert, ich dachte, sie wäre so ein Gespenst deiner Kindheit, an dem du dich abarbeitest, eine imaginäre Freundin, oder du selbst als Kind, oder das Kind, das sich deine Mutter immer gewünscht hat, keine Ahnung. Ich bin gar nicht auf die Idee gekommen, dass es sie geben könnte. So wie du von ihr gesprochen hast, solche Leute gibt es nicht. Ja, sage ich. Wir bleiben in Kontakt, sagt Katja. Sie legt auf und ich überweise ihr neunhundert Euro.

Ich lasse die Rollläden herunter und ärgere mich, dass ich Katjas Lohn vergessen habe, ich bin traurig, dass ich sie verloren habe. Ich bleibe nie mit Leuten in Kontakt, mit denen ich nicht zusammenarbeite, ich wüsste gar nicht, wie. Ich würde Katja durchaus eine Freundin nennen, aber ich will nicht zu den Leuten gehören, die sie ihre *friends* nennt, mit denen sie Geburtstage feiert und alternatives Weihnachten und sich über Politik unterhält und Kritische Theorie, mit denen sie Serien schaut und Activity spielt oder Tischkicker in Kneipen. Uns hat das tagelange konzentrierte Arbeiten verbunden, an einer Sache, deren Sinn und Wichtigkeit man nur in Ganz oder Gar-nicht denken kann, die man gemeinsam in- und auswendig kennt, und deshalb schweigt. Ich ärgere mich über mich und dass ich jetzt eine neue Mitarbeiterin brauche, ich werde wieder reihenweise Kunststudierende kennenlernen müssen, bis ich jemanden finde, der eine Ausstrahlung hat, die nicht bei der Arbeit stört. Leute ganz ohne Ausstrahlung kann ich nicht ertragen, es muss sie schon als Person geben, auch als Kunstschaffende, aber ich brauche eine durchlässige Person, eine, in die es hineinregnet.

Ich schalte den Fernseher ein, ich lasse niemanden ausreden, ich sage, ja scheiße, und dann schalte ich um, sitze dort auf dem Boden, wo zuvor das Sofa stand, es laufen Kindersendungen und Realityshows, Markt- und Gesundheitsmagazine.

Das Telefon klingelt, es ist die Mutter, die erst jetzt anruft, weil sie sich gewünscht hätte, dass ich mich zuerst melde, aber es dann doch nicht ausgehalten hat, im Grunde habe ich ja angerufen, vielleicht hat die Frau vom Empfang ihr diese Nachricht überbracht, damit die Mutter nicht weiterhin wie ein ausgesetzter Hund in die Gegend schaut und die Genesungsprozesse der anderen verlangsamt mit ihrer Einsamkeit. Huhu, ich bin's, sagt die Mutter und es ist zu hören, wie viel Kraft sie allein die beiden Hs des Huhu kosten, die Hs müssen ja aus dem Bauch nach oben gewuppt werden, hu, hu.

Vielleicht war die Mutter gestern auch einfach zu schwach, um den Telefonhörer abzunehmen und die Zahlen einzutippen. Wie geht's dir, frage ich. Die Mutter sagt, sie haben mich gestern operiert. Der Beckenring war gesprengt, sagt die Mutter, als habe jemand an ihrem Knochengerüst kleine Sprengkörper befestigt und sie per Fernsteuerung gezündet. Das Becken war an mehreren Stellen gebrochen, deshalb mussten sie mich operieren, sagt die Mutter, die weiß, dass jede OP, jedes Anschneiden, jedes Zurechtrücken im Inneren ein Trauma hinterlässt. Aber es ist gut gelaufen, mach dir keine Sorgen, sagt die Mutter. Sie verbietet mir lieber gleich die Sorgen, für den Fall, dass ich mir gar keine mache, dann läge es nicht an meiner Ignoranz, sondern an ihrem Verbot, aber ich mache mir durchaus Sorgen, es ist nur, dass die Schuldgefühle überwiegen. Ich schalte den Fernseher wieder an, aber auf stumm. Es läuft eine Überlebenssendung auf DMAX, eine nackte Frau und ein nackter Mann schwimmen zu einer Insel, es werden Unterwasseraufnahmen von Haien dagegengeschnitten. Ich stelle mir vor, der nackte Mann, der einen Zahn an einer Kette trägt und gerade ein Statement abgibt, wäre der Vater.

Er sagt, er könne ja auch nichts dafür, dass das Haus nichts mehr wert sei, sie hätten sich darauf geeinigt, fair zu bleiben, dann sei es nur fair, wenn die Mutter den Wertverlust mittrage, wie der Vater die Mutter als Person die ganzen Jahre mitgetragen habe. Die Frau, die viel jünger ist, muss dementsprechend seine Svenja sein. Ihre Brüste sind verschwommen, sodass es aussieht, als trüge sie ein Shirt, das genau die Farbe ihrer Haut hat. Warum sie die Leute nackt filmen und dann doch nichts zeigen.

Und wie geht es dir jetzt, frage ich. Die Mutter sagt, ganz gut, es geht bergauf. Ich sage, ich komme dich bald besuchen. Ach, sagt die Mutter, nur wenn es passt, ich bleibe eh nicht mehr lang, wie es aussieht. Doch, doch, sage ich, was haben sie denn gesagt, wie lange noch. Ein paar Tage hier und dann in die Reha, sagt die Mutter. Ach, in die Reha auch, sage ich. Ja, sagt die Mutter, ich hab der Ärztin gesagt, ich will nach Sankt Peter-Ording.

Ich lache, ach so. Das ist ein ganz toller Kurort am Meer, sagt die Mutter, da waren wir mal, als du noch klein warst. Der nackte Vater hat ein Loch entdeckt, scheinbar voller Trinkwasser, er schöpft es mit einem Kuhhorn heraus und trinkt, und ich wünsche ihm einen Durchfall, dass es oben und unten, vorne und hinten gleichermaßen aus ihm herausspritzt, dass die kleinen Bakterien und Viren und Mückenlarven dort im Brackwasser den Vater endlich dazu bringen, aus sich herauszugehen. Und brauchst du denn was, soll ich dir was vorbeibringen, sage ich. Ach, sagt die Mutter, mach dir keine Umstände. Ich sage, schön, dass es dir gut geht, oder einigermaßen wenigstens. Ja, sagt die Mutter, das Essen ist ganz okay. Dann würd ich noch ein bisschen was schaffen jetzt, sage ich. Die Mutter schweigt. Ich sage, also dann. Die nackte Svenja, die eine komplizierte Flechtfrisur trägt, hackt einer Eidechse mit einem Riesensäbel den Kopf ab. Die Eidechse hat einen so dünnen Hals, eine Nagelschere hätte auch gereicht. Als sich die Svenja vorbeugt, um den Eidechsenkopf vom Rest zu trennen, wird ihr der Hintern verpixelt, wahrscheinlich hätte man sonst ihren Anus gesehen, wie er zwischen den sich auseinanderziehenden Arschbacken hervorblitzt.

Die Mutter sagt, sie haben noch was diagnostiziert. Die Mutter sagt, Osteoporose. Es ist eine sehr nette Ärztin da, in deinem Alter, die erklärt es einem auch richtig. Was erklärt sie, frage ich. Osteoporose, sagt die Mutter, sonst wär nicht alles gesprengt gewesen von einmal die Treppe runterfallen, man kriegt löchrige Knochen, die werden porös, da bilden sich kleine Hohlräume, viele haben das nach den Wechseljahren, jedenfalls sieht man es an den Röntgenbildern, dass man in den Knochen Löcher hat. Man muss Medikamente nehmen, sonst bricht man einfach irgendwann in der Mitte durch, man kann sich einen Wirbel nach dem anderen brechen, man merkt das manchmal gar nicht, wenn ein Wirbel bricht.

Die Mutter benutzt nur noch das Pronomen man, die Mutter ist schon Teil des Krankenhausorganismus geworden, in dem sich kein Mensch in der Ich-Form aufhalten will, nicht die Behandelnden, nicht die Kranken, alles verschmilzt dort zu einem großen, konturlosen man, das bricht, wo alle brechen, das durchmuss, wo alle durchmüssen, das beim Verlassen des Krankenhauses wieder abgestreift werden kann. Die Svenja im Fernsehen hat einen Hut aus Palmwedeln geflochten, er ist wirklich sehr groß. Er thront auf ihrem Kopf und wippt zu den Wellenbewegungen, während sie mit einem Stück Holz ein kleines weißes Boot über das türkisfarbene Wasser schiebt. Der Vater sitzt vorne im Schneidersitz und schirmt sich mit der flachen Hand die Augen ab. Wieder ein Hai, der auf die Kamera zuschwimmt und erst im letzten Moment abdreht. Ich denke, wenigstens haben es die beiden auch nicht leicht. Die Mutter sagt, vielleicht kannst du über Weihnachten hochfahren nach Sankt Peter-Ording, dann machen wir's uns dort schön, oder, Maus. Ja, sage ich, das machen wir, Mama.

Die Klingel holt mich aus dem Schlaf. Ich bleibe liegen, unten pocht es gegen die Tür, das Pochen steigt die Treppe hoch, ich ziehe mich an.

Molly steht draußen, dieses Mal die Lippen gegen die Scheibe gepresst, dass sie in die Breite gehen, die Nase zur Seite gebogen. Na endlich, sagt Molly, die heute eine Daunenjacke und einen Häkelhut trägt. Ich sage, bist du eigentlich Influencerin geworden. Molly öffnet den Reißverschluss der Jacke, unter der sich das Baby herauspellt, sie sagt, ich hab Zimtschnecken dabei, und hält eine Papiertüte hoch. Zu so was sagt ihr doch Cinnamon Buns, sage ich. Warum Influencerin, fragt Molly und legt die Zimtschnecken auf einen Teller, den sie in die Mikrowelle stellt, sie dreht am Rad, eine Minute. Wieder fällt mir auf, wie mühelos sie sich in der Küche bewegt, als hätte sie die letzten Jahre die Eltern ausspioniert, was sie wohin räumen, wie man die neuen Geräte benutzt. Keine Ahnung, sage ich, du siehst so aus. Du siehst aus, als würdest du in Berlin wohnen, nicht in einer süddeutschen Vorstadt. Na ja, ich hab ja auch lange genug in Berlin gewohnt, sagt Molly. Ich wohne in Berlin, sage ich.

Ich weiß, sagt Molly, viele Menschen. Du hast auch in Berlin gewohnt, sage ich und setze mich auf die Holzbank genau zwischen zwei Kissen. Ja, sagt Molly. Wann, frage ich. Ein Jahr nach Ellas Geburt sind wir raus, sagt Molly, vor knapp drei Jahren. Molly und ich haben also beide in Berlin gewohnt, ohne uns zu treffen, ohne dass ich überhaupt wusste, dass sie da war, was einiges verändert hätte. Auch wenn eine Person verschwunden ist, wenn eine Person aus dem Kontakt gebrochen ist, macht es einen Unterschied, ob sie in derselben Stadt als Verschwundene lebt, allein die Angst und Hoffnung und Fantasie, die Verwechslungen mit anderen, entfernt ähnlich Aussehenden, an einer Tischtennisplatte vielleicht, beim Boule. In derselben Stadt bekommt unsere Nichtbegegnung eine Härte, ich frage mich, ob Molly mir ausgewichen ist, meine Wege studiert hat, in einer Karte meine Zonen eingetragen und andere für sich gefunden. Das wär lustig gewesen, sagt Molly, wenn wir uns in Berlin über den Weg gelaufen wären. Hä, sage ich, das wär doch nicht lustig gewesen.

Sie schaut mich fragend an und zieht mit den Fingern an ihrer Zimtschnecke herum. Sollen wir noch einen Kaffee machen, fragt sie und steht schon an der Maschine. Nein, sage ich. Sie stellt eine Tasse unter die Düse, füllt das Wasser nach, schäumt Milch in einem Kännchen, während der Espresso in die Tasse läuft. Sie wippt dabei und streichelt die Trage. Warst du wegen der Musikhochschule dort, frage ich, ich halte dabei mit der rechten Faust den linken Zeigefinger umschlossen. Nein, nein, sagt Molly, da hatte ich schon meine Ausbildung, ich war bei meiner Schwester zu Besuch, es hat mir gefallen, ich habe mich verliebt, ich bin geblieben, sie schiebt sich einen Streifen Zimtschnecke in den Mund, so ungefähr. Du hast eine Schwester, sage ich, und eine Ausbildung. Halbschwester, sagt Molly.

Und die Ausbildung, frage ich. Bei der Sparkasse. Nein, sage ich. Doch, ehrlich, sagt Molly und lacht. Du bist Banker geworden, sage ich, das glaub ich dir nicht. Ich hab dann noch studiert, sagt sie, Soziale Arbeit. Aber nach dem Abi war's– Ich wollte irgendwas machen, um

Geld zu verdienen, und hab gedacht, Geld gibt's bei der Bank. Sie hebt die Schultern. Mein Gott, was waren wir jung und dumm, sagt Molly. Du warst nicht dumm, sage ich, du warst nie dumm, du warst schon immer sauklug, warum bist du zur Sparkasse, ich verstehe das nicht. Natürlich nicht, sagt Molly und schaut sich in der Küche um. Komm, wir packen dich mal aus, dass du auch siehst, wo wir hier sind. Molly wickelt ihre Arme aus der Trage und setzt sich Mattea auf den Schoß, die mich sofort wieder anschaut und den Mund zu einem Lachen aufklappt. Ich hebe die Hand. Na, sage ich, wie geht's. Ihr geht's immer gut, sagt Molly, aber ich schlafe nicht. Sie wacht zurzeit jede Nacht mehrmals auf, aber schreit nicht, sondern lacht, und schläft nicht mehr ein. Es wäre einfacher, sie würde heulen, das würde irgendwie besser zu meiner Stimmung passen.

Molly bindet sich die Haare im Nacken zu einem Knoten, der ohne Haargummi hält. Ich wollte was für meine Mutter mitverdienen, sagt Molly, die ist zu der Zeit in Frührente und es war recht knapp alles. Wir schweigen eine Weile, Molly hat nie über ihre Mutter gesprochen, über keins ihrer Familienmitglieder, es war immer klar, dass hier im Elternhaus kein Platz für sie ist, dass nur Molly adoptiert werden kann, was ja schon keine Selbstverständlichkeit ist. Die einzige Art, wie die Mutter Mollys Familie erwähnte, war über den Ausdruck *schwierige Verhältnisse*. Sie kommt aus schwierigen Verhältnissen. Woher die Mutter das überhaupt wusste, habe ich nie gefragt, ob die Mutter vielleicht Mollys Familie einen Hausbesuch abgestattet und sie für ungenügend befunden hatte, für schwierig, oder ob es reichte, dass die Mutter sich als Kind in Molly sah, die Mutter, die selbst aus schwierigen Verhältnissen emporgestiegen ist und sich jemanden gewünscht hätte, der sie von dort wegprotegiert hätte. Ich hab das manchmal einfach vergessen, dass du noch eine eigene Familie hast, sage ich und schüttle den Kopf. Molly zieht Matteas Mütze aus der Stirn, ich auch, sagt sie, also manchmal. Sorry, sage ich.

Molly schaut mich eine Weile an und ich schaue auf den Tisch, auf dem ein Krümel liegt, der vielleicht noch von der Mutter ist, spüre Mollys Blick aber ganz genau, wie er auf meinem Kopf liegt und darauf wartet, dass ich wieder aufschaue. Ich sehe Matteas Beine, die sich von Mollys Oberschenkel abstoßen, um Strecksprünge zu üben. Frieder hat am Anfang gedacht, ich würde manchmal *Irene* sagen und manchmal *meine Mutter*, sie wären ein und dieselbe Person, was echt absurd ist. Die beiden sind sich überhaupt nicht ähnlich. Warum, sage ich, wie ist deine Mutter. Sie ist gestorben, sagt Molly. Oh, sage ich, krass.

Wie sie war, weiß ich eigentlich auch nicht so richtig. Molly atmet ein und aus und lächelt, und ich denke, das hat sie von der Mutter, dieses völlig unpassende, allzeit bereite Gelächle. Sie war vor allem selbstlos, fährt Molly fort, ich weiß auch nicht, als wüsste sie gar nicht, wer sie ist, als hätte sie nichts verdient, keine einzige Erwartung ans Leben, sie war nie sauer, dass ich so viel bei euch war, sie hat immer nur gesagt, ist doch schön, wenn's dir dort gefällt, ist doch schön, wenn die Frau Michels dich mitnimmt, ist doch schön, wenn sie dich singen lässt. Das hat mich wahnsinnig gemacht. Sie hat das Geld von Irene und Thomas auch einfach so angenommen, ohne Scham, ohne Wut, ohne Unterwürfigkeit, sie hat's einfach genommen. Ich frage, welches Geld? Sie haben mir Geld für sie mitgegeben, für meine Mutter, einmal im Monat. Mir steht der Mund offen, ich schüttle den Kopf, warum. Schlechtes Gewissen, Entwicklungshilfe, sagt Molly, ich weiß es nicht.

Sie haben dich gekauft, sage ich, sie haben dich mit Sachen angelockt, sie haben dich angelockt, wie man als Perverser Kinder anlockt, mit Schokolade aus dem Auto raus, und deine Mutter bestochen, sage ich und die Gedanken überholen mich beim Sprechen, ich verstumme abrupt. Vielleicht, sagt Molly, aber irgendwie war es ja ein okayer Deal. Das ist doch nicht okay, sage ich und stehe auf und drücke einen Knopf, damit sich die Kaffeemaschine selbst reinigt. Ein Kind zu kaufen, sage ich und zeige auf Mattea, um mein Argument zu verdeutlichen, das ist wie mit Nina Simone, die Konzerte für die reichen Weißen gespielt hat und ihre eigenen Eltern durften nicht zuhören, du hast auf jedem beschissenen Geburtstag von meinen Eltern was vorgesungen, und deine Mutter war nicht eingeladen, die hat dich wahrscheinlich noch nie singen gehört. Ich weiß gar nicht, was du dich so aufregst, sagt Molly, also was daran neu für dich ist.

Ich sehe Matteas Gesicht, wie es rot wird und röter und sich ganz langsam verzieht, bis es eine Grimasse ist, und dann erst kommt der Ton. Molly steht auch auf und geht mit ihr in der Küche auf und ab. Ich setze mich, lehne den Kopf an die Wand. Ich denke, ich war so froh, dass du da warst, dass du plötzlich aufgetaucht bist und mir meine Eltern vom Leib gehalten hast, es war mir alles egal, Hauptsache, du warst da, es ist mir erst aufgefallen, als du eben nicht mehr da warst. Als du weg warst, ist es mir alles vor die Füße gefallen, da kannten wir uns seit über zehn Jahren und du warst verschwunden und ich wusste nicht, wo ich klingeln könnte, um nach dir zu fragen, ich konnte keinen Brief irgendwohin schicken, und auch was in dem Brief gestanden hätte, auch das war ja gar nicht klar, ob ich gewünscht hätte, dass du meinetwegen zurückkommst oder für die Mutter, oder inwiefern das zusammenhängt. Ich wusste nicht, ob du irgendwo gut aufgehoben bist oder unter eine Brücke gerutscht, ich wusste gar nichts, überhaupt nichts, und du machst eine Ausbildung bei der Sparkasse und kriegst zwei Kinder mit einem Journalisten und Hobbymusiker.

Was, fragt Molly. Ich schüttle den Kopf. Du denkst doch was, sagt Molly, ich sehe das. Sie zeigt auf mich und kommt mir näher mit den herausfordernden Augenbrauen im Gesicht, als würde sie mich gleich durchkitzeln, es ist so eine Art zu spielen, eine Art zu flirten, und ich denke, sie wird mich ja wohl jetzt nicht ernsthaft durchkitzeln, nachdem sie verschwunden ist und eine Ausbildung bei der Sparkasse und zwei Kinder mit einem Journalisten und Hobbymusiker gemacht hat. Ich sage, du kennst dich in der Küche meiner Eltern besser aus als ich. Molly lacht und dreht ab, reiht den Zeigefinger zurück in ihre Hand und bleibt auf der Schwelle zum Wohnzimmer stehen, ja, vielleicht, sagt sie, es ist schön, wieder hier zu sein, ab und zu. Warum sieht das Wohnzimmer so aus? Ich sage, wie. Wo ist die Couch, fragt Molly. Ich habe sie auf die Terrasse gestellt, sage ich, erstens hat Mama darauf gepinkelt und zweitens ist es die Couch von meinem Vater.

Molly starrt weiterhin ins Wohnzimmer, ich sage, von der Scheidung weißt du eh schon, nehme ich an. Meine Stimme klingt müde, ich tue mir leid, stütze den Kopf auf die Hände. Molly dreht sich nicht um, ja, sagt sie ins Wohnzimmer hinein, Irene hat es mir erzählt. Mattea lacht an Mollys Schulter vorbei, streckt mir ihr Zahnfleisch entgegen. Es ging ihr nicht so, sagt Molly. Es ist so seltsam, ich wollte unbedingt nach Findelheim ziehen, ich weiß auch nicht, was es war. Frieder ist todunglücklich hier. Er findet es richtig scheiße. Aber seit ich schwanger war, wollte ich hierherziehen und alles richtig machen. Am liebsten wäre ich hier ins Haus gezogen und hätte unser Leben früher nachgespielt. Also mit ein paar Änderungen. Ich lache, und wie läuft's. Molly schüttelt den Kopf. Sie sagt, wenigstens für Irene ist es schön. Sie freut sich total über die Kinder. Gerade jetzt, wo sie so eine schwere Zeit hat, ist das eine gute Ablenkung. Oder ein Zeichen, dass was weitergeht, dass nicht alles auseinanderfällt. Ich sage, so schlecht scheint's ihr jetzt auch nicht zu gehen. Doch, sagt Molly. Ich sage, ist ja schön. Dass ihr euch wieder versteht.

Molly sagt, und du. Ich sage, ich. Molly sagt, ach Lenni, du bist echt wie dein Vater. Mattea macht laute Geräusche, probiert verschiedene Laute durch. In meinem Mund staut sich etwas, es sammelt sich, aber ich sage nichts, ich sitze und speichle es ein, man soll ja mindestens hundertmal kauen und speicheln, ich sage nicht ää und öö und rr wie Mattea, ich wehre mich nicht dagegen, mit dem Vater verglichen zu werden, der in diesem Moment auch nichts gesagt hätte. Ich hab draußen noch einen Haufen Sand, sage ich. Hab ich gesehen, sagt Molly, sie hat sich zu mir umgedreht, ich reiche ihr die Babytrage, dann den Rucksack, sie zieht ihre Daunenjacke an und ihren albernen Hut auf und stapft schnurstracks durch den Sand, wie durch tiefen Schnee. Ich sehe ihr noch eine Weile hinterher, vielleicht wegen des Huts, aber am ehesten wegen ihres Inneren, das nach draußen in die Kälte dampft.

Ich hole eine Holzplanke aus der Garage, eigentlich ist es keine Planke, es ist gutes, teures Holz, vielleicht aus den Tropen, vielleicht wollte der Vater ein Regal bauen, für seine wirre Büchersammlung, ich lege das Brett über die Eingangstreppe, schaufle die erste Schubkarre voll und schiebe sie ins Wohnzimmer.

Ich hole die feuchte Couch herein, zerre, schiebe, bis das unhandliche Ding wieder an seinem Platz steht, ich richte noch mal die Sessel aus, klopfe die Kissen, falte die Decken, lege die Fernbedienung bereit.

Molly hat sofort gesehen, dass die Couch fehlt, nicht nur weil eine ungewöhnliche Lücke in einem so zentralen Elternraum klaffte, sondern weil sie sich hier aufgehalten hat, weil sie der Mutter ihren Mann und ihre Töchter gezeigt hat, und dabei Auflauf mit frischem Gemüse vom Markt und Vollkorn-Spirelli gegessen. Heute hat sie nicht *bis morgen* gesagt, heute ist sie einfach gegangen, und mir fällt auf, dass ich schon wieder nicht weiß, wohin eigentlich. Ich könnte die Mutter fragen, die Mollys Adresse sicherlich kennt.

Schubkarre für Schubkarre trage ich den Berg vor dem Haus der Eltern ab, auch als es dunkel wird, man muss nicht viel sehen, um Sand in eine Schubkarre zu schaufeln.

Ich bedecke den Holzboden im Wohnzimmer, es rieselt zwischen die Dielen, die die Mutter zwei- bis dreimal im Jahr poliert mit einem Spezialstaubsaugeraufsatz, ich bedecke den Teppich, um das Sofa schütte ich einen kleinen Hügel auf.

Ich bestelle mir eine Pizza und esse auf dem Sessel vorm Fernseher. Ich ziehe die Schuhe aus und vergrabe die Füße im Sand, der feucht und kalt ist. Ich drehe die Heizung auf fünf. Mir wird schlecht von der Pizza, weil ich so lange nichts gegessen habe. Es kommt ein *Tatort* aus Münster, den die Mutter immer so lustig findet. Ich frage mich, ob sie gerade vom Krankenbett aus denselben *Tatort* schaut, in jeder Sekunde dasselbe Bild vor sich hat wie ich, das ist die Magie des Fernsehens, die Gleichzeitigkeit, die Verbindung von Wohnzimmer zu Wohnzimmer, überall Jan Josef Liefers in diesem Kittel, in diesem Keller mit diesen Edelstahlleichenschränken, mit dieser Brille im Gesicht. Jedes Mal, wenn er auf diese schnodderige Art unfreundlich ist, höre ich die Mutter lachen. Die Mutter steht heimlich auf Jan Josef Liefers oder eben Professor Boerne, das verschwimmt für die Mutter, sie sieht diesen Mann, der auch eine Brille trägt, der auch kein einfacher Mensch ist, und würde ihm gerne Liebe schenken, die er dringend braucht, das ist nicht zu bestreiten.

Als ich aufwache, läuft immer noch der Fernseher, ein Hund bekommt eine Narkosespritze, ihm scheint ein Auge zu fehlen. Ich schalte aus und gehe zum Küchenfenster, um nachzusehen, ob der Sand noch da ist. Er liegt im Hof, orange bestrahlt, eine Wüstenlandschaft.

Ich rufe Kolja an, der rangeht und sagt, na, nachtaktive Phase. Er sagt es fröhlich, weil er finanziell von meinen nachtaktiven Phasen profitiert, ich sage, ich mache eine Düne, zehn Tonnen Sand im Wohnzimmer, nachher schick ich dir Fotos und frag mich jetzt nicht, wie wir das verkaufen, das ist mir egal, ihr wollt immer alles verkaufen, ich lege auf und weiß, dass Kolja sich in Berlin in die Hosen macht vor Lachen.

Ich habe schon wieder die Rollläden vergessen, ich lasse sie also herunter und ziehe sie gleich wieder hoch, es ist immerhin schon vier Uhr morgens. Ich nehme den dicksten Wollpullover des Vaters aus dem Schrank.

Der Sand ist feucht und schwer, er reibt mir die Haut auf, legt sich zwischen meine Hände und das Holz der Schaufel, es sind immer dieselben Bewegungen, für die ich einen Rhythmus finde, die Schaufel in den Sand, nachtreten mit dem Fuß, die Schaufel heben, aus der Wirbelsäule zur Seite drehen, den Sand fallen lassen, zurückdrehen, die Schaufel in den Sand, nachtreten, heben, drehen, fallen, drehen, in den Sand, treten, heben, drehen, fallen, die Schubkarre ist voll. Ich fahre sie über das Brett die Treppe hinauf, schiebe sie durch den Flur, wo ich mir selber im Spiegel entgegenkomme, im Angeloutfit des Vaters, mit der Mütze und dem Pullover aus dicker Schafwolle und seinen Jeans, der Sand zerkratzt den Holzboden im Flur, es knirscht, meine Schritte knirschen, das Rad der Schubkarre knirscht, ich kippe den Sand vor die Couch, ich kippe den Sand neben den Fernseher, über den Verstärker, über die Stereoanlage, ich kippe den Sand an die Balkontür, ich kippe den Sand unter den Esstisch, stelle die Stühle auf den Tisch und kippe den Sand dorthin, wo sie standen, dann vor den Kamin, in den Kamin, ich fülle den Kamin und schließe die Scheibe nicht, ich lasse den Sand von dort nach da rieseln, ich lasse den Sand Übergänge gestalten, als gäbe es einen Wind hier drinnen.

Eine Düne entsteht um die Couch, sie soll fast darin verschwinden, die sandfarbene Vatercouch, nur noch die Polster sollen rausschauen, die Lehne aus der Düne emporragen, ich platziere die Kissen dort, ich falte die Decken akkurat, ich mache es gemütlich, wie es die Mutter gemütlich macht. Auch der Esstisch, der Tisch für die Feierlichkeiten, für die Anlässe, auch seine Beine verschwinden im Sand, ich stelle die Stühle wieder hinunter, verteile sie um den Tisch, wie sie davor verteilt waren, in regelmäßigen Abständen, fünf Stühle, auf der Holzplatte die Platzdeckchen, drei Stück, in der Mitte der Adventskranz, ich bin müde, meine Hände brennen, in meinem Rücken klopft ein unbestimmter Schmerz, die Vorahnung eines Schmerzes, ich muss mich kurz ausruhen, ich lege mich auf die Sofa-Düne, den Kopf auf dem Polster, die Beine folgen sachte der Rundung hinunter, ich denke, so wollte es der Vater doch immer, er wollte doch unbedingt die Beine ausstrecken auf der Couch.

Im Schlaf höre ich, Mama, da liegt ein Mann im Sand. Ich denke, es muss der Vater sein, vielleicht ist der Vater auf einer seiner Expeditionen in einen Sandsturm geraten und von ihm verschlungen worden und irgendwo wieder ausgespuckt, Mama, da liegt ein Mann im Sand, flüstert das Kind, und Molly ruft von weit her, ich komme, ich muss nur kurz das Rad abstellen. Ich wache auf und neben mir steht ein Kind mit einer erschreckend blauen Iris, das andere Auge ist mit einem runden Pflaster überklebt, das Auge schaut direkt auf mich herab wie im Zenit, wie um zwölf Uhr mittags, aus einer blauen Sonne, wir schauen uns einen Moment ganz tief hinein, was nur nach dem Aufwachen oder als Kind möglich ist, wir treffen uns also an diesem unerwarteten Punkt, Aufgewachte, Kind, und das Kind rennt weg.

Ich wische mir mit dem Ärmel das Gesicht, der Ärmel ist voller Sand, das Gesicht ist voller Sand, er ist mir zwischen die Lippen gerutscht, zwischen die Schneidezähne, ich spucke aus. Lenni, ruft Molly und rennt auf mich zu, fast hätte sie das Kind über den Haufen gerannt, das sich hinter ihren Beinen verstecken wollte, sie kniet sich runter zu mir, alles okay? Eingeschlafen, sage ich. Du siehst ganz grau aus, sagt Molly. Ich versuche mir den Sand aus dem Gesicht zu wischen, aber schmiere mir nur noch mehr hinein, meine Hände sind voll davon, der Pullover, es überkommt mich eine Panik, ihn nie wieder loszuwerden, wie ich sie früher manchmal hatte, wenn meine Hände im klebrigen Brotteig der Mutter steckten. Molly streicht mit der Innenseite ihrer Finger die Konturen meines Gesichts entlang, entfernt den Sand von dort, ohne die Haut zu zerkratzen, ich schaue Richtung Terrasse. Der Himmel liegt wie eine Betondecke über dem Garten, es ist mir unmöglich, eine Tageszeit zu bestimmen, ich sage, wie lange die Sonne schon nicht mehr draußen war, oder. Molly sagt, die Haustür stand offen.

Das Kind versteckt sich hinter Mollys gebeugtem Rücken und schaut manchmal von dort zu mir rüber. Das Baby hängt wie immer an Mollys Vorderseite. Sie wischt die Körnchen ganz konzentriert, als würde sie mir die Augenbrauen zupfen, mich schminken, mich einer Behandlung unterziehen, nach der ich mich besser fühlen muss, und dabei laufen ihr Tränen aus den Augen. Ich versuche nicht hinzusehen. Sie weint einfach in ihre Umwelt hinein, ihr Gesicht entlang, sie weint, als wäre sie Wetter und Landschaft zugleich. Ich sehe wieder nach draußen. Kein Wunder, dass du die Sonne nicht siehst, bei deinem Schlafrhythmus, sagt sie und ihre Stimme ist gar nicht weinerlich, sie schluchzt auch nicht, sie atmet ganz normal, sie kann beim Weinen essen oder lesen oder Sachen aus einem Supermarktregal nehmen oder singen, natürlich kann sie dabei singen, es sickert ihr einfach nur aus den Augen, sie fragt, schläfst du nachts nicht. Bin viel am Arbeiten, sage ich. Molly hält einen Moment inne, das sehe ich. Sie lacht mit dem Chr am Anfang und den vielen Es. Sie pustet mir übers Gesicht. Sie riecht nach Nimm2. Fertig, sagt sie. Danke, sage ich und sie sagt, du gehst mal duschen. Es ist kein Befehl, eher eine Feststellung, als hätte sie in die Zukunft gesehen, und ich gehe duschen.

Hab ich mich erschrocken, sagt sie zu niemandem, sie sagt es einfach in den Raum und stützt sich beide Hände von hinten an die Hüfte, als ich schon im Flur bin. Hast du dich erschrocken, Mama, sagt das Kind, das sich auch erschrocken hat. Ich schließe oben die Tür, ziehe mich aus und sehe vor dem Spiegel, wie dünn meine Arme sind. Meine Arme sind sehr lange Knochen mit Hautüberzug, die in enormen Gelenken enden. Die Mutter würde sich Sorgen machen. Es gibt nur einen schmalen Gewichtsstreifen, auf dem man zu balancieren hat, wenn man die Sorgen der anderen verhindern will. Meine Brüste sind gänzlich verschwunden, sie scheinen eine rein zufällige Fettansammlung gewesen zu sein und der Körper hat von ihnen gegessen, bis sie eben leer waren. Ich wasche mir den Sand ab und ziehe den Schlafanzug des Vaters an.

Unten brät Molly Zwiebeln und Knoblauch in einer Pfanne, hat Nudelwasser aufgesetzt. Das Kind steht auf einem Stuhl vor dem Herd und verfolgt jede ihrer Bewegungen, als würde es sich eine Choreografie merken. Hier machen wir jetzt die Nudeln rein, siehst du, das Wasser kocht, wenn es solche Blasen schlägt, dann kocht es, sagt Molly und nimmt eine Faust Spaghetti aus der Packung. Kocht das Wasser, wenn es solche Blasen schlägt, und machen wir dann die Nudeln hinein, fragt das Kind. Genau, sagt Molly. Ich denke, ob das Kind nur in Fragen sprechen kann. Molly zeigt auf mich und sagt, das ist Lenni, sie zeigt auf das Kind, das ist Ella. Das Kind flüstert, ist das Lenni. Jap, sagt Molly. Ella wendet sich den Spaghetti im Wasser zu. Sie hat eine seltsame Ausstrahlung, als würde sie der Welt nichts glauben. Ich überlege, etwas zu ihrer Latzhose zu sagen, aber man soll ja nicht immer kleine Mädchen für ihre Kleidung loben, ein anderes Gesprächsthema fällt mir nicht ein.

Molly kippt die Passata aus der Glasflasche in die Pfanne. Sicherlich kennt sie sich auch in den Vorratsschränken der Eltern aus, vielleicht wird sie die Tage etwas nachkaufen und wieder dorthin stellen, an genau denselben Platz, damit die Mutter keine Mangelgefühle erleiden muss, wenn sie irgendwann wieder nach Hause kommt. Ella klettert vom Stuhl, lässt sich ganz langsam von dort hinunter, als wäre sie an einem Seil festgemacht, sie sagt, ich gehe mir den Sandkasten im Wohnzimmer anschauen. Ist gut, sagt Molly und probiert mit einem Teelöffel von der Soße. Ich würze nicht so viel wegen Ella, sagt sie wieder einfach so gegen die Wand und weint in die Pfanne. Okay, sage ich, ich kann ja nachwürzen. Sie dreht sich um, was hast du mit dem Haus vor. Ich sage, nichts. Das Wohnzimmer ist voller Sand, sagt Molly. Ein Projekt, sage ich.

Es gefällt mir, sagt Molly, aber es ist ein Haus. Man kann darin wohnen. Jetzt nicht mehr, sage ich, hier kann keiner mehr wohnen. Und bei dir, frage ich, mit Frederik alles gut. Frieder, sagt Molly, ich hasse das, wenn du dir Namen absichtlich falsch merkst. Wie kann man sich denn was absichtlich falsch merken, sage ich. Na, so wie du halt, sagt Molly. Frieder geht's gut, er ist viel unterwegs.

Weißt du, sagt Molly, es gibt so viele Menschen, die nie ein Haus haben werden. Ich weiß, sage ich. Molly sagt, einmal, als ich von euch nach Hause bin, hatte meine Mutter Tauben in die Wohnung gelassen. Wie, frage ich. Die Tauben haben an meinem Kinderzimmerfenster unterm Dach genistet und meine Mutter hat vergessen, das Fenster zuzumachen, und dann sind die Tauben dort eingezogen, und als meine Mutter sie bemerkt hat, hatten sie sich dort schon so eingerichtet, dass sie es nicht übers Herz gebracht hat, sie wieder rauszuwerfen. Und dann, frage ich. Mein ganzes Zimmer war voll mit Taubenscheiße, sagt Molly und beginnt, den Tisch zu decken, sie benutzt sogar die Platzdeckchen der Mutter. Sie hatten ziemlich frisch geschlüpfte Jungen in einem Nest auf dem kleinen Regal über meinem Bett, wo auch die Nachttischlampe stand und ein paar Kassetten. Krass, sage ich. Meine Mutter hat sie gefüttert, sie hat ihnen Müsli hingeworfen und Brot und eine Schale Milch hingestellt. Keine Ahnung, warum Milch, sagt Molly, als hätte sie meine nächste Frage vorausgesehen.

Aber meine nächste Frage wäre gewesen, ob es das Wochenende war, an dem Molly abgetaucht ist, ob sie die Tauben aus dem Zimmer vertrieben hat, die Jungen aus dem Nest gekippt, einfach aus dem Fenster heraus, sodass sie Stockwerk für Stockwerk nach unten fielen und schließlich aufklatschten, die unfertigen nackten Vögel, ob sie das Müsli aus den Fugen gesaugt und beschlossen hat, ihre Mutter nicht mehr zu verlassen, aber ich stelle die Frage nicht, ich sage stattdessen, Milch, krass. Entschuldige, dass ich so überreagiert habe, sagt Molly, in der einen Hand die Pfanne, in der anderen den Untersetzer. Was meinst du, sage ich. Wegen dem Haus, es ist ja dein Haus, du kannst damit machen, was du willst, sagt Molly. Es ist nicht mein Haus, sage ich. Doch, früher oder später schon, sagt Molly.

Ich will das Haus nicht, sage ich und setze mich an den Tisch, was soll ich damit. Ach, Basilikum, sagt Molly, steht auf und zupft Blätter von der Pflanze am Fensterbrett. Molly sagt, Frieder und ich versuchen seit drei Jahren, etwas zu kaufen. Es geht nicht. Unmöglich. Er verdient nicht schlecht, ich werde auch bald wieder anfangen, aber wir werden es einfach nie finanziert bekommen, nie. Ich tue mit der Zange Nudeln auf die Teller. Molly ruft ins Wohnzimmer, Ella, kommst du? Nein, ruft Ella. Es gibt Nudeln, ruft Molly. Gibt es Nudeln, ruft Ella und kommt nicht. Molly lehnt sich zurück. Ich sage, aber was willst du denn mit so einem Haus? Was soll daran gut sein. Irgendwo in einem hässlichen Neubaugebiet, wo alle Häuser so und so gestrichen sein müssen und diese grauen Dächer haben und Balkone mit Edelstahlgeländer und jeder sein kleines Vorgärtchen mit Hecke zum Drüberlinsen, dafür dann vierzig Jahre Kredit abbezahlen, was willst du denn mit so was. Molly sagt, darin wohnen, Lenni. Eigentlich will ich einfach nur mit meinen Kindern darin wohnen.

Aber warum, sage ich. Molly lacht. Sie schüttelt den Kopf und lacht, rollt ihre Spaghetti auf die Gabel, lehnt sich wieder zurück, schaut mich an und lacht. Du bist echt noch genauso wie früher, sagt Molly. Ich sage, mein Vater hat sich jetzt Anwälte geholt, er will, dass Mama so schnell wie möglich auszieht, plus ihr viel weniger Geld für das Haus zahlen. Es hat Hitzeschäden, sage ich, also angeblich zumindest. Er schickt einen Brief über die Anwälte und verpisst sich. Dass Mama im Krankenhaus ist und alles, egal, Hauptsache, er hat einen Fernseher im Hotelzimmer und kann *hart aber fair* gucken. Dann ist alles gut. *Hart aber fair*, sagt Molly und kichert, mit Dingens, Markus Lanz. Frank Plasberg, sage ich, die Sendung von Markus Lanz heißt *Markus Lanz*. Wir lachen gemeinsam, schweigen einen Moment und ich erinnere mich an die Nudeln auf dem Teller vor mir. Ich reibe Parmesan darüber und mische mit Löffel und Gabel die Soße unter.

Molly sagt, was heißt das mit den Hitzeschäden, ist das wirklich so schlimm. Ich weiß nicht, sage ich, es ist halt schief. Das Zimmer, das früher deins war, ist schief, wenn dir was runterfällt, rollt es zur Wand.

Ach was, sagt Molly. Und in der Wand ist ein Riss, einmal von oben nach unten, ich hab's gegoogelt, ein Riss kann bedeuten, extrem einsturzgefährdet oder ein rein optischer Makel. Das Haus ist vielleicht einsturzgefährdet, sagt Molly tonlos. Ich sage, glaub ich nicht, ich glaube, mein Vater versucht meiner Mutter eins reinzuwürgen, irgendeine dumme Gerechtigkeit herzustellen, er braucht irgendeinen ganz objektiven, sachlichen Grund, ihr zu schaden, mehr nicht. Wir schweigen. Molly schaut an die Decke, sie schaut, ob die Decke gleich auf sie herunterfällt, aber sie weiß ja, dass es um das Zimmer geht, das über der Garage liegt, sie gibt nie zu, wenn ihr etwas Angst macht, sie schaut wieder zu mir. Irgendwie überrascht es mich, sagt Molly, und irgendwie auch nicht.

Was, sage ich. Dass Thomas sich so verhält. Irgendwie war Thomas immer so passiv, so latent unglücklich, ich weiß nicht, so wie man sagt, ängstliche Hunde beißen, so kann man vielleicht sagen, traurige Hunde sind treulos. Weißt du, was ich meine? Ich sage nichts. Er hat nie Verantwortung übernommen. Man übersieht das bei Männern, weil sie meistens arbeiten gehen und wir Arbeit erst mal als die maximal größtmögliche Verantwortung sehen. Er hat nie Verantwortung für sich übernommen, für seine Entscheidungen, und dafür rächt er sich jetzt an Irene, sagt Molly, obwohl er ja immer die Affären hatte. Hä, sage ich. Sorry, sagt Molly, müssen jetzt auch nicht drüber reden. Molly schaut mich an und streichelt mit beiden Händen die Babytrage, als hinge ich dort drin und saugte den Sauerstoff durch die Fasern ihres Pullovers.

Molly sagt, oder vielleicht doch. Nein, sage ich und schiebe mit beiden Händen den Teller von mir weg, ich will so was nicht wissen, sollen die machen, was sie wollen. Ich wollte es auch nie wissen, sagt Molly, aber Irene hat mir immer alles erzählt. Dich wollte sie aus allem raushalten, aber mir – Sie hat immer gesagt *er riecht wieder fremd*. Bah, sage ich. Er riecht wieder fremd, sagt Molly und schaut mir dabei in die Augen, einen wissenschaftlich interessierten Ausdruck im Gesicht, als würde sie die Wirkung ihrer Worte erforschen, als hätte sie mit einer Pipette etwas in mich hineingetropft und wartete nun auf eventuelle Verfärbungen meiner Haut. Du musst dich besser abgrenzen, sage ich.

Weißt du, Lenni, es gibt Leute, die sich für andere interessieren, sagt Molly. Aber doch nicht für den eigenen Vater, der mit irgendwelchen Svenjas vögelt, sage ich, sorry. Und für Irene, sagt Molly. Ich schweige einen Moment, hebe dann die Achseln und lasse sie wieder fallen. Genau, sagt Molly und steht auf und zeigt auf mich, so ist das als Mutter. Mattea macht Geräusche in der Trage, fängt an, sich zu bewegen, sich an Mollys Körper zu winden als Larve. Molly setzt sich wieder und gibt ihr den Nippel in den Mund, legt den Blick dort an der Schnittstelle zwischen ihren beiden Körpern ab und sagt, Irene und ich haben überlegt, zusammen hier im Haus zu wohnen. Was, sage ich. Ja, es waren nur so Spinnereien, sagt Molly, sie hatte ja mit Thomas schon abgemacht, dass sie auszieht und alles, aber irgendwie – Manchmal haben wir noch darüber geredet. Ein Mehrgenerationenhaus quasi. Und dein Mann, sage ich, der wäre auch mit eingezogen.

Wir sind nicht verheiratet, sagt Molly. Ich sage, aber du heißt doch jetzt Hamann. Nein, sagt Molly, legt sich das Spucktuch über die Schulter und klopft sachte auf Matteas Rücken. Wie klein die Wirbel sein müssen, die dort verlaufen, fingernagelklein. Nur Frieder und die Kinder, sagt Molly. Warum die Kinder, sage ich. Molly sagt, mein Name klingt so polnisch, nicht, dass sie mal Nachteile haben. Ah, sage ich. Irgendwie hatte ich auch das Gefühl, damit Frieder ein bisschen mehr einzubinden, sagt Molly. Wie, sage ich. Na ja, damit irgendwie klar ist, dass es auch seine Kinder sind. Und, sage ich, hat's geklappt. Ich hab gedacht, vielleicht können wir über Weihnachten nach Sankt Peter-Ording fahren, Irene besuchen, sagt Molly. Ja, sage ich, ich muss nur vorher noch was schaffen. Na dann, sagt Molly, dann packen wir's mal.

Ella hat sich in eine Decke gewickelt und schläft im Schatten der Düne, die Stehlampe mit dem großen runden Kopf hinter sich wie eine untergehende Sonne. Ich fotografiere das Bild mit meinem Handy und bemerke Mollys Blick. Ach so, sage ich, sorry. Man sieht ihr Gesicht nicht. Schon okay, sagt Molly und dann, kannst du sie mir in den Fahrradanhänger tragen. Ich sage, ich. Oder du nimmst kurz Mattea, sagt Molly und beginnt an der Babytrage herumzufingern. Nein, nein, sage ich und trete neben

Ella in den Sand, drehe mich noch mal zu Molly um, die mir zunickt, ich sage, wir kennen uns doch gar nicht. Molly sagt, sie schläft eh. Und wenn sie aufwacht, sage ich, und von einer fremden Person irgendwohin getragen wird, das ist doch mega gruselig. Molly sagt, Lenni, ich kann sie nicht beide tragen.

Ich beuge mich zu Ella hinunter, obwohl man ja nicht aus dem Rücken heben soll, aber ich habe das Gefühl, wenn ich jetzt in die Knie gehe, komme ich nicht wieder hoch, ich beuge mich also hinunter und hebe sie mit der Decke an, die Füße in den Klettverschlussschuhen baumeln unter meinen Unterarmen. Ich sage, du gehst hinter mir, damit sie dich sieht, falls sie aufwacht. Ist gut, sagt Molly und ich sehe sie lächeln, ein mütterlich getränktes Lächeln, von dem ich nicht weiß, ob es mich oder Ella meint. Molly besitzt keines dieser E-Lastenräder, wie befürchtet. Es ist ein altes Mountainbike mit verschlammtem Fahrradanhänger aus rot-gelben Funktionstextilien. Ich lege Ella dort hinein, die wie durch ein Wunder einfach nicht aufwacht, Molly legt Mattea ins Maxi-Cosi daneben, zieht den Reißverschluss zu und umarmt mich zum Abschied. Bis morgen, sagt sie, ich bring die Decke wieder zurück. Bis morgen, sage ich. Schickst du mir das Foto, ruft sie über die Schulter zurück und ich rufe, ja, obwohl ich ihre Nummer gar nicht habe.

Im Hof der Eltern liegt immer noch Sand, ich denke, ob ich mich vielleicht übernommen habe. Ich denke, ich lasse ihn einfach liegen, soll ihn der Wind doch abtragen, soll ihn halt der Regen fortspülen. Ich setze mich ins Wohnzimmer auf die Düne und denke darüber nach, wie ich sie ganz glatt blasen kann, damit sie aussieht wie ins Wohnzimmer geweht. Ich hole den Föhn der Mutter aus dem Badezimmer.

Ein Kopf schaut durch das Fenster, dreht sich sogleich in alter Gewohnheit wieder weg, aber da er nun Sanddünen im Wohnzimmer der Michels erblickt hat, dreht er sich doch noch einmal, ganz automatisch, obwohl es sich nicht gehört, zweimal hintereinander ins Wohnzimmer zu blicken, vor allem nicht, wenn dort eine steht, selbst, wenn sie neben einer Düne in einem Wohnzimmer steht und die Düne föhnt, was ja ihr gutes Recht ist, solange das Wohnzimmer nur ihr gehört, jeder kann in seinem

Wohnzimmer föhnen, was er will, oder sie, ich hebe die Hand zum Gruß und der Blick schnellt wieder weg, auf den tröstlichen Bürgersteig, der vor ihm liegt.

Ich gehe in die Garage, hole die Überwachungskamera vom Regal und packe sie aus, denke an den Vater, der aus irgendeinem Grund gern drinnen an einem Bildschirm beobachtet hätte, wer am Haus vorbeigeht, der Vater, der den Hohlraum in sich zu verteidigen hat, der sich verschanzt, damit ihm bloß keiner etwas nimmt, der in absehbarer Zeit Millionär sein wird, nämlich an dem Tag, an dem Opa Richie seine letzte Metamorphose durchlebt, Mensch zu Leiche, wird der Vater vom Menschen zum Millionär, und doch fühlt sich der Vater als armes Würstchen, dem auf die Pelle gerückt wird, dem es an den zarten Naturdarm geht, in den es gepresst wurde.

Ich bohre Löcher in die Fassade neben dem Wohnzimmerfenster und hänge die Kamera auf. Ich bin keine Videokünstlerin, ich kenne mich mit so etwas nicht aus, ich weiß auch nicht, ob ich es gut finde, aber darauf kommt es sowieso nicht an, es kommt darauf an, ob etwas notwendig ist. Ich installiere die App, die eine Push-Nachricht schickt, sobald sich vor der Kamera ein Mensch bewegt. Ich rufe Katja an, ich sage, Katja, du musst mir mit der Technik helfen, ich flehe dich an.

Das Bild läuft über den Fernseher der Eltern. Ich positioniere den Fernseher, der sehr groß ist, aber eben gerade noch klein genug, um nicht unanständig groß zu sein, was prollig wäre, diesen genau richtig großen Fernseher positioniere ich mitten auf dem Esstisch, sodass die, die ins Elternwohnzimmer hineinschauen, gezwungen sind, in ihr eigenes verhuschtes Gesicht zu sehen. Die Kamera ist nicht schlecht, sie erkennt Menschen automatisch und verfolgt sie, bis sie außer Reichweite sind. Es ist dunkel und die Kamera versucht, die Farben des Tageslichts zu imitieren, sodass alles viel zu sehr leuchtet, alles sieht aus wie aus grellem Plastik, die Buchsbäume, die Straßenlaternen, die Leute. Ich schaue in das Fernsehgerät.

Eine rot eingefärbte kahle Figur winkt in die Kamera, verzieht das Gesicht, zeigt die Zähne und klopft dann an die Scheibe. Ich mache ein paar schwere Schritte durch den Sand. Geil, sagt der Giesi, als ich das Fenster öffne, supergeil. Findest du, frage ich. Aber hallo, sagt der Giesi. Bringst du uns jetzt die Kunst nach Findelheim, sagt der Giesi. Ja, sage ich. Und deine Eltern, brauchen gar kein Wohnzimmer mehr, fragt der Giesi. Ach, sage ich, gerade nicht. Und die Wüste, sagt der Giesi, die steht für die Langweile, oder. Ich sage nichts, drehe mich um und betrachte den Raum, der Giesi sagt vom Fenster her, dass alles so eingestaubt ist, oder, ich mein die Sandkörner, das sind so viele, dass man sie nie zählen könnte, aber trotzdem ist die Wüste ja sacklangweilig, und leer ohne Ende. Ja, vielleicht, sage ich. Oder für den Klimawandel, sagt der Giesi, das könnt auch sein.

Das mit dem Aquarium bei euch, das ist krass, oder, sagt der Giesi. Was, frage ich. Hast du gar nicht mitgekriegt, sagt der Giesi, in Berlin ist ein Riesenaquarium geplatzt, am Freitag, in einem Luxushotel, tausend Kubikmeter Wasser und die ganzen Fische haben auf der Straße gezappelt, bei euch, mitten in Berlin. Das muss geknallt haben, meine Herrn. Ja, sage ich, das muss echt geknallt haben. Ich denke über die Fische nach, die plötzlich auf der Straße liegen, in Berlin, wo Leute hinkommen, um eine Romantik auszuleben von der Befreiung, dem Ausdruck, der Verwirklichung, wie die Fische sich plötzlich an dieser geschwängerten Luft befinden und an ihr ersticken, als Befreite ersticken, die stillen kalten Körper dann von der Feuerwehr entfernt werden, mit dem restlichen stillen kalten Schutt, aber ich kann mir nicht vorstellen, wie. Ob die Feuerwehr einen riesigen Sauger hat für so etwas. Ich sehe die Mutter zwischen den Fischen liegen und mit den Füßen zucken, ich sehe, wie das glasige Elternhaus zerbirst und seine Bewohnerin auf die Straße fegt, an eine Luft, die sie nicht überleben wird. Der Giesi scheint sich verabschiedet zu haben, er ist keiner, der ohne Abschiedsgruß geht, denn sein guter Ruf ist ihm was wert, aber gegangen ist er, vor dem Fenster erstreckt sich der leere Bürgersteig. Plötzlich frage ich mich, was der Giesi wohl von mir denkt.

Ich betrachte mich in der spiegelnden Fensterscheibe, ich trage eine Jeans des Vaters und ein altes aufgekrempeltes Baumwollhemd. Ich weiß nicht, warum ich mich immer als der Vater verkleide, wo ich doch keinesfalls sein will wie er. Ich gehe hoch ins Elternschlafzimmer, öffne die Mutterseite des Schranks, wo oben auf den Brettern ordentlich gefaltete Pullover und Shirts liegen, darunter Kleider, Blusen und Hosen hängen, rechts daneben in Schubladen Unterwäsche, Socken, Sport- und Schlafkleidung einsortiert sind. In der Wäscheschublade finde ich Unterhosen, die vorne ein winziges Stoffdreieck haben und hinten nur von Gummischnüren zusammengehalten werden. Ich spanne die Schnur, die in die Poritze soll, über den Daumen, ziehe die beiden seitlichen Schnüre mit Zeige- und Mittelfinger der anderen Hand zu mir heran und schieße die Unterhose wie ein Haushaltsgummi aus dem Fenster, hoch in den Himmel. Ich mache es noch mal mit einem anderen String-Tanga und filme mich dabei mit dem Handy.

Ich frage mich, was ich eigentlich von mir denke, und mir fällt nichts ein, als dass ich eine bin, der es egal ist, was die anderen denken, was aber noch nicht die Frage beantwortet, was ich eigentlich selbst von mir denke, und wenn ich etwas denken würde, ob mir das möglicherweise auch egal wäre. Ich schicke Kolja das Video und schreibe eine Nachricht, was denkst du eigtl von mir?? Neben seinem Namen erscheint kurz ein grüner Punkt, dann verschwindet er wieder. Der Tanga baumelt als kleines, nicht erkennbares Ding an einem Ast der Linde, der Wind schaukelt ihn.

Ich gehe ins Vaterzimmer und betrachte die weiße Landschaft aus Gegenständen, die sich dort aufgetan hat. Der Anzug hängt darüber, die Arme ausgebreitet, wie diese Jesus-Statue über Rio de Janeiro. Ich fotografiere ihn dort, ziehe die Nägel heraus und nehme ihn von der Wand. Ich habe kurz das Bedürfnis, ihn zu zerteilen, ihm die Gliedmaßen zu entfernen, den Kopf, an anderer Stelle wieder dranzusetzen, ihn seine Sachen essen und wieder ausspucken zu lassen, ihn so oft auseinanderzunehmen, bis er endlich ein Mensch geworden ist, wie in einem Jan-Švankmajer-Film. Ich zerteile ihn nicht, ich setze ihn an verschiedene Plätze, in verschiedenen Posen, den Kopf auf den Knien, mit ausgestreckten Beinen und stockgeradem Rücken, im Schneidersitz, die Füße hinter den Ohren, lehne ihn im Kopfstand an die Wand, ich lege ihn auf seine

Landschaft, zusammengerollt und ausgestreckt und mache Fotos. Ich versuche, einen Platz für ihn zu finden, aber es gibt keinen.

Ich klicke die Bilder schnell durch, wie ein Daumenkino. Ich füge sie zu einem Video zusammen und schicke es Kolja. Wieder erscheint der grüne Punkt neben seinem Namen, aber noch bevor das Video gesendet ist, drücke ich auf das Kreuz in der Mitte. Kolja wird mir sagen, wie er es findet. Kolja findet immer alles irgendwie, innerhalb von Sekunden, interessant oder schlecht. Ich denke, das hier ist weder interessant noch schlecht. Ich stelle mir vor, wie ich die Findelheimer durch das Elternhaus schleuse wie durch eine Ausstellung, sie wären beschämt, sich das alles ansehen zu müssen, diese privaten Räume in ihrem ganzen Scheitern, sie würden sich schämen, für den eigenen Voyeurismus, dass es irgendwo in ihnen einen Wunsch gibt, etwas von einem anderen mitzubekommen, etwas Perverses, Abnormes, etwas Heftiges, dafür würden sie sich schämen. Ich würde sie alle rausschmeißen, ich würde brüllen, raus, raus aus meinem Haus, alle, und mit dem Zeigefinger würde ich herumzeigen, alle raus jetzt sofort.

*

Die Rehaklinik der Mutter hat kein Reetdach. Sie ist ein Nachkriegsbau mit vielen Stockwerken und in die Plastikfassade integrierten Balkonen. Ich kann die Enttäuschung der Mutter riechen, sie dringt durch die erleuchtete Eingangstür bis auf den Parkplatz, wo Molly eine Flasche Wasser aus dem Auto holt, trinkt und sich streckt. Wir sind echt gut durchgekommen, sagt Molly. Ja, sage ich. Die Enttäuschung der Mutter wird mir energisch ins Gesicht geweht, die Mutter hat die Klinik nicht vorher gegoogelt, die Mutter wollte aus irgendeiner Annahme heraus nach Sankt Peter-Ording und hier ist sie nun, hinter einem der vielen kleinen Fenster, die Mutter, die nie eine von vielen sein will. Molly schließt energisch die Schiebetür des Bullis. Es knallt nicht, Mollys VW ist ein neuer, komplett ausgestatteter Camper, die obere Hälfte ist weiß, die untere bronzefarben lackiert.

Seine Türen haben, genau wie die Schubladen der Mutterküche, diese Funktion, kurz vor dem Knall zu stoppen und sanft in das Verschließen hineinzugleiten, obwohl offen und geschlossen doch zwei derart konträre Zustände sind, man kann nicht einfach vom einen ins andere hineinrutschen, ohne einen Unterschied zu bemerken. Das Schweigen der Küchenschränke, das Schweigen der Autotüren, das Ein- und Ausfaden der Musik, das Dimmen des Lichts, die sanfte Eingepasstheit der bürgerlichen Dinge, das Abpuffern eines jeden Zustands macht mich wütend, es ist der Wunsch all dieser Leute zu sterben, indem sie einfach nicht mehr aufwachen, sogar ihren eigenen Tod wollen diese Leute verschlafen.

Alles okay, ruft Molly gegen den Wind, sie steht schon auf dem schmalen Kiesweg zur Klinik, der links und rechts mit kleinen Leuchten markiert ist, hat erst jetzt bemerkt, dass ich nicht hinter ihr gehe. Ich überlege, ob ich zurückrufen soll, nein, oder eine Erklärung in den Wind schreien, ich würde am liebsten wieder in den VW einsteigen, dessen Schlüssel in Mollys Jeans steckt, den ich auch überhaupt nicht fahren kann, am liebsten würde ich Molly fragen, ob sie mich wieder zurückfährt, neun Stunden über die Autobahnen, am liebsten würde ich an denselben Raststätten rausfahren, was natürlich nicht geht, sie liegen ja auf der anderen Seite der Autobahn, am liebsten würde ich alle Sanifairbons dort einlösen, wo ich sie aus den Automaten gezogen habe, als könnte ich dadurch die Spur verwischen, die Molly und ich mit dem Bulli, auf dessen Flanke OCEAN steht, durch Deutschland gezogen haben. Ich würde auch dieselben Podcasts noch mal anhören, auch *Zeit: Alles gesagt* mit Juli Zeh.

Molly steht dort auf dem Weg zwischen diesen borstigen Nordsee-Gräsern, ganz Mutter, sie lächelt geduldig, sie ist es gewohnt, die Schnellere zu sein, die, die weiß, was gut ist, sie ist es gewohnt, ihre Begleitung unterwegs zu verlieren und sie freundlich zu ermuntern, na komm, sagt Molly, das wird schön. Als ich bei ihr ankomme, nimmt sie meine Hand, sie nimmt die Hand so, dass unsere Finger ineinandergreifen, sich verschränken wie zu einem gemeinsamen Gebet, und ich weiß genau, was das bedeutet, Intimität, denn Molly hat mir damals aus der *BRAVO* vorgelesen, in der es regelmäßig Artikel über die unterschiedlichen Arten des Händchenhaltens gab, was mich überhaupt nicht interessierte und Molly sehr, und dennoch muss ich davon ausgehen, dass ich mich in diesem Moment daran erinnere, während sie einfach meine Hand nimmt, ohne an irgendwas zu denken.

Was ist das eigentlich für ein bescheuertes Auto, frage ich. Molly lacht, Gott sei Dank, ich dachte, du fragst nie. Die ganze Fahrt hab ich dir angesehen, wie scheiße du das Auto findest. Sie zieht sich mit der freien Hand die Mütze über die Ohren, die immer wieder von den Locken angehoben wird. Scheiß Wind, ruft Molly. Frieder wollte den. Ich sage, Frieder wollte den Wind. Sie lacht. Man kann Molly leicht zum Lachen bringen, sie schämt sich nicht für ihre Zugänglichkeit. Molly sagt, als ich mit Ella schwanger war, meinte Frieder, komm, jetzt holen wir uns auch endlich so einen Bus, ich habe gedacht, er meint so ein altes, schrottiges Ding, aber dann kam er mit dem hier, sagt Molly, zu Ostern. Ihr schenkt euch Autos zu Ostern, sage ich. Ach was, das war eher Zufall, dass er dann halt fertig war, sagt Molly. Ich finde ihn auch spießig, sagt sie, aber du wirst nachher sehen, es hat auch seine Vorteile, eine spießige Schwester zu haben. Mit diesem Satz gehen wir hinein, Molly lässt meine Hand los, sie hat sich eine Schwester genannt, als wäre keine Zeit vergangen, und lässt beim Betreten des Gebäudes meine Hand los, um keinen falschen Eindruck zu erwecken.

Die Mutter sitzt wie verabredet im Café, man betritt es durch eine ganz normale Zimmertür, so ist es nun einmal in solchen Einrichtungen, jegliches Außen ist nur gespielt, an der Zimmertür hängt eine weiße Planke an dickem Tau, mit der Aufschrift *Café Stranddüne*, wie sich Kinder Schilder an ihre Zimmertüren hängen, um zu suggerieren, dass dahinter etwas Eigenes liegt, etwas, das sich vollkommen abhebt. Ich vermute, dass es einfach der Speisesaal ist. Neben der Tür stehen Buffettische mit einem Stapel sauberer Teller, Besteckkörben und Serviettenhaltern. Über der Ausgabe hängt eine Tafel, auf der in Schreibschrift *Mal was Neues: Eiskaffee mit Sahne* steht.

Das Abendbuffet ist schon abgetragen, es ist spät, die Lichter sind aus, nur die Tischleuchte ganz hinten an der Glasfront ist an. Die Mutter sitzt dort in dem riesigen, dunklen Raum, die Tischleuchte vor sich wie eine Kerze. Wahrscheinlich lässt sich das Deckenlicht hier nicht dimmen, und den Raum in seiner ganzen Größe auszuleuchten, das hätte die Mutter in ihrer winzigen Verlorenheit nicht ausgehalten. Möglicherweise sieht man durch die Glasfront tatsächlich die Düne, aber in diesem Moment spiegelt sich nur das Profil der Mutter, dann, als sie unser Eintreten bemerkt und sich uns zuwendet, der Hinterkopf. Ich sehe in der Scheibe, dass sich am Hinterkopf der Mutter ein Nest gebildet hat. So nennt sie es, wenn die Haare sich ineinanderfilzen, sich an die Kopfhaut hängen, Nest, auch als Zeichen dafür, dass die betreffende Person sich zu lange an einer Stelle befunden haben muss, denn wie hätte sich sonst ein Vogel dort einrichten können.

Molly umarmt die Mutter, die wiederum nicht zurückumarmt, weil sie auf Krücken steht. Maus, sagt die Mutter dann, und so stehen wir uns kurz gegenüber, weil die Mutter ihre Hände nicht an meine Wangen legen kann, weil sie mich nicht an ihren Körper heranlegen kann, mich zu ihr hinunterziehen, ich umarme sie schließlich, ich beuge mich nicht hinunter, sondern drücke das Mutterkinn an meine Schulter und lege die Fingerspitzen in das Haarnest hinein. Wie schön, sagt die Mutter, dass ihr es geschafft habt.

Wollt ihr etwas trinken, die Mutter ist wieder die Mutter, als wäre nichts gewesen, sie schaut sich im Raum um, als suchte sie den Augenkontakt mit einer Bedienung, aber hier gibt es keine Bedienungen, hier gibt es nur Pflegerinnen und Küchenpersonal, die den Speisesaal um diese Zeit schon lange verlassen haben. Nein, sage ich. Gern, sagt Molly. Die Mutter zeigt auf den Vollautomaten neben dem Buffet, Molly lässt drei Tassen heißes Wasser heraus und bringt die Holzbox, klappt den Plexiglasdeckel vor uns auf und die Mutter beginnt, aus jedem Fach einen Teebeutel ans Licht zu halten, Hagebutte, sagt sie und steckt ihn wieder zurück, Heiße Liebe, sagt sie, uh, sagt Molly. Der ist aromatisiert, sagt die Mutter, und steckt ihn zurück.

Ich sage, ich nehme Pfefferminz. Die Mutter entscheidet sich für die Basische Kräuterteemischung und Molly für Freches Früchtchen, wir ziehen synchron an den Schnüren der Teebeutel, als würden wir etwas aus dem Wasser bergen und es wieder hinunterlassen, da macht die Mutter ein Gesicht, als wäre ihr etwas heruntergefallen, die Mutter sagt, die Kinder. Molly hebt den Blick, lächelt. Hast du die Kinder noch im Auto, sagt die Mutter, schlafen die Kinder, hast du das Babyphone gar nicht dabei. Nein, sagt Molly, die sind bei Frieder. Bei Frieder, sagt die Mutter tonlos. Wenn man die Stimme nicht soeben gehört hätte, könnte man meinen, die Mutter hätte ihre Stimme verloren, so wie sie spricht, die Mutter hätte einen Weg gefunden, ohne Stimme zu sprechen, telepathisch und klanglos direkt in unsere Köpfe hinein. Ja, ich brauche dringend mal ein bisschen Schlaf. Molly pustet in ihre Tasse, das Wasser teilt sich an der Oberfläche, jetzt ist Frieder mal dran. Die Mutter schweigt. Die Mutter starrt durch den Dampf ins heiße Wasser, sie holt den Teebeutel mit einem Löffelchen heraus, wickelt die Schnur um den Beutel und presst das restliche Wasser in die Tasse. Die Mutter beißt die Zähne zusammen und presst den Teebeutel aus. Ich sage, und was steht so an, die Tage.

Die Mutter lässt den Löffel mit dem festgeschnürten Teebeutel sinken, sie legt eine Serviette auf den Tisch, den feuchten Löffel darauf ab. Sofort saugt die Serviette am Löffel, bildet ein feuchtes Oval, die Mutter schaut auf und sagt, und wie machst du es dann mit dem Stillen? Ich hab abgepumpt, sagt Molly, und zur Not muss er halt ein bisschen zufüttern, das ist auch kein Drama. Natürlich findet die Mutter Zufüttern ein Drama, für die Mutter ist das Stillen, die Nahrung, die vom einen Körper in den anderen fließt, das ist für die Mutter die reinste Form der Liebe, das ist für die Mutter ein Kreislauf, daran denkt die Mutter, wenn die Yogalehrerin sagt, und jetzt verbindet euch mit einem positiven Gefühl, zum Beispiel Liebe, dann denkt die Mutter daran, wie einst die von ihrem Körper produzierte Milch den Kindskörper genährt hat, also meinen, wie etwas, das aus ihr kam, einen anderen erschaffen hat, nämlich mich, dann denkt die Mutter an die Unmöglichkeit des Abstandes zwischen diesen unseren beiden Körpern, an die natürliche Exklusivität dieser Beziehung. Die Mutter denkt, was für ein Monster Molly sein muss, diesen Liebesfluss zu unterbrechen, diese Quelle zu stopfen, auch noch über Weihnachten, was für einen heftigen, nicht wiedergutzumachenden Schaden sie damit anrichtet.

Und, fragt die Mutter, den Blick auf die Serviette geheftet, das kannst du so einfach? Wegfahren? Mit acht Monaten. Ich hätte Helene in dem Alter, ich hätte es nicht gekonnt, sagt die Mutter und schaut jetzt mich an. Molly sagt, klar vermisse ich sie, ich mache ja sonst keinen Schritt ohne. Ich glaube nur, dass sie auch mal ihren Vater kennenlernen sollten. Molly lacht hohl wie eine Trommel, als hätte ein Schlag ihren Hohlraum in Schwingung versetzt, sie korrigiert sich, also dass sie mal *quality time* verbringen. Das ist doch auch wichtig. Ich denke, wie oft Molly sagen muss, dass der Vater der Kinder der Vater der Kinder ist.

Die Mutter seufzt, ich find das ja gut, dass du versuchst, ihn so einzubinden. Das hab ich damals völlig verpasst. Ich sage, das ist doch nicht eure Verantwortung, die können sich doch selber einbinden. Die beiden lachen gemeinsam, sie haben ein ähnliches Lachen, beide auf E, nur die Mutter lässt den Chr-Laut weg, das Lachen der Mutter ist sauberer. Ich frage mich, wie viel Mimik und Gestik Molly von den Eltern übernommen hat, wie viele Wörter sie von ihnen benutzt, sodass sie von außen durchaus für die leibliche Tochter gehalten werden könnte, weil es am Ende doch wichtiger ist als die Nasenform oder die Haarstruktur, wie wir uns in der Welt bewegen. Molly sagt, schön wär's. Die Mutter sagt, ach Maus, ich bin gespannt, wenn du mal einen mit nach Hause bringst.

Und wie läuft's mit der Hüfte, sage ich. Molly kichert, läuft's mit der Hüfte. Die Mutter lacht auch, aber anders dieses Mal, sie lacht, weil man zu lachen hat, wenn man einen Witz abbekommt, man muss beweisen, dass man Humor besitzt, und die Mutter findet Humor eines der wertvollsten Güter der Welt, also lacht sie lauter als Molly, sie lacht lauter, als es mein versehentlicher Witz verdient hat.

Die Mutter weiß, wer zuletzt lacht, lacht am besten, aber weiß nicht, wann dieses Zuletzt eintreten wird, niemand kann das wissen, somit lacht die Mutter also ständig, eine Art Vorsorge. Molly sagt, entschuldige, Irene. Wie geht's dir denn? Die Mutter sagt, ich kann nicht klagen. Die Mutter erzählt von den anderen, denen es durch die Bank viel schlechter geht. Sie erzählt, was die anderen, mit denen sie in den Vorträgen zu gesunder Ernährung sitzt, mit denen sie sanfte Mobilisation am Morgen praktiziert, mit denen sie zu Mittag isst, was diese anderen alles noch nicht können. Wie lange diese anderen für alles brauchen. Dass sie zum Beispiel noch immer nicht den Vierpunktgang mit den Krücken schaffen, was die Mutter längst gelernt hat. Dass man die Krücken nicht beide gleichzeitig vor sich und dann die Füße nacheinander aufsetzt, erklärt die Mutter, das macht man nur direkt nach der OP, aber eigentlich soll man sich möglichst schnell wieder normal bewegen. Die Mutter steht auf und geht mit den Krücken, sie führt einen Catwalk im Speisesaal auf, wiegt ihren Hintern zwischen den Gehstöcken hin und her, langsam und bedacht, aber mit einer Schönheit, einem Fluss, wie es nur der Mutterkörper kennt.

Seht ihr, sagt die Mutter, das ist der Vierpunktgang, ich setze die Krücken abwechselnd auf und gehe ganz normal. Die Mutter wiegt auf uns zu. Und so, sagt die Mutter, zum Vergleich, gehen die meisten hier noch. Der Mutterkörper verkrampft auf Kommando, krümmt sich, den Blick auf den Füßen, die Mutter setzt die beiden Krücken mit den grauen Gummischuhen vor sich, setzt dann den einen Fuß, zieht den anderen nach. So, sagt die Mutter, so gehen die teilweise noch nach ein, zwei, drei! Wochen. Krass, sagt Molly. Die Mutter setzt sich hin, nimmt Mollys Hände in ihre, die Mutter sagt, Molly, du hättest nicht kommen sollen. Du kannst doch nicht meinetwegen deine Kinder allein lassen. Molly sagt, sie sind nicht allein. Die Mutter atmet laut durch die Nase ein, sie zieht die Luft wie andere Leute Koks, die Luft soll ein bisschen Leben in sie einführen, die Mutter denkt, ein Kind ohne Mutter ist immer allein, aber sie sagt es nicht. Ich sage, so, ich bin müde. Die Mutter lässt Mollys Hände los, befürchtet, eine Eifersucht in mir ausgelöst zu haben, streicht mir also mit beiden Händen über beide Wangen, natürlich Maus, ihr hattet so eine lange Fahrt.

Ich hab gehört, man kann hier direkt auf dem Strand parken im Winter, sagt Molly, während sie sich den Gurt um den Körper legt. Sie drückt mir ihr Handy in die Hand, navigier mich mal. Wir schweigen, ich sage, hier gleich links, da vorne geradeaus über den Kreisel, Molly sagt, also die zweite Ausfahrt, bis wir tatsächlich auf eine riesige Sandfläche fahren, im Dunkeln kaum von einem Flugplatz zu unterscheiden, oder einer Brache im Industriegebiet. Wir sehen nicht weiter, als die Scheinwerfer leuchten, der Sand ist fest, hier und da Spuren von Autoreifen, eine große flache Pfütze. Immer wieder tauchen rudimentäre Zäune aus Holzpfosten vor uns auf, vielleicht eine Art Parkleitsystem. Sollen wir einfach hier halten, fragt Molly. Von mir aus, sage ich, keine Ahnung, ob das jetzt der Weg ist oder der Parkplatz. Ist ja nix los, sagt Molly.

Regen fällt gegen die Frontscheibe, es sind nicht viele, aber mächtige Tropfen, der Wind schleudert sie durch die Luft. Oh nee, sagt Molly, ausgerechnet. Sie drückt auf dem Touchscreen herum und das Licht geht hinter uns an, erleuchtet den Kofferraum zu einem Wohnzimmer, mit der Fingerspitze schiebt Molly einen Kreis auf einer Linie nach links, das Licht wird gedimmt. Wow, sage ich, man kann sogar dimmen. Molly lächelt scherzhaft, sie lächelt, als würde gleich eine Kühlschranktür aufspringen, mit einer Flasche Schampus in der Tür und Bündel aus lila Scheinen im Gemüsefach. Okay, sagt Molly, du kannst sitzen bleiben. Sie hüpft aus der Fahrertür, läuft mit wild schlackernden Armen schreiend um das Auto herum, öffnet die seitliche Tür hinten und springt herein. Es ist so kalt, sie lacht, fuck! Kletter mal auf den Fahrersitz. Ich hole mühsam meine Beine aus dem Fußraum hervor, habe das Gefühl, ich müsste meine Arme zu Hilfe nehmen, jedes Bein mit zwei Händen unterm Knie fassen und hochholen. Ich werfe Molly einen Blick zu, doch sie bemerkt mich nicht, sie drückt einen Knopf und schaut zu, wie sich die Schlafkabine im Dach nach oben hebt. Es scheint ihr einen Genuss zu bereiten. Ich denke, dass ich schon immer ungelenk war. Schon immer ein wenig zu groß für die Gegenstände.

Molly sagt, voilà, da oben darfst du schlafen, das ist der Premiumplatz. Sie beugt sich über den Beifahrersitz, fummelt daran herum, dreht an einer dicken Plastikschraube, sodass sich der Sitz langsam um die eigene Achse dreht, bis er nach hinten, in den Raum hinein zeigt. Kommen Sie herein, sagt Molly zu mir und ich klettere erneut, mit eingezogenem Kopf, gebeugtem Rücken, alles bei mir behaltend über die Handbremse hinweg auf den Beifahrersitz. Molly kann entspannt stehen, sie sagt, also hier wär die Küche, sie hebt zwei leichte Abdeckungen hoch, die aussehen wie Arbeitsplatten, unter der einen eine Spüle, unter der anderen ein Gasherd, klappt sie wieder herunter, zieht eine Schublade heraus mit Besteck, Tellern, schiebt eine Schranktür auf, darin Vorräte, bunte Verpackungen, wild hineingestopft. Hier, sagt Molly, wär das Bad, sie klappt eine Schranktür auf Höhe ihres Gesichts auf, die innen verspiegelt ist, sagt, meine Güte, als sie ihr Spiegelbild sieht, klappt die Tür wieder zu, zieht daneben einen Rollladen herunter, in dem wiederum kleine Taschen eingelassen sind, für Kontaktlinsen, Schmuck, alles, was klein ist und nicht verloren gehen soll, sagt Molly. Ich sage, ich habe keine Kontaktlinsen.

Molly zieht eine Platte unter der Spüle aus, die sie und mich nun trennt, hier wäre das Esszimmer, sagt Molly, stützt die Ellbogen auf den Tisch, ach so und hier, sie zeigt hinter sich, klopft mit der flachen Hand auf die Fläche, auf der sie sitzt und die sich weiter nach hinten in den Kofferraum erstreckt, hier wär mein Schlafzimmer. Sie lächelt. Treppe gibt's keine, du musst hochklettern, sagt sie, das geht echt leicht, einfach über die Sitze. Wein? Molly schiebt die Schranktür unter dem Herd zur Seite, man kann hier alles im Sitzen erledigen, man kann hier leben, ohne jemals aufzustehen, sie holt mehrere Packungen Chips heraus und dann eine Flasche Rotwein. Für die Gläser steht sie doch auf, lehnt sich über die Platte zu mir, kramt dort im Schrank herum, die Wange an meinem Oberschenkel. Natürlich hat Molly Rotweingläser und sie sind nicht aus Plastik.

Sie schenkt den Wein ein, der so merkwürdig gurgelt, wie es Weine aus frisch geöffneten Flaschen tun. Es ist sicherlich einer, den sie mit Frieder bei einem Weingut gekauft hat, nach ausführlicher Beratung, nachdem sie verschiedene Weine durch ihre Münder gespült und dann in kleine Näpfe gespuckt haben, ein Wein, der atmen muss, bevor von ihm getrunken werden darf, ich denke an die Mutter, ihren scharfen, verurteilenden Einatem. Willst du gar nicht wissen, was damals passiert ist, sagt Molly. Sie hat es leise gesagt, es ist ihr zwischen dem ganzen Gerödel zart aus dem Mund gewachsen, und diese Veränderung der Luft lässt mich einen Moment ratlos zurück.

Was, frage ich. Ob du nicht wissen willst, was damals passiert ist, sagt Molly. Warum du, ich sage nicht entrückt, denn offensichtlich ist Molly ja hier, nicht im Paradies, ich sage auch nicht abgehauen, was etwas Kindisches hat, als wäre sie mit Sack und Pack für eine Nacht ins Gartenhaus gezogen, ich sage, warum du abgetaucht bist? Abgetaucht, sagt Molly, als wär ich in den Untergrund gegangen, sie kichert. Ich denke, dass es ja auch so war. Dass Molly in einen Untergrund hinabgestiegen ist, von dort aus Berlin bewohnt hat, von dort aus eine Bankkauffrau geworden ist, von dort aus Kinder geboren und die Mutter kontaktiert hat, von dort aus hat sie sich einen Mann besorgt, und das alles hat sie heimlich gemacht, sie hat es so gemacht, wie sich andere eine Schusswaffe besorgen, ein gestohlenes Auto oder Bargeld. Mir ist klar, dass sie es nicht vor der Welt verheimlicht hat, nur vor mir, Molly hat sich im Untergrund meiner Welt befunden.

Doch, sage ich, klar würde ich es gerne wissen. Molly nickt und ich sehe aus jedem Auge eine Träne hinunterlaufen, ich beobachte die zwei Tränen, die aus dem linken Auge ist etwas schneller, verharrt dann aber auf dem Wangenknochen, sodass die andere aufholt. Magst du Ungarisch, sagt Molly und hält eine Tüte Chips in die Höhe. Geht, sage ich. Salz und Pfeffer, sagt Molly, Sour Cream Onion, Salt and Vinegar, Sweet Chili. Essig, sage ich. Sie öffnet die Tüte, schiebt die anderen einfach an den Rand der Tischplatte, von wo sie auf den Boden fallen, sagt, kannst du mir aus dem Schiebeschrank noch eine Schüssel geben? Ich kann sonst nicht erzählen, wenn die Tüte so knistert.

Ich beuge mich hinunter, finde eine Schüssel, salbeifarben, aus diesem neuen ökologischen Mitnehm-Material, diesem Bambusplastik. Molly kippt die Chips in die Schale und stellt sie zwischen uns. Ich habe gedacht, es interessiert dich gar nicht, sagt sie und schaut nicht auf. Doch, sage ich, es interessiert mich. Molly sagt, bei meiner Mutter sind die Tauben eingezogen. Ja, sage ich, das hattest du erzählt. Ich nicke engagiert, um zu beweisen, dass ich zugehört habe, dass ich nicht vergessen habe und voller Erwartung bin, was noch kommt. Ja, sagt Molly, das mit den Tauben war der Moment. Ich sage nichts, ich beobachte sie ganz genau, wie sie sich die Spange aus dem Haar nimmt und es dann wieder genauso wie vorher an den Kopf steckt. Das ist doch nicht normal, sagt Molly, dass eine erwachsene Frau die Tauben bei sich nisten lässt, sich auch noch darüber freut. Ich greife in die Chips, damit Molly sie nicht umsonst hingestellt hat, sage, was ist schon normal. Molly sagt, das nicht.

Das ist nicht normal, das ist doch ein Schrei von ganz, ganz unten. Ich lasse die Chips sanft aus meiner Hand auf die Tischplatte wandern, als wären es Spinnen. Molly sagt, ich habe das Fenster in dem Zimmer vernagelt, ich dachte, wenn ich unter der Woche weg bin, dann wird sie es sonst einfach wieder offen stehen lassen, dann kommen die Viecher wieder rein, also hab ich es vernagelt, wie in so einem Katastrophenfilm. Es war kurz vor der Aufnahmeprüfung für die Hochschulen. Ich war mit den Nerven am Ende, ich hab kaum geschlafen, ich habe manchmal die Stücke komplett vergessen, einfach komplett, ich habe acht Stunden am Tag geübt und dann abends noch Theorie, ich habe vergessen, dass es noch irgendwas anderes gibt, aber das Klavierspielen hab ich eben auch vergessen, also alles. Wenn ich da vor den Tasten saß und überhaupt nicht wusste, wo anfangen, wo die Finger drauflegen, es war, als hätte ich mein ganzes Leben vergessen, als hätte es mich nie gegeben. Und am Wochenende dann die Tauben bei meiner Mutter verscheuchen.

Und Montag früh wieder mit Irene die Woche besprechen, woran diese Woche gefeilt werden muss, an welchen Tagen die Frau Kämpfer vorbeikommt, die ja auch nichts verbessern konnte, wenn ich einfach nicht gespielt habe. Da ist ihr auch nichts zu eingefallen. Also hab ich das Fenster zugenagelt. Und dann, sage ich. Molly starrt aus dem Fenster, aus dem man nicht hinaussehen kann, weil die Scheibe spiegelt, aber ich bin sicher, dass sie nicht sich selbst anschaut, sondern durch sich hindurch, in den schwarzen Sand, der uns von allen Seiten umgibt. Nichts und dann, sagt sie und blickt zu mir. Die Tränen erscheinen jetzt eine nach der anderen an den Innenseiten ihrer Augen, setzen sich auf den kleinen rosa Fleischhügel dort und werfen sich die Nase entlang bergab.

Dann bin ich an einem Wochenende nach Hause, oder, sie zieht sich ein Stück Haut neben ihrem Daumennagel vom Finger. Es reißt nicht ab, sie könnte es über das Handgelenk den Unterarm hinaufziehen. Was heißt zu Hause, und hab die Bretter wieder vom Fenster weggemacht, mit der Rückseite von demselben Hammer, mit dem ich die Nägel reingeschlagen hab, hab ich sie wieder rausgehebelt, sagt Molly, zwingt sich, mir ins Gesicht zu sehen und lächelt, sobald sich unsere Blicke treffen. Und dann, sage ich. Molly hebt die Achseln, lässt sie wieder fallen, wischt sich die Tränen mit dem Ärmel, lächelt immer noch dieses beschämte Lächeln. Vielleicht kannst du mich kurz in den Arm, sagt Molly. Ich schiebe mich an der Tischplatte vorbei, setze mich neben sie, sie wartet, bis ich die Arme um ihren Oberkörper gelegt, dann, als wären meine Arme der kleine Halt, auf den sie gewartet hat, schluchzt sie mit dem ganzen Körper, es fährt ihr wie Schläge durch den Rücken, in den Kopf, sie macht Laute, die ich noch nie gehört habe, kurz vorm Ersticken, mit einer enormen, sich aufbäumenden Kraft. Dann bist du nicht mehr zurückgekommen, sage ich.

Molly wickelt großzügig Toilettenpapier von der Rolle und schnäuzt hinein. Es ist schon so lange her, sagt sie und lächelt wieder. Du lächelst irgendwie die ganze Zeit, sage ich. Oh Gott, ja, sagt Molly, das sagt mein Therapeut auch immer, und zack, da lächelt sie wieder, die Frau Nowak. Die Frau Nowak, sage ich und lächle zurück. Ich sage, und was ist dann passiert. Sie schüttelt den Kopf, sie schüttelt ihn nicht, sondern schwenkt ihn vorsichtig von einer Seite zur anderen, als könnte ihr jederzeit ein Nackenwirbel brechen. Dann hab ich die Ausbildung gemacht, sagt Molly. Zur Bankkauffrau, sage ich. Molly wendet den Kopf zu mir, aus ihren Augen sprüht es jetzt, ich weiche innerlich zurück, mein Körper bleibt, wo er ist, aber mein Inneres drängt nach hinten, an die Rückenmuskulatur heran, Molly sagt, es war mir egal, verstehst du. Ich wollte einfach was ganz Normales machen. Irgendwas, wofür man nichts Besonderes braucht, wofür man niemand Besonderes sein muss. Ich war immer gut in Mathe, fertig.

Sie dreht sich wieder weg, vielleicht schämt sie sich für ihre Heftigkeit, vielleicht wird sie sich gleich entschuldigen, lächeln, sie dreht sich wieder zurück, die Lippen schmal, sie sagt, ich habe immer noch das Gefühl, dass die Musik schuld an allem ist. Ich habe gedacht, ich könnte was Besseres werden, sagt Molly, und so etwas wird immer bestraft. Irene hat mir das Gefühl gegeben, was Besonderes zu sein, es *da raus zu schaffen*– Die Zeit danach, die war schön, weißt du. Die war so still. Keine Musik, meine Mutter hat Migräne, sie hört keine Musik. Sie hat immer eine Schale Wasser in die Sonne gestellt, auf das Fensterbrett, und das haben wir dann getrunken. Manchmal war eine Staubschicht auf der Oberfläche, oder eine tote Fruchtfliege, aber meine Mutter hat geglaubt, dass das Sonnenwasser guttut. Wir sind sonntags in die Messe gegangen, in eine ganz übertriebene Kirche, vielleicht eine Sekte, evangelikal, aber wir sind nur hin, weil meiner Mutter die Geschichten gefallen haben. Pure Apokalypse. Sie war immer ganz gespannt, so wie andere Leute Serien gucken, ist sie in die Kirche. Uns ist eine Katze zugelaufen, die haben wir dick gefüttert.

Es war die Nachbarskatze, aber das haben wir verdrängt, wir haben uns einfach gegenseitig versichert, dass uns die Katze zugelaufen ist, dass wir sie gerettet hätten, und sie war dann so dick, sie wollte gar nicht mehr raus, und die Nachbarskinder haben nach ein paar Tagen auch nicht mehr durchs Treppenhaus gerufen, die Katze hatte ja jetzt eh einen anderen Namen, Mucki. Ich weiß nicht, ob ich die Musik überhaupt mochte. Ob ich überhaupt gern gesungen habe. Das Klavier habe ich gehasst, das ist sicher, und beim Gesang, ich weiß nicht– Doch, sage ich, klar, du hast das Singen geliebt. Molly zieht die Augenbrauen hoch und ich verstumme. Sie trinkt einen Schluck Wein, genießt die Stille, die sie mir nur durch einen Blick abgerungen hat.

Was ich sicherlich geliebt habe, sagt Molly, war eure Aufmerksamkeit. Das schien mir wie ein Wunder, so eine Familie wie ihr, so ein Haus wie eures von innen, ich habe das geliebt, dazuzugehören. Irene hat mir erst mit achtzehn den Schlüssel gegeben, als du schon weg warst, davor habe ich den benutzt, der unter dem Blumentopf versteckt war. Es war immer klar, dass ich dazugehöre, aber eben auch nicht ganz, dass ich rein und raus kann, wie ich will, aber ich darf den Schlüssel nicht mitnehmen, der Schlüssel bleibt unter dem Blumentopf liegen, der kommt nicht in meine Hosentasche, der Schlüssel gehört euch und es hätte immer sein können, dass er eines Tages nicht mehr dort liegt.

Dass ich eines Tages vor der Tür stehe und ihr habt den Schlüssel unter dem Blumentopf weggenommen und ich komme nicht rein. Das Singen war so was wie eine Währung. Damit habe ich meinen Eintritt bezahlt. Vielleicht hat es am Anfang Spaß gemacht, aber eigentlich – Ich glaube, eigentlich hätte es mir gereicht, Front-Sängerin in einer Coverband zu sein und auf Straßenfesten *Narcotic* von Liquido zu singen. Was zu singen, frage ich. *Narcotic*, du weißt schon, Molly singt eine Melodie auf dada, sagt, du weißt schon, jeder kennt das. Ich lächle, als hätte ich es nicht erkannt, sie singt, *So you face it with a smile, there is no need to cry, for a trifle's more than this. Will you still recall my name? And the month it all began, will you release me with a kiss? Have I tried to draw the veil? If I have – how could I fail? Did I fear the consequence? Dazed by careless words, cosy in my mind.*

Mollys Stimme füllt den Raum, ihr Gesicht nimmt diesen Ausdruck konzentrierter Offenheit an, als wäre sie eine Göttin, der nichts entgeht, über den Dingen schwebend. Es ist alles wie früher, wir sind aus der Zeit herausgefallen, in einen Camper hinein, einen winzigen Raum, in dem alles so sein kann, wie es immer war, in den Träumen der Mutter, in den Träumen Mollys, in meinen, vielleicht schneiden sich diese drei Linien gerade hier, an diesem Punkt. Molly sagt, deshalb bin ich nicht zurückgekommen. Weshalb, sage ich, wegen der dicken Katze. Ich habe darauf gewartet, dass ich will, und ich wollte nicht. Ich hab die Bretter echt lange nicht weggeräumt, sie lagen da auf dem Boden, falls ich das Fenster doch noch mal zunageln wollte, aber ich wollte nicht. Ich hatte meine Arbeitszeiten und abends Mama und die Katze. Ich hab wieder näher an den Leuten von der Schule gewohnt, wir sind manchmal ins Kino. Ich habe ein bisschen Geld verdient bei der Sparkasse.

Ich nehme meine Hand von ihrer, greife nach dem dünnen Stil des Weinglases, schwenke die rote Flüssigkeit darin, ohne es anzuheben, rotiere es auf der Tischplatte und sage, du hast meine Mutter im Stich gelassen. Molly hebt die Augenbrauen. Du auch, sagt sie. Ja, sage ich, aber ich habe von Anfang an klargemacht, dass sie mit mir nicht zu rechnen braucht. Das ist was anderes. Ich hebe das Weinglas an und stelle es energisch auf, es schwappt an den Seiten hin und her und auch der Wind prallt von draußen gegen das Auto. Ich schaue weg und sehe im Spiegel der Scheibe, dass auch Molly sich abwendet. Der Wind zerrt am Auto. Sie ist erwachsen, sagt Molly, und als ich nicht antworte, schiebt sie hinterher, sie ist alt geworden. Findest du, sage ich. Du bist erwachsen geworden, sage ich. Du nicht, sagt Molly.

Als ich aufwache, ist es noch dunkel, das Autodach ist mir plötzlich zu nah. Ich rutsche vorsichtig vom Bett hinunter und versuche, nicht auf dem Tisch zu landen. Molly schläft hinten im Kofferraum. Sie liegt auf der Seite, nicht auf dem Rücken wie früher. Vielleicht hat sie sich durch die Schwangerschaften eine neue Schlafposition angewöhnt. Vielleicht verändert der Mensch seine Schlafpositionen im Laufe des Lebens. Ich öffne die Tür möglichst leise, ziehe mir die Schuhe an, einen Pullover und eine Jacke, die gerade greifbar sind, und schließe die Tür dann mit Schwung, weil sie ja ohnehin vorher abbremst. Ich gehe über den dunklen Strand, der zugleich ein Parkplatz ist, und suche das Meer. Ich bin zu allen Richtungen umgeben von Dunkelheit und Sand, der Wind weht sie durch die Luft und vermengt sie mit zwei groben Händen wie einen Teig.

Irgendwann stehe ich vor dem Schlick, das Meer ist weit zurückgewichen, zwischen uns liegt der schwarze Nordseeschlamm, in den man tief einsinkt. Ich gehe an dieser Grenze entlang, normaler Sand, Schlick, als würde ich am Wasser entlanggehen. Dann stehe ich vor der Klinik der Mutter, was mir selbstverständlich vorkommt. Dieser Ort hier besteht für mich gewissermaßen nur aus dem Strand, dem Parkplatz und der Klinik, ich trete näher an die großen Scheiben zum Café Stranddüne, hinter denen Licht ist. Dort, im großen Speisesaal zwischen den Gruppentischen, wiegt sich die Mutter, vielleicht zu einer Musik, die ich nicht hören kann. Die Mutter tanzt heimlich. Sie bewegt sich, als lehnte sie sich an jemanden an, ganz ruhig und bedacht, ganz sicher bewegt sich die Mutter dort allein.

Die Krücken scheinen aus ihr herauszuwachsen, man bemerkt gar keinen Unterschied mehr zwischen Krücken und Mutter, so gut integriert die Mutter sie in ihre Bewegungen. Etwas verändert sich, vielleicht hat die Musik gewechselt, die Mutter beginnt nun, ihren Kopf tief hängen zu lassen, geht leicht in die Knie und schüttelt dann ihr Haar. Die Mutter headbangt im Café Stranddüne, mal schüttelt sie den Kopf wie ein Nein, mal wie ein Ja, und dann zeichnet sie Kreise in die Luft. Als sie den Kopf hebt, sehe ich, wie sie lacht, wie sie ganz außer Puste ist, das Haar um den Kopf wie frisch aufgeschüttelte Bettwäsche und in den Augen eine Vibration, eine Seligkeit. Dann hebt die Mutter eine Krücke an, stellt einen Fuß etwas weiter nach vorne, legt den Oberkörper zurück, senkt den Kopf etwas ab und hält die Krücke vor sich wie eine Schrotflinte. Die Mutter feuert Schüsse durch den Raum, sie ballert herum, und als sie auf die Scheibe zielt, hinter der ich stehe, laufe ich weg, zurück in den Bus, dessen Tür sich hinter mir mit derselben Sanftheit schließt, mit der man einen anderen zudeckt.

Am nächsten Morgen stehen die Mutter, Molly und ich auf dem Parkplatz der Klinik, vor uns der Strand, der enorm ist. Das Meer ist von hier aus nur zu erahnen, so breit ist der Strand, außerdem ist das Meer nicht vom Himmel zu unterscheiden, der schwer auf ihm lastet, man könnte meinen, der Himmel drücke das Meer zurück in den Boden hinein, aus dem es einst vielleicht mal hervorgequollen ist. Die Mutter kann mit den Krücken nicht durch den Sand und daran hat sie bei der Auswahl der Klinik nicht gedacht. Die Mutter wollte unbedingt zum Heilen ans Meer und nun liegt eine schiere Ewigkeit Sand zwischen ihr und dem Wasser, Sand, der unter einem wegsickert, der niemals einen zuverlässigen Untergrund bietet, was für die Mutter in ihrer gegenwärtigen Situation natürlich ein Muss ist.

Die Mutter sagt, ist scheinbar Ebbe. Molly sagt, der Strand ist hier stellenweise zwei Kilometer breit. Und zwölf Kilometer lang, sagt Molly mit einem Ausrufezeichen dahinter und schlägt den Reiseführer zu, aber den Zeigefinger lässt sie dort drinnen zwischen den Seiten, der Zeigefinger soll ihr noch mal irgendwann aus einer Situation heraushelfen. Die Mutter sagt, habt ihr gut geschlafen, in eurem Auto. Ich sage, ich bin zwischendurch mal rausgegangen, spazieren. Molly sagt, was, echt? Gar nicht gehört. Und du, frage ich die Mutter, hast du gut geschlafen. Ich beobachte ihr Gesicht ganz genau, ob sich dort etwas von dem Tanz ablesen lässt, aber die Mutter sagt nur, ganz gut, aber die Matratzen hier sind einfach nix. Das geht doch nicht, in einer Reha-Klinik schlechte Matratzen. Der Wind ist so laut, die Mutter schreit und ihre Stimme schwingt sich dabei in unangenehme Höhen.

Ich hefte meinen Blick nach vorne, versuche die Stelle auszumachen, an der sich Himmel und Meer optisch berühren, aber es ist alles aus demselben Grau, der Parkplatz, dahinter der Sand, das Wasser, der Himmel, nur ein paar vereinzelte Gräser, die am Rand des Parkplatzes in die Höhe stechen, sind dunkelgrau mit einem leicht grünen Einschlag. Ja, sagt Molly, also ich penne überall, seit ich Kinder habe. Setz mich irgendwo zwei Minuten hin, ich schlafe ein. Die Mutter lacht in den Wind hinein, sie sagt, das kenne ich, und schaut liebevoll zu mir, als wäre ich gerade erst dem Säuglingsalter entwachsen, als hätte ich sie vor einem halben Jahr noch ständig aus dem Schlaf geholt. Die Mutter setzt an, mein Verhalten als Baby zu beschreiben und vor allem ihre Reaktion darauf, wie sie *Wish you where here* summend durchs Wohnzimmer gewiegt ist, je lauter ich schrie, umso mehr Stille breitete sich im Brustkorb der Mutter aus, das wird sie gleich Molly entgegenrufen und mich dabei betrachten. Molly sagt, ich trenne mich von Frieder.

Die Mutter atmet laut aus und sagt dabei, nein. Molly überhört es, ich frage, und der Camper. Sie lächelt, tippt sich mit dem Finger gegen das Brustbein. Lasst uns reingehen, Mädels, hier kann man sich überhaupt nicht normal unterhalten, ruft die Mutter und wir folgen ihr, wie sie im Vierpunktgang vorausgeht, Molly hakt sich bei mir unter, legt den Kopf an meine Schulter und wischt sich mit der freien Hand eine Träne unter dem Auge weg. Sie sagt, es ist echt sauanstrengend mit euch, und lächelt.

Die Mutter hat eigentlich einen vollen Stundenplan, die Mutter frühstückt um acht und hat danach Aqua-Fit, die Physiotherapie, das Gehtraining, die Ergotherapie, die Mutter geht mit einem Zettel zwischen Hand und Krücke geklemmt von Raum zu Raum wie eine Schülerin, sie isst zu Mittag, immer das vegetarische Gericht, auch wenn sie hier behaupten, gescheites Fleisch zu servieren, aber dem traut die Mutter nicht, sie isst also ihren vegetarisch dezent befüllten Teller und geht danach zum Stress-Seminar, zu den Vorträgen, wie man sich als frischgebackener Osteoporose-Mensch zu ernähren hat, aber auch, und das schmerzt die Mutter mehr als alles andere, die Vorträge zum Schwerbehindertenrecht, die Vorträge, bei denen man lernt, den Grad der eigenen Behinderung festzustellen und amtlich beglaubigen zu lassen, die richtigen Kreuze auf den richtigen Papieren zu den richtigen Stellen zu schicken.

Dagegen sträubt sich die Mutter, sie sitzt in der letzten Reihe und murmelt Witze, sie lacht unangemessen laut an unangemessenen Stellen, sie schnaubt. Die Mutter, die bereits problemlos den Vierpunktgang beherrscht und in der Nacht heimlich headbangt, will das Wort Schwerbehindertenrecht gar nicht erst in den Mund nehmen, um sich nicht anzustecken. Heute war die Mutter nur bei der Gymnastik und der Physio, und nun hat sie frei, denn Heiligabend steht vor der Tür. Im Café Stranddüne wird das Mittagessen serviert, die Mutter schlängelt sich an den Gruppentischen vorbei, nickt dem ein oder anderen zu, sie weiß, dass Molly und ich hinter ihr gehen, und es scheint sie ganz und gar mit Stolz zu erfüllen, der von innen heraus leuchtet.

Zu einer schönen Frau mit silbernem langen Haar beugt sie sich hinunter und sagt, Heike, ich hab heute Besuch, wir setzen uns mal allein. Die Frau lächelt sehr breit, sie hat große Zähne, mit großen Lippen drum herum, ja klar, sagt sie nur. Meine Tochter, sagt die Mutter und zeigt mit der ganzen Hand auf mich. Ach, sagt die Frau, die Künstlerin. Wir lächeln alle im Kreis, bis die Mutter weitergeht, einen Tisch am anderen Ende des Raumes ansteuert. Die Mutter hat Molly nicht vorgestellt, möglicherweise aus einer Überforderung heraus, weil es zu lange gedauert hätte, zu erklären, weshalb Molly zu Besuch ist. Sie hätte einfach sagen können, meine Töchter, und auf uns beide zeigen, aber die Mutter ist keine Lügnerin. Die Mutter findet Lügen verwerflich, aber hat eben auch kein wahres Wort, mit dem sie Molly einführen könnte, also tut sie so, als wäre sie nicht da, was auch eine Lüge ist.

Wir setzen uns an den Tisch. Die Mutter bekommt sogleich den Teller zwischen die Hände gestellt, guten Appetit, sagt der junge Mann ganz in Weiß, er hat rotblondes Haar, Sommersprossen und einen Ohrring, er ist vermutlich FSJler, er heißt vermutlich Jasper oder Lasse, er ist vermutlich Kitesurfer. Molly lächelt ihn an. Für einen Moment ist es, als sähe ich sie durch seine Jasper-Augen, als wäre ich ihm ins Hirn gestiegen, um von dort hinauszuschauen und Molly zu sehen, wie alles an ihr zusammenpasst, die Augen zu den Ohren zur Nase zu den Lippen, wie die Stirn darüber liegt, wie die Haare sich an sie schmiegen, wie alles ihr nah sein will, wie der Leberfleck unter dem rechten Auge die Symmetrie auf eine perfekte Weise irritiert. Nein danke, sagt Molly, wir haben gerade erst gefrühstückt. Jasper-Lasse lächelt, Sie haben es ja gut.

Ich sehe Molly den Schock über die Anrede an, wie sie überlegt, ob es Teil des Flirts sein könnte, ob Lasse-Jakob eventuell gerne mit Lehrerinnen und dergleichen flirtet. Er hat uns schon den breiten weißen Rücken zugewendet, um weiter zu servieren, andere Münder wollen noch mit Vitaminen, Calcium usw. angereichert werden, und zwar zwischen zwölf und dreizehn Uhr dreißig. Guten Appetit, sagt Molly zur Mutter, die die Speisen auf dem Teller begutachtet, sie hebt alles erst einmal mit Messer und Gabel an, die Buschbohnen, die gerösteten Cocktailtomaten, die Süßkartoffelwedges. Was ist denn mit Frieder, sagt die Mutter und schiebt sich die erste Gabel in den Mund, zählt die Sekunden beim Kauen und Einspeicheln, schiebt die Nahrung hin und her und kann dennoch Molly zuhören, das ist gar kein Problem für die Mutter, die sich auch beim Stricken nie verzählt, wenn einer redet.

Molly sagt, er will nach Afghanistan. Der Mutter fällt ein halbes Buschböhnchen von der Gabel. Ich lache laut, lehne mich weit in den Stuhl zurück. Die Mutter zischt, Maus, und macht eine einmalige Bewegung mit dem Kopf, eine Bewegung, die jegliche Geräusche abschneiden soll. Molly sagt, mein Gott, Irene, jetzt hör doch mal auf, sie die ganze Zeit Maus zu nennen. Molly reibt sich mit der flachen Hand die Stirn. Ich schaue aus den Fenstern, die im Sommer Türen sind, die auf die Terrasse führen, wo zwei Strandkörbe mit den Rücken zu uns stehen. Ich will in einem Strandkorb sitzen, denke ich. Die Mutter kaut wieder, sie hat sich wieder beisammen, zwischen den Speicheleinheiten sagt sie, erstens, das kann – sie macht eine betonte Pause – *Helene* ja selber sagen, wenn sie das möchte. Zweitens, warum Afghanistan. Ich sage, ja.

Die Mutter fährt mich an, was ja. So kennt man die Mutter nicht. Es geht ihr an die Substanz. Ich sage, du sollst mich nicht mehr so nennen. So, sagt die Mutter, aha, wie, *so*? Maus, sage ich. Du sollst mich nicht mehr Maus nennen. Na dann, sagt die Mutter und schneidet auf dem Teller herum. Sie ist zu konzentriert, aber eben nicht auf das Essen, sie bemerkt nicht, dass die Süßkartoffel längst zerteilt ist und das Messer auf dem Porzellan herumsägt. Der Mutter wurde, während sie hier ganz normal bekleidet im vollen Speisesaal sitzt, etwas ausgezogen, etwas unter der Unterwäsche, mit einem feinen Ruck, so wie man ein Papiertaschentuch aus der Plastikpackung zieht, damit es nicht zerreißt. Keiner hat es bemerkt, aber der Mutter fehlt nun eine Schicht.

Molly sagt, es ist völlig bescheuert, er denkt, er könnte da Journalismus machen. Er war ja schon mal dort, vor zehn Jahren oder was, und er denkt, er könnte jetzt einfach hin, seine alten Freunde besuchen und die Taliban fotografieren. Wow, sage ich. Die Mutter schüttelt schweigend den Kopf. Molly sagt, er hat so einen Drang, irgendwas Extremes zu machen, seit wir in Findelheim sind, seit wir die Kinder haben, wird es immer schlimmer, ich hab gedacht, klar braucht er Freiheiten, klar muss er jetzt sein Album aufnehmen, klar macht er dann eine Konzerttournee, klar kümmer ich mich solange um die Kinder, aber nach Afghanistan, nein. Da bin ich raus. Ich sitze doch nicht daheim und warte, bis mir die deutsche Botschaft schreibt, Ihr Partner wurde entführt, herzlichen Glückwunsch. Hauptsache, was Besonderes sein, sagt Molly.

Die Mutter sagt, und wenn die Botschaft schreibt, Ihr Ex-Mann wurde entführt, wäre das dann besser? Molly sagt, ich glaube nicht, dass er noch nach Afghanistan muss, wenn wir getrennt sind. Molly hebt die Achseln, lässt sie wieder fallen, er rebelliert gegen irgendwas, als hätte ich ihm die Beziehung aufgezwungen. Aber eigentlich, eigentlich müssen wir ja gar nicht zusammen sein. Ich kann jederzeit sagen, ich trenne mich, und dann sind wir getrennt. Fertig. Molly hängen die Tränen schwer zwischen den Wimpern, wie Zapfen und Kiefernnadeln. Ich denke an diese Art der Liebe, die keinerlei Vertrag hat, die nirgendwo festgehalten ist, von der Deutschland nichts weiß, die es nur um ihrer selbst willen gegeben hat, und die man mit ein paar Worten auflösen kann, wie man eine Schleife löst. Man zieht an einem Ende, es braucht gar nicht viel, man beginnt den Satz und geht ihm nach, bis zum Punkt.

Die Mutter hebt die Hand und Jakob-Jannis kommt zum Tisch. Ich bin heute Abend nicht da, sagt die Mutter, ich hab ja Besuch. Wir gehen essen. Wie schön, sagt Jannis-Jonas und lächelt großzügig. Es wäre natürlich nicht nötig gewesen, ihm Bescheid zu sagen, abends gibt es ohnehin Buffet, am Heiligen Abend eben mit Würstchen und Kartoffelsalat, die Mutter hat ohnehin schon an der Rezeption Bescheid gesagt, dass sie Besuch bekommen und daher auf das Bespaßungsprogramm nicht angewiesen sein wird, und sie hat ihn ja auch bekommen, den Besuch, und scheint es selbst noch gar nicht zu glauben. Ich denke, dass ich ohne Molly nicht hier wäre. Ich hätte nur am Telefon gesagt, klar, komme ich, und das Datum verstreichen lassen. Ich hätte Weihnachten nicht bemerkt.

Ich hätte weiterhin im Haus der Eltern auf den Anruf des Vaters gelauert, obwohl es ja Handys gibt und man für einen Anruf längst nicht mehr zu Hause bleiben muss. Molly hat mich einfach abgeholt, denn für Molly ist versprochen versprochen, und ganz uneigennützig war es auch nicht, sie wollte ja etwas hinter sich lassen. Molly ist zur Mutter gefahren, um ihre Ruhe zu haben, was mir absurd erscheint. So schlimm ist es um sie, denke ich und sehe, wie sie am Buffet steht und sich von Jonas-Leon den Kaffeeautomaten erklären lässt, den sie gestern Abend noch problemlos selber bedient hat.

Sie stellt eine Espressotasse dorthin, wo der Strahl gleich aufklatschen wird, und lacht, als hätte er etwas Witziges gesagt, was ja auch durchaus möglich ist. Sie nimmt die Tasse zwischen Daumen und Zeigefinger, hält die Untertasse fest, geht durch die Glastür auf die Terrasse, verschwindet im Strandkorb. Die Mutter und ich beobachten Molly stumm, weder sie noch ich wären auf die Idee gekommen, einfach aufzustehen, einer spontanen Lust folgend. Die Mutter und ich sitzen zu fest im Sattel, um auf so eine Idee zu kommen.

Ich starre weiterhin auf den Strandkorb, Leon-Johann kommt ins Bild, steht neben dem Strandkorb, spricht zum Strandkorb hin, zu dem blau-weiß gestreiften Gardinenstoff, seine Gesten sind unsicher, festigen sich aber, sobald er das Drehzeug aus der Tasche seines weißen Kittels holt, sich den Filter an die Unterlippe klebt. Er dreht zwei Zigaretten. Er verschwindet im Strandkorb, er muss sich ein wenig zusammenfalten, dann steigt Rauch auf. Die Mutter sagt, sie braucht uns jetzt. Ich sage, dasselbe sagt Molly über dich. Die Mutter schiebt das Schälchen mit dem Dessert zu mir. Es scheint eine Art Quark, wahrscheinlich Vanille, jedenfalls gelblich gefärbt, nicht ganz in der Mitte ein Blatt Minze. Nein danke, sage ich. Natürlich nicht, sagt die Mutter, holt ihre Krücken von der Wand weg, stützt sich mühsam dort auf, findet in den Stand, nickt mir zu und sagt aus gepressten Lippen, fröhliche Weihnachten. Dann geht sie im Vierpunktgang durch den Speisesaal, einige Blicke folgen ihr, ich sehe es am Heben der kahlen Hinterköpfe, an der leichten Streckung der gealterten Nacken, weil die Mutter die Hüfte so herrlich wiegt, obwohl dort ein fremdes Material verbaut wurde.

Die umliegenden Tische werden abgeräumt, auch der Teller der Mutter neben mir. Dann wird der Tisch gewischt, ich hebe meine Unterarme an und lasse den Blick nach draußen gerichtet, wo kein Rauch mehr zu sehen ist. Die Gäste scheinen alle gegangen, das Personal bewegt sich anders, schneller, lockerer, sie werfen sich Witze zu, der Dialekt ist stärker hörbar. Sie bereiten direkt nach dem Mittagessen das Buffet für den Abend vor, denn es ist der Heilige und diejenigen, die diesen Festtag in einer Klinik verbringen müssen, sollen es möglichst schön haben, vielleicht kommt später noch ein Kind und spielt etwas auf einer Querflöte vor. Ich sitze noch immer fest am Tisch, da ich auch gar nicht wüsste, wohin. Molly hat den Autoschlüssel, die Mutter hat ein Zimmer, dessen Nummer ich nicht kenne. Ich sitze, und ohne dass ich gesehen hätte, wie Johann-Jan und Molly den Strandkorb verlassen, weiß ich, dass sie nicht mehr dort sitzen, aber ich schon, ich sitze noch.

Der Speisesaal füllt sich wieder, manche Leute haben sich schick gemacht, sie wackeln toupiert und zerbrechlich über die Fliesen und setzen sich an die Tische, in deren Mitte Kerzen zwischen Tannenzweigen brennen. Ich bin die einzige Konstante in der Welt, ich saß, ich sitze und werde sitzen. Eine Frau beugt sich zu mir, beide Hände auf die Tischplatte gestützt, sie trägt einen weißen Kittel und auf dem Kopf einen Haarreif mit Rentiergeweih und zwei flauschigen Ohren. Ist alles in Ordnung bei Ihnen, fragt die Frau. Ja, sage ich mit einem Fragezeichen dahinter. Schön, sagt die Frau, dann ist ja schön.

Ich stehe auf und gehe aus dem Speisesaal, werde mir dabei meines eigenen Gangs seltsam bewusst, ich gehe genau dort, wo ich vor einigen Stunden die Mutter beim Gehen beobachtet habe, und frage mich, wie ich eigentlich gehe, ob auch ich eine Spur sich reckender Köpfe hinter mir herziehe. Eher nicht. Ich überlege, an der Rezeption nach der Zimmernummer der Mutter zu fragen, was der Mutter nicht gefallen würde. Die Mutter will eine Tochter, die sämtliche mütterliche Zimmernummern auswendig kennt, und auf keinen Fall würde sie wollen, dass die Fachkraft an der Rezeption erfährt, dass die Tochter der Mutter eine ganz andere ist, eine, die sich um die Familie nicht schert. Ich gehe zum Tresen im Empfangsbereich, aber dort ist niemand. Auch der Rezeptionist verbringt Weihnachten, vielleicht mit seiner netten Familie und dem Golden Retriever, dem man Trockenfleisch in Weihnachtspapier gewickelt hat, was er dann auf Kommando auseinanderreißen darf. Aber zuerst wird gesungen.

Aus dem Café Stranddüne ertönt *O du Fröhliche*, von einer Gitarre und mehreren Blockflöten begleitet. Ich gehe die Gänge systematisch ab, mit dem Erdgeschoss beginnend, wo sich allerdings nur die Seminar-, Sport- und Gemeinschaftsräume befinden. Im ersten OG entscheide ich mich für links, ich werde auf jedem Stockwerk zuerst den Flur nach links, dann den nach rechts nehmen. Der Boden ist aus Linoleum, an den Wänden hängen Acrylbilder, vom Meer, vom Strand, von Booten und Dünen mit Gras, unendliche, immergleiche Bilder in immergleichen Variationen. Ich denke an den Vater, dessen Leben daraus besteht, systematisch

Flure abzugehen. So lebt der Vater, so feiert er Weihnachten, er tut, was getan werden muss, ein Weihnachtsfest nach dem anderen begeht er wie einen Flur, geradeaus, wie es der Flur eben vorgibt.

Würde der Vater wenigstens systematisch einen Berg abtragen, nach etwas suchen, etwas ordnen, etwas kaputt machen, es gibt viele Dinge, die man systematisch tun kann, sie alle können Metaphern für ein Leben sein, aber der Vater, er geht Flure entlang, systematisch. Der Vater bewegt sich in den Korridoren, die ihn gänzlich umschließen, an deren Ende kein Licht wartet, keine Natur, keine Luft, der Vater ist einfach froh, dass es vorgezeichnete Wege gibt, die ihn nicht nur von den Seiten her begrenzen, sondern auch von oben, von unten. Der Vater hat eventuell Angst, davonzufliegen, würde er zum Beispiel systematisch Wanderwege abgehen. Der Vater hat eventuell Angst vor Löchern, die sich im Boden auftun könnten, vor hervortretendem Wurzelwerk. Für ihn müssen es Flure sein. Die Zimmer betritt der Vater nicht, er betrachtet nur von außen ihre Nummern und zählt mit.

Ich klopfe an die Tür der Mutter. Es ist die 302, dritter Stock, zweite Tür rechts. Ich verjage den Vater aus den Gedanken, aus dem Flur, denn ich will beim Eintreten nicht seinen Geruch hineinwehen. Die Mutter soll nicht nach ihm fragen, ich wüsste nicht, was antworten. Ich höre dem *Herein* der Mutter die Überraschung an. Sie hat mit nichts mehr gerechnet, aber erstens kommt es anders, und zweitens als man denkt, ich sage, hi Mama. Die Mutter liegt bekleidet auf dem Bett, es gibt kein Sofa, das Bett wird tagsüber mit einem Tuch bedeckt, sodass es ohne schlechtes Gewissen als Sofa genutzt werden kann. Dann will ich jetzt auch, sagt die Mutter von dort, Irene genannt werden.

Ich warte einen Moment, ob etwas passiert, ob draußen eine riesige Welle anrollt, die gleich das Fensterglas zerschlagen wird, deren Wasser gleich die Zimmer füllen wird wie Aquarien, ob irgendwo etwas gesprengt wird, eine Brücke, eine Bombe aus dem Zweiten Weltkrieg, ob wenigstens im Flur eines der Gemälde herunterfällt, aber es bleibt still. Ich sage also, ist gut. Die Stille füllt silbrig und groß den Raum, der leer steht, solange wir noch keine neue Form gefunden haben, miteinander zu sprechen.

Irene schaut an die Decke, als hinge dort die Sonne. Ihre Haare sind mit den Jahren immer röter geworden, sie waren früher kastanienbraun und haben nun die Farbe von Kupfer, sie benutzt noch immer dieselbe Tönung, nur die Haare unter der Tönung sind grau geworden, wodurch sich nach und nach die neue Farbe ergeben hat. Die roten Haare passen genauso gut zu ihr, vielleicht sogar noch besser, ihre Haut ist hell, aber nicht blass, mit der ersten Sonne nimmt sie ein goldenes Braun an, und die Sommersprossen breiten sich aus, sie keimen auf ihrer Haut. Sie hat hellgrüne Augen, eine große, vornehme Nase, hohe Wangen, einen kleinen Mund. Ihre Lippen sind voll, aber gehen nicht in die Breite, sie hat über dem Kinn ein kleines Herz sitzen. Irene hat die Ausstrahlung einer großen Person, man wundert sich, wenn sie neben einem steht, man wundert sich, dass sie einem nur bis zu den Schultern reicht.

Normalerweise unterstreicht sie ihre natürliche Schönheit, ihre Konturen und Farben mit einem schlichten Lidstrich, einem leichten Rouge oder einem bräunlichen Lippenstift. Sie lässt ihre Falten, sie cremt sie nur zweimal täglich, morgens und abends. Sie benutzt Bodylotion oder Pflegeöl für den Rest der Haut. Sie hat schon früh gelernt, auf sich aufzupassen. Sie achtet darauf, dass in jeder Mahlzeit, die sie zubereitet, möglichst viele Farben vertreten sind. Einmal kam eine Mutter zur Hausaufgabenbetreuung, um ihr Kind abzuholen, sie setzte sich einen Moment zu Irene, sie wollte etwas fragen, sie hatte einen Säugling dabei. Sie legte sich den Säugling auf den Schoß, legte ihn einfach dort ab, während sie sich mit Irene unterhielt, und Irene hörte nicht zu, sie beobachtete nur den Säugling, der dort ganz still auf den Oberschenkeln lag und aufpasste, nicht herunterzurollen. Dieses wenige Monate alte Baby hatte bereits gelernt, auf sich aufzupassen, es hatte bereits verstanden, seine Mutter hätte kein Auge übrig, seine Mutter könnte nichts verhindern, sollte es sich einem Abgrund nähern.

Diese Szene hat Irene wie aus dem Nichts berührt, sie glaubt zu wissen, dass auch sie ein solcher Säugling war. Sie hat mehrmals die Nummer des Jugendamts gewählt und doch wieder aufgelegt. Irene versucht, alles richtig zu machen. Sie versucht mit ihrem ganzen Sein, einer Welt gerecht zu werden. Irene sagt, ich hab noch nicht geduscht. Sie lächelt klein, schiebt die Wangen noch höher. Ich hab's nicht eilig, sage ich, ich warte hier. Ich setze mich demonstrativ auf den Stuhl, der an den kleinen Tisch am Fenster gerückt ist. Ich versuche nicht hinzusehen, während Irene aufsteht. Es kommt mir unendlich langsam vor, ich höre ihr Schnaufen, tief, aber in seiner Stetigkeit beruhigend, ich sehe in die Fensterscheibe, dort sitze ich groß im Vordergrund, die Ellbogen auf dem Tisch, der Rücken zu gerade, starr, und Irene, die sich im Hintergrund langsam von der Matratze hebt, mit beiden Händen das rechte Bein aus dem Bett hievt, das linke nachzieht, sie sitzt einen Moment an der Kante, ich drehe mich um, da ich, egal in welche Richtung ich sehe, nicht wegschauen kann.

Ich hebe Irene die Krücken vom Boden auf, sie bedankt sich, stützt sich darauf, wartet einen Moment. Ich sage, schwindelig, sie nickt mit geschlossenen Augen, lächelnd, ich denke, so wird sie vielleicht aussehen, wenn sie tot ist. Es könnte sein, dass Irene bald tot ist, sie ist nicht in einem Alter, wo die Ärzte viele Fragen stellen würden. Es könnte auch sein, dass sie noch zwanzig, noch dreißig Jahre lebt, was lang ist. Irene schließt die Badezimmertür hinter sich, aber dreht den Schlüssel nicht um. Vielleicht gibt es hier keine Schlüssel in den Bädern, aus Sicherheitsgründen. Ich höre die wackligen Füße auf dem Wannenboden. Ein Quietschen, das viel zu tief ist, um es noch Quietschen zu nennen, es ist ein Widerstand, der dort in der Wanne ausgefochten wird. Scheinbar sitzt sie nun, denn es wird ruhiger, die Auflagefläche zwischen Haut und Wanne größer, weniger wackelig. Dann scheint sie doch wieder aufzustehen, etwas fällt herunter, ich klopfe und sage, brauchst du was, ich sage, Irene. Ich sage ihren Namen wie ein Passwort.

Irene sagt, ja, vielleicht. Ich komme herein, sie ist dünn und blass und halb im Stehen, auf den Füßen, aber beide Hände auf den Wannenrand gestützt, auf ihren Oberarmen sitzen die Muskeln, nach unten hängt die Haut, Fleisch scheint keines vorhanden. Die Haare hat sie sich irgendwie an den Kopf gesteckt, über ihrem rechten Ohr steht ein Büschel Fransen in die Luft. Ich denke, wie lange wir alle keine Sonne gesehen haben, ich denke, dass ihre Lieblingsblumen im Frühjahr Hyazinthen sind, wegen des aufdringlichen Geruchs, den sie wahrscheinlich brauchen, um sich so früh gegen den Winter zu behaupten, wahrscheinlich müssen die Hyazinthen an sich selbst riechen und an etwas Schönes denken, um schon im Februar, im März blühen zu können.

Ich hab die Seife am Waschbecken, sagt Irene, schüttelt den Kopf über die eigene Unorganisiertheit. Ich greife sie am Oberarm, begleite sie hinunter, sie sitzt gar nicht auf dem Wannenboden, von dort käme sie nicht mehr hoch, sie sitzt auf einem blau-weißen Plastikding, das als Sitzfläche zwischen den Wannenrändern eingeklemmt ist. Ich gebe ihr die Seife, auf der roten Packung steht *INSPIRE, Schönheitsdusche*. Sie reibt die Seife zwischen den Händen und dann überall auf ihren Körper, reibt sich die Schönheit in jeden Winkel, in jede Falte, ich weiß nicht, ob das normal ist, sich so lange einzuseifen, ob ich mich zu kurz einseife, man spricht ja nie darüber. Irene nimmt jetzt einen langen Schuhlöffel, über dessen Ende ein Waschlappen gestreift und mit einem Gummiband befestigt wurde. Auch den Waschlappen seift sie ein und fährt sich damit über Beine und Füße. Irene sagt, es ist schrecklich, diese Sachen zu brauchen. Sie haut mit der flachen Hand auf die blaue Plastiksitzfläche, wütend und ungefährlich wie ein Kind. Sie wirft den Schuhlöffel aus der Wanne, nicht weit, er landet auf dem Badvorleger.

Die Ergotherapeutin meint, ich soll mir so was auch für daheim anschaffen, sagt Irene. Ich denke an das Haus, das nicht mehr bewohnbar ist, das für Irene auch ohne mein Zutun schon unbewohnbar war, wegen des Vaters, für den alles unbewohnbar ist, der Vater ist in den Häusern ausschließlich als Besitzer zugegen. Ich sage, vielleicht wäre es gut, gar nicht mehr zurückzugehen. Irene sieht mich misstrauisch an. Sie fragt sich, ob ich sie in ein Altenheim stecken will, ob es schon so weit gekommen ist, dass ich jetzt die Entscheidungen für sie treffe, ob ich hinter ihrem Rücken bei einem Richter Formulare ausgefüllt habe. Die Mutter, die nun Irene heißt, sitzt nackt auf einem Plastik in der Wanne, die Lippen blau vor Kälte, als wäre sie gerade erst faltig und ausgemergelt einem Ei entstiegen.

Ich sage, in der Wand ist ein Riss. Irene sagt, was. Ich sage, das kann heißen, dass das Haus einsturzgefährdet ist, aber vielleicht heißt es auch gar nichts, die Linde hat das Wasser unten drunter weggetrunken, der Boden ist eingetrocknet, wegen der Hitzesommer auch, und dann muss die eine Hälfte abgesackt sein, jedenfalls kommt Papa mit den Anwälten, Schwarz und Schwarz, er will dich rausschmeißen und dir weniger Geld zahlen, das Haus ist wirklich schief, wenn eine Schachfigur herunterfällt, rollt sie auf die andere Seite vom Zimmer. Irene sagt, warum Schach. Soll er doch in seinem schiefen Haus hocken, sage ich, und seine Sachen sammeln, ich habe seine ganzen Sachen auseinandergenommen und sortiert und weiß angesprüht und das Wohnzimmer ist voll mit Sand. Ich hab Dünen hingemacht. Es liegt auch noch was im Hof, ich hab mich verkalkuliert, zehn Tonnen Sand ist echt – Zehn Tonnen war übertrieben.

Irene scheint zunächst keine Meinung zu haben. Ich sage, dusch dich mal ab, du frierst doch bestimmt. Irene schaltet die Brause an, befühlt das Wasser nach der richtigen Temperatur und hält sich den Strahl an den Körper, damit er die Seife fortschwemmt. Sie runzelt die Stirn und die Falten greifen tief in die Haut. Ich reiche ihr das Handtuch, sie trocknet sich sorgfältig ab, reicht es mir, ich trockne ihr die Füße, auch zwischen den Zehen, weil ich weiß, dass sie Angst vor Fußpilz hat. Irene schüttelt hin und wieder den Kopf. Ich helfe ihr aus der Wanne, sie geht nackt im Vierpunktgang aus dem Bad, ihr Hintern fällt flach ab, oben an der Hüfte sitzen fest die Muskeln, von dort gleicht er sich in einer stetigen Abwärtsbewegung den Oberschenkeln an. Irene holt Klamotten aus dem Schrank, zieht eine schwarze Panty mit Spitzenrand an, darüber eine schwarze weite Stoffhose, sie sagt, nicht, dass du jetzt Probleme kriegst.

Ich sage, wie. Irene sagt, na wegen Papa, Tommy, sie sagt, wegen Thomas. Wenn er mit den Anwälten droht. Und du das Haus, sie zögert einen Moment, sie sagt, unbewohnbar gemacht hast. Ich sage, ach Quatsch. Der zeigt mich doch nicht an. Das geht rein gegen dich, sage ich. Der braucht das Haus doch gar nicht. Irene setzt sich neben mich auf das Bett, um beide Hände für den BH-Verschluss freizuhaben, zieht einen feinen Rollkragen über und dann einen grobmaschigen Strickpullover. Aus dem Strickpullover heraus, noch unter seinem Schutz, sagt sie, glaubst du nicht, dass ihm das Haus was bedeutet. Als ihr Kopf aus dem Kragen herauskommt, ist es, als hätte sie nichts gesagt.

Holst du mir die Bürste aus dem Bad, fragt Irene. Sie durchkämmt ihr langes Fuchshaar in weiten Zügen, wie eine Schwimmerin, sie durchschwimmt ihr Haar. Ich helfe ihr, das Nest am Hinterkopf zu entwirren. Irene lacht, ein richtiges Nest da hinten. Ich sage, was ist aus dem Ding geworden, was du früher mal genäht hast, gibt es das noch irgendwo. Die Mutter sagt, nein, das hab ich schon lange ausgemistet. Was hast du damit gemacht, sage ich, warum hast du es weg. Irene sagt, zur Altkleidersammlung. Ich lache. Ich sage, wer soll so einen zehn mal zehn Meter Flickenteppich denn anziehen. Wer weiß, sagt Irene, wofür man den noch gebrauchen kann. Kannst du sie mir zusammenmachen, fragt sie, ich hab nur im Bad einen Spiegel. So, sagt sie, und nimmt den oberen Teil zu einem Zopf nach hinten, sodass ihr Gesicht frei ist. Wie kommst du drauf, fragt Irene. Ich hätte es vielleicht brauchen können, sage ich, das wäre dann eine Art Kollaboration geworden. Fort ist fort, sagt Irene. Ich binde die Haare zusammen, hole ihr Kosmetiktäschchen, sie trägt einen bräunlich glänzenden Lippenstift auf, reibt die Lippen aneinander, lächelt und sagt, nimmst du mich so mit.

Irene besteht darauf, die Treppe zu nehmen, nicht den Aufzug. Sie überspielt ihre Konzentration, wenn sie die Krücken auf die Stufe unter sich setzt, dann den Körper hinunterhebt, sie sagt, was ist mit Molly, kommt sie gar nicht mit. Ich sage, ich hab sie nicht mehr gesehen seit dem Mittagessen. Irene bleibt kurz das Gesicht offen stehen, eine Mischung aus Empörung und Freude zieht dort ein, sie sagt, ist die, ist die vielleicht mit dem Robert – Ich sage, welcher Robert. Irene nimmt die nächste Stufe, dreht sich zu mir um, na, der hübsche junge Mann. Der Blonde. Vom Café. Ich sage, der heißt doch nicht Robert.

Doch, sagt Irene, wie denn sonst. Ich sage, Lasse oder Jonas oder Jannis oder Jan. Irene schüttelt den Kopf, hör mal, er hat sich mir doch vorgestellt, er heißt Robert. Okay, sage ich, von mir aus. Wir haben das erste Stockwerk geschafft, Irene geht zielstrebig an der Aufzugtür vorbei und fasst die nächste Treppe in beide Augen, verengt die Augen ein wenig und nimmt die erste Stufe. Die roten Haare liegen lang und glänzend über dem Pullover. Sie sagt, der ist doch viel jünger als sie. Ich antworte nicht, sie sagt, was ja nicht schlimm ist. Volljährig ist er ja. Anfang zwanzig sogar. Ich sage, ich weiß gar nicht, in welchem Restaurant Molly reserviert hat. Ich auch nicht, sagt Irene. Ich weiß nicht, sagt Irene, wie ich das finden soll mit Robert, Molly hat sich ja noch nicht richtig von Frieder getrennt. Ich finde, man muss erst Fakten schaffen, bevor man– Oder bin ich da altmodisch? Kein Plan, sage ich.

Im Café Stranddüne wird laut gelacht, durch die beiden schmalen Glasfenster neben der Eingangstür sehe ich, wie ein Mann im Karohemd vor aller Augen eine Küchenschürze auspackt, sie sich umbindet und mit der Hüfte wackelt, ein zweiter Mann scheinbar aufgerufen wurde, seinen Rollator Richtung Tannenbaum schiebt, um dort in einen riesigen braunen Sack zu greifen. Die Frau mit dem Rentiergeweih hält den Sack auf und hebt ihn an, damit der Mann sich nicht bücken muss. Sollen wir sie nicht mal anrufen, fragt Irene. Was, sage ich, wen. Molly, sagt Irene, ob sie noch kommt und wo sie reserviert hat. Irene deutet auf ihre schwarze Umhängetasche aus Leder. Ich krame das Handy heraus, darauf dreizehn Anrufe in Abwesenheit. Irene, ruft Molly direkt nach dem ersten Klingelzeichen in den Hörer, wo seid ihr denn, die Reservierung können wir jetzt vergessen, wir sind zwei Stunden zu spät. Ich sage, ich bin's. Und wo seid ihr, sagt Molly, ich stehe hier seit zweieinhalb Stunden mit dem Auto vor der Klinik und warte, mein Gott, bei euch fragt man sich echt, wofür ihr Handys habt. Ich sage, wir kommen raus. Molly sagt, halleluja.

Molly hat sich schick gemacht, sie trägt ein bodenlanges, grünes Samtkleid, darunter einen schwarzen Rollkragenpulli mit silbrigen Glitzerfäden, dicke silberne Kreolen in den Ohren, dunkelroten Lippenstift. Irene steigt auf den Beifahrersitz, ich setze mich hinten auf Mollys Bett. Molly und Irene beugen sich zueinander, geben sich angedeutete Küsschen auf die Wangen, Molly sagt, Mann, wo wart ihr denn die ganze Zeit. Du bist doch weggegangen, sage ich von hinten. Irene fragt, warst du bei Robert. Molly schaut erst sie an, dann mich im Rückspiegel, sie vergewissert sich einen Moment und dann lacht sie. Dachtet ihr, ich hab mit dem gevögelt? Ich war spazieren und dann hab ich mich fertig gemacht. Irene legt ihr eine Hand auf den Oberschenkel und sagt, du siehst toll aus, Süße, wirklich, ich hab's eben schon gedacht. Molly schüttelt den Kopf.

Wo sollen wir jetzt hin, fragt sie und fährt rückwärts aus der Parklücke, biegt wahllos ab, Irene und ich tauschen einen Blick, Molly fährt zu schnell durch die Straßen des Ortes, biegt mal hier ab, mal dort, wenn wir an den Fenstern eines Restaurants vorbeifahren, sagt sie, ist doch alles entweder zu oder ausgebucht jetzt. Sie nimmt den Kreisel, fährt aus dem Dorf, Landstraßen entlang, dreht das Radio auf, Deutschlandfunk, Bachs Geistliche Motetten für gemischten Chor werden angekündigt. *Jesu, meine Freude, meines Herzens Weide, Jesu, meine Zier. Ach, wie lang, ach lange ist dem Herzen bange, und verlangt nach dir!* Irene schließt die Augen und hält ganz still, ich beobachte sie über den Rückspiegel. Molly fährt auf eine Autobahn. Eine Weile fahren wir über die leere A23, Molly nutzt die Überholspur, noch nie habe ich die Autobahn so dunkel gesehen. Irene zuckt beim Einsatz des Chors nach der Pause und bewegt stumm die Lippen: *Trotz dem alten Drachen, trotz des Todes Rachen, trotz der Furcht darzu! Tobe, Welt, und springe; ich steh hier und singe in gar sichrer Ruh!*

Ich hebe meinen Po etwas an, versuche unauffällig über Mollys Schulter einen Blick auf die Tempoanzeige zu werfen, sie soll sich nicht angezweifelt fühlen, sie fährt hundertachtzig, der Lippenstift klebt in Schollen an ihren Schneidezähnen, die sich in die Unterlippe schlagen. Ich halte mich am Türgriff fest und sage nichts. Wir fahren an einem Warndreieck mit Reh in der Mitte vorbei und ich hoffe, das Wild bleibt am Heiligabend im Wald, das Wild wechselt nicht ausgerechnet jetzt die Straßenseite. Irene ist in der Musik verschwunden, sie ist eins geworden mit den Stimmen, dem Raum, Irene ist zur Auflösung bereit. Nach einer Weile bremst Molly abrupt ab, schwenkt über zwei Spuren nach rechts und nimmt die Ausfahrt zu einer Tankstelle, fährt in die Parklücke direkt vor der Eingangstür des McDonald's, sagt, aussteigen, und steigt selber aus. Irene öffnet die Augen, vielleicht erstaunt über ihren Körper, jedenfalls sagt sie, huch.

Ich steige aus, öffne die Beifahrertür, gebe Irene die Krücken, sie streicht sich mit beiden Handflächen von vorn nach hinten übers Haar und nimmt dann erst die Krücken entgegen. Molly ist schon durch die Glastür in den rot-braunen Klotz verschwunden. Als Irene und ich den McDonald's betreten, sitzt sie an einem Tisch, am anderen Ende des riesigen Raums. Hier und da krümmen sich einzelne Leute über die Tische, vielleicht Einsame, Weihnachtshasser, Antideutsche, an einem Tisch eine müde Frau mit drei Kindern, es scheint, die Kinder durften sich zur Feier des Tages alles aussuchen, der Tisch ist voller Tüten, Plastikschälchen, Tabletts, Pommeskartons und Pommes, Spielzeuge, Servietten, angebissener Burger, ich denke an das Jesuskind in der Krippe, nicht an ein wirkliches Baby, sondern an eine kleine hölzerne Figur mit erwachsenem Gesicht und kindlichem Körper. Irene und ich setzen uns zu Molly, ich sage, ich find Burger King besser. Molly lacht.

Was wollt ihr, ich gehe bestellen. Ein Happy Meal mit Chicken McNuggets und Cola, sage ich. Isst du Fleisch, fragt Molly. Ich zucke die Achseln. Irene nimmt einen Salat, eine mittlere Pommes und eine Fanta. Molly geht nach vorne, an den Bildschirmen vorbei, besteht darauf, bei den Leuten hinter der Theke zu bestellen. Aus den Lautsprechern kommen die Ärzte, *Der Himmel ist blau und der Rest deines Lebens liegt vor dir, vielleicht wär es schlau, dich ein letztes Mal umzuseh'n, du weißt nicht genau, warum – aber irgendwie packt dich die Neugier, der Himmel ist blau, und der Rest deines Lebens wird schön.* Keine Weihnachtsmusik, man scheint sich darüber im Klaren, warum die Leute an diesem Abend herkommen.

Irene schaut aus dem Fenster, wo Laternen neben Bänken und Mülleimern stehen. Ab und zu zischen Lichter auf der Autobahn vorbei. Irene sagt, einfach das Gefühl, mich aufzulösen. Zu bröckeln. Ich sage, ich hab letztens eine Doku auf ARTE gesehen, über die Frauen von SS-Männern, die haben teilweise direkt neben den Lagern gewohnt, mit den Kindern. Die hatten ihre Balkone über den Lagern hängen. Ja, schrecklich, sagt Irene, atmet ein, atmet aus. Die Knochen sind ja das Gerüst, das dich trägt, sagt Irene, das dich aufrecht hält, das musst du dir mal vorstellen, wenn das porös wird. Molly kommt mit einem Tablett zurück, stellt die Getränke vor uns auf den Tisch, schiebt den Plastikdeckel den Strohhalm entlang nach oben, Fanta, sagt sie, und schiebt den Becher zu Irene. Cola, sagt sie, schiebt einen Becher zu mir, sagt, und Cola, sie nimmt den anderen.

Ich danke Zoë Martin und Magdalena Schrefel für die Begleitung
und das feine Lesen und Sprechen. Es war so toll mit euch, danke!!
Außerdem Ulrike Anna Bleier, die vieles auf den Weg gebracht hat.
Und tausend Dank an meine beiden Zuhauses am Sand.

Die Arbeit an diesem Buch wurde gefördert durch
das Arbeitsstipendium des Ministeriums für Kultur
und Wissenschaft NRW, das Baldreit-Stipendium
der Stadt Baden-Baden und das Spaltmaße-Stipendium
der Jürgen Ponto-Stiftung. Ganz herzlichen Dank.

Ministerium für
Kultur und Wissenschaft
des Landes Nordrhein-Westfalen

Erste Auflage Berlin 2024

Großbeerenstraße 57 A, 10965 Berlin
info@matthes-seitz-berlin.de

Umschlaggestaltung: Marion Wörle, Berlin
Satz und Layout: Tom Mrazauskas, Berlin
Druck und Bindung: Pustet, Regensburg

ISBN 978-3-7518-0959-7

www.matthes-seitz-berlin.de